61

刘半农研究资料

LIUBANNONG YANJIUZILIAO

鲍晶 编

中国社会科学院
文学研究所 总纂

中国文学史资料全编

现代卷

知识产权出版社

内容提要：

刘半农，原名刘寿彭，字半农，后以字行。在文学革命、新文学创作、语言乐律研究等方面取得了杰出的成就。本书分生平资料，文学主张及著作自述，研究论文，著译年表和目录，研究资料目录等五个部分，全面收集了关于刘半农的研究资料。

责任编辑：马　岳　　　　**责任校对：**董志英
装帧设计：段维东　　　　**责任出版：**卢运霞

图书在版编目（CIP）数据

刘半农研究资料／鲍晶编．—北京：知识产权出版社，2011.3
（中国文学史资料全编·现代卷）
ISBN 978-7-5130-0429-9
Ⅰ.刘…　Ⅱ.鲍…　Ⅲ.①刘半农（1891～1934）—人物研究　②刘半农（1891～1934）—文学研究　Ⅳ.①K825.6　②KI206.7

中国版本图书馆CIP数据核字（2011）第036852号

中国文学史资料全编·现代卷
刘半农研究资料
鲍　晶　编

出版发行：知识产权出版社

社　址：	北京市海淀区马甸南村1号	**邮　编：**	100088
网　址：	http://www.ipph.cn	**邮　箱：**	bjb@cnipr.com
发行电话：	010-82000860转8101/8102	**传　真：**	010-82005070/82000893
责编电话：	010-82000860转8171	**责编邮箱：**	mayue@cnipr.com
印　刷：	北京市凯鑫彩色印刷有限公司	**经　销：**	新华书店及相关销售网点
开　本：	720mm×960mm　1/16	**印　张：**	29
版　次：	2011年4月第一版	**印　次：**	2011年4月第一次印刷
字　数：	435千字	**定　价：**	57.00元

ISBN 978-7-5130-0429-9/K·078（3345）

汇纂工作小组

名单

（按姓氏笔画排列）

王润贵　刘跃进　刘福春　严　平

张大明　杨　义　欧　剑　段红梅

编辑说明

中国社会科学院文学研究所向来重视文学史料的系统整理与深入研究，建所50多年来，组织编纂了很多资料丛书，包括《古本戏曲丛刊》、《古本小说丛刊》、《中国现代文学史资料汇编》、《近代文学史料汇编》、《当代文学史料汇编》以及《文艺理论译丛》、《现代文艺理论译丛》、《古典文艺理论译丛》等。其中，介绍国外文艺理论的3套丛书，已经汇编为《文学研究所学术汇刊》9种30册，交由知识产权出版社出版。该书出版后，国内一些重要媒体刊发评介文章，给予充分肯定。为满足学术研究的需要，2007年初，中国社会科学院文学研究所与知识产权出版社商定继续合作，编辑出版《中国文学史资料全编》，将以往出版的史料著作汇为一编，统一装帧，集中出版。

这里推出的《中国文学史资料全编·现代卷》就是其中的一种。本卷主要以《中国现代文学史资料汇编》为基础而又有所扩展。《中国现代文学史资料汇编》的编纂工作启动于1979年，稍后列入国家第六个五年计划社科重点项目。该编分为《中国现代文学运动、论争、社团资料丛书》、《中国现代作家作品研究资料丛书》、《中国现代文学书刊资料丛书》即甲乙丙3种，总主编陈荒煤，副主编许觉民、马良春，编委有丁景唐、马良春、王景山、王瑶、方铭、许觉民、刘增杰、孙中田、孙玉石、沈承宽、芮和师、张大明、张晓翠、杨占陞、陈荒煤、唐弢、贾植芳、徐迺翔、常君实、鄂基瑞、薛绥之、魏绍昌，具体组织主要由徐迺翔、张大明负责。此项目计划出书约200种。至20世纪末，前后20多年间，这套书由数家出版社陆陆续续出版了80余种，还有数十种虽然已经编就，由于种种原因，迄今尚未出版。“现代卷”包括上述已经出版的图书和若干种当时已经编好而尚未出版的图书。

这项工作得到了中国社会科学院文学研究所和知识产权出版社的高度重视，为此成立了汇纂工作小组。杨义、刘跃进、严平、张大明、刘福春等具体负责学术协调工作，于2007年11月，向著作权人发出《征求〈中国文学史资料全编·现代卷〉版权的一封信》，很快得到了绝大多数编者的授权，使这项工作得以如期顺利开展。为此，我们向原书的编者表示由衷的谢意。为尽快将这套书推向社会，满足学界和社会的急需，除原版少量排印错误外，此次重印一律不作任何修改，保留原书原貌，待全部出齐，视市场情况出版修订本。为此，我们也诚挚地希望广大读者能给予充分谅解。

《中国文学史资料全编·现代卷》出版后，我们将尽快启动“古代卷”、“近代卷”和“当代卷”的编纂工作，希望能继续得到专家学者的大力支持和热心参与。

现代卷汇纂工作组

目 录

生 平 资 料

文学主张及著作自述

研究论文

著译年表

著译目录

研究资料目录

生平资料

刘半农传略

刘半农，1891 年 5 月 29 日，出生于江苏省江阴县城里西横街一个清贫的知识分子家庭里。原名寿彭，后改名复；初字半侬，后改半农，以字行。参加新文学运动后，用过笔名寒星和化名范奴冬女士。

刘半农的父亲是穷秀才，做过塾师，后从事新式教育工作。刘半农 4 岁时，由其父开蒙，6 岁入塾。13 岁入翰墨林小学，受新式教育。17 岁入常州府中学堂。在中学时，考试成绩常居于前列。距毕业不到一年时，因故退学，曾在翰墨林小学短期执教。

1911 年，辛亥革命爆发。他向往革命，去清江参加革命军，担任文牍工作。1912 年春，因不满于革命军队的混乱，回到江阴，后转赴上海谋生。

在上海，入新剧团体开明社，任文字编辑，并参加演出，为时不到一年。又在一家小报，任编辑兼校对工作。1913 年，经徐半梅（卓呆）介绍，任中华书局编辑。《中华新报》创刊后，任特约编译员。1916 年，在中华书局发生财政危机时离去。他还在上海实验学校和铁路中学教过书，为时都不长。

1917 年秋，经北京大学文科学长陈独秀的推荐，到北大任法科预科教授，负责国文和文法教学工作。1919 年春，经北大校长选定为国语统一筹备会会员。五四运动中，为北大教授临时会议的干事负责人。

1920 年春，经教育部指派去欧洲留学，先到英国伦敦大学的大学院学习实验语音学。1921 年夏，转入法国巴黎大学学习，并在法兰西学院听讲。1922 年初，去德国进行学术考察 3 个多月。1925 年 3 月

17 日，以《汉语字声实验录》《国语运动略史》和自制的测音仪器“音高推断尺”“刘氏音鼓甲种”参加博士学位考试，获得优异评语，被授予法国国家文学博士学位。《汉语字声实验录》，荣获法国康士坦丁·伏尔内语言学专奖。巴黎语言学会还推选他为会员。

1925 年秋回国，重返北大任国文系教授，讲授语音学。兼任北大研究所国学门导师，中法大学讲师。1926 年，兼任北京师范大学讲师，中法大学国文系主任。7 月，主编北京《世界日报副刊》。1927 年秋，因不满奉系军阀的统治，辞去所任国立各校教职。

1928 年，被聘为中央研究院历史语言研究所研究员、民间文艺组主任、国语统一筹备委员会委员、古物保管委员会委员、中国大辞典编纂处的特约编纂员。1929 年春，重返北大任教。6 月，任北大研究所国学门委员会委员。7 月，被聘为国立北平图书馆委员会委员。秋，兼任辅仁大学教务长及高中部主任。1930 年 5 月，兼任国立北平大学女子学院院长。10 月，被推选为北大评议会评议员。

1931 年 8 月，任北大研究教授，辞去校外兼职。9 月，北大改评议会为校务会，被选为出席校务会议的教授代表。1932 年北大成立研究院，改国学门为文史部，任主任。

1934 年暑期，与白涤洲等赴西北调查方言，不幸染病，于 7 月 14 日病逝于北京，终年 44 岁。北大为他举行校葬。蔡元培、鲁迅等著名人士撰文表示悼念。《世界日报·国语周刊》《青年界》《人间世》等报刊，为他出了纪念专辑。

1935 年 5 月 29 日，他的灵柩安葬于北京香山玉皇顶南冈的大木坨。

刘半农的一生，主要活动于文化教育领域。他在文学革命、新文学创作、语言乐律研究等方面，做了大量的工作。

辛亥革命后，刘半农在上海卖文为生。他在《时事新报》《小说月报》《中华小说界》《小说海》《小说大观》《小说画报》《礼拜六》等报刊上，发表了大量文章。出版了《欧陆纵横秘史》《黑肩巾》《猫探》《乾隆英使觐见记》《帐中说法》，以及与中华书局同人合译的《福尔摩斯侦探案全集》。这时期发表的文字，总数在百万字以上。他的卖文生涯，受时尚的影响，也以翻译为主，且多为意译。创作有《匕首》《女侦探》《假发》等侦探小说，《吃河豚》《影》《福尔摩斯大失败》等滑稽小说，以及《催租叟》《稗史罪言》《奴才》《歇浦陆沉记》等社会小说。1913 年，他写的百字小说《秋声》，以揭露张勋部伍镇压二次革命、荼毒地方的罪行获《时事新报·杂俎》第三十三次悬赏一等奖。

1915 年，由陈独秀编辑，以民主和科学为旗帜的《青年杂志》(自二卷改名《新青年》) 出版。他站到《新青年》的麾下，自二卷二期开始发表《灵霞馆笔记》。此后，逐渐割断了和鸳鸯蝴蝶派报刊的联系。

文学革命发难后，他积极倡和。对诗歌、小说、戏剧、散文都提出了改革意见。1917 年，发表了《我之文学改良观》，认为文学应表现自我的真情实感；只有将窒息性灵的古人作文的死格式推翻，新文学才能得到发展。主张在白话文没有取得正宗地位之前，文言和白话可暂处于对待地位，白话应吸收文言的优点，而文言应力求浅显，以便和白话相近。提出破坏旧韵，重造新韵，主张增多诗体和以今语作曲。提倡文章分段，采用新式标点符号。随后，又发表《诗与小说精神上之革新》。在介绍英国约翰生和美国樊戴克的文学思想时，强调文学的真实性，批判背离现实的虚伪文学。

刘半农对于改良文学有着抱负和热情。1917 年 10 月，他在给钱玄同的信中，将文学改良比为做戏，提出“你，我，独秀，适之，四人，当自认为‘台柱’”，当仁不让，不计毁誉。在文学改良的进行上，他赞成钱玄同提出的“打鸡骂狗”和“造新洋房”的破旧立新的方法。

1918 年，为了推进文学革命的发展，他和钱玄同写了著名的双簧信。由钱玄同化名王敬轩，概括了反对新文学的种种谬论，用文言写了致《新青年》编者的信，再由刘半农以记者名义，用白话写《奉答王敬轩书》，针锋相对地予以驳复。

1918 年，他参加北大国文门研究所小说科研究会的活动。提出要用历史的、系统的、比较的方法研究小说，以促进小说的繁荣和进步，并作了“通俗小说之积极教训与消极教训”、“中国之下等小说”等演讲，强调小说的社会作用和研究拥有群众的通俗小说的重要性。

对于戏剧改革，他认为雅化了的昆曲，应处于历史艺术的地位；受人鄙视而仍有观众的京戏，应当进行改良。主张摒弃“恶腔死调”，改正剧本没有理想和文词不通的弊病，而以白描笔墨和方言去写脚本。

以后，他为《梅兰芳歌曲谱》和《腔调考原》作序，对于京剧改革的阐释有所变化。他为使话剧发展取得借鉴，还翻译有剧本《戍獭》《小伯爵》《琴魂》《天明》《茶花女》。

刘半农重视民间文学。经他倡议，1918 年 2 月，北大发布了《北京大学征集全国近世歌谣简章》。他诠订的《歌谣选》，在《北大日刊》陆续发表。1928 年，他任历史语言研究所民间文艺组主任时，曾提出对歌谣俗曲、传说故事、谚语谜语、切口语、叫卖声等的研究计划。以后，率领李家瑞等人收集整理俗曲，于 1930 年出版了《中国俗曲总目》，收录了 11 省区的 6000 多种俗曲曲目。此外，还译介了不少国外的民歌，出版有《国外民歌译》第一集。

在古典文学方面，他做过一些校点和考证工作。校点出版了唐韩偓的《香奁集》，清董若雨的《西游补》，张南庄的《何典》。写有《读〈海上花列传〉》、《〈西游补〉作者董若雨传》。

在《新青年》上，刘半农是最初发表新诗和随感录的一个。对新诗和白话文，曾有意地进行了种种试验。他较早地从事无韵诗和散文诗的创作，还以方言俚调写拟民歌、拟拟曲，实践了他的增多诗体的主张。1926 年，出版诗集《瓦釜集》和《扬鞭集》，共收 1917 年至 1925 年的新诗 143 首。他一生写了不少散文，有些已经佚失。他生前编定两本杂文集，选收 1915 年到 1933 年的文章 95 篇，约 38 万字。集中有论文、杂感、序跋，以至牌示和供状。结集时，在内容和文字上曾做过删削和改动。

在语言科学的领域里，他的研究工作涉及语音、文字、词汇、语法等各方面。在国外，刘半农研习实验语音学，致力于汉字声调的研究。这项工作十分艰巨，用仪器测成一个声调的曲线，需要六个小时。当时他以“扎硬寨，打死仗”的精神，测试了我国十二种方言的四声，撰著了《四声实验录》。他指出：四声和声音的强弱没有关系，和音质、长短有些关系，而决定四声的主要是音的高低。这种高低是复合音，是由此音移入彼音，移入时是滑的，而不是跳的。这个论断，科学地解决了四声是什么的问题。回国后，他在北大建立了语音乐律实验室，在助手携助下记录了 70 余种方言。他根据 70 余种方言的音素，编成《调查中国方音用标音符号表》。1932 年，撰写了《北平方音析数表》，分字音为"头""面""颈""腹""尾""神"六项，以六位数字表示一字的切音。此外，还写有关于语音的论文多篇，创制并改进了测音仪器，翻译了法国保尔帕西的《比较语音学概要》。

刘半农主张汉字改革，认为汉字最终应走拼音化的道路。1925年，他发起成立"数人会"，经过22次讨论，拟定了《国语罗马字拼音法式》。他认为，汉字在实行拼音制以前，写简化字是必不可少的办法，因此与李家瑞编《宋元以来俗字谱》。这本书表现了八九百年以来，简笔字演变的轨迹。

刘半农还重视辞书建设。1925年，他向北大研究所提出《编撰〈中国大字典〉计划概要》。由于需要大量经费，无法实现。1931年，拟编《大学辞典》，也因经费无着而作罢。1933年，为北新书局编撰《标准国音中小字典》，共收9000余字，还附录有他创制的《点直曲检字法》。他还为《中国大辞典》撰写了300多页的"一"字稿本。此外还写有《打雅》等文章。他还倡议使用"她""牠"二字，作为代词。

在语法研究方面，1919年北大出版组印行了他的《中国文法通论》。他对于机械地模仿外国语法的《马氏文通》体系不满，主张结合我国语言实际，建立自己的语法体系；还反对以引用古奥的例句为尚的陈规，主张采用习见的和口语的例句。1932年，他还为高中学生写了《中国文法讲话》。

刘半农还致力于我国乐律的研究，写有《从五音六律说到三百六十律》、《十二等律的发明者朱载堉》等论文多篇。说明我国乐律是建筑在"倍半相生"和"三分损益"两大原则之上，不宜于"变调"；而明代朱载堉发明的十二等律，解决了"变调"问题，在世界范周内是划时代的贡献。他对我国古代将乐、度、历混为一谈，更羼入荒诞的五行学说的乐律观，进行了批判。他还对我国古代乐器的音律，进行了实际测试。

在文物考古方面，刘半农也做过不少工作。1927年，北京中国学术团体和瑞典考古学者斯文赫定，共同组织西北科学考察团。他多次参与谈判，被推举为该团理事会常务理事。1928年，去日本出席东方考古学协会的学术会议，在京都东亚考古学会作了"新嘉量之校量及推算"的演讲。6月，在奉系军阀退出北京时，发起组织北京临时文物维护会。他还对美国中亚考古团在蒙古非法盗掘文物，中法考察团的法方成员一再违反协定并殴打中国团员等事，多方进行过斗争，并在《北旧》《质问法使馆参赞韩德威》《介绍黄种巡察团》等文中予以揭露和抨击。他还进行考古调查，在河南巩县、洛阳发现北魏和唐代的乐舞造象，又作“古度量衡举”，仿造汉代日晷仪。

刘半农的学术论文，共有几十万字，可惜未及结集他就与世长辞了。

刘半农兴趣广泛。他在20世纪20年代写的《半农谈影》，是我国第一部探讨摄影艺术的著作。

在20世纪20～30年代之交，他还担任了一些院校的领导工作，曾禁止女学生出入公共舞场，反对女学生间互称密斯。以后，在《论语》《人间世》上，发表打油诗《自批自注桐花芝豆堂诗集》《双凤凰砖斋小品文》，又想为赛金花写传，引起了人们的非议。

刘半农一生，在文学和语言学上的活动与贡献，已被载入现代文学和语言学的史册。

故国立北京大学教授法国国家文学博士刘先生行状（节录）

魏建功

曾祖讳荣　　曾祖妣汪氏

祖讳汉　　祖妣夏氏

考讳玉珂清光绪二十二年江阴县儒学生员

妣蒋氏

先生讳复，字半农，号曲庵，江苏江阴人。四岁受父教识字。六岁就傅能诗。年十三，值清季兴学校，先生父宝珊先生与同县杨绳武先生创翰墨林小学，遂与弟天华同入学。四载，入常州府中学。宝珊先生有子三人，先生居长，次天华，二十一年六月八日先以猩红热卒。先生《书天华遗影后》云：

> 天华少余四岁，幼与余同学于先君子宝珊先生及先师杨绳武先生所创之翰墨林小学，即今之江阴县立三校；稍长，又同学于常州府中学，即今之江苏省立五校。时余颇有‘小时了了’之誉，而锋芒流露，恒为同学所倾。天华课业不异于人，而朴讷寡言语，孳孳兀兀，纯乎得学子之正。以是先宝珊先生及诸师长，每愿天华能兼余之颖悟，余能兼天华之沉潜，方为两全也。

武昌义军起，兄弟两人辍学，从事革命：天华入县中青年团；先生北走清江，以书牍翻译之事佐戎幕。数月，溥仪去位，还归挈天华往上海，时民元春二三月之交也。家素清贫，坚苦卓绝，卖文为活。尝任上海《中华新报》特约编译员，已而任中华书局编辑员。民四遭父丧，先生与天华共支家计。夫人朱惠，时已来归，佐辅治生产。

居上海时，陈独秀先生创《新青年》杂志，倡导思想解放，促成文学革命：胡适先生实先发难，钱玄同、周作人诸先生相继起应，而先生与焉。蔡元培先生长北京大学，领袖群伦，励精奋治，以民国六年聘先生教授预科，始至北京。一时俊彦，同在大学，声气所播，学风丕变。努力文学建设，著《我之文学改良观》、《诗与小说精神上之革命》、《应用文之教授》。创作新诗，成《扬鞭集》。运用乡音方言，作《瓦釜集》，民歌格调而为诗人采取者，清季黄遵宪以后第一人也。既崇活语，首集歌谣，中国近代采录民众文艺之风，自先生开之。丹徒、马建忠仿泰西葛郎玛著《文通》，至是先生别出蹊径为大学生通论文法，成《中国文法通论》一卷。后更为《中国文法讲话》，仅成上卷。新旧思潮，时相冲突；社会风尚，谬伪萌生：报章杂志，间有辩难；然或遭逢格禁，辄无声息。先生嫉恶如仇，习与性成，往往著论评骘，昌言纠正，不恤忤人意；立词峭厉，虎虎有生气，一二十年如一日。每有快言，世论多之。迄于民国二十三年，裒集诸文，自订成书，曰《半农杂文》。

九年，教育部派往欧洲留学。初至英吉利，入伦敦大学之大学学院（University College）。十年夏，转赴法兰西，入巴黎大学，兼在法兰西学院（College de France）听讲。十一年冬，经巴黎大学之特种试验，许应法国国家文学博士试。十四年春提出论文《汉语字声实验录》《国语运动史》二种，受学位，获光荣之考语。留欧六年，专心致志于实验语音学，实验四声，研究国语。“四声”之名，起自齐梁，原始不得而详。系属于“音”“声”“韵”之何方，向来聚讼；而韵书所示音类又不与今语全合。盖今语州国各以其方俗自相为调，四声之字类标准貌同也，四声之口语实状神异也。先生海外潜研，要约同侨邦人，东西南北凡可代表者十余地，按字记纹，量算振幅，得其真理，著《四声实验录》。四声要义向之玄秘难解，居然得科学分析可以言语道矣。先生自为提要，时尚仅取乡音实验，结论公诸国人之最早者也。

就实验的结果，我已知道四声和强弱，完全没有关系；他和长短与音质，有几处是发生关系的，却并不重要，重要的关系，只在高低。所以我们可以说：高低是构成四声的原素。

但这种高低，是复杂的，不是简单的。所以某声与某声间之差，并不是C与D的简单的差，是CD与DC的复杂的差。又这CD与DC，方其由C入D，由D入C时，并不是从此音跳到彼音，乃是从此音滑到彼音。所以若是要用乐器模拟四声，钢琴是没用的，必须用提琴。

中国语中的“声”，是各处不同的。所以混称是四声，实际却有五声，六声，八声等区别。现在我所实验的，是“四”声，是我乡音（江阴语）中的四声。我的音所流行的区域，是不甚广的；所以从这上面所实验出来的结果，对于中国语学全体，不能算有多大的贡献，这是我最抱歉的事。但从又一面说，我借此（1）把解决四声问题的主要条件发见，（2）同时把研究四声的方法贡献于国人，（3）而于同一方言区域，如苏、松、常、杭、嘉、湖各属中所有的四声，也就算得了一个正确的解决，——这总比没有好些。我们研究四声，只能求出“平”“上”“去”“入”间交互的比例，不能把“平”“上”“去”“入”配合在固定的乐谱上，——这是一定的道理。要表示比例，与其用乐谱，就不如用曲线明确。

我们要替四声分别定名，是很难的。“平”“上”“去”“入”四个字固然不合用，若依欧洲人研究东方语言的习惯法，称平声为“低平降声”，上声为“高升平声”，去声为“中降升平声”，入声为“高降声”，对是对的，可太烦了。最简便的法子，就是把这种曲线，缩小成功符号，写在字旁。若说名称，本也是一种符号，可有可无的；必须要有，我们用数目字，称他为第一声，第二声，……或仍用旧名，都未尝不可。

以上只是把我许多个实验中最重要的一个，用无可再简的话，大致说一说。这一个实验，是把“衣”“以”“意”“乙”四个字在仪器上咬嚼得很清楚，没有随便一点，可以叫做“标准的实验”。

而在我们实际说话时，却都很自然，决不这样咬嚼；所以其余的许多实验，可叫做“自然的实验”。

厥后归国，主要研究仍在于兹。受博士学位日，被巴黎语言学会（Société linguistique de Paris）推为会员。其年夏，受法国学院（Institut de France）之伏尔内语言学专奖（Prix Volney）。秋季回国，返北京大学，任中国文学系教授，兼研究所国学门导师，擘画语音乐律实验室。先生治学治事志趣精神悉见于是年十月十八日研究所恳亲会席上演说，说题为《我的求学经过及将来工作》。词之要语云：

现在先说我在外国求学的经过。我出国的时候，是想研究文学与言语学的。不料一到国外，就立时觉得“二者不可得兼”；于是连忙把文学舍去，专重言语学，但要说到混通的言语学，不久可又发见了预备的困难：因为若要在几种重要的活语死语上都用上相当的功夫，至少也得十年八年，于是更退一步，从言语学中侧重语音学。这样总以为无须更退了，但不久又发见了我的天才不够，换句话说，就是我的嘴与耳朵，都不十分灵敏，于是只得更退一步，从普通语音学退到实验语音学，要借着科学上的死方法，来研究不易凭空断定的事，正如谚语中所说的“捉住死老虎牵活猢狲”。

从这“退避三舍”的事实上，我得到了两个教训，第一是野心不能太大，太大仍不免逐渐缩小；不如当初就把自己看的小些，即在小事上用水磨功夫。第二便是用死方法去驾驭活事，所谓“扎硬寨，打死仗。”以我这样预备不充，天才缺乏的人，后来能于有得些一知半解的结果，就完全是受了这一个教训的驱使。我在国外近六年，在这范围很小的实验语音学之中，总算把各方面都已大致考察了一下，而尤注重的是物理方面与乐理方面。换句话说，我所注意的是方法；我们在国外不能久居的人，只能在居留期内尽量的吸收方法，预备回国以后应用，这才是个正当的留学法。

我现在把我所要做的工，大略说一说，请诸位指教：第一，我所已经着手研究的四声问题，现在打算继续下去，作大规模的研究，希望把中国所有各重要方言中的声调曲线，完全画出，著成一部“四声新谱”。第二，打算由相当的方法，调查各地的方音，著成一部方音字典；如果调查顺利，做工的人也多，还希望按照法国语言地图的办法，编成一部“方言地图”。我觉得中国的音韵学，如果不改变方针，向方言中去研究，却只向古书堆中去乱钻，恐怕无论如何用功夫，结果总不能十分完满的，所以在这方言一件事上，非努力作工不可。

第三，打算用蓄音机，将各种方言逐渐收蓄下来，作研究的张本；同时对于社会上流行的俗曲，以及将要失传的旧乐，也须竭力采访收蓄，希望十八年之后，我们可以有得一个很好的“蓄音库”。

第四，中国的乐律，近来除日本田边尚雄外，研究的人很少；我们因为实验室中已有许多设备，可以借来研究乐律，所以也打算在这一个问题上，做一些有系统的实验的工。

这几件都是很繁重的事，当然不是一天能做成，也当然不是一个人能做得成的。但是我们既已要做，就只有向前做的一条路，我们不必去问他几时能做成，我们只须把学问看作我们的坟墓，那么，即使不成功，也就是最大的成功了。

先生专治之学虽枯燥沉闷，而其自处于调济身心之方至广且精。好摄影自娱，能脱除机械气息，混然天成，有画图美，著《谈影》论其艺术。喜作书，初用晋人写卷子体，后颇为章草。应博士试所著《国语运动史》论及字体变迁大势，述通俗文字简易条例，归国后又为《宋元以来俗字谱》。举凡语言文字文学兴趣之资料，莫不尽力搜求。《太平天国史料》十六种，亲自海外手录，印行国内。敦煌石室古籍散在他国，颇多中世史料，先生手录巴黎所见之重要者，传归中土，付梓于北平，称《敦煌掇琐》。合并世敦煌存残韵书，比丽“广韵”，辑《十韵汇编》。搜罗全国俗曲，成《中国俗曲总目》。调查方音约略二三百种，一九三〇年定《调查中国方音音标总表》。编制《北平方音析数表》，分字音为“头”“面”“颈”“腹”“尾”“神”六事，示审音家以鹄的。

中国字音之全浊，语音未尝得其纯粹者，江浙音系自来以为有浊音之正，先生始指明其非。今国音之ㄐㄑ，向以为结合声，先生独主为单纯声。《中原音韵》支思韵类，及如其类之韵母与声母部位相近由杂转纯者，先生阐说之为“附属纯音”。此皆畸零之贡献于音学界者也。至若音律研究，宛成绝学，无能继之者，重可惜哉！又间以余力服务教育事业，历兼北平中法大学国文系主任，辅仁大学教务长；文化学术团体，类多参加，别详自写履历。

一九三一年夏，始专任北京大学文学院研究教授，主任研究院文史部事，继续发明测算语音乐律等仪器若干种。实验语音，推断声调，重在测知音之长短高低。长短高低之音浪，浪纹计（Kymograpn）可以画记；而记录之方，利赖“薄膜音鼓”及其所附“音笔”。薄膜不能直接表显声音，势难密合口吻，先生在法工作，曾谋改良，一九二五年发明“刘氏音鼓甲种”；一九三〇年改进为“刘氏音鼓乙种”；盖减轻音鼓重量，免除颤动数增多时碍滞音笔之弊，略得奏效也。浪纹计体积庞重，不便旅用，一九三四年更设计制造“轻便浪纹计”，未完成而歿。推断音高者，求音浪长短之“相当平均”也。实验语音学家分其法于不能具有“相当平均”之浪线者为“甲类推断”，而常用之于具有“相当平均”者为“乙类推断”。推断之法，逐一注识音浪界点，依界量长，按度对数，据数谱线，得知音高；精微繁密，损目伤肺，先生慨然忧之，思有以为来者福，所作《声调之推断及声调推断尺之制造与用法》论文22节云：

> 如上文所说，可见推断声调，在理论上并没有什么高深难于明瞭处，只是工作异常烦苦，一般人都没有耐心作。
>
> 即使碰到了有耐心的人，也要把很丰富的时间给了他，才可以希望有价当的成绩。而且，这种工作做得太多了，在生理上也很不相宜：很好的眼睛可以变做近视，背可以变弯，又因垂头的时候太久，肺量愈变小，很容易闹成肺病。我因为预备一部《汉语字声实验录》，用乙一法（比较最精密而工作最烦苦的一种）工作了数年，虽然没有闹成病，（但弯腰曲背，已彰彰在人耳目）！而花了多量的时间所得结果如此之少，回想起来，总不得不认为

> 生平第一最不上算事。我的“声调推算尺”，就是作了数年苦工之后设计制造起来的。制造完成时，先在《字声实验录》的附录中将大概情形发表过；因为当时想不到适当的名称，所以就用我自己的姓称为“Liugraphe”，（赵元任戏译为“刘氏尺”。）现在觉得“声调推断尺”五个字还很妥当，那个旧名字可以取消了。

民十四创“音高推断尺”即所谓“刘氏尺”（Liugraphe），后自律定，名“声调推断尺”。民十九改进为“最简音高推算尺”，于是合注识界点，量长谱线之事于一，而逐度对数算计之劳根本省除，昔之尽二日程未必正确者，今则用其十分之一之时间反较更准实。器成，语音学者莫不欣叹其便；先生犹且以累重为憾，殚思竭虑，迄二十三年竟完成其志，箧藏怀挟，简便易用，视前尤巧，即今所谓“乙二声调推断尺”；“乙二”云者，谓乙类推断法之第二种也。先生于此一仪器发明上已足不朽。他若“四声模拟器”，民十八著文设计未及造作者也。数年之间从事审定古乐音律，创制“审音鉴古准”以为标准。民二十二夏，借暑假暇日，走开封、上海访公私收藏古乐器亲测音律；游巩县石窟寺发现北朝乐舞造像，登伊阙龙门发现唐代乐舞造像；皆未著论问世。研究新莽权量作“古度量衡举”，识曰：

> 王莽改制，事事师古，所颁度量衡实周法也。余尝据故宫所藏莽量推定其一尺之值为〇·三〇八九公尺，一升之值为〇·二〇〇六四公升。又据甘肃省政府所藏莽权推定其一斤之值为〇·二四五九三公斤。推算方法别有专文。今制小器，管容一升，边刻一尺，体重一斤，举器而度量衡三事备，其于考古之学或不无微助欤？

得汉日晷仪形制拓片，究论其法，知现代石制日晷仪不能表见节候，二分前后且无从测景，而汉仪兼此二长；因仿其理意，新造日晷仪。仪成，而先生已下世矣！其手作模型今存北京大学研究院。

先生素愿，盖在“研究语音，整理语言”。自科学的音学旁及文学的音学而肆力于古今乐律之研究，自语音学推及语言学而锐志为中国字典之纂著。曾创“点直曲检字法”，自取其法作《字学十书通检》。先是民八教育部设国语统一筹备会，直辖学校得推选会员；先生为北京大学代表，既主拟国语统一进行方法案，即有编纂辞典之提案。是为民国以来国家文化学术机关建议修订字书之始。次年，国语会组织国语辞典委员会，先生被推为委员；未几赴法留学。归国之初，过上海，与群益书社主人陈芝寿约编《中等字典》；至北京，集合钱玄同、黎锦熙、顾颉刚、常惠、白涤洲诸先生及建功，共商纂例；旋原资本主改谋矿业，与陈败约，财绌论罢。在北京大学研究所任导师日，草编《〈中国大辞典〉计划概要》，亦未果行。民十七，新京奠定，中华民国大学院立。先生又以六十万元经费编纂大字典计划提议于大学委员会。议者有骇其赀之巨，谓可以万元属坊贾为之，置不议。时国语会改组为今国语统一筹备委员会，先生为委员之一。已愿不达，大计无成，乃参加国语统一筹备委员会所立中国大辞典编纂处，为编纂员，整理词类，先后为大辞典单词说解长编之作，如《释一》、《释吃》、《释来去》、《打雅》诸文，皆有新意。民二十，上海大东书局又约撰《大学辞典》，先生主任编纂，列为大辞典编纂处工作之一，三年期成；草议定，而书局董事会厄之。洎二十二年，应北新书局请，乃著《中小字典》，辑稿逾尺，规例既立，序文已成，竟不获手定全书。先生于文化革新运动，卓见工具书籍之促进最为切要，谋犹未展，终不沮懈，可以为后生法也。

国家学术事业，往往后人。别国专家，探检踏查，长驱腹地，漫无限制。北京大学研究所成立以来，始稍稍督促当时政府，注视维护学术主权。民十五，瑞典学者斯文赫定博士将入新疆作科学考察，乃与北京各团体合作，成立西北科学考察团。先生代表北京大学，参加组织，折冲磋议，被推为常务理事。中外学术界独立合作，及与外人订约，条件绝对平等，实自此始。适当北伐时期，考察团在北京政府范围，经济艰窘，且西北地方政权分裂，团员自蒙入新，中途屡遭险阻。先生外而严正持约，内而周旋接济，事无巨细，莫不就绪。团员发现汉人简牍，归先生与马衡教授斯文赫定博士三人研究，整理才什一。斯文赫定博士七十寿，瑞典地理学会征文为祝，先生拟实测平绥沿线声调，著文纪念。于是有绥远之行，遽罹回归热不治而死，悲夫！

先生体格充健。留法治语音学，日日实验，伏案临视显微镜，脊微偻而目力不衰。四十岁左右，医曾检验，唯心脏稍弱，初弗介意。回国定居北平，十七年春赴日本东京出席东方考古学会，自余未尝更有远游。及绥远之行，意若有戒，频语人以“蒙古虱当不为害也”！二十三年六月十九日决然率白涤洲、沈仲章、周殿福车发北平西直门站。白沈二君述其工作事状，略云：

六月十九日出发。先往包头，留五日，调查得绥西，包头，安北，五原，临河，固阳，萨县、托县，……县方音及声调，并用蓄音机收得民歌七筒。业余游转龙藏，南海子等处。先生目睹黄河货船，航赴宁夏，纤夫赤身岸边，河沙泞陷，逆流牵重，挣扎前进，力竭声噤，深起同情，叹为人间地狱，特遣仲章尾随三日，冀得记其吆喝音调，采著悲壮歌曲。二十七日，返绥远，留七日，调查得归绥，武川，丰镇，集静，陶林，兴和，清水，凉城等县方音及声调，并收得歌谣五筒。工作之余，欲觇内蒙自治真象，因赴百灵庙一游。途次武川，县长婉告县北前一夕有匪过境，劝勿行；先生毅然弗惧，竟抵百灵庙。蒙兵前围车旁，群相探问。百灵庙谣闻武川县北有匪千余来攻，戒备彻夜，如县长向所言也，先生为道说，众始释然。留蒙三日，游观百灵庙，亲往蒙古包考察蒙民生活，并进见内蒙自治委员长云王，询谈自治实施情况。七月二日归绥远，受北大旅绥毕业同学及当地党政长官招待。应教育厅之聘，作公开讲演，听众逾千人。五日，赴大同，调查得山西雁北十三县方音及声调，并收得当地歌谣五筒。七日夜抵张家口，屏当毕事，就寝已至八日上午三时。八日晨八时，赴第一师范接洽调查，适为星期例假，无由工作，午后因往游赐儿山。会炎热异常，六时归寓，即感不适。九日晨往第一师范工作时，体温已增至三七·五度，涤洲等婉劝休息不听。至师范，校主事又请为生徒讲演，先生奋疾登台，演说历一小时之久，词毕体温剧增至三八·五度。涤洲劝不必工作，但由涤洲先记大略，再请校正，仍不听。强自记一县，不能支，始告辞先返逆旅。比涤洲等工毕归来，先生体温已再增至三九·五度。于是一面觅医诊察，一面劝暂停工作返平治疗。先生初尚不允，以为寻常感冒，休息一二日即可痊愈也，涤洲等反复陈说，谓平张距离密迩，不妨他日再来，始见许可。当夜十二时扶病登车，翌晨八时抵平，时七月十日也。

先生性耿爽，勇立言，治事勤，乐亲人；多艺，捷辩，每演说，谈笑风生，庄谐杂出，大学师生会聚，皆以得先生致辞为权。以故二十日旅途生活，工作必躬亲先人，所至讲演酬酢，慕名来谒青年罔不接见畅谈，酷暑劳顿，精力过耗，病菌袭来，竟尔不起！

春秋才四十有四，苟天更假年，所以贡献于学术者何可限量；乃二十年间寝馈不忘学问，竟以身殉！殁之日，凶问至，相知识咸惊疑不肯信；四方致哀悼于其家者，无远近几遍国中也。北京大学校长蒋梦麟先生上其事于政府，获优恤焉。

先生原名寿彭，居上海以后，始更名复，创作新诗笔名寒星，尝以“農”字今体上半如“曲”，因号曲庵。父宝珊先生，兴学施教，终老乡里；母蒋太夫人民国纪元前一年卒，于时先生方与夫人朱惠缔婚不及旬日。先生以民国纪元前二十一年五月二十七日生于江阴城内西横街里第；二十三年七月十四日卒于北平协和医院；二十四年五月二十九日与弟天华同葬北平西郊香山之玉皇顶南冈。周作人先生为之志墓。先生友于兄弟，天华之死也，为理遗书，抚孤息，哀痛逾恒；兆域邻封，克遂遗志。娶夫人同县朱子文先生长女，伉俪相彰，上海，北京，伦敦，巴黎，形影共偕者二十余年。子女三人。长女育厚，肄业北平中法大学。次男育伦，次女育敦，同肄业北平孔德学校。

建功承学大学，受知先生，略识生平，谨缀事状，闻诸学人；所状皆荦荦有关学术者也。

一九三五年四月七日，如皋魏建功

谨状于西山香云传舍。

（载1934年《国学季刊》第4卷第4期）

刘半农先生评传（节录）

王森然

刘复，字半农，号阿曲（曲为“農”字之半，故自谓应号“阿曲”）。江苏江阴人。齐白石为制二章，曰“半农刘复”，曰“江阴士人”，先生作书常用之。生于光绪十七年辛卯（一八九一），卒于民国二十三年甲戌（一九三四），享年四十四岁。

先生初肄业常州中学。辛亥革命，至上海，参加战线，其后之主张语音革命者，其动机在是。陈独秀，钱玄同，周作人等，筹办《新青年》，先生亦加入撰述。

民国五年至北京，任北京大学预科国文教员，时二十七岁也。当时有人谓方从鸳鸯蝴蝶派文场中出来，焉得当教授？先生乃一怒而至英法，此种可贵之怒，非骄傲乃谦虚也。

二十九岁出洋留学，在英法共六年，得巴黎大学国家文学博士。回国后，继任北京大学教授，并创立语音乐律实验室。

先生曾自写履历（此为民国二十年，半农自写履历，其遗忘未录者，谨附末尾，用括弧别之）。

民国元年任上海《中华新报》特约编译员。

二年至五年任中华书局编辑员。六年任北京大学预科教授。八年兼任北京高等师范学校本科讲师，九年春，教育部派往欧洲留学，入伦敦大学之大学院（University College），十年夏，转入巴黎大学，兼在法兰西学院（College De France）听讲。十一年冬，经巴黎大学之特种试验，许应法国国家文学博士试。十四年春提出论文，受该项学位，得光荣之考语。同时被巴黎语言学会（Société Linguistigue de Paris）推为会员。是年夏受法国学院（Institut de France）之伏尔内奖（Prix Volney）语言学专奖，秋季回国，任北京大学国文系教授，兼研究所国学门导师，并兼中法大学讲师。十五年兼师范大学讲师。十六年辞国立各校讲席，对刘哲谢不敏也。十七年任教育部特约著述员，并中央研究院历史语言研究所特约研究员。十八年春，北大复校仍任国文系教授。同年夏兼任辅仁大学教务长，十九年兼任北平大学女子学院院长。二十年夏，辞去一切兼职，专任北京大学文学院（研究）教授。（民国八年代表北京大学，出席教育部国语统一筹备会为会员。九年被推为国语辞典委员会委员。十七年受教育部聘任国语统一筹备委员会委员，并参加中国大辞典编纂处工作，为特约编纂员。）

（中国学术团体协会西北科学考查团理事会常务理事，民国十五年起。）

"民国十六年发起北京临时文物维护会"。

"民国十七年出席东北考古学协会（在日本东京）"。

"国立北平图书馆委员会委员"。

"古物保管委员会委员"。

"故宫博物院文献馆专门委员"。

"国民政府指导整理北平文化委员会委员"。

"北平中法大学图书馆顾问"。

"北平私立辅仁大学校董会董事"。

"东方图书馆北平赞助委员会委员"。

"国立中央研究院历史语言研究所通信研究员"。

先生曾自写著述表如下：

甲　著述

中国文法通论　（民八）

中国文法讲话上卷　（民二十一）

×以上关于文法者

四声实验录　（民十）

汉语字声实验录　（法文、民十四）

×以上关于语音者

国语运动史　（法文、民十四）

×以上关于国语者

×瓦釜集　（民十五）

扬鞭集上中二卷　（民十六）

×以上属于文学者

×半农杂文第一册　（民二十三）

×半农杂文第二册

×以上杂文

半农谈影　（民十六）

×以上关于艺术者

乙　发明

音高推算尺　（民十四）

最简音高推算尺　（民十九）

×乙二声调推断尺　（民二十三）

×四声模拟器　（民十八）

刘氏音鼓甲种　（民十四）

刘氏音鼓乙种　（民十九）

轻便浪纹计　（民二十三）

×以上关于语音者

审音鉴古准　（民二十三）

×以上关于乐律者

×古度量衡举　（民二十三）

×仿汉制新造日晷仪　（民二十三）

点直曲检字法

丙　编纂

太平天国史料十六种　（民十六）

敦煌掇琐上辑　（民十九）

敦煌掇琐中辑　（民二十一）

敦煌掇琐下辑　（民二十三）

宋元以来俗字谱　与李家瑞合　民十九

中国俗曲总目　与李家瑞等合　×民二十一

×初期白话诗稿　（民二十二）

×歌谣　在北大日刊发表共手辑四册后于歌谣周刊中陆续登出，实开搜集歌谣之风气

丁　翻译

比较语音学大纲　（民十九）

×以上语音学

乾隆英使觐见记　（民五）

苏莱曼东游记　分登地学杂志　未登毕

×以上中外交通史料

茶花女　（民十五）

法国短篇小说集　（民十六）

国外民歌译（民十七）

×以上文学

戊　校点

香奁集　（民十五）

西游补　（民十八）

己　校改

印度寓言　刘北茂原译　民十九

朝鲜民间故事　刘育厚原译　×民二十一

×庚　调查工作　（尚未整理研究者）

×巩县石窟寺北朝乐舞造象

×洛阳龙门乐舞造象

×以上关于音乐史者

×河南省立博物馆藏周编钟及商磬音律

×庐江刘氏善斋藏𠫑氏编钟音律

×以上关于乐律者

×平绥路沿线声调测验

×归绥一带民俗调查

×归绥方音调查

×以上关于语言风俗者

×辛　重要著作未曾脱稿者　举与语言文字有关者

河北省方音略

十韵汇编

点直曲　字学十书通检
检字法

×中小字典　（序已成）

元典章词例

×壬　散篇论文　细目别详仅列主编及参加回撰稿之定期刊物及报纸备考

主编定期刊物

世界日报副刊　（民十五秋冬）

光社年鉴　（一二两集）

辅仁学志　（一卷二、三、四、三期）

参加撰稿之定期刊物及报纸

小说月报

中华小说界

新青年

新　潮

×北京大学歌谣周刊

北京大学国学季刊

北京大学研究所国学门月刊

语　丝

北　新

中央研究院历史语言研究所集刊

×教育部国语统一筹备委员会国语周刊

中法大学中法教育界

清华大学清华学报

辅仁大学辅仁学志

中国地学会地学杂志

×文　学　（上海）

×文学季刊　（北平）

论　语

人间世

晨　报

时事新报

世界日报

（右目系民国二十年半农自己写定，后来应行补加者及出版年份代为注明者，均附×符以别之。）

先生遗子一女二，男名育伦，女名育敦，皆十四岁，系双生，同在孔德肄业，长女育厚，年十八岁，孔德高中毕业。先生寓北平大阮胡同，前严又陵宅，故又自号其读书室曰“二复堂”。

先生为中国唯一研究语音乐律专家，平日研究学问，异常热心，对我国语言学上贡献甚多。近著《西汉时代之日晷》，《莽权价值之重新考定》，《吕氏春秋古乐篇昔黄节解》，及《乙二音高推断尺》，编《十韵汇编》，测验故宫所藏古今乐器之音律。并至各地旅行，考察“古声律研究”。

其编纂《中国大字典计画概要》有云：

字书之学，吾华发达最早，远如《说文》《玉篇》之属，姑置勿言，即如人人习知之《康熙字典》，在吾人犹以为一种近代之著作，而其纂成之年，实为公历一七一六。其时英国第一字典大家 Samuel Johnson 尚只七岁，而《法国国学院字典》（Dictionnairedel Académiefrancaise）之第一版（一六九四），在法人今日已视为一种古远之书者，实亦不过早出二十二年也。

《康熙字典》以五年之力编成，其中舛错之处，自不能免。虽后来有《字典考证》一书以匡其谬，而遗漏尚多。又文字语言，自有生命，其生长滋茂，及新陈代谢之迹像，与一般有机物相同。故字书非一成不变之物；要当随时修改，以副语言文字之真，今距《康熙字典》之编纂，已有二百十一年，即令书中全无错，亦自有重纂新书之必要。

近数年来，新出字书，亦有数种。然大多是书商牟利者之所为，不能副吾人之想望。

北京大学研究所国学门既以数年来充分之努力，博得国内外学术界之奖借，今愿更进一步，于此巨重之事业上有所企图。其目的盖不在于修补前人之书，实欲博探现代各国字书中最进步之方法，另行规划，以成一部极完备之字书。不佞承所长蔡元培先生及主任沈兼士先生之委嘱。特为草一计划书大要。自惭学问平庸，见闻有限，疏陋失当之处容不能免，尚祈国内外通儒硕学，进而诲之。

（一）体裁

字书之体裁，可分为三类：

（甲）论单字之书，即一般所称为“字典”者。

（乙）所论不限于单字，凡两字以上之词名，亦在收罗注解之列，即一般人所称为“词典”者是；但所收仍限于普通文章中所用之词名，而专名及专门名物不与焉。

（丙）专论专名及专门名物者，英人称为 Encyclopacdia，吾国及日本，或译为“百科全书”或译为“百科辞书”，虽稍嫌累赘，实与希腊语 EghKuKlopaideia 一字所含“学艺总教”之原义，尚不甚相差。

最幼稚之字书，大都属于甲种。近世欧美各国之字书，均已将甲乙二种合而为一。其将甲乙丙三种合而为一者，则有法国之《拉噜司大字典》（Grand Larousséillustre）即所谓“百科全书性的字典”（Dictionnaire Encyclopédique）也。

此实字书界一大进步，虽欧美各国采用此法者尚少，而就不佞识见所及，则以为欲编一完善之字书，非用此种方法不可。

何以故？试取英美普通字典而检取“English”一字，则其下所注，必为“属于 England 的”，“England 的人民”，“England 的语言”等等，而“England”一字，反以其为专名之故，为字典所不收，必求之于百科全书而后可，此实与读者以甚大之不便也。更就中国语中举一简单之例。若依旧法，只编甲种之字书，则“良”“知”，一字可各得其解，而“良知”，二字合义即无从收入。若将甲乙二种字书之界限打破，则“良知”二字当然可得一位置，而创此“良知”学说之“王阳明”，又无从收入。是故非将甲乙丙种字书之界限完全打通，实不能收得完美之效果也。又中国语中，往往同一名词，可兼作公私名之用。如“工部”为官名，公名也；用以称“杜甫”则为私名。“太史公”一词，用为前清“翰林”之称号，则为公名；用以称“司马迁”则为私名。再如“意识”，“认识”，“弹力”，“颤动”等名，有通常的意义，亦有科学的专门意义。若字书中不带有百科全书性，于此等处必大感困难也。但所谓带有百科全书性，其事务仍只限于简明之注释，非若《英国百科全书》（Encyclopaedia Britannica）中所刊之长篇论著也。

（二）编制

全书编制，以字率词。换言之，即以单字为本位；合数字所成之词名，则以第一字为标准，视字数及笔画之多寡，分隶于各单字之下。

单字之编排法，在今日尚为一极困难之问题。《康熙字典》之二百四十部，既不合于六书，又不便于实用，自有改良之必要。若欲依韵编排，于一般不通音韵之人，窒碍尤多。近数年中，研究此问题而创为新法者，已有数人；其是否可以采用，尚有待于试验。要之，此一重要问题之解决，不能凭一二人之冥想，必多数人共同试验，经相当之时间，历多次之修改，方可渐臻于完善。但新编排法产出之后，仍当依照《康熙字典》及《佩文韵府》各制一索引，以便于惯用旧法之人。

为此编排法及索引间之枢纽者，即为逐字编号。编号法创始于Giles教授之《汉英字典》（Chinese English Dictionary），实为一绝大发明，盖不特可供索引之用，尤便于书中前后互引也。

（三）取舍

小字典以取舍适当为职志，大字典之目的，则在于搜罗完备，大字典而负有严重的取舍之使命者，惟有法国之《国学院字典》；但此为一部有特殊作用之书，不能视为一般大字典之模范也。

吾辈理想中之《中国大字典》，当为中国总文字之总藏。故不但一切旧籍中所有之僻字应行搜采无遗，即新造字如化学原质名及量名“呎”“哩”等字，旧字改换新意者如“她”“它”“伊”等，以至今日各处方言中所通行之俗字，如京语中之“您”“甭”苏语中之“勤”“嘞”粤语中之“有”“乜”“咁”“唔”等，亦宜收载靡遗，其有音有义而无汉字可表者，则另为裒辑，作为附编。

词名之收集，亦不厌其多，但当以积字成词，另生新义者为限；若词义本自了然，各单字之本义未失，而徒于词名之出处上加以考证，若《佩文韵府》之所为，则词名之多，可至无量；且其事劳苦而无聊，尤有背于字书之通例也。

（四）形体

外邦文字，多以字母缀合而成，故字书中除于每一字母之下，略示各种不同之体式而外，更无形体之可言。中国文字，形体至重。就大者言，依文字形体之变迁，可以上溯古代之文明及历史；就小者言，印章书法，亦自成一种特殊之美术。故字书于此，不得不多多注意。

（甲骨文）为最古之文字（就已发现者言），其次则为（金文）；列此二种，以见文字之起源。

（籀书）为第一次同文运动（此姑据旧说言之），（小篆）为第二次同文运动，（八分）为现代楷书之先声，在中国文字史上，均占极重要之地位，不得不列。

楷书繁苦，通行之行草二书，又无固定之程式。此后如欲改良字体，以节书写之劳，而又冀其能收统一之效，或当借镜于“章草”，列此以便观研。

（草书）曲屈无定，酌列一二重要体式，以便常人，自六朝以迄唐宋，（别体）滋多，其见于碑版者尚不甚离奇，见于燉煌写本者几至漫不可识。汇而列之，即使无裨于世俗，要自有益于学人。元明以后，又有（俗体）（见于当时所刻《杂剧》及《通俗小说》等书中），与今日里巷小民之所书，自成一系统。此虽为博雅先生之所不道，而其势力已普及于平民，于字书中应占有一席地。

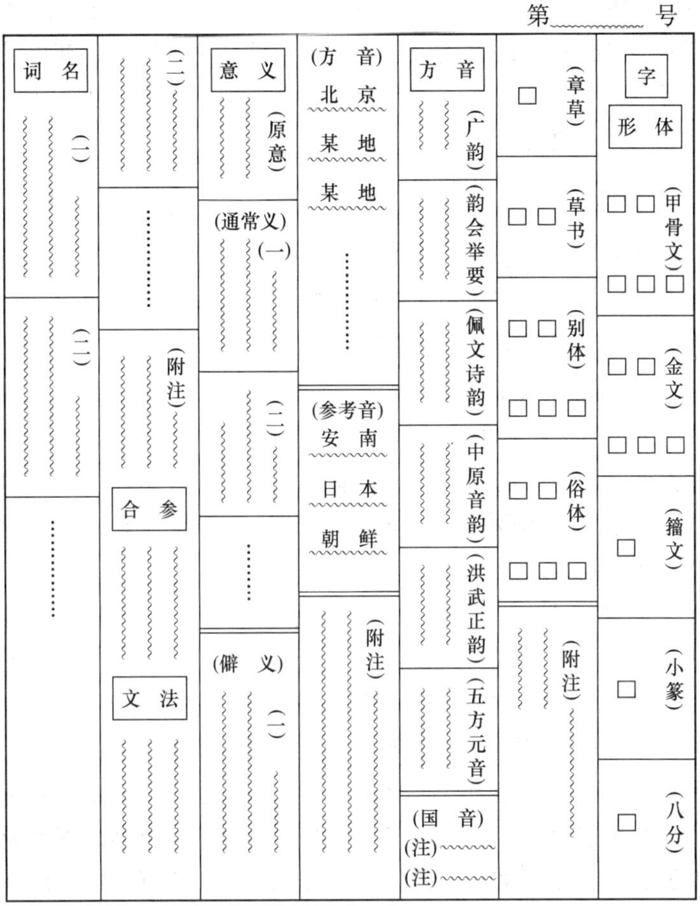

今画出一格式，示注释方术之大凡。下文乃依此格式中之所列一一加以说明。

凡关于一字之形体，除上述种种而外，其另有足供研求讨论之资料者，当撮其大凡写于（附注）之下。例如楷书为今日通行之标准字体，而取《干禄字书》，《五经文字》，《九经字样》，《佩觿》，《字鉴》，《字学举隅》诸书中之所载，细为比较，其间亦每有异同：是当上溯六书，考其优劣，选定一体，使学者有所遵循，其不能入选者，则归入附注，兼揭其所以被屏之理由。又如埃及象形文字中，“牛”书牛头，“豕”书豕像，“居室”作穹覆之形如□，“水”作波纹如≈，巴比仑古文中，“马”画马头如[illegible]，“燕”画燕形如[illegible]，以[illegible]表“植物之滋生”（可与“苗”字相参比），以[illegible]（一手执杖状）表“君”，或表“主”（可与“尹”字相参比）：凡此之类，虽不能据以证文字之同源，亦可见先民造字，于“象形”“指事”二端，往往不谋而合。若能广为搜求，录入附注，亦研究“书契学”者之所乐闻也。

（五）声音

最古之韵书，如李登《声类》等，今已不可得见，就可见而又最完备者言，当首推《广韵》(《广韵》基于《切韵》,《切韵》已亡；其残卷之见于写燉煌本中者，是否陆氏原书，颇难断定。)

《广韵》而后，有《集韵》,《礼部韵略》,《五音集韵》,《韵会举要》(即“平水韵”)《音韵阐微》,《佩文诗韵》等自成一系统。此系统以《广韵》为根据，而《广韵》又以《切韵》为根据，故可称之为“隋唐宋系统”。今于此系统中采用重要书三种，即格式中之《广韵》,《韵会举要》,《佩文诗韵》。

其脱离《广韵》而自成一系者，始于元代之《中原音韵》；继之者有《中州音韵》,《词林韵释》,《洪武正韵》,《韵略易通》,《韵略汇通》,《五方元音》等。此系统以元明以来实际的语音为根据，故可称之为“元明清系统”。今亦酌取重要者三种，即《中原音韵》,《洪武正韵》,《五方元音》。(《五方元音》一书，体制通俗，每为学者所不道，而所纪明末清初北方活语之音，实异常精严，但当采用樊氏原书，不可为年氏改订本所误；至《剔弊五方元音》，则妄人所为，不值一览。)

如上所述，字典中列六种韵书之音，于一千三百年来声音之变迁，已足窥其梗概。

今音当以教育部颁布之“国音”为标准，故首列（国音）。表此国音有已经颁布之两种音标：一注音字母，二罗马字；字典中当并列之。

国音以后，继以“方音”。都会音为方音中之最重要者，故先之，次乃及各省之音。

标方音应用“国际音标”；此音标如有不能适用处，当随时斟酌损益之。

调查中国方音之事业，虽北京大学研究所国学门中已有相当之设备，以年来时局不靖，尚未能切实进行。外人从事于此者，前有（Giles）氏，近有（Karlgren）氏，两氏所得结果，亦颇可惊，只以私人之能力有限，究不易达于理想的完善之境。方音较为普通之省分，如直隶，山东，河南，湖北等，可调查其省会之音，以作代表。其有省会之音不能代表全省者，即当划分区域，每一区域中选定一种重要之音作为代表。如广东当分为三区：一以广州语为代表，一以嘉应语即“客语”为代表，一以潮州语为代表。

如此区分，则字典中所列之方音，至少当在四十种左右。北京大学所设“语音学”讲座，以训练此项能于调查方音之专门人材为目的；又所设“语音学实验室”仪器亦颇完备，能用精确的科学方法辅助口耳之所不及；又能自制蓄音片，以保藏一发即逝之声音。故对于编辑字典时调查方音之一困难事实，北京大学实已有相当之把握也。

安南语与中国语同系，日本及朝鲜语虽非同系，而其所借用之汉字，颇多保存中国古代之音，故列此三种“参考音”，以便学人。

关于声音一项，有非正文所能备录，而必须收入“附注”者甚多。三代秦汉之音，虽已不能明知，而中外学人之所探考，亦有信而有征者。此一事也。各处方言之中，每有同此“字一”，而音读数岐者（如苏常语中“大”，“下”，“车”，“间”等字，均有两读，而意义不殊），循是以求，足以窥见古今音变之痕迹。此又一事也。唐宋之际，译事昌明，宋室不振，北方崛起之国，亦往往自制“国书”，以与汉文互译。今取此等对译之文，较其声韵，每能于当时话语之音，窥得涯略，以补韵书之不足。此又一事也。如此等等，举不胜举，要可类推。

（六）意义

“原义”一条，凡许书中所有之字，不妨直录，或更酌采徐段诸家之说以阐明之。

许书所说有不可尽信者，当别为研究，附加按语于本条之下，不可为古人所欺。

后起字之未见于诗书者，其原义当别为研究。其有不能称为“原义”者，可酌改一名曰“来源”。例如“你”“做”二字为后起字，其来源为“尔”“作”二字，声音既略有转移，形体因以不同也。其有并来源亦无从确知者，自当缺疑。尤有一事须注意者，即同一形体之字，有时应分作两字论，不应混为一字。例如“这”字，《广韵》作“鱼变切”,《玉篇》训“迎也”，后人用以代“者个”之“者”，（其原因不详），形体不变，而音义全非，此实两个根本不同之字，不能认为一字之流变也。又如“佛”字，《说文》谓“见不提”；古书中或用为“仿佛”之“佛”，与“髣髴”同；或用如“捩”字，或用如“逆”字，则又与“拂”字可通。自汉世佛法传入中国，人取此字之音以译“Buddha”一字，遂使吾人今日所见之“佛”字，凡悉为此新兴之义所独占。其实此中无新旧义之可言，只是两个不同之字，共一形体，而又共一声音而已。在外国语中，此种情形亦甚为普通。例如法语“Si”字，一训为“若”，出于拉丁语之“Si”；一训为“如此”，出于拉丁语之“Sic”；字书中分作两字论也。英语“Can”字，一训为“能”，出于盎格罗撒克逊之“Cunnan”，一训为“罐”，出于盎格罗撒克逊语之“Canne”；字书中亦为作两字论也。

（通常义）与（僻义）之分，一以今日通行之文言文及白话文为标准。其为此两种文章中所不用之字，虽见于经典，亦应以僻义论。盖字典之职务，一方固在研究文字之源流及变化，一方尤当有法国《国学院字典》之精神，即示人以当代文章中用字之准绳是也。

（附注）当注意于字义转移之线索。字义转移之间，诚亦有因果蒙昧，无从确指其关系者，而脉胳分明之处，要自不少。例如“洋”字，《尔雅》训为“多也”，与《诗》“牧野洋洋”“河水洋洋”等广盛之义相合（《说文》训为水名，疑是后起之义，未得其源）。后因此广盛之义而用以指大海，一变也。更用以指海外之人物（如“洋人”“洋货”之类），二变也。更用以指海外之钱币（即“洋钱”一名之省），三变也。更消失海外之意，而泛指钱币，如“大洋”，“小洋”，“现洋”，“票洋”之类，四变也。虽历四变，而脉胳犹明。又如“操”，把持也。由实物之把持而转为德性之把持，故有“节操”之义。《白虎通》曰：“其遇闭塞幽愁而作者，命其曲曰操”，是则曲之以“操”名者，仍有节操之义。后来此义消失，“操琴”之义，即等于“弹琴”。夫把持者握其手，弹琴者挥其手，动作相反而用字同，则非研究字义变迁之线索不能明其究竟也。

（七）形音义合参

就语言的逻辑方面言，形音义三事均可各自分立，而实际则每有彼此相牵，非综合参证，不能得究竟之解决者。故遇必要时，当于形音义三项外，特增“合参”一项。

此项中尤当注意者即字根之研究是，字根云者，多数字所共有之一根。世事日繁，字数日见增益，但字非凭空产生之物，其能见于言辞也，要必有所因藉，其所因藉，即为字根。例如拉丁语“Parabolare”一字，意谓“语言”，至法语中、经中古时“Je Parolenous Parlons”一种之变化，遂生出“Parler”“Parole”二字，虽共义仍同为“语言”，而用法不同；更从“Parler”一字变出四字；一为“Parlement”，议院也；一为“Parleur”，说话者或多言之人也；一为“Parang”，无用之言词也；一为“Parloire”，公共机关接客谈话之处也。新字凡六，而语根则一。吾国研究声音训诂之人，往往就字论字，至多亦引此证彼，从未有能会通多数之字，以寻其公共之根源者。今编纂字典，当悬此一事以为字义研究中最高之鹄的，虽其事繁苦而难于求功，要当努力为之，冀有所阐明于万一。手披荆莽，责在吾人；光大发扬，俟诸来者。

（八）文法

中国之研究文法者，首推丹徒马氏。其《文通》一书，出版于二十五年前，至今尚未有能驾凌而上之者。但细考内容，亦有三弊。不信经师之说，自为穿凿之词，一也。知比照法国文法及拉丁文法，而未能会语学之大通，二也。凡所证引，多秦汉以上之书，后来只及一韩愈，不特当代活语未能顾到，即就文言而论，亦偏于不全，三也。

文法为一种专业，其界限自非字书所能僭侵。但完备的字书，遇一字之文法上的运用复杂者，例必载简赅之律例，使用字者有所遵依。今宜参考马氏之书，更为根本的研究，将所得结果，分注于各虚字之下；至于实字，其文法的运用，本自简单，当然不须有此“文法”之一项。

（九）词名

词名者，词与名之合称。

词类不一，名类亦不一。为检查便利计，可依字数及笔划之多寡，以次相从，不必更为分类。

在此词名一项之下，所应收入者至多：

一、普通文言中所用之词名。

二、普通白话文中所用之词名。

（同一词名之意义自裂为二，而在实用上两义并存者，当兼收两义，例如“狼狈”一词，有“进退两难”及“朋比为奸”两义是。如其意义分裂之理由可以考证，当考证之。）

三、方言中之词名，已有通行全国之资格者。（例如“丘八”“象煞有介事”等。）

四、言中之词名，虽普通，而可据以考证古语之词名者。（例如苏常语中之“那哼”，即古语“奈何”之音转；“几化”即古“几何”之音转。）

五、人名

关于人名之注述，首当详考其人生卒之年岁，次当注意其一生事业，对于当世及后世有若何之影响。其人如有著作，当一一写出。又当指明正史中有无此人之传记；正史而外，有无他种记述或评论此人之书籍。主要人物之容像，如尚存留，当附揭之。

六、地名

关于地名之著述当侧重人文地理一方面，即其地对于已往的现代的文化上所负之责任是。

必要时当附载地图。

七、史事名。

大如“欧战”“凡尔赛和议”“华盛顿会议”等，小如“五四运动”“三一八惨案”等，当详述其起迄，及其对于后来之影响。

八、书名

书名之搜辑，当力求完备，尤不当自存偏见，如《四库全书》之将元明戏曲及白话小说等一概抹煞。关于书名之注述，首作者，次提要，次批评，次关于著作时代版本之讨论。

九、篇章名

例如词曲牌名之来历，及乐府题解之类。

极有名之诗文，虽不成书，亦当收入，例如《孔雀东南飞》，及刘褒《僮约》之类。

十、动植矿物名

有学名者当附学名，有图者当附图。

药物之作用，当详载之。其有语涉迷信，不可依据者，当辨正之。

十一、科学及政治宗教中所用之专门名词。

此等名词，如有非通常文句所能解析明白者，自当借助于图表及算式。

外来名词之原文，当注出之。佛教名词之原文，亦当用梵文注出。

近代科学中所用之名词，汉译至不齐一，宜一并兼收；注释当然不必重复；譬如已注甲名，只须于乙丙丁等名之下，标明即是甲名之别译可矣。

十二、风习名

例如“结发”“闹房”“回煞”“滴血”等，当详纪其事实，并考证其起源。

词名之种别无尽，今只举其重要者十二，其余可以比类而求。本国词名，当搜辑完备；外国词名则酌取其重要者，以检查外国词名，本有专书，若欲一概包罗，势有所不能也。

外国词名当依原文字母次序，编一索引，以便检查。

据前文第一节所说，词名之注释，当力求简明，不用长篇论著。但如有彼此相关之词名，不能断章取义者，亦不妨通长叙述，而于相关各词名之下，标明释见某条。

上文所述，只是粗定大凡；实施之际，自当更为斟酌。

兹事体大，决非一料可臻至善；尽心竭力而为之，则亦庶平无其大过矣。

先生固尽人皆知为一研究音韵学专家。毕生从事于文学与教育方面，供献均甚大。其他逸事知者尚少，闻诸友人言，彼于民元曾入上海开明活剧社，除习歌舞表演化装诸术外，更选习铜乐一种。是年夏秋间，该剧社曾假大舞台，民鸣社，等处公演数次，凡演歌舞剧，先生必饰一角，其时有该社公演之西洋乐剧《好事多磨》即系由先生手译改编而成，试演之日，先生且自饰一丑角，滑稽突梯，颇受社会之欢迎，惜该社不及一载而闭社，先生遂去而之他，由此可见先生对于剧艺兴趣亦甚大，匪独音韵学而已也。

先生生平富于风趣，颇多韵事，更喜写幽默小品文字，投寄《论语》及《人间世》等刊物发表，精隽可喜，开新写作另一途径。任女子文理学院院长时，决定将蜜斯名称，改为姑娘，曾哄传全国，近仍被引为趣事。

清名妓赛金花年老，在平穷困，先生感其身世之富有记载价值，及在庚子之功绩，曾立志为赛作传记，与赛详谈身世，达数周之久，得其生平详细经过，草稿动笔，已历数月，惟尚未半，即归道山。后由商鸿逵继纂，成《赛金花本事》一册。

因戴传贤通电禁止发掘古墓事，发表《阿弥陀佛戴传贤》一文，旁征博引，寓规劝于讽刺之中，致戴氏无从反驳。

先生又因好美术，故极嗜摄影，曾组织光社，每年举行展览及出版摄影年鉴，内载先生之作品颇多，并根据其经验，著《半农谈影》一书，在沪开明书店出版，为吾国研究美术摄影之唯一名著。

总其一生，对学术之热心，业余之正当嗜好，均足为青年矜式，吾国读书之士，每沉默冷酷，致成偏激怪僻之性感觉人生之干枯，先生提倡业余嗜好，如摄影，写幽默文字，喜谈笑话，均所以调剂生活之干枯，激发活泼高尚之兴趣，诚学术界一天真纯洁之导师也。

二十三年夏，为贺瑞典斯文赫定博士七十正寿，遂偕国语统一委员会白涤洲等七八人，由平赴绥远、山西等地考察方言，沿途采集民谣民俗等，颇有所得，并摄有照片多帧，返平后，正从事整理所获材料，讵因其身体颇羸弱，旅途劳顿，且天气炎热，在张家口时，已感不适，因注意工作，故忽于休养，返平后始经中医投药调养，亦未见效，病势反益沉重，入协和医院经医生检查，血内含有多量螺旋状病菌，病名“回归热”，此病类似疟疾，每七日至十日回转一次，作冷作热，在身体强壮者，亦决非不治之病，惟先生心脏即感衰弱，更因距染病时已隔六日，始入医院治疗，血管内，病菌充斥，并由热病转为黄疸病，全身变作黄色，并一日之中，又咯血数次，故入院后，虽迭经医生竭力施救，竟无效果，于民国廿三年七月十四日下午三时许，溘然长逝！北平学术教育界闻之，莫不同声哀悼。北京大学校长蒋梦麟闻讯后，邀请戚友，会商善后办法，北大教授方面，以此次旅行，纯为研究学术，中途染病臻于不救，实属因公致死，为学术而牺牲，其价值实与将士用命于战场者相同，故一切丧事，均极隆重也。

先生遗榇暂殡于北平地安门外嘉兴寺。家属亲友等定于十月十四日上午十时，在北平市景山东街北京大学第二院大礼堂举行追悼礼。其妻刘朱惠氏亦参加焉。

先生所居堂，又名含辉堂，有“含辉堂宝”印一颗。《论语》半月刊所载先生打油诗，曾用“桐花芝豆堂大诗翁”印，未识出自谁手，先生又曾集瘗鹤铭字制印曰“江阴留家”。又一章曰“寥寥万卷人家”。马叔平为之刻“刘复敬诒”，先生赠人字画书籍摄影拓片常用之。

先生书法颇多，绘画甚少，生前为郑颖孙先生绘箑，作人物一，颇生动，题曰：“颖孙大开玩笑，要半农画扇子，半农与画，岂能联接得上？既要画，姑为涂上几笔，庶亦当场出丑之意乎。二十年七月八日。”

吴迪生善造印泥，先生赠吴诗云：“国家破碎黉庠毁，为政为师两不宜；我羡此君能食力，丹砂细捣制精泥。”似与吴君开小玩笑也。

先生当十八九岁时，即喜为诗文，但随作随弃，随弃随忘，有人偶引用，自尚不知谁写。其诗文均极流利爽朗，颇有举重若轻之本领，无论为何体裁，经其一写，即头头是道，引人入胜，令人拍案叫绝，不忍释手。清淡时有如微云淡月，浓重时有如狂风骤雨，无往而非神清气爽也。惟语出诙谐，故有“滑稽文学家”之称。

民国十四年，成舍我创办《世界日报》于北平，邀请先生主编副刊，每月文字均玲珑剔透，如生龙活虎，并校雠精细，一时传诵，洛阳纸贵也。

先生生平勇于任事，所见皆足珍贵，其美术摄影中诗意之浓，为一般美术摄影家所不能及。其对绘画理解之深，实亦在一般画家之上，其批评中国艺术之允当，使人心折，故先生之逝世，中国不仅失一文学家，且失一艺术批评家也。言念及此，能不为之泫然下泪乎。

民国四年，先生与其夫人合影，背有题云：“生无益于时，死无闻于世，头颅空负，七尺徒存。古人之所悲也。然而时世如此，末由盖闻亦胡颜，古人之所悲，安见不即我之所乐邪？乙卯七月二十日半农自识。”

先生自注自批《桐花芝豆堂诗集》有序云：“桐者梧桐子；花者落花生；芝者，芝麻；豆者，大豆。此四物均可以打油，而本堂主人喜为打油之诗，故遂以四物者名其堂。然而堂不必实有也。本堂主人赁屋以居，安可假房东之屋，堂乎？然而既有诗集，不得不名之以堂，庶几稍争面子，吾知普挂上红匾，冒而为自己之天下诗翁同志，必能谅吾之苦心也。藏之名山且从缓，传诸其人大至急，此所以堂未有而先有殃铅祸手（民手也）之盛举，然而必须自注焉，恐后世考据家，瞎搭乱撞，费却许多精力，终不能得其要领也。又必须自批焉，恐后世之评选家，浓圈密点，眉评总批，徐口上一大堆，终是瞎三话四也。然而集中自注自批，不必备有也。或有此而无彼，或有彼而无此，或兼而无之，错综焉，虽批注之末技，仍无愧为诗翁之手笔也。闲话说完，可以言归正集矣。是为序。”

集中有《摩登女》一首云：“披了头发光了鸭，摩而登之登而摩；劝君莫认作婊子，啊呀罪过阿弥陀。”自注云：“光了鸭犹言赤了脚，北平语也。”两年前，北平有一名对，其下幅云：“摩而登之，登而摩之，朝朝暮暮，我我卿卿。”解摩登二字有不可酱油之妙。自批云：“不失诗人忠厚之旨，盛唐而后，仅见斯篇。”诚诙谐之极云。

又《后煤山》一首云：“故宫空空已如也。秽土堆积没遮拦。莫若故宫堆秽土，千秋歌咏后煤山。”自注云：“故宫古物，既已搬运一空，而北平秽土（即上海所谓垃圾）各处堆积如山，市府诸公，一筹莫展，鄙意不妨将听有秽土，起运往故宫堆积。其始也，有充实内容之功，可以多多卖票。其继也，埋故宫于秽土，可保护建筑，防天鹅之下蛋，岂非一举两得也乎哉？故宫之北，原有一煤山，此新兴之上，可即名之日（后煤山）。昔明之亡也（崇祯皇帝吊死在煤山上），至今尚流布于村姑牧竖之口，今华北之距不亡，仅一间耳，然则安可不造一后煤山，以为千百年后村姑牧竖伤心歌咏之予备耶？且彼时当有考古家，如（吾友）李济之，董彦堂诸公者，从而发掘焉，研究焉，绘图焉，立说焉，排之铅字焉，印之以珂罗版焉，岂不懿欤盛哉？”或曰：“若无吊死之崇祯皇帝，而另有乘福特机逃走之崇祯皇帝，则如何？余可打官话而告之曰：那是另件事，回头再说。”自批云：“首句绝妙。”亦庄亦谐，非独谑之甚，且悲之深也。

又诗云："教我如何不想他？可能相共吃杯茶？原来这样一老朽，教我如何再想他？"自注云："余十年前所作《教我如何不想他》一歌，曾由赵元任兄制谱，传唱甚广。近有一音乐会又唱此歌，余亦在场，唱毕，大家鼓掌，主会者坚欲介绍余与听众相见，余遂如猢猿之被牵上台，向大家一鞠躬而退。退时微闻一女郎言：'原来是这样一个老头儿'因记之以诗。"

其自题画像有云："名师执笔美人参，画出冬烘两鬓斑。相眼注明劳碌命，评头未许穴踰钻。诗文讽世终何补？磊块横胸且自宽。兰布大衫偏窃喜，笑看猴子沐而冠。"自注云："像为王月芝先生所画，画时有金耐先女士在旁作参谋。余眼角下垂，相者言是一生劳碌之征，头大而方，实不宜于钻狗洞。"知堂老人步原韵和章："宝相庄严可拜参，面皮光滑鬓毛斑。眼斜好显蛾眉细，头大难将狗洞钻。脚下鱼鳞方步稳，壶中芝豆老怀宽。布衫恰是新章服，抵得前朝一品冠。"注云："余十五年前，曾穿过一双灰兰细花缎帮鞋子，玄同戏呼为'鱼皮鞋'。"胡适之打油不步原韵有诗云："未见名师画，何妨瞎品题？方头真博士，小胖是儒医。厅长同姓名，庄家'半'适宜。不嫌麻一点，偕老作夫妻。"注云："另有一刘复，曾作安徽省教育厅长，山东政府秘书等官，不知者往往误为一人。"（按此刘复字南航，湖北黄安人；历任安徽民政厅长，国民政府内政部视察员，山东省政府秘书长，安徽省政府委员兼秘书长等职。）其新年自咏第三首中有："儿能口叫八爷令，妻有眉心一点麻"句。注云："我儿阿伦，今年十五矣，能效丘八爷叫口令，'立正'一声，闻者绝倒。我妻两眉之间有一点麻子，此外却是光光的并非满天星斗。"适之云：不嫌"一点麻"者，盖指此也。此像颇精致，先生得之颇喜，除题打油诗数首外，终日观摩不释手，并语人云："此像苟能放大两倍，则将来死后出殡时，悬于像亭中，极为特别。"刘出此语，不过一时戏言，孰知意成谶语也。又京中某报刊先生打油诗中有句云："今生已逾不惑年，何必再留世间，徒共万人嫌。"观此诗句，似先生已知死之将至矣。

《论语》半月刊第三十七期载其《答林妹妹》有云："冷月诗魂不专卖，《佩文韵府》试翻查。七分三与五分四，妹妹先为抄袭家。"自注云："按准论语社编辑部转来自称林黛玉姑娘者明信片一通，内开：编者先生：贵刊廿八期，刘复博士桐花馆吊志摩诗，有'万山云雾葬诗魂，之句，自注谓挽联中亦尝用之。可见该博士于其所作，甚为得意。不知本姑娘早于二百余年前，与薛大姑娘联吟，有'冷月葬诗魂'之句。该博士学贯古今中外，必无不知之理。明知故用，显系有意侵占。该博士作诗，素好套用成句，有目共见。但皆自行告发，例可鉴宥。乃独于本姑娘诗句，一再套用，从未声明，岂亦以本姑娘为一'弱女子'而可欺负（非侮字，勿妄改）耶？因特提出抗议，仰该博士速在本刊圆满答复。否则唯有进行诉讼，要求赔偿损失。该博士将悔之晚矣。专此，顺候撰安。十二月廿三日，林黛玉姑娘上。北平国立北平大学女子学院林寄。等因准此，查《佩文韵府》卷十三上，'魂'字部摘句项下，有'香冷沁诗魂'之句，《韵府拾遗》卷十三'魂'字补藻项下，亦引周密词'恼乱诗魂'之句。想该姑娘之所沾沾自喜者，'诗魂'二字耳；至于'冷月'二字之见于古人诗词者，实多至不可胜举：而'诗魂'二字，却已见于《佩文韵府》。该姑娘生于前清乾隆年间，而《佩文韵府》则编于康熙年间，是该姑娘抄《佩文韵府》耶？抑《佩文韵府》抄该姑娘耶？该姑娘将何以自解？又查本诗翁'万山云雾葬诗魂'之句，纵认为抄袭，亦仅于七字中抄出该姑娘三字。而该姑娘'冷月葬诗魂'之句，却于五字中抄古人四字，该姑娘想未习过算学，故不知七分之三与五分之四孰大孰小耳。又查'冷月葬诗魂，之句，见于《红楼梦》第七十六回，是林姑娘与史湘云姑娘联吟，林姑娘万无记错之理。而来函误作与薛大姑娘联吟，显系不知什么乡下姑娘或市井姑娘或替林姑娘倒马桶的老妈子，假托林姑娘名义，希图捣乱。仍查照本诗翁向来不肯欺负弱女子之成例，置勿深较。相应函达论语社辑编部部长，即烦转达该自称林姑娘之姑娘或奶奶，实为公便。"

马裕藻先生任北大中国文学系主任时，一日，遇林损先生于国文系教授会室中，林欲与马语，未开口先以手拍马背，适刘半农先生在侧，笑曰："再往下拍一点，就洽到好处了，"可谓极人间之滑稽也。

二十三年十月十四日，上午十时，在北京大学第二院大礼堂，举行刘复追悼会，届时参加者，多为学术界人士，刘氏遗族到场招待，由北大校长蒋梦麟主席，领导行礼，仪式隆重，并有刘氏故友胡适之，周作人，钱玄同，魏建功等，报告刘氏生平事迹，最末由刘弟北茂，向来宾致谢词。胡适之谓：半农与我相处有二十余年的历史，回忆过去，我等同在北京大学教书时，寓今日第五宿舍之卯斋，当时同室者，计有陈独秀，刘半农，赵元任，及余共八九人，每日除读书外，即以谈玄为消遣，在吾国干支时辰上讲，卯本属兔，余等所住之宿舍，即卯字斋，而同室又多属卯字者，又适半农辛卯年生，余亦为辛卯年生，陈独秀较余长十二岁，生辰为庚卯，故当时同学，皆称我等为一群兔子，而称我等宿舍为兔窟，今日回忆斯情，不胜留恋。又谓半农先生为人，有一种莫明其妙之"热"处。其作事素极认真，其对于学术之兴趣极广博，故彼卒能成为歌谣收集家，语言学家，音乐专家，俗字编辑家，彼之成功，完全由于一"勤"字，兹有一例可证，当彼在世时，对于音乐最感兴趣，然而喉不能唱，耳不能听，手不善弹，由此可见其天资愚笨，但伊并不因此灰心，终日以机械之方式，来作声音之探讨，结果不但对音乐能以讲通，且发明各种测量声音之器械，由此一点，足以代表半农一生治学之精神。刘氏生前为其作传记之赛金花，是日为对知己表示敬意，亦偕中大学生商鸿逵翩然莅止，赛着兰袍绸裙，白绣花缎鞋，极为来宾所注目。

开会时担任奏哀乐者，为育英中学之歌咏团，由音乐家李抱忱指挥，歌共三则：（一）李抱忱作《悼刘半农先生哀歌》，（二）刘遗作《织布》。（三）刘遗作《听雨》。以上三歌，声韵抑扬，倍极哀恸。兹志如下：

（一）《悼半农先生哀歌》

苦雨悲风，秋色凄凉，皇天不吊，哲人其亡；先生学问，
冠绝雅伦，先生著作，千古长存。

（二）《织布》刘半农作词，赵元任制曲

织布织布，朝织丈五，暮织丈五，今人化古，尚余丈五。

（三）《听雨》刘半农作词，赵元任作曲

我来北地将半年，今日初听一宵雨，若移此雨在江南，故园新笋

添几许?

刘氏追悼会所收到挽联及幔帐极伙，数在六百幅左右，钱玄同挽之云:“当编辑《新青年》时，全仗带情感的笔锋，推翻那陈腐文章，昏乱思想，曾仿江阴‘四句头山歌’创作活泼清新的《扬鞭》《瓦釜》;回溯在文学革命旗下，勋绩弘多，更于世道有功，是痛诋乩擅，严斥‘脸谱’”;“自首建‘数人会’后，亲制测语音的仪器，专心于四声实验，方言调查，又纂《宋元以来俗字谱》，打倒烦琐谬误的《文字举隅》，方期对国语运动前途，贡献无量，何图变生不测，(或作哲人不寿)祸起虮虱，命丧庸医。”胡适之挽云:“守常惨死，独秀幽囚，《新青年》旧日同伙又少一个(或作如今又弱一个);拼命精神，打油风趣，老朋友当中无人不念半农。”(或作后起还有谁呢?)。滑稽者，有幽默大师林语堂之联挽为:“半世功名丢开，真太那个;死后谁赞阿弥陀佛”;“等身著作留下，倒也无啥，到而今你逃敌克推多”。日文专家盛成挽联为:“活虫虱竟敢咬死学者”;“死文字那能哭活先生”。赛金花挽联为:“君是帝旁星宿，下扫浊世秕糠，又腾身骑龙云汉”;“侬惭江上琵琶，还惹后人挥(或作涕)泪;谨拜手司马文章”。旁注云:“不佞命途崎岖，金粉铁血中几阅沧桑，巾帼鬓眉，愧不敢当，而于国难时艰，亦曾乘机自效，时贤多能道之，半农先生为海内文豪，偶为不佞传轶，其高足商鸿逵君助之，未脱稿而先生溘逝，然此作必完成商君之手，挽临曷胜悲感，魏赵灵飞拜挽。”俞平伯挽之云:“百灵庙远驼铃寂，二复居寒凤甓孤。”吴敬恒挽之云:“还赖人偏要早死，倒霉国实在伤心。”朱光潜挽之云:“起家稗史谐诗，于笑傲之中见风雅，越海审音辨律，在半农以前惟守温。”陶孟和挽之云:“训诂字别著新书，乘世应谐元韵谱，教育界共推名宿:问天何夺出群才。”周作人挽之云:“十七年尔汝旧交，追忆还以‘卯字号’，廿余日驰驱大漠，归来竟作丁令威。”张继挽之云:“旷代才华胡不寿，满天风雨吊斯人。”赵元任挽之云:“十载凑双簧，无调今后难成曲”;“数人弱一点，叫我如何不想他”。沈蘅仲有诗挽之云:“凄绝桐花芝豆堂，天台仙去忆刘郎;人间论语遗簪在，地下修文倒屣忙。旗帜纵标新体例，滥觞能溯旧词章，缘悭一面成千古，斗酒何从奠北邙!”徐式庄用知堂五十自寿韵哭先生云:“剃得光头转老家，校旗护覆若披娑，病名回热传由虱，菌是螺旋毒过蛇。遗恨金花余草稿，灯残桐豆与芝麻，可怜寂寞嘉兴寺，三柱清香伴供茶。”

《青年界》第六卷第三号，为先生特出纪念专号，有蔡元培《刘半农先生不死》，鲁迅《忆刘半农》，全增嘏《刘复博士》，徐霞村《半农先生和我》，姜亮夫《介绍四声实验录》，赵景深《刘复的中国文法讲话》等文。均值一读，文长不具录。

二十四年五月二十九日与其胞弟刘天华卜葬香山玉皇顶老爷庙，周作人为先生撰墓志曰："故国立北京大学教授刘君墓志。君姓刘名复，号半农，江苏江阴县人，生于清光绪十七年辛卯四月二十日，以中华民国二十三年七月十四日卒于北京，年四十四，夫人朱惠，生子女三人，育厚、育伦，育敦。君少时，曾奔走革命，已而卖文为活，民国六年被聘为国立北京大学予科教授。九年，教育部派赴欧洲留学，凡六年，十四年应巴黎大学考试，受法国国家文学博士学位，返北京大学，任中国文学系教授，兼研究所国学门导师。二十年为文学院研究教授兼研究院文史主任。二十三年六月至绥远调查方音，染回归热，返北平遂卒。二十四年五月葬于北平西郊香山之玉皇顶，君状貌英特，头大，眼有芒角，生气勃勃，至中年不少衰。性果毅，耐劳苦，专治语音学，多所发明。又爱好文学，美术，以余力照像，写字，作诗文，皆精妙。与人交游，和易可爱，善诙谐，老友或与戏谑以为笑。及今思之，如君之人已不可再得。呜呼！古人伤逝之意，其在兹乎 。将葬，夫人命友人绍兴周作人撰墓志，如皋魏建功书石，鄞县马衡篆盖，作人，建功，衡，于谊不能辞，故谨志而书之。北京文楷斋刘明堂刻石。"

……

半农生前，曾手写李守常夫妇墓碣，曰："李先生墓，先生讳大钊，字守常，河北乐亭人，生于清光绪十五年十月六日，死于民国十六年四月二十八日，春秋三十有九。李夫人墓，夫人李守常先生之德配，母姓赵氏讳纫兰，河北乐亭县人，生于清光绪十一年十二月二十四日，卒于民国二十二年五月二十八日，春秋五十有一，子女荣华，星华，炎华，光华，欣华。"拓本载《人间世》半月刊第九期首页。并《王芷章腔调考原序》一文。……

《半农杂文集自序》中有云："我以为文章是代表语言的。语言是代表国人的思想情感的，所以要作文章就该赤裸裸的把个人的思想情感传达出来，我是怎样一个人，在文章里他就还是怎样一个人，所谓

‘以手写口’，所谓‘心口相应’，实在是做文章的第一条件。因此我的作文章，只是努力把我口里所要说的话译成了文字，所以看我的文章就同我对面谈天一样，我谈天时喜信口直说，全无隐饰，我文章中也是如此，我谈天时喜欢开玩笑，我文章中也是如此。”《桐花芝豆堂诗集》乃以手写口，心口相应之产品，然即以此得到詈骂。是集也，既不祸延国家，又不毒害民族，何处可招人笑骂？何况其中尽为讽世愤俗，不可多得之作，使先生能投时取巧，尽可大作八股新调也。盖先生所以能脱鸳鸯蝴蝶派与礼拜六中之刘半农者，因有《新青年》之一段历史在也。钱玄同将先生分为三期言之，则先生之跃入第二期为最难能可贵，亦即后来成功之一大关键也。换言之，先生之入《新青年》，与胡适等共同前进，始有今日也。故凡识先生者，类知先生于诚朴中带有冬烘笨拙气。此无怪胡适周作人辈诋为无天才，复无怪先生当年禁以密斯字样称呼也。此先生所以留法时，专以测汉字四声声调之曲线，又所以冒暑赴蒙实测语言而牺牲也。噫！先生终于十年中创出三个测音机器，而遂加改良，得以利用实验语音学之方法，予中国声韵学上一重大之贡献，确定汉字声调之本质，解决中国声韵学千五百年来一向捉摸不清之四声问题，其伟玏鸿勋，岂可忽视哉？先生虽诚朴笨拙，缺乏天才，惟其译小仲马《茶花女》则颇情理逼真，隽永可喜。善写幽默打油诗，成为打油诗之权威者！曾有人目睹先生于数分钟内随口脱出无数富有趣味之打油诗，因遭多数人之菲薄，讥为无骨头，诚不知先生亦曾写《南无阿弥陀佛戴传贤》使无数青年以一读为快也。

白涤洲尝批评先生为工作谨慎，服务勤勉，吃苦精神，态度和蔼，趣味丰富。惜先生旧日习气犹未尽脱也。

先生于音韵学上的确树立不可磨灭之成绩，而竟死于庸医之手，诚可慨已，此亦为打油诗之资料欤！

（原载 1941 年《中国公论》第 5 卷第 1～3 期）

顽童刘半农

徐半梅

在我刚进时事新报的时候，忽然有一新剧团到上海来开演，领导者是李君磐。我在毕业的那年，苏州开抵制美货大会时，才与李君磐相识。他是南京格致书院出身，后来在北京办过江苏旅京公学，不知怎样的也搞起话剧来了。我与他既是老朋友，现在变成同志，当然要去访问他一下。

他的剧团与其他话剧团体，有三个不同之点。所以我非提他一提不可。第一，他的剧团附有乐队；第二，他们擅演洋装戏，正场旦角史海啸，是个高头大马型的体格，扮洋装的女角，妙到极点；第三，这剧团到过南洋群岛，到过日本。他那剧团的名称，叫做开明社。

他们到日本去演戏，还在梅兰芳、小杨月楼、黄玉麟三批人马之前。那时节，日本有一名女伶，叫松井须磨子，演托尔斯泰的《复活》，非常有名；而史海啸在日本也演《复活》，松井须磨子很钦佩海啸的演艺，所以这一个剧团与其他剧团比较，实在有很多特点（按：松井须磨子后来因提拔他的作家岛村抱月氏一死，她突然自杀而死的）。

开明社假座大新街中华大戏院开演（即亦舞台原址，在汉口路转角，现在是惠中旅舍）。上演的一天，我也到后台去观光。其时他们在开幕之前，各人正忙着扮戏。李君磐便领了一个十七八岁的大孩子，到我面前说："这一个顽童。请你给他化一化装吧！"我便接受下来，给他画了一副顽皮面孔。我打听他姓什么，他说："姓刘，江阴人。"

过了一个月，我在时事新报馆，接到一封信，就是那个姓刘的江阴人写给我的。他见我在时事新报上译过一篇托尔斯泰的小说，他要打听我根据的原本是否英文？他信上的署名叫刘半侬。我便告诉他："我是从日本文译的。"又过了几天，刘半侬寄了两篇译的小说稿给我，托我在什么地方发表。我把一篇登在时事新报，一篇给他介绍到中华书局的《小说界》杂志去。

从此，他常有小说托我代为介绍。后来中华书局扩充编辑部，我辞去了时事新报而入中华编辑部，同时也把刘半侬介绍了进去。我们相处有好几年，直到中华编辑部紧缩，大家才分手。刘半侬就上北方去了。其时他才改名刘半农。人家只晓得他是个文人，不晓得他也曾搞过话剧。

该剧团中，还有一位人物，我不能不提。因为读者诸君今天还一定会和他常有接触。此人叫苏寄生，这就是现在每天在电台上教京戏，考究阴平、阳平、尖音、团音的苏少卿。李君磐老后，在张冶儿办的残废养老堂当秘书，已于一九五五年暮春时节去世了。

（摘自1957年中国戏剧出版社初版《话剧创始期回忆录》）

纪念长兄半农先生

刘北茂

今年先兄半农先生的诗集将重新出版，这使我很高兴，因为先兄的诗作被埋没在故纸堆中，静静地躺了二十多年之后，又有机会和人民见面了。

人民文学出版社的负责同志要我为先兄的诗集写一篇文章，这对我说来，当然是义不容辞的。但可惜我不能用先兄那样的文笔来描述他战斗与劳动的一生，再加上对他的作品不够熟悉，所以只能就想到的一些和翻阅到的一些，拉杂地凑成这篇东西了。

我家兄弟三人。长兄半农先生长我十二岁，二先兄天华先生长我八岁。我七岁丧母，十一岁丧父，全靠两兄抚养成人，手足感情之深，非一般兄弟可比。在这里我想简略地追述一下我们的家庭出身：我们的原籍是江苏江阴。我的祖父在读书时代便去世，祖母年轻守寡，因无子嗣，就从江阴乡下本家的一个贫农家庭里过继了我的父亲。那时他才六、七岁，祖母把他带进城来，叫他入塾就读。当时家中贫寒，祖母靠着辛勤劳动，纺纱织布，才能供给父亲读书。在旧社会孤儿寡妇是被人们歧视的。后来父亲考上了秀才，当了私塾教师，人们的看法就不同了。我母亲也是出身在一个贫农家庭。她父亲在她出世后不久就去世了。因家贫，她母亲无法养活她，就在一个严冬的早晨，把她弃在冰冻的河中，恰巧我祖母路过看见了，因出于怜悯，把她救起，带回家中当童养媳养大。当我父亲和母亲成亲以后，我家和外祖母家还保持着一定的来往。我还记得很清楚，当我还不大懂事的时候，就听见大哥对我说，母亲小时候的事不能怪我外祖母，而要把它看成是一个社会问题。这些话在当时我虽不能完全听懂，但也领会了其中的一些意思。而外祖母在我的印象中却永远是那样沉默而虔诚，终年茹素念佛，从来看不见她的笑容，仿佛她要尽自己最大的努力，去弥补她早年的过错。

长兄半农先生，生于 1891 年 5 月 27 日。在我兄弟三人中，他的资质最为聪明。他四岁时父亲教以识字，六岁入塾，虽在童年，已能作对咏诗。十二岁时，入父亲及杨绳武先生所创办的翰墨林小学，十五岁入常州中学，成绩恒前列，同学莫不倾羡。但他总是谦虚友爱地帮助同学，对于师长，永远是尊敬备至的。后来他成名了，但还是保持着这种谦虚和尊师的美德。比如，曾使他在文笔上受益不小的杨绳武先生，永远是他念念不忘的。

辛亥革命爆发，学校停闭，两兄便毅然抛开了书本去参加革命。那时长兄已于同年夏，因家中无人照料，在母亲病危时匆匆结了婚，对家庭负了一定的责任，但这决不能阻碍他的前进。记得那时家人百般阻挠他去参加革命，他气愤万分，不吃饭，不说话，甚至晚上躺在院子里晒酱的台子上，坚决不肯回到室内去睡。这种顽强的斗争精神，终于迫使我父亲和嫂嫂等让步了，于是他就到了清江，在军队中担任了文牍工作。

随着革命形势的发展，地方军阀及豪绅势力纷纷混入革命队伍。溥仪退位后不久，半农先生因不满于当时革命军队内部的混乱现实，就返归江阴，于次年（1912）春，偕二哥赴上海。我还记得，他俩向亲友们借了五块钱作川资，身上穿着破旧不堪的长衫，满怀着希望与抱负离开了家。

到上海后，长兄开始以卖文为生，二兄则致力于音乐。他俩的生活是很艰苦的，辛勤所得仅能免于饥，而不能免于寒。到了冬天，两人仅有一件棉袍，一人穿了它出门，另一人只得在家躲在被窝里取暖。两兄就在这样贫困的环境中，开始了艰苦奋斗的一生。

半农先生初到上海时，担任了《中华新报》特约编辑员，后来又担任了中华书局编译员。1915 年，《新青年》杂志创刊了。这是“五四”前夜嘹亮地鼓吹新思想、鼓吹文学革命的号角，是在黑暗中闪烁着光芒的反封建大旗。不久，半农先生就加入了《新青年》编辑的行列，并为该刊撰稿。从此以后，他的写作方向就有了根本性的转变，卖文为生已不是他的主要目的了。他紧握着自己的笔，积极地投入了反封建的战斗。1918 年，《新青年》全部改用白话文后，文学革命运动更热烈地展开了。在这期间，半农先生曾发表过不少有关文学革命的文章，其中以《奉答王敬轩先生》的双簧信最为突出。当时封建古文家对文学革命恨之入骨，凭藉着反动政治力量进行垂死挣扎。半农先生归纳了封建文人的种种荒谬言论，用“王敬轩”的名义写出，然后以《新青年》记者的身份答复，把这些谬论驳斥得体无完肤，猛烈无情地给了它一个致命的打击。

从 1917 年起，半农先生已被聘为北大预科教授，于教课之余，努力从事文学革命工作。由于他对于中国古典文学的造诣颇深，精读或浏览的范围又很广，因而对于文字的运用，不论文言或白话，散文或诗歌，写作或翻译，均能驾驭得纯熟而自由。但他决不是一个墨守成规者，因而能创造性地进行文学革命工作和改革北大的中文教学，在这期间，著有《中国文法通论》和《应用文之教授》等书和论文，并为推行白话文提供了理论著述。

在诗的创作方面，远在“五四”运动之前，他已写过一些控诉书式的诗篇，为压在底层而喘不过气来的劳动人民疾声呼吁。正如诗人臧克家所说，这些诗篇“带着相当浓厚的反抗意识和阶级对立的思想”。❶他的诗不仅有着新的思想内容，而且在诗的形式体裁、创作手法以及语言的运用等方面都鲜明地表现了他的创造精神。最初，他在创作白话诗的同时，也作了一些文言诗，但当文学革命明确地提出了要建立反帝反封建内容和白话形式的新文学的口号之后，半农先生就放弃了写文言诗而偏重于写白话诗了。这一时期，他曾在《新青年》上发表了不少新诗。在体裁方面，无论是有韵诗、无韵诗、散文诗或方言诗，在他的笔下都能写得活泼清新。在语言的运用方面，半农先生曾为新诗走上口语化、大众化的道路作过不懈的努力。他的表现方法既有现实主义的，也有浪漫主义的。至于诗的内容方面，我想可由他的各个

❶《中国新诗选》：臧克家《‘五四’以来新诗发展的一个轮廓（代序）》。

诗篇来说明，无须我来介绍了。

半农先生对人民的语言和民间文学有着深厚的感情。这和一般沙龙文学家正相反，这些人认为人民的语言和民间文学是俚俗粗野、不登大雅之堂的东西，不值一提。半农先生在他的《瓦釜集》序言中说："要试验一下，能不能尽我的力，把数千年来受尽侮辱与蔑视，打在地狱底里而没有呻吟的机会的瓦釜的声音，表现出一部分来。"❶他对民间文学有这样的看法，他说："我以为若然文艺可以比作花的香，那么民歌的文艺，就可以比作野花的香。要是有时候，我们被纤丽的芝兰的香味熏得有些腻了，或者是尤其不幸，被戴春林的香粉香，或者是Coty公司的香水香，熏得头痛得可以，那么，且让我们走到野外去，吸一点永远清新的野花香来醒醒神罢。"❷

半农先生就是带着这样崭新的面貌，以新诗拓荒者的姿态走上了现实主义的创作道路。在反封建的斗争中，他以诗歌这一武器进行了同样"活泼勇敢"的战斗。他说过："我应当正对着一阵笑声，骂声，唾声的雨！但是一件事刚起头，也总得给人家一个笑与骂与唾的机会。"❸半农先生就是以这样威武不屈的精神对待顽固保守的封建文人，因为他"断定有人能从茅塞粪土中，开发出更好的道路来"。❹

自1920年春，半农先生赴欧洲留学，先入伦敦大学的大学学院学习，次年转入巴黎大学进修。由于半农先生在文学实践中迫切地感到中国字声、音韵以及诗的声调等问题有进行科学研究的必要，因此，他在留欧期间择定了专攻实验语音学，其目的在于利用先进的科学方法来解决汉语的一切字声问题。为此，他在巴黎大学的语音学实验室里苦心孤诣地研究了好几年，精通了语音学的理论与实践，并用中文和法文写了有关汉语语音学著作多种，受到了国际语音学界的重视，被推为巴黎语言学会会员，又获得了法国学院的伏尔内语言学专奖。与此同时，半农先生并没放弃他一向的文学活动，在欧期间，他还写

❶《瓦釜集》:《代自序》。

❷《瓦釜集》:《后记》。其中提到的"戴春林"，是上海的一家化妆品商店；"Coty"公司则在法国巴黎。

❸《瓦釜集》:《代自序》。

❹ 同上。

了很多诗歌、论文和译述。1925年春，半农先生获法国国家文学博士学位，于同年秋返国，任北大国文系教授，并为北大研究所创立了语音学实验室。经过十多年的苦心研究，半农先生终于在中国音韵学的四声问题上获得了关于声调（intonation）定义的结论，发明了多种语音学实验仪器，以及结合汉语之特点而创造了一系列科学的研究方法。

半农先生的成就不仅限于文学、语言学这两个范畴。他有多方面的兴趣和渊博的学识，虽享年仅四十三岁，但他毕生研究工作的范围是很广的，他所参加过的工作和活动而有著述的，择其重要者有下列各项：文学创作和翻译，文艺批评，语音学研究和仪器发明，中国文法研究，民歌收集与研究，方言调查，考古和历史语言研究，乐律及古代音乐史研究，编辑书报、字典以及艺术摄影等等。半农先生以一人之身，兼做数人之事，因而疲劳过度，导致心脏衰弱。

1932年6月，二先兄天华先生因赴北京天桥记录民间乐曲，染猩红热症，不幸竟以三十七岁的壮年去世，这是我国民族音乐的一个重大损失。我和长兄均陷于极度悲痛之中，而他还尽力来安慰我。在他劝导下，我为了纪念二先兄，从此逐渐抛开外文而改治音乐。长兄在悲痛之余，更感到生命的短促和时间的宝贵。记得有一天晚上，他对我说："到了这年纪，还不知老之将至。我也该多用些功夫，多写些著作才好。"自此以后，他的工作更是有增无已，不肯浪费一点时间。我每次看见他时，他总在埋头工作。我常常劝他要有点休息才行，但他总是微笑地对我说："事情总是做不完，教我如何休息呢？而且我最怕的是闲着没事做，那比什么都难受！"

1934年夏，半农先生率领了北大研究所师生赴西北内蒙一带进行考古和调查方言的工作。我因想到长兄有心脏衰弱症，在他出发前曾劝他说："您身体不好，这样大热天到西北去容易遭病，如能不去还是以不去为是。"可是他说："平时实在没有功夫，现在正可利用假期去考察一下。"他接着又说："人生不过数十年，假使因循偷安，还能有什么成就呢？"这本来是勉励我的话，哪会想到竟成了最后的遗训！

半农先生到西北后，不辞辛劳地冒着炎热与风沙和大家一起工作。因为他身体不好，人们想给他一些特别的照顾，可是总被他谢绝，他和大家一起步行爬山，吃莜面，同甘共苦，而且始终是兴致勃勃，谈笑风生的。但由于当时内蒙环境卫生不佳，半农先生被虱子咬了以后，传染了回归热症，抱病回北京后仅四天，因心脏衰弱治疗时有碍用药，以致不治，不幸于 1934 年 7 月 14 日竟与世长辞！

先兄半农先生长眠在北京香山玉皇顶已二十三年了，但他为人治学的态度却是我一生不能忘却的，也永远是我的榜样。半农先生性情豪爽而诙谐，为人忠厚而正直。他对人对事都是真诚坦率，不存偏见，可是有时因持论过直，容易开罪于人。在学术研究上，半农先生同样表现了毫无成见的态度。他一向强调，学术只有通过争论才会得到比较正确的结论，人们要竞争才能得到进步。然而在那个时代里，要展开普遍的心平气和的学术讨论还是不大容易的事。半农先生曾为之大声疾呼，“学术争论完全是为了学术，不可伤了彼此间的感情。对于失败者并不可耻，更不可因此影响其人格和地位。”钱玄同先生是他最亲密的朋友，他俩时常为学术问题而争论，可是当正确的一方胜利了，另一方便虚心地承认：“我错了！”这样的争论反而加深了他们的友谊。他俩相约着：“有生之年，即为抬杠之日。”半农先生治学严肃认真，直至他已经是大学教授之后，他犹能虚心向人学习，决不“强不知为知”。在治学方面，他的刻苦钻研精神，更是令人惊异的。据我嫂嫂说：“他往往半夜醒来，想起了一个问题，如有疑问，便马上起来，到有关书籍中去找答案，否则他是不能再入睡的。”又如他晚年练书法，坐在洋车上还注意商店招牌，看到了写得好的，他便下车去细细观察。他就是这样一点一滴地来丰富自己。从这里可以看出，半农先生获得这样多方面的成就，不是偶然的。

半农先生把自己一生的精力都贡献在学术上，他日以继夜地辛勤劳动，但从来没有自满过，他说：“虽承爱我的朋友这样鼓励我，其结果却促动了我的严刻的反省。……这样一想，我立时感到自己的空虚。这是老老实实的话，并不是客气话。一个人是值不得自己的严刻的批判的；一批判之后，虽然未必就等于零，总也是离零不远。”这些话里的含义，是值得我们深深体会的。

半农先生是“五四”时代文学革命运动中的一员猛将。我们遗憾的是他没有跟上急剧发展的现实，没有象鲁迅先生那样始终站在时代的最前列。当然这首先是受了环境的影响和限制。另外还有两个原因，一是由于他晚年受到白色恐怖的威胁，他的稿子不是被拒绝发表，就是被删改得面目皆非。他曾叹息地说："我不能畅所欲言，还有什么可写呢？"另外，因为他在晚年把全部精力都投入到学术研究中去，他开始不问政治。这种"清高"思想使他逐渐脱离了政治。但当国难临头的时候，他并不是袖手旁观，沉默不语，他曾对国土的沦丧，人民的被宰割而感到沉痛，发表愤慨的言论。他也决不与一般反动文人同流合污的，他愤恨林语堂的媚外，认为他是文化汉奸。他对胡适的评语是："这个人眼睛里除了利以外，别无他物。"当清宫最初开放时，溥仪的书桌上留有胡适因病不能进宫的请假名片，下款具名"臣胡适"，人们才知道胡适曾做过溥仪的教师。这件事，半农先生认为是胡适一生洗不清的耻辱。从这里我们也可以看出半农先生和胡适、林语堂之流在本质上是决然不同的。当半农先生去世时，他的生前友好都表示沉痛的哀悼，但也有些人别有用心地对他进行诽谤。可是鲁迅先生在《忆刘半农君》一文中说："他活泼，勇敢，很打了几次大仗。……要商量袭击敌人的时候，他还是好伙伴……。"鲁迅先生又说："我愿以愤火照出他的战绩，免使一群陷沙鬼将他先前的光荣和死尸一同拖入烂泥的深渊。"❶

回想先兄在世时对旧中国现实的黑暗是极其不满的。他曾在所译《茶花女》一剧公演时说过："我并不是个悲观者，我相信（至多也是希望）这冷酷无情的空气弥满在中国民族中间，只是一时的现象，决然不是永久的。我就这样相信着，希望着。❷"

安息吧，长兄半农先生！您所向往的社会已经到来了！

1957年8月，于天津中央音乐学院

（载1958年人民文学出版社初版《刘半农诗选》）

❶ 鲁迅《且介亭杂文》:《忆刘半农君》。

❷ 《半农杂文》二集:《因茶花女之公演而说几句》。

刘半农生平年表
（1891——1934）

1891 年　　1 岁

5 月 27 日（农历四月二十日），出生于江苏省江阴县城内西横街一个清贫的知识分子家庭里。

原名寿彭，1912 年在上海定居后，改名复。初字半侬，偶署伴侬或瓣秾，后改字半农，以字行。以繁体的“農”字，上半是个“曲”字，就取号曲庵。参加文学革命后，在发表新诗时，曾用过笔名寒星。

祖父名刘汉，求学时期即去世。祖母夏氏因为没有子嗣，就从江阴农村的贫农本家里过继了刘半农的父亲，取名玉珂，字宝珊。夏氏以纺绩所得供给玉珂读书。清光绪二十二年，玉珂考中秀才，做了塾师，后在江阴兴办新式教育。刘半农的母亲蒋氏自幼丧父，因家贫无力抚养，被生母弃于冰冻的河里，适逢夏氏路过将她救回家中，作为童养媳养大。

1894 年　　4 岁

从父识字。

1895 年　　5 岁

二弟寿椿生，后改名天华，为我国现代著名民族音乐家。

1896年 6岁

入塾读书，学习三四字短对和咏诗。

1899年 9岁

开始学习数学，课本是《九数通考》。学习不到半月就已毕业，而开首一段《河图洛书说》及《周髀图说》，直至三年之后始能了解。

父亲给买了小画谱，在照谱习画中，培养了爱水的观念。

1905年 13岁

秋，入刘宝珊、杨绳武等创办的翰墨林小学。上午选学《三苏策论》或《古文观止》中的文章，并看《纲鉴易知录》十页。下午学习英语和数学，课本是《华英进阶》、《英文初范》、《英文法程》、《九数通考》、《数理精蕴》、《代数学》。晚上还要看些《西学大成》、《泰西新史揽要》、《四书味根录》、《五经备旨》等书。

国文教师刘步洲自拟标点符号，给他留下了深刻印象。

三弟寿慈生，后改名北茂，长期从事英语和民族音乐教学工作。

1907年 17岁

常州府中学堂成立，学制五年。秋，采取分县录取考生的办法，在府辖八县招生。刘半农以江阴县考生第一名的优异成绩，考入常州府中学堂。因学过英语，被编入二年级第一班。

中学时期，学习成绩常居于前列。十八九岁时，对写作和翻译发生兴趣。课余喜欢在书林里揽胜或进行文娱活动，曾买一小照相机，在假期里学习摄影。后来用诗的语言"暗红光里的蜜吻"追忆当时热爱摄影活动的心情。

1911年 21岁

距毕业不到一年，因故离开常州中学。曾在翰墨林小学短期执教。

夏，母亲病危。因为家中无人照料，奉亲命，与同县朱子文的长女蕙英完婚。婚后不到十日，母亲病逝。

10月，辛亥革命爆发。不顾父亲和妻子的再三劝阻，北走清江，在革命新军中担任文牍和翻译工作。

1912 年 22 岁

2 月，在清帝宣告退位后数日，因为对革命军队的混乱不满，离开清江，回到江阴。

二三月之交，向亲友借了五元旅费，偕天华去上海谋生。

到上海后，参加新剧团体开明社，任文字编辑，编译过剧本《好事多磨》。在剧团演出时，经李君磐介绍，与《时事新报》编辑徐半梅（卓呆）相识。此后，不时将译著的稿件寄徐，经徐介绍在报刊发表。后因剧社混乱，乃离去，又在一家小报馆从事编辑和校对工作。

1913 年 23 岁

中华书局扩充编辑部，经徐半梅介绍，任中华书局编译员。

夏，创作侦探小说《匕首》。

8 月，初次在《小说月报》上发表侦探小说《假发》。

10 月 8 日，在《时事新报·杂俎》上发出“半侬征联”的通告。上联为五字同音，又都是平声的“余渔鱼于圩”。

10 月 13 日，在《时事新报·杂俎》上发表百字小说《秋声》，揭露张勋部伍镇压二次革命、荼毒地方的罪行，获该栏悬赏第 33 次一等奖。

1914 年 24 岁

1 月，由沈瓶庵编辑的《中华小说界》月刊创刊。3 月，首次在该刊发表小说《匕首》。

6 月，由王钝根编辑的《礼拜六》周刊创刊。12 月，首次在该刊第 27 期上，发表翻译小说《橡皮傀儡》。

本年，翻译英国狄更斯的《伦敦之质肆》，俄国列夫托尔斯泰的《此何故耶？》，以及根据丹麦安徒生的《皇帝之新衣》改写的《洋迷小影》，先后在《中华小说界》上发表。

1915 年 25 岁

1 月，《中华学生界》月刊创刊，在创刊号上发表小说《终身恨事》。

《中华妇女界》月刊创刊，在创刊号上发表小说《忏吻》。

由黄山民编辑的《小说海》月刊创刊。4月，首次在该刊第1卷第4期上发表翻译小说《八月十二》。

夏，着手翻译《乾隆英使觐见记》。

8月，由包天笑编辑的《小说大观》季刊创刊。10月，首次在该刊第2集上，发表翻译的独幕喜剧《戍獭》。

10月，在《中华小说界》第2卷第10期上发表《希腊拟曲》，在前语中说："去冬十月，本界刊载启明君所译《希腊拟曲》二首，情文双绝，古色烂然，谈者每称为译林珍品，近友人蒋子，远道自美洲录寄希腊珞珞披端遗稿一章，……妄译如左，启明见之，得勿嗤为狗尾续貂耶!"对周作人的译文多有称许。

《中华新报》创刊，任该报特约编译员。

本年，与中华书局同人程小青、陈小蝶、许天侔、天虚我生、常觉、渔火、周瘦鹃、严独鹤、霆锐等开始合译《福尔摩斯侦探案全集》。翻译日本德富芦花的《悯彼孤子》，俄国屠格涅夫的《乞食之兄》等四篇小说，以及美国华盛顿欧文的《暮寺钟声》，在《中华小说界》上发表。

父亲病逝，肩负起家庭生活的重担。

1916年　　26岁

3月，在《小说大观》第5集上，发表与程小青合译的侦探小说《x与o》。

春，中华书局同人合译《福尔摩斯探案全集》毕，负责全书的校阅工作，5月校完。作《跋》和《英国勋士柯南道尔先生小传》。

9月，陈独秀编辑的《青年杂志》改名《新青年》。10月，首次在该刊第二卷第2期上发表《灵霞馆笔记》。

30日，长女育厚（小蕙）生。

秋，在中学任教。

11月，在《小说海》第2卷第11号上发表与向恺然合译的小说《丹墀血》。

12月，在《小说海》第2卷第12号上发表与成舍我合译的小说

《日光杀人案》，及与王无为合译的小说《兄弟侦探》。

冬，回江阴。

本年，中华书局发生财政危机，在紧缩编辑部时离去。

在友人家，与苏曼殊相会，一起谈论西洋诗歌。

1917 年　　27 岁

1 月，由包天笑、钱病鹤编辑的《小说画报》月刊创刊，在创刊号上发表小说《歇浦陆沉记》。

3 月，在《小说画报》第 3 号上发表小说《可怜之少年》，署名半农起稿，天笑修词。

5 月，在《新青年》第 3 卷第 3 号上发表《我之文学改良观》。

7 月，在《新青年》第 3 卷第 5 号上发表《诗与小说精神上之革新》，介绍英国约翰生和美国樊戴克的文学思想。

约 10 月，离开江阴，只身北上。经北京大学文科学长陈独秀的推荐，任北大法科预科教授，讲授模范文和文法概论，选编新的教材，并加以分段和标点。

到北大后，周作人去看望他，见他作《灵霞馆笔记》的资料，原是些习见的东西，经他组织，就成为清新可读的散文，很佩服他的聪明和才力。

10 月 16 日，致书钱玄同，提出文学改良已经锣鼓喧天的开场，“你，我，独秀，适之，四人，当自认为‘台柱’”，当仁不让，不计毁誉。在文学改良的进行上，赞成钱玄同提出的“打鸡骂狗”和“造新洋房”的破旧立新的方法。

同月，写新诗《相隔一层纸》。

11 月 18 日，致书钱玄同，讨论新文学与今韵问题。

同月，作《应用文之教授》。

12 月 11 日，出席北大国文门研究所国语部与国语研究会召开的国语讨论会，讨论分工与合作问题。北大方面出席的还有蔡元培、沈尹默、钱玄同、朱逷先、胡适，国语研究会方面出席的有黎锦熙、陈颂平等。

12 月 14 日，出席文科国文门研究所第一次小说科研究会，到会的教员还有周作人，研究员为袁振英、崔龙文。在会上强调要用历史的，系统的，比较的方法研究小说。

28日，出席文科国文门研究所第二次小说科研究会。

1918年　　28岁

1月18日，出席国文门研究所第三次小说研究会，在会上作《通俗小说之积极教训与消极教训》演讲。

本月，在新学期里，担任北大理科预科一年级丙丁班国文教学工作。

2月1日，出席国文门研究所第四次小说研究会，到会教员还有周作人，研究员袁振英、崔龙文、付斯年、俞平伯。

同日，经他倡议，《北大日刊》发表《北京大学征集全国近世歌谣简章》，定1919年6月31日为征集截止日期，1920年底为编辑完成期，1925年北大二十五周年纪念日出版《歌谣汇编》、《歌谣选粹》。由沈尹默主任一切，并负责编辑《歌谣选粹》，刘半农负责来稿初审和编辑《歌谣汇编》，另由钱玄同、沈兼士负责考订方言。

2月10日，在绍兴会馆与鲁迅、周作人共度丁巳除夕。他们都有意仿日本杂志的办法，在《新青年》上增设“蒲鞭”一栏，用批评的方法督促编译界进步，因考虑不易实行而作罢。

作新诗《除夕》。

2月19日，作《奉答王敬轩书》。

3月29日，出席国文门研究所第五次小说研究会，在会上演讲《中国之下等小说》。

4月5日晚，与钱玄同共访鲁迅。

19日，出席国文门研究所第六次小说研究会。

本月，写随感录《斥〈灵学丛志〉》。

5月20日，负责诠订的《歌谣选》自本日起在《北大日刊》（141号）陆续刊载，至1919年5月22日《北大日刊》（384号）止，共刊载148首。

本月，北大报教育部，请派刘复去欧洲学习语言学。随后，又报教育部以其工作无人接替，决定留校一年，教育部准其留校一年。

7月初，回到江阴度暑假，与鲁迅通信两次。月底回到北京。

30 日，加入北大进德会，为信守该会三条基本戒约（不嫖、不赌、不纳妾）的会员。

31 日，下午访鲁迅。

8 月 6 日，下午与钱玄同共访鲁迅。随后又致书鲁迅。

15 日，周作人在《新青年》第 5 卷第 2 号上，发表译文《改革》。在按语中透露：刘半农想造一个“她”字，和“他”字并用。

29 日，下午访鲁迅。随后又致书鲁迅。

本月，在《新青年》第 5 卷第 2 号上，发表《今之所谓评剧家》。

9 月 2 日，收到鲁迅信，及《随感录·二十五》一文，另杂志八本。

本月，在《新青年》第 5 卷第 3 号，发表《对于〈新青年〉意见之种种——复 Y·Z》。

作《作揖主义》。

12 月 22 日，邀鲁迅饮于东安市场中兴茶楼，同席的有周作人、徐悲鸿、钱秣陵、沈士远、沈尹默、钱玄同。

26 日，晚与陈百年共访马幼渔。鲁迅、周作人、吴稚晖俱先在。

29 日，下午与陈百年、钱玄同共访鲁迅。

1919 年　　29 岁

1 月 4 日，致书鲁迅。

7 日，夜与钱玄同共访鲁迅。

12 日，下午访鲁迅。

20 日，作《居庸关刻石辨文》。

24 日，晚访鲁迅。

2 月 4 日，晚访鲁迅。

本月，《神州日报》“学海要闻”栏两次登半谷（张厚载）通信，造谣说陈独秀、胡适、陶履恭、刘复等四人被驱逐出校，并有逮捕和陈独秀已逃到天津的话。

北大按教育部《国语统一筹备会规程》中所列会员资格，由校长选定朱希祖、马裕藻、胡适、钱玄同、周作人、刘复为该会会员。

3 月 18 日，《公言报》发表林琴南《致蔡鹤卿太史书》，在按语中说陈独秀、胡适、钱玄同、刘半农、沈尹默等新文学派之主张，祸及人群，无异于洪水猛兽。

19日，《北大日刊》发表《蔡校长致神州日报记者函》，指出半谷通信中所谓陈独秀、胡适、陶履恭、刘复以思想激烈，受政府干涉等等，纯属谣言。

29日，晚与鲁迅、陈百年、刘叔雅、朱遏先、沈士远、沈尹默、钱玄同、马幼渔，在前门外西车站为周作人赴日饯行。

4月21日至25日，出席国语统一筹备会成立大会，负责拟定的《国语统一进行方法》议案，经大会议决通过。出席大会的北大代表还有蔡元培、朱希祖、马裕藻、钱玄同、周作人、胡适。

5月4日，反帝爱国的五四运动爆发。下午访鲁迅，鲁迅交与日本丸善书店寄来的书籍二册。

18日，上午访鲁迅。

6月3日，北大法科被军警围占。下午与周作人、陈百年、王星拱去法科，要求慰问被捕学生，遭到反动军警的拒绝。为此，与钱玄同等十九人联名发出《致本校全体教职员诸君函》。定于4日下午召开全体教职员紧急大会，磋商营救被捕学生办法。

5日，出席北大教授临时会议，讨论挽留蔡元培留任北大校长和应付紧急事件等事宜。在会上，被推举为该会干事负责人。

11日，陈独秀在东安市场散发传单时被捕。晚与钱玄同共访鲁迅。

7月5日，晚访鲁迅。

10日，夜与钱玄同共访鲁迅。

本月，回江阴。采集《江阴船歌》二十首。8月间返京。

8月2日，教育部训令（第293号）：刘复“留校现已一年期满，该员本年是否定期出发，仰即迅速据实呈复，以凭核办”。

9月，为欢迎陈独秀出狱，写新诗《他们的天平》、《D——！》。

10月15日，出席国文研究所研究会，讨论语典总编辑沈兼士提出的《语典编撰大旨》。

11月10日，晚访鲁迅。

23日，下午与陈百年、朱逷先、沈尹默、钱稻荪、马幼渔共访鲁迅。

12月1日，因准备赴欧洲留学，自本日起，所授各班文法课停讲。

8日，为出版《中国文法通论》作“说明”，附于该书目录之后。

17日，在北大二十二周年纪念会上演讲，题为《留别北大学生的演说》。

本年，兼任北京高等师范学校本科讲师。

《中国文法通论》(1919—1920年度第一学期北大预科二年级各班所用的讲义)，由北大出版组印行。赠书于鲁迅，墨笔题字："豫才兄，著者。"

1920年　　30岁

1月，国语统一筹备会召开第二次大会，成立国语辞典委员会，被推选为委员。

27日，在上海致书周作人，拟编《近代文艺丛书》，每月印行一册。以鲁迅、周作人、刘复为基本社员，请鲁迅为编辑主任。这项计划，没有实现。

2月7日，自上海乘日轮，携眷去欧洲留学。3月17日，到达英国伦敦。

4月9日，致书北大校长蔡元培，谈求学宗旨。决定入伦敦大学的大学院学习，课余研究英文。

5月1日，寄明信片给鲁迅。

26日，《对于改良北京大学图书馆的意见》写讫。

6月6日，以《时事新报·学灯》和《新人》杂志讨论"她"字，为了答辩，作《她字问题》。

8月1日，孪生的次子育伦、三女育敦生。此后，就以一人的留学费用，作全家五人的生活费用。

9月4日，作歌《教我如何不想她》，后由赵元任谱曲。

本年，撰写《国语动词之研究》。因考虑还需要修正补充，没有发表。

1921年　　31岁

2月7日，作诗《一个小农家的暮》。

3月20日，译完长诗《十二个》，并写一封长信给周作人。原准备寄回国内发表，后因译稿需要修改而搁置，信也没有发出。

5月20日，作《寄〈瓦釜集〉稿与周启明》，后改题《〈瓦釜集〉代自叙》，收入《瓦釜集》。

六七月之交，离开英国，转入法国巴黎大学学习实验语音学，并在法兰西学院听讲。

9月15日，作《提议创设中国语音学实验室计划书》，寄北京大学。

16日，致书周作人，提出要在年底着手对古诗、律诗、词、曲、散文、诗谣、说话等进行实验比较，以求出构成音节的共同原则。以后为此工作过数月，因为诗歌体裁太多，而各地方言不同，吟诵起来，声调会有无穷的变化，不得不暂时搁下。

19日，作《四声实验录提要》。

10月20日，作《国语问题中一个大争点》。

1922年　32岁

年初，为进行学术考察，去德国柏林住了三个多月。

约3月，致书钱玄同（已佚），讨论语言教育中的四声问题。

夏，作《〈四声实验录〉序赘》。

冬，经过巴黎大学的试验，取得参加法国国家文学博士考试的资格。

本年，曾着手起草《语音学纲要》一书，上编为应用语音学，下编为实验语音学。以后再未提及此事。

作成《南方语中的清浊音》，因想把南方的清浊与北方的阴阳合论，重加增改，遂搁置。

1923年　33岁

2月，作《四声实验变化之一例》、《守温三十六字母排列法之研究》。

5月，作《海外的中国民歌》。

6月，作诗《柏林》、《劫》、《巴黎的菜市上》、《我竟想不起来了》、《梦》、《江南春暮怨词》。

7月，作诗《在墨蓝的海洋深处》、《别再说……》、《忆江南》、《尽管是……》、《写所见》、《秧歌》、《记画》。

秋，由于严重失眠，乃买一照相机，课余进行摄影活动，经常参观摄影展览，并喜读有关摄影的书刊。

10月22日，作《〈中国文法通论〉四版附言》。

12 月中旬，参加巴黎大学阿脑而特女士举办的私人歌谣讲演会。对演讲时采用配乐歌唱民谣，甚为感动。

22 日，通过沈雁冰致书吴立模，将自己抄录的有关“五更转”的资料，过录给吴立模，供其研究。

本年，在巴黎国家图书馆，埋头抄录该馆所藏我国敦煌写本中有关历史、文学、语言等方面的资料，费时将近半年。

1924 年　　34 岁

3 月，《四声实验录》由上海群益书社出版，蔡元培题书签，吴敬恒（稚晖）、傅斯年作序。

4 月，作诗《赤裸裸的话》《等着》《夜》《七月六日》《病中与病后》。

5 月，作诗《三唉歌》、《面包与盐》。

七八月，作拟儿歌《小猪落地》、《铁匠镗镗》、《我哥哥，你弟弟》、《呒事做》。

10 月 25 日，作拟拟曲（一）。

12 月 6 日，法国巴黎语言学会召开常委会。经巴黎大学语音学院院长贝尔诺提名，并介绍刘半农的学术成就，被推举为该会会员。

本年，赵元任去巴黎访问他。见他的房子已经够小了，可是在桌椅板凳锅灶碗盏之间，还东放一个音鼓，西放一个转动音浪计用的留声机。在这样的环境里，他的《汉语字声实验录》的实验工作已近完成，还在创制和改进测音仪器。

1925 年　　35 岁

1 月 2 日，将自己从敦煌写本中收集的《孟姜女小唱》抄寄给顾颉刚，供其研究。

23 日，作杂文《徐志摩先生的耳朵》。

3 月 2 日，首次在《语丝》周刊第 16 期上发表《徐志摩先生的耳朵》。

28 日，致书周作人，谈自己对《语丝》方针的认识，以及对《语丝》前十期的观感。希望《语丝》永远保持“文学为主，学术为辅”

的态度，并惋惜《新青年》后来的“变相”。

3月17日，下午一时，以《汉语字声实验录》、《国语运动略史》，及自行设计制造的测音仪器“音高推断尺”“刘氏音鼓甲种”，参加法国国家文学博士学位考试。主试人为法兰西大学的梅耶、伯希和、马士贝洛教授，巴黎大学的贝尔诺、弗里欧教授，格拉内讲师。六时考毕，获得优异的评语，并被授予法国国家文学博士学位。《汉语字声实验录》被列为巴黎大学语音学院丛书之一。

4月15日，《法国最高文艺学院公报》宣布，《汉语字声实验录》获1925年康士坦丁·伏尔内语言学专奖。

6月下旬，动身离法回国。29日，在马赛作《敦煌掇琐叙目》。

7月3日至8月7日，于海上作《归程中得小诗五首》，以“从今不看炎荒景，渐入家山魂梦中”，“一片清平万里海，更欣船向故乡行”的诗句，表现回归祖国的喜悦心情。

8月，到上海。转天去群益书社，商谈编撰《中国辞典》事宜。

9月，只身回到北京，任北大国文系教授，讲授语音学，兼任北大研究所国学门导师，中法大学讲师。并筹画建立语音乐律实验室。

在孔德学校借住了两个多月。

经沈兼士介绍，魏建功成为他的助手。

26日，与黎锦熙、钱玄同、林语堂、汪怡在赵元任家聚会，由他发起成立“数人会”，商定每月聚餐一次，讨论有关方言和语音问题。该会经过一年中22次聚会，议定了《国语罗马字拼音法式》。

约本月，为编撰《中国辞典》草拟计划二十七条，拟由钱玄同、黎锦熙、顾颉刚、刘复主撰，常惠、魏建功、白涤洲为常任编辑。在一个大雨的晚上，邀众人到孔德学校的宿舍开聚餐会议，约定每人试编一个字及其所属之复合词。这项计划，后因书商毁约而作罢。

10月18日，北大研究所国学门在北海濠濮涧举行第三次恳亲会，在会上演讲《我的求学经过及将来工作》。

12月23日，在天津作《读〈海上花列传〉》。

冬，回到江阴，采集短歌三四十首，长歌两首。

本年，向北大研究所提出《编撰〈中国大字典〉计划概要》。

1926年　36岁

1月10日，晚到女师大访鲁迅，与鲁迅、许季市到西吉庆夜饭。

1月17日，晚与林语堂等在东安市场太和春聚餐。

20日，作《骂瞎了眼的文学史家》。

26日，作《奉答陈通伯先生——兼答sss君及某前辈》。

2月12日，除夕作《悼“快绝一世の徐树铮将军”》。

3月2日，作《重印〈何典〉序》。

3日，作《〈扬鞭集〉自序》。

7日，晚在家宴请鲁迅、张凤举、李玄伯、陈百年、林语堂、常维钧等人。

22日，作诗《呜呼三月一十八》，化名范奴冬女士，在《语丝》周刊第72期增页上发表，后由赵元任谱曲。

4月，诗集《瓦釜集》由北京北新书局出版，周作人用绍兴方言作《题半农〈瓦釜集〉》序歌。集中共收歌22首，附录《手攀杨柳望情哥词》共19歌。5月上旬寄书于鲁迅，墨笔题字：“豫才我兄赐正复”。

5月17日，致书鲁迅。

25日，致书鲁迅。27日，鲁迅复信并附文《〈何典〉题记》。

6月6日，下午出席北大研究所国学门第四次恳亲会。

中旬，应成舍我的邀请，和世界日报社答应不加干涉的条件，担任《世界日报副刊》主编，自拟广告，于22日《世界日报》上刊出。

17日，下午访李小峰，遇鲁迅、王品青。

18日，晚访鲁迅，约请鲁迅为《世界日报副刊》撰稿。

21日，致书鲁迅。鲁迅于24日复信，并自25日起写《马上日记》。28日上午鲁迅访半农未遇，下午访李小峰，托李代寄致半农信并《马上日记·豫序》稿。

28日，为行将出版的《世界日报副刊》作《也算发刊词》。

本月，《扬鞭集》上卷由北京北新书局出版，周作人作序。

集中共收诗119首，内与《瓦釜集》重收的有9首。

校点清张南庄的方言小说《何典》出版，鲁迅为之作《〈何典〉题记》及《为半农题记〈何典〉后，作》。

7月1日，主编的《世界日报副刊》出版。鲁迅寄半农《马上日记》，2 日又寄《马上日记》稿。

5 日，得鲁迅信，即复。

7 日，作《译〈茶花女〉剧本序》。

10 日，《世界日报副刊》发表岂明（周作人）致半农书（《条陈四项》），对于如何编辑副刊，提出：一、不可“宣传赤化”，或者说“莫谈国事”；二、不可吹捧章士钊、段祺瑞；三、不可太有绅士气，也不可太有流氓气；四、不可轻蔑恋爱。这“四不主义”，希望刘半农“采择施行”。

11 日，晚访鲁迅，于途中相遇。14 日，鲁迅寄半农《马上日记》稿。

13 日，作《校点〈香奁集〉后记》。

本月，翻译法国小仲马的《茶花女》，由北京北新书局出版。下旬，致书鲁迅，并赠《扬鞭集》、《茶花女》各一本，墨笔题字：“迅兄教正复”。

8 月 2 日，晚访鲁迅。

7 日，以《世界日报》负责人成舍我被军阀政府逮捕，离家到某校避了几日。

中下旬，两次收到鲁迅来信，并转来黄朋其、李遇安稿，稿件在《世界日报副刊》上刊出。

秋，兼任中法大学文学院中文系主任，讲授中国文法、语音学、法文戏曲。并任图书馆顾问。

10 月 9 日，上午出席中法大学成立七周年纪念会，应李润章的邀请，作题为《法国流俗语举例》演讲。

本月，由叶灵凤、潘汉年编辑的《幻洲》半月刊创刊，刊出《洋翰林刘复“复古”》、《钉梢“洋翰林刘复复古”》。此后，又刊出批评文章六篇，至 1927 年该刊第 2 卷第 4 期始止。

11 月 28 日，上午在北京学术讲演会、北大学术研究会第九次公共演讲会上演讲，题为《语言的进化》。

12 月 5 日，作杂文《论胡适之的“好好先生”》。

6 日，由北大评议会议决，任聘任委员会委员。

10 日，翻译法国左拉的短篇小说《〈猫的天堂〉——献给打猫打狗的鲁迅翁》，在《莽原》第 1 卷第 23 期发表。

本年，兼任北京师范大学本科讲师，被聘为北大雄辩会和国语演说会的导师，在学生举行演说练习会时，曾多次到场指导。

1927年 37岁

1月8日，北大研究所国学门召开第八次委员会，议决每月5日举行学术讲演会一次，被推举为月讲干事。

10日，因为受到刺激，作杂文《老实说了吧！》，对一些年青人进行了批评。文章发表后，引起反响。12日，又作《为免除误会起见》，说明前文本意是好的，文词有过火之处。此后有几十人参加了讨论。有关文章发表在《世界日报副刊》、《幻洲》、《每日评论》上。28日，作《"老实说了"的结束》。30日，在《世界日报副刊》发表《刘复启事》，声称头眠症复发，辞去编辑职务。计编《世界日报副刊》7个月，共编7卷28号。自2月1日8卷1号起，改由张友鸾主编。

4月5日晚，在北大国学研究所月讲会上演讲，讲题是《从五音六律说到三百六十律》。这是他研究我国乐律提出的第一种报告。

9日，作《〈国外民歌译〉自序》。本月，《国外民歌译》第一集由北京北新书局出版，内收法国、希腊、罗马尼亚、伊朗、巴基斯坦、尼泊尔、柬埔寨等国的民歌共80首。

26日，中国学术团体协会与瑞典考古学者斯文赫定经过十余次谈判，达成共同组织西北科学考察团的协定。在谈判中，他"折冲最多"，被推选为该团理事会常务理事。

6月10日，翻译法国雨果《〈克洛特格欧〉的后序》，在《莽原》第2卷第11期发表。

本月，翻译的《法国短篇小说集》第一册由北京北新书局出版，内收伏尔泰、左拉、雨果等10位作家的短篇小说14篇。

秋，被聘为中法大学中文系主任。

以不满奉系军阀的统治，辞去所任国立各校的教职。

曾与斯文赫定商议，拟提名鲁迅为诺贝尔文学奖金候选人，为此托台静农致书鲁迅，征询鲁迅的意见。

9月24日，作《〈半农谈影〉序》。

10月，北新书局为奉系军阀政府查封，《语丝》停刊，为避文祸，与周作人在北河沿东菜厂胡同，日人多田少佐家，同吃同住逾一周。书室内仅一桌一砚，"寝，食，相对枯坐而外，低头共砚写文而已"，此后遂称周作人为砚兄。

11月，编就《北京光社年鉴》第一册，并作序。

12月29日，长文《〈西游补〉作者董若雨传》写讫。

本年，国乐改进社成立，为名誉会员。对该社筹画刊行《音乐杂志》，予以资助。

1928年　　38岁

1月10日，国乐改进社编印的《音乐杂志》创刊，首次在该刊发表《音律尺算法》。

2月27日，在《语丝》周刊第4卷第9期上，发表《杂览之十六——林则徐照会英吉利国王公文》。

4月，与马衡同去日本，出席东方考古学协会的学术会议。29日，在京都东亚考古学会演讲，讲题为《新嘉量之校量及推算》。路经朝鲜平壤时，曾听旧时李王府雅乐。

6月5日，在奉系军阀退出北京后，发起成立北京文物临时维护会。该会曾反对在国子监和景山驻兵，反对坛庙管理处标卖古柏，并向有关部门介绍档案图书的保管方法，要求保留原有专业及管理人员。

7月5日下午，文物临时维护会开招待会，招待大学院（即教育部）特派员。在会上报告该会一月来维护北京文物工作的情况。19日下午，文物临时维护会又开茶话会，招待南京政府特派接收各部委员，在会上报告该会工作宗旨及工作情况。

本月，去南京，向大学院的大学委员会提出《编撰〈中国大字典〉计划概要》，作预算60万元，被否决；还联名建议将北京的文物机关归总，按性质重新分类，定出系统的、合于科学规律的管理办法。

8月4日晚，在上海的万云楼与鲁迅、许广平、周建人、沈尹默、郁达夫、张友松、林语堂及夫人、李小峰及夫人共宴。

13日，中央研究院第三次院务会议议决，聘请吴稚晖、胡适、陈寅恪、赵元任、顾颉刚、刘复、林语堂为历史语言研究所研究员。10月，历史语言研究所正式开始工作，下分史料学、汉语、文籍考订（筹办中）、民间文艺四个组。任民间文艺组主任，提出了研究计划。后因经费支绌，此组被裁并，改任特约研究员。

9月2日，美国纽约天产博物院中亚考古团于夏天进入蒙古，非法挖掘文物八十余箱。文物临时维护会函请有关方面，扣留其发掘所得。本日，《顺天时报》发表社论，无理攻击文物临时维护会。刘半农与中亚考古团团长安得思进行了长时间的斗争。

冬，开始中国俗曲的采访收集、整理和编目的工作。

12月27日，编就《北平光社年鉴》第二册，并作序。

本年，被聘为文物保管委员会委员，国语统一筹备委员会委员。

1929年　　39岁

1月10日，西北科学考察团团长徐炳昶、斯文赫定在西北考察两年后回京。21日晚，在北平大学法学第一院举行公开讲演会，刘半农做《西北科学考察团之性质及其成立之经过》的报告，徐炳昶做《本团二年中分途工作之大略及考古学之成绩》的报告，斯文赫定做《我们的西北科学考察团及其在各种科学上所得的结果与将来进行的计划》的报告，听众约三千人。

17日，被选为北大学院评议会候补评议员，由评议会议决，任图书委员会委员长，仪器委员会委员。

本月，与钱玄同、刘大白等七人被南京政府教育部聘为名誉编审。

2月25日，上午，在北平大学北大学院（即北京大学）学生欢迎院长教职员会上演说。离开北大一年半后，重返北大任教。

3月4日，下午，出席北大学院教授会议，讨论开课时间，及电促北大旧教授回校任教等事宜。

5月，被聘为北大学院学生演说辩论会的导师。

北大摄影研究会成立，被聘为导师。

6月15日，被聘为北大《国学季刊》编委会委员。

23日，在北大国文学会演讲，讲题为《明沈宠绥在语音学上的贡献》。

26日，被聘为北大学院研究所国学门委员会委员。

7月，去南京，办理辅仁大学董事会立案及恢复辅仁大学名称等事宜，被辅仁大学聘为教务长。

南京政府教育部与中华教育文化基金董事会合组国立北平图书馆，设图书馆委员会，被教育部聘为该会委员。

8月6日，北大复校运动取得胜利，教育部改国立北平大学北大学院为国立北京大学。22 日，北大教职员推举陈大齐、刘复、王烈三人为代表，去南京、上海欢迎蔡元培回北大任校长。

9 月 30 日，在《语丝》周刊第 5 卷第 29 期，发表新诗《沪宁车中作代画诗三首录寄小蕙及弟妹共玩之》。

本月，两次出席北平图书馆委员会会议，被推选为北平图书馆建设委员会委员。

11 月 4 日，经北大评议会议决，任评议会书记，兼仪器委员会委员。

12 月 1 日，为《北京大学卅一周年纪念刊》作杂文《北大河》。

3 日，中国大辞典编纂处召开会议，议决字典组分为七股，书报组分为八股，书报组中的俗曲股由刘复负责。

15 日，作《"四声模拟器"之创制》。

17 日，上午在北大卅一周年庆祝会上发表演说。经多年筹建的语言乐律实验室，本日正式开放。

30 日，为刘天华编辑的《梅兰芳歌曲谱》作序。

本月，应北新书局之约，为《北新》半月刊新年特大号作杂文《北旧》。

本年，美国纽约天产博物院中亚考古团团长安得思，准备第五次进入蒙古"考察"。3 月，古物保管委员会以刘复、马衡、翁文灏为中国学术团体协会代表与之谈判，交涉多次，阻碍重重。12 月上旬，天产博物院院长欧司本致函刘复，对他进行攻击和恫吓。对此，曾撰文予以揭露。八九月，又参与为组织中法一九学术考察团事，与法方代表的谈判工作。

1930 年　　40 岁

1 月 12 日，上午出席国语统一筹备委员会会议，讨论建立国语运动文献馆，筹办国语书报专门印刷之设备，开设国语传习机关等提案。

2 月 2 日，作《〈宋元以来俗字谱〉序》。本月，该书作为历史语言研究所单刊之三在北平出版。

19 日晚，与张继、罗家伦、李书华、陈大齐、徐炳昶等在外交大楼，为斯文赫定的六十五岁诞辰举行祝寿会。

本月，翻译法国保尔帕西的《比较语音学概要》，作为"大学丛书"

之一，由商务印书馆出版。

4 月 17 日，《北大学生》月刊编委会第六次常会议决聘刘复为顾问。

28 日，由南京政府教育部任命为国立北平大学女子学院院长。

5 月 4 日，答《世界日报》记者问，谈整顿女子学院的计划。5 日上午，到女子学院就职，办理接收手续，分别向职员和全体学生讲话。

20 日，出席北大研究所国学门委员会，讨论研究所组织法及规程等问题。

25 日，出席国立北平大学校务会议。由于第四届校务会议出席和常委任期已满，按照章程依次由女子学院院长刘复继任为第五届校务会议主席，俄文法政学院院长段憩棠、女子师范学院院长徐炳昶继任为常务委员。

31 日，主持国立北平大学第三十九次校务会议，讨论向教育部催索积欠经费等问题。

6 月 1 日，下午出席女子学院欢迎新院长和欢送毕业生的全体大会，在会上致答辞。

3 日，从去年以来，在语音实验室工作中，与魏建功、白涤洲、敖士英一起记录了 70 余种方言，根据方言中的音素，本日编成《调查中国方音用标音符号表》。

6 日，率领女子学院应届毕业生参观北京大学语音学研究室及实验室。

7 日，主持北平大学第四十次校务会议，讨论由北平大学发起，平津各院校合组译书会等项事宜。

14 日，上午在北平大学办公处接待索取欠薪的北平大学教职员工会委员。12 时半，主持北平大学第四十一次校务会议，讨论向教育部催索积欠经费问题。会后，与北平大学教工代表去银行，商借教育经费。

17 日，中午，主持北平大学临时紧急会议，讨论筹措经费问题。下午，赴银行商借教育经费。

21 日，中午主持北平大学校务会议。会议期间，为解决工学院风潮，接见该院代表；又接见索取学校经费的女附中教职员，会谈期间发生女附中教职员代表与女子师范学院院长徐炳昶冲突事件。24 日，就女附中教职员代表与徐炳昶发生冲突事，答“时闻社”记者问。27日，上午赴北平地方法院，向该院检察处首席检察官陈述女附中教职员代表与徐炳昶发生冲突的经过。28日，作《六月二十一日北平大学办公处不幸事件刘复的目证录》，函送北平地方法院参证。

夏，开始测试故宫收藏的古代乐器的音律。

7月1日，主持北平大学临校务会议，接待女子师范学院代表，会谈女附中问题。

12日，主持北平大学校务会议，讨论女子师范学院院长徐炳昶辞职等事宜。

20日，主持北平大学第四十四次校务会议，以第五届校务会议主席及常委任期已满，按照章程依次改任第六届校务会议常务委员。

8月1日，辅仁大学举行新生入学考试，考场分为十五处；与校长陈垣赴各试场巡视。

暑期，应北新书局之约，为高中学生编写《中国文法讲话》。

10月1日，上午在辅仁大学开学典礼会上致词。

中旬，北大评议会改选，被选为评议员。

15日，出席北平大学第五十一次校务会议，讨论向教育部催拨积欠经费问题。又出席北京大学评议会，被推举为评议会书记，兼聘任委员会委员。以蔡元培在9月辞北大校长职务，代理校长陈大齐也请求辞职，被教授会推举为代表，准备赴南京挽蔡元培留任。

19日，作为北大教授会赴南京代表，就北大校长问题，答某社记者问。

27日，离开北平，赴天津，转车南下。

11月9日，北平光社在中山公园举办第七届摄影展览，展出刘复摄影作品二十五幅。

14日，返回北平。晚出席北大评议会为其举行的公宴，报告南下接洽的经过。

12月17日，在北京大学三十二周年纪念会上讲演，向北大师生报告南下接洽的经过。本日为胡适四十岁生日，与赵元任等联名送贺诗。

23日，在北大欢迎新校长蒋梦麟的大会上讲话。

本年，将 1925 年创制的测音仪器“音高推断尺”，改进为“最简音高推算尺”，将“刘氏音鼓甲种”，改进为“刘氏音鼓乙种”。

1931 年　41 岁

1 月 6 日，作《〈中国文法讲话〉序》。

2 月 9 日，为北平大学女子学院作《禁止女生入公共跳舞场布告》。

4 月 1 日，《世界日报》发表《跳舞与蜜斯——刘复对其主张之解释》。从 3 月到 5 月，《北平晨报》、天津《大公报》等就跳舞与蜜斯问题展开了讨论，上海报纸用特电登出，外国报纸也加以译载。

中旬，为办理辅仁大学立案事宜，离平去南京。18 日，到杭州。20 日，与川岛乘轿游西湖净慈寺、虎跑泉、石屋洞、水乐洞、烟霞洞、龙井寺、九溪十八涧、理安寺等地。21 日，到上海。23 日，到苏州，游虎丘、西园、留园。24 日，到无锡，不久去江阴扫墓。

5 月 24 日，上午向辅仁大学全体同学报告办理该校立案经过。

6 月 13 日，被北平市教育局聘请为甄别考试委员。17 日，上午出席甄别考试委员会第一次会议。7 月 6 日，又出席该会会议，评定与试人员的考分。

18 日，为中法考察团法方团长卜安殴打中国团员，代表西北科学考察团理事会向肃州、安西两处军政负责人发电，要求他们派兵保护中国团员。19 日下午，出席古物保管委员会为卜安殴打中国团员事而召开的紧急会议。21 日，致函法国驻华使馆，为法方歪曲事实真相，质问法使馆参赞韩德威。8 月 7 日，撰文《介绍黄种巡察团》，对法方成员的真实身分进行了揭露。

19 日，致函教育部及北平大学校长沈尹默，要求辞去女子文理学院院长职务。

30 日，上午在北大欢迎前任校长蔡元培大会上，代表全体教职员致欢迎词。

7 月下旬，为北平教育局举办的注音符号讲习班讲演数次。

8 月，北京大学实行教授专任制度，建立研究教授职称。与汤用彤、陈受颐、徐志摩、周作人等被聘为文学院研究教授。辞去校外兼职。

9 月 16 日，北大公布文学院 1930 年度课程大纲。担任语音学（单位2）及语言学实验（单位3）的教学工作。

18日，日本帝国主义悍然发动对我国东北的武装进攻，“九一八”事变爆发。20日，下午出席北平教职员对日委员会执委会第二次会议。

23日，北大改评议会为校务会议，被选为出席校务会议的文学院教授代表。

24日，参加北大教职员工大会，讨论反对日本帝国主义侵略问题。

26日，出席第一次校务会议。会议议决：为制定《北大组织大纲》，设立起草委员会，被选为该会委员，兼任图书委员会委员、财务委员会委员。

29日，作《反日救国的一条正路——谨贡此意于全国学界同人》。文末“附注”：文章里有好几点是采取胡适、何海秋、陈寅恪的谈话。

10月20日，作《好聪明的北平商人！》。

12月5日，作《征求“打”字的别用》。

24日，为禁止公共舞场，作《致北平市长周大文》。

本月，作《释“吃”——习俗笔记外篇之一》，又为纪念

为蔡元培六十五岁寿辰而写的《十二等律的发明者朱载堉篇》作序。

本年，审阅李家瑞编的《北平俗曲略》。

中国大辞典编纂处成立大学辞典股，任主任。

1932年　　42岁

1月25日，作《诗体展览》。

2月，作《释“来去”——习语笔记外篇之二》。

3月10日，对国民党政府消极抗日，而在西安亟亟营建陪都之举不满，作《与张溥泉》。

17日，作《〈中国俗曲总目稿〉序》。

31日，作《北平方音析数表》。

4月18日，晚去马幼渔家，看望章太炎。在座的有朱逷先、钱玄同、沈兼士、俞平伯、许天行、胡适、张梦麐、周作人。

6月7日，北平光社在中山公园举行摄影展览，展出刘复的摄影作品二十六幅。

8日，二弟刘天华病逝，终年38岁。18日，在刘天华家与刘天华的

生前友好和及门弟子讨论如何纪念问题，是日，作《书亡弟天华遗影后》。

7月2日，晚，与陈垣、徐炳昶等46人为欢迎蔡元培来北平举行公宴。

28日，为报载沈尹默致函教育部推荐他继任北平大学校长一事，向记者谈话，表明自己一概不知，而且志在研究学术，不愿担任学校行政事务。

31日，作《“女性”代“女人”根本不通——给〈世界日报·妇女界〉记者的一封信》。《世界日报·妇女界》就此问题进行了公开讨论。8月4日，作《再论“女性”根本不通》。11日，作《结束“女性”问题》。

9月7日，北大校务会议议决：成立研究院，下设自然科学、文史、社会科学三部。后被任命为文史部主任。

21日，北平文教界江瀚、徐炳昶、刘复等30余人举行会议，讨论由于日本帝国主义入侵日深，华北危急，错误地决定向南京政府呈请定北平为不设防的文化城的意见书。公推江瀚领衔，刘复拟稿，十月上旬，送交南京政府。

秋，应星云堂主人刘敏斋的约请，着手编辑《半农杂文》。翻检查抄，忙了有半年多的时间，稍有眉目，由于日本帝国主义侵略加剧而中辍。

10月31日，北大校务会议教授代表改选，再次被选为文学院教授代表。

11月6日，翻译剧本《茶花女》，由北平小剧院公演，导演余上沅。《北平晨报·剧刊》、《世界日报·蔷薇》、天津《北洋画报》都发表了评论文章。由马彦祥主编的天津《益世报·戏剧与电影》还为此出了专刊。

19日，作《天坛所藏编钟编磬音律之鉴定》。

28日，作《〈北平俗曲略〉序》。

29日，在北平教育界《对于国联调查团报告意见宣言》上签名。

30日，下午出席北大本学年度首次校务会议，讨论并通过各系课程，各委员会委员名单，任出版委员会委员长、仪器委员会委员、图书委员会委员。

12月14日，下午出席第二次校务会议，讨论并通过《北京大学学则》。

16日，下午在北大讲演，讲题为《音标与音谱》。

27日，下午出席第三次校务会议，讨论研究生奖学金规划草案等事宜。

28日，作《〈初期白话诗稿〉序目》。

本年，张恨水在北平创办北平美术专科学校，被聘为该校董事，曾出席董事会，讨论该校教育行政工作。

1933年　　43岁

1月7日，《北京大学日刊》发表文史部研究生研究科目及导师名单，负责指导研究生学习中国文学史。

11日，下午，出席辅仁大学为欢迎法国汉学家伯希和举行的公宴，与宴者还有傅增湘、胡适等人。

20日，作《〈缁清说〉跋》。

25日，下午出席临时校务会议，讨论北大成员为抗日进行捐款的办法。

2月9日，北大复课，学生寥寥。担任国文系的语音学、语音实验学两门课程及文学院一年级共同必修课语言学的方法论。

10日，出席校务会议，讨论北大成员为抗日进行捐款的办法。

13日，作杂文《为汪局长脱靴》。

16日，下午出席教授会议，讨论由教授捐款，为伤兵赶制被褥。作《为黄仲良题西域照片》。

22日，作《应用文及其作法——为中华书局初中国文教科书作》。

23日，北大创办的国民伤兵医院成立，被推举为该院理事会理事。24日，下午出席校务会议，讨论有关国民伤兵医院和教职员上的捐款办法等项事宜。

25日，作《〈刘天华先生纪念册〉序》。

本月，作《英语的起源》。

4月1日，作《群言堂解》。

2日，作《奉答杨君遇夫——论“所”字》。

8日上午，在成舍我创办的北平新闻专科学校开学典礼会上致词。

10日，党的地下组织通过李大钊生前友好，发起为李大钊举行公葬的募款活动。本日，与钱玄同等十二人联名发出为李大钊举行公葬的募款书。

本月，捐助李大钊营葬费20元，并撰写《故国立北京大学教授李君墓碑》。碑文以涉嫌“赤化宣传”，未用。

5月20日，作《〈中小字典〉序》。

6月3日，上午出席北大校务和教务联席会议，讨论本学年结束和招考新生等问题。

10日，北大提前放暑假。为完成古代乐律研究工作，于19日偕郑颖荪等去河南。20日，到郑州。21日，到开封。22日，去河南博物馆及圣公会主教怀履光处，为测试河南博物馆收藏新郑出土的古代编钟，及怀履光所藏古代编磬和金大和无射钟的音律，接洽研究程序。25日，游龙亭、繁塔。26日晨，与沈仲璋等去巩县，游石窟寺，发现北魏时期的乐舞造像，共有乐工54人，连夜做照相、度量、记录等工作。27日，去洛阳，登伊阙龙门，在宾阳洞及万五千佛洞顶上，发现唐代乐舞造像，做照相记录等工作。30日，回巩县，继续做发掘工作。7月1日，回开封。2日，离开封。3日到南京，测试烈士祠所藏旧时文庙编钟编磬的音律。约5日，经无锡回江阴，请家乡老人唱民歌，作记录。后去上海测试卢江刘善斋所藏鷹氏编钟的音律。

9月16日，在林语堂、陶亢德编辑的《论语》半月刊第25期上，首次发表打油诗《自批自注桐花芝豆堂诗集》。

30日，致函《世界日报》，否认将出任女子学院院长。

秋，重新开始《半农杂文》的编辑工作，编讫发稿。

10月3日，北大成立《北大一览》编委会，被聘为编委。7日，出席首次编委会。

5日，下午出席北大国民伤兵医院理事会，讨论该院在5月23日结束后余款和用具的处置办法。

7日，北大改选参加校务会议的教授代表，被选为文学院教授代表。13日，出席本学年第一次校务会议，议决各委员会名单。任图书委员会委员、仪器委员会委员、出版委员会委员。

本月，调白涤洲为语音乐律实验室助教，指导白涤洲作《北平声调之研究》。

11月10日，下午偕郑颖荪、曹安和等到天坛，测试天坛所藏编钟、编磬的音律。

17日，北大演说辩论会开全体会，被聘为该会导师。

19日，与李四光等23人联名发起北大教授为学生建筑新宿舍的捐薪活动，并为此捐一月薪金。

12月17日，为北大成立三十五周年纪念日作杂文《三十五年过去了！》。18日，在纪念会上演讲。

18日，应山东堂邑私立武训中学之请，作《武七先生的人格》。

20日，有感于北大校庆的游艺活动，作《走入魔道的学校游艺会》。

24日，上午出席北平昆弋维护会全体大会，到会者有郑振铎、齐如山、傅惜华、孙楷第等四十余人。在会上报告开会宗旨，被选为该会主席。下午出席校务会议，讨论女生宿舍开禁，及葛天民学籍的处理问题。

30日，下午出席北大校务会议，讨论北大学生会代表提出的由学生投票选举教授等问题。

冬，鉴于1930年制造的“声调推断尺”费用高，体积还嫌大，遂重新设计改进，制造成“乙二声调推断尺”。

拟为赛金花写传，偕商鸿逵与赛金花晤谈十余次。

1934年　　44岁

1月20日，《西汉时代的日晷》写讫。

22日，作《莽权价值之重新考定》，想对一个时代的度量衡做出精密推算，以做为解决古代度量衡问题的一个关键。

29日，作《乙二声调推断尺》。

本月，上海商务印书馆为恢复毁于“一二八”炮火的东方图书馆，设立东方图书馆北平赞助委员会，后被聘为该会委员。

2月18日，北平图书馆举办戏曲音乐展览会。在戏曲撰著部展出所藏十种，乐书部展出所藏十种，所著六种，乐器部展出所藏所造四种。

3月15日，下午出席北大国文系、生物系、心理系联合召开的茶话会，即席作打油诗数首。

17日，作诗《新年自咏次知堂老人韵》四首。

19日，作《读吴世昌君的〈诗与语音篇〉》。

23日晚，出席贝满、育英中学联合举办的音乐会。会后，发表讲话。

4月5日，在林语堂编辑的《人间世》半月刊创刊号上，首次发表《双凤凰砖斋小品文》。

12日，作《〈半农杂文〉自序》。

17日，出席张恨水创办的北平美术专科学校董事会，被推举为主席，主持讨论改校名为北华及审核预决算和筹画基金办法等事宜。

27日，《吕氏春秋古乐篇昔黄节解》写讫。

5月6日，南京政府考试院长戴传贤于4月11日在西安发出致蔡元培等的通电：为保存古墓古迹，培植国民道德，请一致禁止学术团体随处发掘，以免破坏民族历史。4月14日，蔡元培发表《致戴传贤》的公开信。本日，作《南无阿弥陀佛戴传贤》。

6月8日，为王芷章《腔调考原》作序。

19日，瑞典地理学会准备在1935年纪念斯文赫定七十诞辰向他征文，为此率助手白涤洲、沈仲章、周殿福于本日离开北平，去西北一带调查方言。

20日，到达包头，停留五日。对包头、绥西、安北、五原、临河、固阳、萍县、托县等地方音及声调进行了调查。并用录音机收录民歌七筒。工作之余，游览了转龙藏、南海子等名胜古迹。

24日，到达呼和浩特，停留七日。对呼和浩特、武川、丰镇、集静、陶林、兴和、清水、凉城等地的方音及声调进行了调查，并用录音机收录歌谣五筒。在黄河边上，看到溯流而上的纤夫时，喟叹为人间地狱，让沈仲章随船而行，将船夫号子记录下来。

30日晨，乘汽车由蜈蚣坝进入阴山，经武川、召河、达尔罕旗地去百灵庙。下午到达，宿集义公店。同行的还有天津《大公报》记者杨令德。

7月1日，上午11时，见云王，略事周旋即辞出。随即到蒙古包考察蒙族牧民的生活状况。

2 日晨，离百灵庙，返呼和浩特，停留三日，受到北大毕业同学和有关方面的招待，并应教育厅之邀作公开讲演。

5 日，去大同，停两日。调查雁北 13 县的方音及声调，并用录音机收录当地歌谣 5 通。

7 日，离大同，夜抵张家口。

8 日，晨 8 时到第一师范，联系调查事宜。午后游赐儿山。晚 6 时回到住地，感到身体不适。

9 日，晨往第一师范工作，体温升到摄氏 37.5℃。同人劝他休息，不肯。应学校之请，抱病为学生讲演一小时，体温增到 38.5℃。同人劝他休息，仍不肯。又勉强记录了一县的方音，身体再也不能支持，乃先回旅舍。同人等回旅舍时，他的体温已升到 39.5℃。当夜 12 时，扶病登车返京。

10 日，晨抵北京。请中医诊治。12 日，病势加重。经首善医院院长诊断，疑似黄疸病，建议入协和医院治疗，不肯往。

14 日，晨，病势危笃。10 时，入协和医院，诊断为回归热。下午 2 时 15 分病逝。

16 日，晨 8 时，移厝嘉兴寺。蔡元培手书“国立北京大学教授刘复博士之铭旌”为前导，灵车上复盖着北大的三色校旗。参加送殡的有蒋梦麟、胡适、马幼渔、杨仲子、李书华、郑天挺、樊际昌等人。灵车在北大一院稍停，由蒋梦麟率北大教职员和学生进行路祭。

20 日，法国驻华使馆代理公使贺柏诺致函北大向刘复家属表示悼念。

10 月 14 日，上午 10 时，北京大学的校、院、系负责人、教职员、学生代表及北平各界代表共 500 余人，在北大二院大礼堂为刘复举行隆重的追悼会。收到挽联 300 余件、花圈 200 余个。追悼会由蒋梦麟主祭，胡适、周作人、钱玄同、魏建功报告生平事迹，育英歌咏团奏哀乐，唱哀歌。

逝世后，各地报刊纷纷发表消息和悼念文章。《世界日报 · 国语周刊》、《青年界》、《人间世》等刊物为他出了纪念专辑。蔡元培、鲁迅、周作人、钱玄同、赵元任、黎锦熙、张恨水等数十人写了悼念文章。胡适、陈垣、郁达夫、林语堂等送了挽联，汪精卫、赛金花等人也送了挽联。

1935 年

5 月 29 日，安葬在北京西郊香山玉皇顶南冈的大木坨，二弟刘天华的灵柩同时在该地下葬。刘复墓前矗碑两块：一块是周作人撰写墓志，魏建功书石，马衡篆盖；另一块由吴敬恒题碑，蔡元培撰写墓志，章太炎篆额，钱玄同书丹。

文学主张及著作自述

《乾隆英使觐见记》序

自西人航海东来，壮游之士，笔其闻见以告邦人子弟者，马可波罗而后，继起之书，已千五百余种。不佞佣余涉猎，所读亦六十余种，于中纰缪驳杂，肆为妄谈者居十一二；而摭拾浮言，结构一本臆测者居五六。要皆西人所谓一点钟之书，书朝出而夕可求诸拍卖之肆者也。外如卡尔女士《慈禧写照记》，濮兰德《慈禧外纪》之属，书虽不多，而或本躬历，或根考据，类能剔抉隐閟，道人未道，以补正史之缺，此掌故之士之所珍，足以流传久远者也。而吾尤爱《乾隆英使觐见记》一书，书凡三卷。英使马戛尔尼自述。凡纯皇之政见起居，内庭服御之侈靡，朝臣之庸瞶，有司百僚之趋跄奔走，酬应供张之繁缛，编户齐民之活计疾苦，罔不按其目击耳食所及，一一记之。而于叩首礼之争执，诸家笔记记之未备者，陈述尤洋。西人恒言历史之学，乃置白首于青年之肩，使述往事以诏来者。客夏苦热，吾初读此书，亦恍如一白首老人坐吾旁，为吾娓娓道乾隆遗事，旦而午，午而暮，不复觉热之来袭吾体。是吾译此书，文笔虽劣，而与吾有同好者，或不致遽谓是书为一点钟之书也。尤有进者，濮兰德《清室外纪》有言，英使来华，所求互派公使，推广商业，议订税则诸事，中朝一不之许，但锡以文绮珍玩令归。故英使所得，文绮珍玩而外，仅有本人及随员之笔记而已。吾则谓此笔记之值，重于文绮珍玩为倍万，而重于所求诸事者，为倍亦百。盖自有此书，而吾国内情，向之闭关自守，不以示人者，至此乃尽为英人所烛。彼其尺进寸益，穷日之力，合有形无形以谋我者，未始非此书为其先导也。吾昔主某报，尝自西报译一文曰

《华人古代之冒险精神》，为美使柔克义演词。内言十五世纪，明人与南洋诸岛，交际已繁，甚有远达非洲北部者；其坚毅果敢，殆不在西人之后。惜商人重利，不能属文。间有受帝王之命，往求犬马珍好，且以游记进呈者，又复志在媚兹一人，所记多荒渺无稽，参以神鬼怪异，阅之令人大噱。而帝王悦之，谓其人多能，且加奖焉。是以华人虽自古即与海外通，而其茫然于海外实情仍如是也。柔氏之责明人者如此。彼有清一代，膺命出使者，奚止十数辈；所为书，亦奚止十数种？而一观其书，除《庸庵笔记》精核可贵外，剿袭陈说者有之，但记宴游琐事者有之；己不能作，而令书胥为之者有之；甚至某使懵懂不解事，出洋考政，惧无以复命，阴属留学生数辈，为撰游记，而以千金易其稿。荒谬至此，亦能望其有裨国是耶？彼西人纪吾国事之书，虽千五百种，中精确者仅仅十之一二，然已弱人之国而有余；吾国虚靡国帑，豢无数不辨菽麦之星使，而其归束，不过以无用之书，祸及梓氏，吾译此书，不禁感慨系之矣。民国五年春江阴刘复半侬父识。

（载1917年8月上海中华书局
初版《乾隆英使觐见记》）

《福尔摩斯侦探案全集》跋

丙辰之春，同人合译《福尔摩斯侦探案全集》既竟，以校雠之事属余。余因得尽取前后四十四案细读一过，略志所见如左。

天下事顺而言之，有始必有终，有因必有果。逆而言之，则有终必有始，有果必有因。即始以推终，即因以求果。此略具思想者类能之。若欲反其道而行，则其事即属于侦探范围。是以侦探之为事，非如射覆之茫无把握，实有一定之轨辙可寻。唯轨辙有隐有显，有正有反，有似是而非，有似非而是，有近在案内，有远在案外。有轨辙甚繁，而其发端极简；有轨辙甚简，而发端极繁。千变万化，各极其妙。从事侦探者，既不能如法学家之死认刻板文书，更不能如算学家之专据公式，则唯有以脑力为先锋，以经验为后盾，神而明之，贯而彻之，始能奏厥肤功。彼柯南道尔抱启发民智之宏愿，欲使侦探界上大放光明。而所著之书，乃不为侦探教科书，而为侦探小说者，即因天下无论何种学问，多有一定系统，虽学理高深至于极顶，亦唯一部详尽的教科书足以了之。独至侦探事业，则其定也，如山岳之不移；其变也，如风云之莫测；其大也，足比四字之辽夐；其细也，足穿秋毫而过。夫以如是不可捉摸之奇怪事业，而欲强编之为教科书，曰侦探之定义如何，侦探之法则如何，其势必有所不能。势有不能，而此种书籍，又为社会与世界之所必需，决不可以“不能”二字了之，则唯有改变其法，化死为活。以至精微至玄妙之学理，托诸小说家言，俾心有所得，即笔而出之。于是乎美具难并，启发民智之宏愿乃得大伸。此是柯南道尔最初宗旨之所在，不得不首先提出，以为读者告也。

柯氏此书，虽非正式的教科书，实隐隐有教科书的编法，其写福尔摩斯，一模范的侦探也，写华生，一模范的侦探助理也。血书一案中，尽举福尔摩斯学识上之盈缺以告人，言其无文学、哲学及天文学之知识，即言凡为侦探者，不必有此种知识也。言其弱于政治上之知识，即言凡为侦探者，对于政治上之知识，可弱而不可尽无也。言其于植物学则精于辨别各种毒性之植物，于地质学则精于辨别各种泥土之颜色，于化学则精邃，于解剖学则缜密，于纪载罪恶之学则博赅，于本国法律则纯熟。即言凡此种种知识，无一非为侦探者所可或缺也。言其为舞棒弄拳使剑之专家，即言凡为侦探者，于知识之外，不得不有体力以自卫也。言其善奏四弦琴，则导为侦探者以正当之娱乐，不任其以余暇委之于酒食之征逐，或他种之淫乐也。此十一种知识，柯南道尔必述于第一案中，且必述于福尔摩斯与华生相识之始，尚未协力探案之前者，何哉？亦正如教科书之有界说，开宗明义，便以侦探之真面目示人，庶读者得恍然于侦探之事业，乃集合种种科学而成之一种混合科学，决非贩夫走卒，市井流氓，所得妄假其名义，以为噉饭之地者也。

一案既出，侦探其事者，第一步工夫是一个“索”字，第二步工夫是一个“剔”字，第三步工夫即是一个“结”字。何谓“索”？即案发之后，无论其表面呈若何之现象，里面有若何之假设，事前有若何之表示，事后有若何之行动，无论巨细，无论隐显，均当搜索靡遗，一一储之脑海，以为进行之资。若或见其巨而遗其细，知其显而忽其隐，则万一全案之真相，不在其巨者显者而在其细者隐者，不其偾事也邪？而且案情顷刻万变，已呈之迹象又易于消灭，苟不于著手侦探之始，精心极意以求之，则正如西谚所谓“机会如鸟，一去不来”。既去而不来矣，案情尚有水落石出之一日邪？故书中于每案开场辄言，他人之所不留意者，福尔摩斯独硁硁然注意之；他人之所未及见者，福尔摩斯独能见之。此无他，不过写一个索字，示人以不可粗忽而已。何谓“剔”？即根据搜索所得，使侦探范围缩小之谓。譬如一案既出，所得之疑点有十，此十疑点中，若一一信为确实，则案情必陷于迷离恍惚之途，使从事侦探者疲于奔命，而其真相仍不可得。故当此之时，当运其心灵，合全盘而统计之，综前后而贯彻之，去其不近理者。就其近理者，庶乎糟粕见汰，而精华独留。于以收事半功倍之效。故书中于“凡事去其不近理者则近理者自见”，及“缩小侦探范围”二语，不惮再三言之者，亦以此二语为探案之骨子。人无骨则不立。探案无骨。则决不能成事。而此二语简要言之。惟有一个“剔”字而已。至于最后一个结字，则初无高深之理想足言。凡能于“索”字用得功夫。于“剔”字见得真切者，殆无不能之。然而苟非布置周密，备卫严而手眼快，则凶徒险诈，九仞一篑，不可不慎也。

或问：福尔摩斯何以能成其为福尔摩斯？余曰：以其有道德故，以其不爱名不爱钱故。如其无道德，则培克街必为挟嫌诬陷之罪薮；如其爱名爱钱，则争功争利之念，时时回旋于方寸之中，尚何暇抒其脑筋以为社会尽力，又何能受社会之信任？故以福尔摩斯之人格，使为侦探，名探也；使为吏，良吏也；使为士，端士也。不具此种人格，万事均不能为也。柯南道尔于福尔摩斯则揄扬之，于莱斯屈莱特之流则痛掊之，其提倡道德与人格之功，自不可没。吾人读是书者，见福尔摩斯四字，无不立起景仰之心，而一念及吾国之侦探，殊令人惊骇惶汗，盖求其与莱斯屈莱特相类者，尚不可得也。柯氏苟闻其事，不知亦能挥其如椽之笔，为吾人一痛掊之否？

全书四十四案中，结构最佳者，首推罪薮一案。情节最奇者；首推獒祟一案；思想最高者，首推红发会。佣书受绐、兰宝石、剖腹藏珠四案，其余血书、弑父案、翡翠冠、希腊舌人、海军密约、壁上奇书、情天决死、窃图案诸案，亦不失为侦探小说中之杰作。唯怪新郎一案，似属太嫌牵强，以比较的言之，不得不视为诸案中之下乘。而丐者许彭一案，虽属游戏笔墨，不近情理，实有无限感慨，无限牢骚蓄乎其中。盖柯南道尔一生，自学生时代以至于今日，咸恃秃笔以为活，虽近来文名鼎盛，文价极高，又由英政府锡以勋位，有年金以为事畜之资。于生计问题，不复如前此之拮据，而回思昔年为人佣书，以四千字易一先令之时，亦不禁为之长叹，故特撰是篇，以为普天下卖文为活之人放声一哭，且欲使普天下人咸知笔墨生涯，远不逮乞食生涯之心安意适也。

以文学言，此书亦不失为二十世纪纪事文中唯一之杰构。凡大部纪事之文，其难处有二：一曰难在其同；一曰难在其不同。全书四十四案，撰述时期，前后亘二十年，而书中重要人物之言语态度，前后如出一辙，绝无丝毫牵强，绝无丝毫混杂。如福尔摩斯之言，以之移诸华生口中，神气便即不合，以之移诸莱斯屈莱特口中，愈觉不合。反之，华生之言，不能移诸福尔摩斯与莱斯屈莱特；莱斯屈莱特之言，亦不能移诸福尔摩斯与华生。唯其如是，各人之真相乃能毕现，读者乃觉天地间果有此数人，一见其书，即觉此数人栩栩欲活，呼之欲出矣。此即所谓难在其同也。其不同者，则全书所见人物，数以百计，然而大别之，不过三类：有所苦痛，登门求教者一类也；大憝巨恶，与福尔摩斯对抗者又一类也；其余则车夫、阍者、行人之属，相接而不相系者，又为一类。此三类之人，虽有男女老少、贵贱善恶之别，而欲一一为其写照，使言语举动一一适合其分际，而无重复之病，亦属不易。且以章法言，兰宝石与剖腹藏珠，情节相若也，而结构不同。红发会与佣书受绐，情节亦相若也，而结构又不同。此外如佛国宝之类，于破案后，追溯十数年以前之事凡三数见，而情景各自不同。又如红圜会之类，与秘密会党有关系之案，前后十数见，而情景亦各自不同。此种穿插变化之本领，实非他人所能及。

侦探固难，作侦探小说亦大不易易。以比较的言之，侦探之事业，应变在于俄顷之间，较之作小说者静坐以思，其难不啻百倍。然精擅小说如柯南道尔，所撰亦尚有不能尽符事理处。是以知坐而言者未必即能起而行。余前此曾发微愿，欲一一校正之，以见闻极少，学力复弱，惭而中止。然反观吾国之起而行者又何如？城坚社固，爪利牙长，社会有此，但能付之一叹而已。因校阅竣事，谨附数语于后。民国五年五月十二日半侬识。

（载1916年上海中华书局版
《福尔摩斯侦探案全集》）

我之文学改良观

文学改良之议，既由胡君适之提倡之于前，复由陈君独秀钱君玄同赞成之于后。不佞学识谫陋，固亦为立志研究文学之一人。除于胡君所举八种改良，陈君所揭三大主义，及钱君所指旧文学种种弊端，绝端表示同意外，复举平时意中所欲言者，拉杂书之，草为此文。幸三君及世之留意文学改良者有以指正之。谓之“我之文学改良观”者，亦犹常君乃德所谓“见仁见智、各如其分。我之观念，未必他人亦同此观念”也。

文学之界说如何乎　此一问题，向来作者，持论每多不同。甲之说曰，“文以载道”。不知道是道、文是文。二者万难并作一谈。若必如八股家之奉四书五经为文学宝库，而生吞活剥孔孟之言，尽举一切“先王后世禹汤文武”种种可厌之名词，而堆砌之于纸上，始可称之为文，则“文”之一字，何妨付诸消灭。即若辈自奉为神圣无上之五经之一之诗经，恐三百首中，必无一首足当“文”字之名者。其立说之不通，实不攻自破。乙之说曰，“文章有饰美之意，当作彣彰”。（见近人某论文书中）近顷某高等师范学校所聘国文教习川人某，尤主此说，谓“作文必讲音韵。后人称韩愈文起八代之衰，其实韩愈连音韵尚未懂得，何能作文”。故校中学生，自此公莅事后，相率摇头抖膝，推敲于“平平仄仄”之间。其可笑较诸八股家为尤甚。夫文学为美术之一，固已为世界文人所公认。然欲判定一物之美丑，当求诸骨底，不当求诸皮相。譬如美人，必具有天然可以动人之处，始可当一美字而无愧。若丑妇浓妆，横施脂粉，适成其为怪物。故研究文学而不从性灵中意识中讲求好处。徒欲于字句上声韵上卖力，直如劣等优伶，自己无真实本事，乃以花腔滑调博人叫好。此等人尚未足与言文学也。二说之外，惟章实斋分别文史之说较为近是。然使尽以记事文归入史的范围，则在文学上占至重要之位置之小说，即不能视为文学是不可也。反之，使尽以非记事文归入文的范围，则信札文告之属，初只求辞达意适而止，一有此项规定，反须加上一种文学工夫，亦属无谓。故就不佞之意，欲定文学之界说，当取法于西文，分一切作物为文字 Language 与文学 Literature 二类。西文释 Language 一字曰，“Any means of conveying or communicating ideas”，是只取其传达意思，不必于传达意思之外，更用何等工夫也。又 Language 一字，往往可与语言 Speech 口语 Tongue 通用。然明定其各个之训诂，则“LANGUAGEis generic，denoting，in its most extended use，anymode of conveying ideas；SPEECH is the language of sounds；and TONGUE is the Anglo-Saxon termfor language，especially for spoken language”是文字之用，本与语言无殊，仅取其人人都能了解、可以布诸远方、以补语言之不足，与吾国所谓“言之无文，行而不远”正相符合。至如 Literature 则界说中既明明规定为“The class of writings distinguished for beauty of style，as poetry，essays，history，fictions，or belles-lettres”自与普通仅为语言之代表之文字有别。吾后文之所谓文学，即就此假定之界说立论。（此系一人私见，故称假定而不称已定。）

文学与文字　此两个名词之界说既明，则“何处当用文字、何处当用文学”，与夫“必如何始可称文字、如何始可称文学”，亦为吾人不得不研究之问题。今分别论之。

第一问题　前此独秀君撰论，每以“文学之文”与“应用之文”相对待。其说似是。然就论理学之理论言之，文学的既与应用的相对，则文学之文不能应用，应用之文不能视为文学，不佞以“不贵苟同”之义，不敢遽以此说为然也。西人之规定文学之用处者，恒谓“Literature often embraces all compositions except these upon the positive sciences。”其说似较独秀君稍有着落。然欲举实质科学以外一切文字，悉数纳诸文学范围之中，亦万难视为定论。就不佞之意，凡科学上应用之文字无论其为实质与否，皆当归入文字范围。即胡陈钱三君及不佞今兹所草论文之文，亦系文字而非文学。以文学本身亦为各种科学之一。吾侪处于客观之地位以讨论之，不宜误宾为主。此外，他种科学，更不宜破此定例以侵害文学之范围。吾国旧时科学书，大部并艺术为一谈。幼时初习算学，一部九数通考，不半月即已毕业。而开首一段河图洛书说，及周髀图说，直至三年之后始能了解。此外作医书者，虽立论极浅，亦必引证内经及内经之说，务使他人不能明白为快。蚕桑之书，本取其妇孺多解，而作者必用古文笔法。卜筮之书，本为瞽者留一噉饭地，(星学家自言如此)而必参入似通非通之易理以自重。诸如此类，无非卖才使气，欺人自欺。吾国原有学术之所以不能发达与普及，实此等自命渊博之假名士有以致之。近自西洋物质文明，稍稍输入中国，凡迻译东西科学书籍者，都已不复有此恶习。而严复所撰英文汉话，虽全书取材，悉系彼邦至粗浅之文法，乃竟以文笔之古拙生涩，见称于世。若取此书以为教材，是非使学徒先习十数年国文，即不许其研究英文，试问天下有是理乎。

余决非盲从西洋学说之人。此节所引文学用处之规定，其 Positive 一字，实以"Philosophical Literature"已成为彼邦文学中之一种。而哲学又为诸种科学之一，故必于"科学"之上冠以"实质"，方不至于互相抵触。其实哲学本身，既包有高深玄妙之理想，行文当力求浅显，使读者一望即知其意旨所在。此余所以主张无论何种科学皆当归入文字范围，而不当羼入文学范围也。至于新闻纸之通信，(如普通纪事可用文字，描写人情风俗当用文学。)政教实业之评论，(如发表意见用文字，推测其安危祸福用文学。)官署之文牍告令，(文牍告令，什九宜用文字而不宜用文学。钱君所指清代州县喜用滥恶之四六、以判婚姻讼事，与某处诰诫军人文，有"偶合之乌"，"害群之马"、"血蚨"、"飞蝗"等字样，即是滥用文学之弊。然如普法之战，拿破仑三世致普鲁士维廉大帝之宣战书为"Sire my Brother—Not having been able to die in the midst of my troops，it only remains for me to place my sword in the hands of Your Majesty。I am Your Majesty's good brother，Napoleon。"未尝不可视为希世奇文。维廉复书中"Regretting the circumstances under which we meet，I accept the sword of Your Majesty"之句，便觉黯然无色，故于适当之处，文牍中亦未尝绝对不可用文学也。)私人之日记信札，（此二种均宜用文字。然如游历时之日记，即不得不于有关系之处，涉及文学。至于信札，则不特前清幕府中所用四六滥调当废。即自命文士者所作小简派文学，亦大可不做。惟在必要时，如美儒富兰克令 B.Franklin 之与英议员司屈拉亨 Strayan 绝交，英儒约翰生 S.Johnson 之不愿受极司菲尔伯爵 Lord Chesterfield 之推誉，则不得不酌用文学工夫。）虽不能明定其属于文字范围，或文学范围，要惟得已则已。不滥用文学，以侵害文字，斯为近理耳。其必须列入文学范围者，惟诗歌戏曲、小说杂文、历史传记三种而已。（以历史传记列入文学，仅就吾国及各国之惯例而言，其实此二种均为具体的科学，仍以列入文字为是。）酬世之文，（如颂辞、寿序、祭文、挽联、墓志之属。）一时虽不能尽废，将来崇实主义发达后，此种文学废物，必在自然淘汰之列。故进一步言之，凡可视为文学上有永久存在之资格与价值者，只诗歌戏曲、小说杂文二种也。

第二问题　此问题之要旨，即在辨明文学与文字之作法之异同。兹就鄙见所及，分列三事如次：

（一）作文字当讲文法，在必要之处，当兼讲论理学。作文学当讲文法、且处处当讲论理学与修辞学。惟酌量情形，在适宜之处，论理学或轻于修辞学。

（二）文字为无精神之物，非无精神也，精神在其所记之事物，而不在文字之本身也。故作文字如记帐，只须应有尽有，将所记之事物，一一记完便了，不必矫揉造作、自为增损。文学为有精神之物，其精神即发生于作者脑海之中。故必须作者能运用其精神，使自己之意识、情感、怀抱，一一藏纳于文中。而后所为之文，始有真正之价值，始能稳立于文学界中而不摇。否则精神既失，措辞虽工，亦不过说上一大番空话，实未曾做得半句文章也。（以上两端为永久的。）

（三）钱君以输入东洋派之新名词，归功于梁任公，推之为创造新文学之一人。愚以为世界事物日繁，旧有之字与名词既不敷用，则自造新名词及输入外国名词，诚属势不可免。然新名词未必尽通，（如“手续”“场合”之类。）亦未必吾国竟无适当代用之字。（如“目的”“职工”之类。）若在文字范围中，取其行文便利，而又为人人所习见，固不妨酌量采用。若在文学范围，则用笔以漂亮雅洁为主，杂入累赘费解之新名词，其讨厌必与滥用古典相同。（西洋文学中，亦鲜有采用学术名词者。）然亦未必尽不可用，倘用其意义通顺者，而又无害于文笔之漂亮雅洁，固不必绝对禁止也。（此为暂时的。使将来文学界中，能自造适当之新字或新名词以代之，此条即可废除不用。）

散文之当改良者三　此后专论文学，不论文字。所谓散文，亦文学的散文，而非文字的散文。

第一曰破除迷信　尝谓吾辈做事，当处处不忘有一个我。作文亦然。如不顾自己只是学着古人，便是古人的子孙。如学今人，便是今人的奴隶。若欲不做他人之子孙与奴隶，非从破除迷信做起不可。此破除迷信四字，似与胡君第二项“不摹仿古人”之说相同。其实却较胡君更进一层。胡君仅谓古人之文不当摹仿，余则谓非将古人作文之死格式推翻，新文学决不能脱离老文学之窠臼。古人所作论文大都死守“起承转合”四字，与八股家“乌龟头”“蝴蝶夹”等名词、同一牢不可破。故学究授人作文，偶见新翻花样之课卷，必大声呵之，斥为不合章法。不知言为心声，文为言之代表。吾辈心灵所至，尽可随意发挥。万不宜以至灵活之一物，受此至无谓之死格式之束缚。至于吾国旧有之小说文学，程度尤极幼稚，直处于“Once upon atime there was a”之童话时代。试观其文言小说，无不以“某生、某处人，”开场。白话小说，无不从“某朝某府某村某员外”说起。而其结果，又不外“夫妇团圆”、“妻妾荣封”、“白日升天”、“不知所终”数种。《红楼》《水浒》，能稍稍破其谬见矣。而不学无术者，又嫌其不全而续之。是可知西人所崇尚之“Half-told Tales”之文学境界，固未尝为国人所梦见。吾辈欲建造新文学之基础，不得不首先打破此崇拜旧时文体之迷信，使文学的形式上速放一异彩也。（近见曾国藩《古文四象》一书，以太阳、太阴、少阳、少阴之说论文，尤属荒谬已极。此等迷信上古神话之怪物，胡不竟向埃及金字塔中作木乃伊去也。）

第二曰文言白话可暂处于对待的地位　何以故？曰，以二者各有所长、各有不相及处，未能偏废故。胡陈二君之重视“白话为文学之正宗”，钱君之称“白话为文章之进化”。不佞固深信不疑，未尝稍怀异议。但就平日译述之经验言之，往往同一语句，用文言则一语即明，用白语则二三句犹不能了解。（此等处甚多，不必举例。）是白话不如文言也。然亦有同是一句，用文言竭力做之，终觉其呆板无趣，一改白话，即有神情流露，"呼之欲出"之妙。（如人人习知之"行不得也哥哥"，"好教我左右做人难"等句。）则又文言不如白话也。今既认定白话为文学之正宗与文章之进化，则将来之期望，非做到"言文合一"，或"废文言而用白话"之地位不止。此种地位，既非一蹴可几，则吾辈目下应为之事，惟有列文言与白话于对待之地，而同时于两方面力求进行之策。进行之策如何？曰，于文言一方面，则力求其浅显使与白话相近。（如"此是何物"与"这是什么"相近，此王亮畴先生语。）于白话一方面，除竭力发达其固有之优点外，更当使其吸收文言所具之优点，至文言之优点尽为白话所具，则文言必归于淘汰，而文学之名词，遂为白话所独据，固不仅正宗而已也。或谓白话为一种俚俗粗鄙之文字，即充分进步，至于施曹之地，亦未必竟能取缜密高雅之文言而代之。吾谓白话自有其缜密高雅处，施曹之文，亦仅能称雄于施曹之世。吾人自此以往，但能破除轻视白话之谬见，即以前此研究文言之工夫研究白话，虽成效之迟速不可期，而吾辈意想中之白话新文学，恐尚非施曹所能梦见。

第三曰不用不通之文字　胡君既辟用典之不通，钱君复斥以僻字代常用之字为不妥，文学上之障碍物，已扫除大半矣。而不通之字，亦在必须扫除之列。夫虚字实用实字虚用之法，不特吾国文学中所习见，即西文中，亦往往以 noun，adjecti-ve，verb，三类字互相通用。今欲废除此种用法，固属绝对不可能。而用之合宜与否，与读者果能明白与否，亦不可不辨。曾国藩致李鸿裔书，论此甚详。所引"春风风人、夏雨雨人""解衣衣我、推食食我"诸句，意义甚明，新文学中仍可沿用。其"春朝朝日、秋夕夕月"句中，朝夕二字作"祭"字解，已稍稍晦矣。至如商颂"下国骏庞"周颂"骏发尔私"之骏字均作"大"字解，与武成"侯卫骏奔"、管子"弟子骏作"之骏字均作"速"字解，其拙劣不通，实无让于用典。近人某氏译西文小说，有"其女珠，其母下之"之句。以珠字代"胞珠"，转作"孕"字解。以下字作"堕胎"解。吾恐无论何人，必不能不观上下文而能明白其意者。是此种不通文字，较诸"附骥"、"续貂"、"借箸"、"越俎"等通用之典，尤为费解。

韵文之当改良者三 韵文对于散文而言，一切诗赋歌词戏曲之属，均在其范围之内。其赋之一种，凡专讲对偶，滥用典故者，固在心废之列。其不以不自然之骈俪见长，而仍能从性灵中发挥，如曹子建之《慰子赋》与《金瓠哀辞》，以及其类似之作物，如韩愈之《祭田横墓文》，欧阳修之《祭石曼卿文》等，仍不得不以其声调气息之优美，而视为美文中应行保存之文体之一。

第一曰破坏旧韵重造新韵 梁代沈约所造四声谱，即今日吾辈通用之诗韵。顾炎武已斥之为"不能上据雅南，旁摭骚子，以成不刊之典，而仅按班张以下诸人之赋，曹刘以下诸人之诗所用之音，撰为定本，于是今音行而古音亡。"是此种声谱在旧文学上已失其存在之资格矣。夫韵之为义叶也，不叶，即不能押韵，此至浅至显之言，可无须举例证明也。而吾辈意想中之新文学，既标明其宗旨曰，"作自己的诗文，不作古人的诗文"。则古人所认为叶音之韵，尚未必可用，何况此古人之所不认，按诸今音又不能相合之四声谱，乃可视为文学中一种规律，举无数文人之心思脑血，而受制于沈约一人之武断耶。试观东冬二部所收之字，无论以何处方言读之，决不能异韵。而谱中乃分之为二。"规眉危悲"等字，无论以何处方言读之，决不能与"支之诗时"等字同韵，而谱中乃合之为一。又哿韵诸字，与有韵叶者多而与马韵叶者少，顾不通有而通马。真文元寒删先六韵虽间有叶者，而不叶者居其十之九，而谱中竟认为完全相通。虽造谱之时，读音决不与今音相同。造谱者亦决无能力预为吾辈二十世纪读音设想。吾辈苟无崇拜古人之迷信，即就其未为吾辈设想而破坏之，当亦为事理之所必然。故不佞之意，后此押韵但问其叶与不叶而不问旧谱之同韵与否，相通与否。如其叶，不同不通者亦可用。如其不叶，同而通者亦不可用。如有迷信古人宫商角徵羽本音转音之说以相诘难者，吾仍得以"韵即是叶"之本义答之。且前人之言韵者，固谓"音声本为天籁，古人歌韵出于自然，虽不言韵而韵转确"矣。今但许古人自然，而不许今人自然，必欲以人籁代天籁，拘执于本音转音之间，而忘却一至重要之"叶"字。其理耶，其通论耶。（西人作诗，亦有通韵。然只闻"-il"与"ili"，"ic"与"-ick"，"-oke"与"-ook"等之相通。不闻强声音绝不相似之字如"规眉危悲"等与"支之诗时"等为一韵。更不闻强用希腊罗马之古音以押今韵也。）虽然，旧韵既废，又有一困难问题发生，即读音不能统一是。不佞对此问题，有解决之法三。

（一）作者各就土音押韵，而注明何处土音于作物之下。此实最不妥当之法。然今之土音，尚有一着落之处，较诸古音之全无把握固已善矣。

（二）以京音为标准，由长于京语者为造一新谱，使不解京语者有所遵依。此较前法稍妥，然而未尽善。

（三）希望于“国语研究会”诸君，以调查所得，撰一定谱，行之于世，则尽善尽美矣。

或谓第三法虽佳，而语音时有变迁。今日之定谱，将来必更有不能适用之一日。余谓沈约既无能力豫为吾辈设想，吾辈亦决无能力为将来设想。将来果属不能适用，何妨更废之而更造新谱。即吾辈主张之白话新文学，依进化之程序言之，亦决不能视为文学之止境，更不能断定将来之人不破坏此种文学而建造一更新之文学。吾辈生于斯世，惟有尽思想能力之所及，向“是”的一方面做去而已。且语言之变迁，乃数百年间事而非数十年间事。当此交通机关渐臻完备之时，吾辈尚以“将来读音永远不变，永远统一”，为希望也。

第二曰增多诗体　吾国现有之诗体，除律诗排诗当然废除外，其余绝诗古风乐府三种，（曲、吟、歌、行、篇、叹、骚等，均乐府之分支。名目虽异，体格互相类似。）已尽足供新文学上之诗之发挥之地乎，此不佞之所决不敢信也。尝谓诗律愈严，诗体愈少，则诗的精神所受的束缚愈甚，诗学决无发达之望。试以英法二国为比较，英国诗体极多，且有不限音节不限押韵之散文诗。故诗人辈出。长篇记事或咏物之诗，每章长至十数万字，刻为专书行世者，亦多至不可胜数。若法国之诗，则戒律极严。任取何人诗集观之，决无敢变化其一定之音节，或作一无韵诗者。因之法国文学史中，诗人之成绩，决不能与英国比。长篇之诗，亦鲜乎不可多得。此非因法国诗人之本领魄力不及英人也，以戒律械其手足，虽有本领魄力，终无所发展也。故不佞于胡君白话诗中《朋友》、《他》二首，认为建设新文学的韵文之动机。倘将来更能自造，或输入他种诗体，并于有韵之诗外，别增无韵之诗，（无韵之诗，我国亦有先例。如诗经“终南何有，有条有梅。君子至止，锦衣狐裘。

颜如渥丹、其君也哉。”一章中，“梅、裘、哉”三字，并不叫韵，是明明一首无韵诗也。朱注，“梅”叶“莫悲反”，音“迷”，“裘”叶“矩之反”，音“奇”，“哉”叶“将梨反”音“赍”，乃是穿凿附会，以后人必欲押韵之“不自然”眼光，武断古人。古人决不如此念别字也。）则在形式一方面，既可添出无数门径，不复如前此之不自由。其精神一方面之进步，自可有一日千里之大速率。彼汉人既有自造五言诗之本领，唐人既有自造七言诗之本领。吾辈岂无五言七言之外，更造他种诗体之本领耶。

第三曰提高戏曲对于文学上之位置　此为不佞生平主张最力之问题。前读近人吴梅所撰《顾曲麈谈》，谓北曲“不尚词藻，专重白描。”又谓“西厢‘系春心情短柳丝长，隔花阴人远天涯近。’……在当时不以此等艳语为然。谓之‘行家生活’，即明人所谓‘案头之曲’，非‘场中之曲’也。”又谓“实甫曲如‘颠不剌的见了万千，似这般可喜娘罕曾见。’及‘鹘伶渌老不寻常’等语，却是当行出色。”又谓“昔洪昉思与吴舒凫论填词之法。舒凫云，‘须令人无从浓圈密点。’时昉思女（之则）在座，曰，‘如此则天下能有几人，可造此诣’。”是吴君已知“白描”之难能可贵矣。然必谓“胡元方言，尤须熟悉”而后，始可语填北曲。则不佞不敢赞同。盖元人所填者为元人之曲，故就近取元人之方言以为资料。吾辈所填者为吾辈之曲，自宜取材于近，而不宜取材于远。元人既未尝弃无语而用唐宋语以为古，吾辈“食古不化”而死用元语，不将为元人所笑耶。故不佞对于此问题，有四种意见：

（一）无论南词北曲，皆须用当代方言之白描笔墨为之，使合于“场中之曲”之规定。

（二）近人推崇昆剧，鄙视皮黄，实为迷信古人之谬见。当知艺术与时代为推移。世人既以皮黄之通俗可取而酷嗜之，昆剧自应退居于历史的艺术之地位。

（三）昆剧既退居于历史的艺术之地位，则除保存此项艺术之一部分人外，其余从事现代文学之人，均宜移其心力于皮黄之改良，以应时势之所需。〔第（一）条即为此项保存派说法。从前词曲家，不尚白描而尚纤丽，实未尝能保存词曲之精华也。〕

（四）成套之曲，可以不作，改作皮黄剧本。零碎小词，可以不填，改填皮黄之一节或数节。（近人填词，大都不懂音律。仅照老词数了字数，对了平仄，堆砌无数艳语，加上一个"调寄某某"之名而已。今所谓改填皮黄者，须于皮黄有过研究工夫，再用新文学的本领放进去，则虽标明"调寄西皮某板"，或"调寄二黄某剧之某段"，似乎欠雅，其实无损于文学上与技术上之真价值也。）

吾所谓改良皮黄者，不仅钱君所举"戏子打脸之离奇，舞台设备之幼稚，"与"理想既无，文章又极恶劣不通，"与王君梦远《梨园佳话》所举"戏之劣处"一节已也。凡"一人独唱、二人对唱，二人对打、多人乱打，"（中国文戏武戏之编制，不外此十六字。）与一切"报名"、"唱引"、"绕场上下"、"摆对相迎"、"兵卒绕场"、"大小起霸"等种种恶腔死套，均当一扫而空。另以合于情理，富于美感之事代之。（此事言之甚长，后当另撰专论。）然余亦决非认皮黄为正当的文学艺术之人。余居上海六年，除不可免之应酬外，未尝一入皮黄戏馆。而Lyceum Theater之Amateur Dramatic Club，每有新编之戏开演，余必到馆观之，是余之喜白话之剧而不喜歌剧，固与钱君所谓"旧戏如骈文，新剧如白话小说"同一见解。只以现今白话文学尚在幼稚时代，白话之戏曲，尤属完全未经发见，（上海之白话新戏，想钱君亦未必认为有文学价值之戏也。）故不得不借此易于着手之已成之局而改良之，以应目前之急。至将来白话文学昌明之后，现今之所改良之皮黄，固亦当与昆剧同处于历史的艺术之地位。

形式上的事项　此等事项，较精神上的事项为轻。然文学既为一种完全独立之科学，即无论何事，当有一定之标准，不可随随便便含混过去。其事有三：

（一）分段　中国旧书，往往全卷不分段落。致阅看之时，则眉目不清。阅看之后，欲检查某事，亦茫无头绪。今宜力矫其弊，无论长篇短章，一一于必要之处划分段落。惟西文二人谈话，每有一句，即另起一行。华文似可不必。

（二）句逗与符号　余前此颇反对句逗。谓西文有一种毛病，即去其句逗与大写之下，即令人不懂。汉文之不加句逗者，却仍可照常读去。若在此不必加句逗之文字上而强加之，恐用之日久，反妨害其原有之能事，而与西文同病。不知古书之不加句逗而费解者，已令吾人耗却无数心力于无用之地。吾人方力求文字之简明适用，固不宜沿有此种懒惰性质也。然西文，;：.四种句逗法，倘不将文字改为横行，亦未能借用。今本篇所用.、。三种，唯、之一种，尚觉不敷应用，日后研究有得，当更增一种以补助之。至于符号，则？一种，似可不用，以吾国文言中有“欤哉乎耶”等，白话中有“么呢”等问语助词，无须借助于记号也。然在必要之处，亦可用之。！一种，文言中可从省，白话中决不可少。“”与‘’之代表引证或谈话，——之代表语气未完，……之代表简略，（ ）之代表注释或标目，亦不可少。*及字旁所注123等小字可以不用，以汉文可用双行小注，无须foot-note也。又人名地名，既无大写之字以别之，亦宜标以一定之记号。先业师刘步洲先生尝定单线在右指人名，在左指官名及特别物名，双线在右指地名，在左指国名朝名种族名，颇合实用。惜形式不甚美观，难于通用。

（三）圈点　此本为科场恶习，无采用之必要。然用之适当，可醒眉目，今暂定为三种，精采用。，提要用·，两事相合则用·。惟滥圈滥点，当悬为厉禁。

结语　除于上述诸事，不敢自信为必当，敬请胡陈钱三君及海内外关心本国文学者逐条指正外，尚有三事记之于次：

（一）余于用典问题，赞成钱君之说。主张无论广义狭义工者拙者一概不用。即用引证，除至普通者外，亦当注明出自何书，或何人所说。

（二）余于对偶问题，主张自然。亦如钱君所谓“凡作一文，欲其句句相对，与欲其句句不对者，皆妄也”。

（三）余赞成小说为文学之大主脑，而不认今日流行之红男绿女之小说为文学。（不佞亦此中之一人，小说家幸勿动气。）

刘君此文，最足唤起文学界注意者二事，一曰改造新韵，一曰以今语作曲。至于刘君所定文字与文学之界说，似与鄙见不甚相远。鄙意凡百文字之共名，皆谓之文。文之大别有二，一曰应用之文，一曰文学之文。刘君以诗歌戏曲小说等列入文学范围，是即余所谓文学之文也。以评论文告日记信札等列入文字范围，是即余所谓应用之文也。“文字”与“应用之文”名词虽不同，而实质似无差异。质之刘君及读者诸君以为如何。

独秀　识

（载一九一七年五月一日《新青年》第三卷第三号）

诗与小说精神上之革新

介绍约翰生樊戴克两氏之文学思想

我尝说诗与小说，是文学中两大主干，其形式上应行改革之处，已就鄙见所及，说过一二。此篇专就精神上立论，分论如下。

一 曰 诗

朱熹《诗传序》曰，“人生而静，天之性也。感于物而动，性之欲也。夫既有欲矣，则不能无思。既有思矣，则不能无言。既有言矣，则言之所不能尽，而发于咨嗟咏叹之余者，必有自然之音响节奏而不能已焉。此诗之所以作也。”曹文埴《香山诗选序》曰，“自知诗之根于性情，流于感触，而非可以牵强为者。而彼尚戋戋焉比拟于字句声调间也。则曷反之于作诗之初心，其亦有动焉否耶。”袁枚《随园诗话》有曰，“须知有性情，便有格律。格律不在性情外。三百篇半是劳人思妇，率意言情之事。谁为之格，谁为之律，而今之谈格调者，能出其范围否。”可见作诗本意，只须将思想中最真的一点，用自然音响节奏写将出来，便算了事，便算极好。故曹文埴又说“三百篇者，野老征夫游女怨妇之辞皆在焉。其悱恻而缠绵者，皆足以感人心于千载之下。“可怜后来诗人，灵魂中本没有一个“真”字。又不能在自然界及社会现象中，放些本领去探出一个“真”字来。却看得人家作诗，眼红手痒，也想勉强胡诌几句，自附风雅。于是真诗亡而假诗出现于世。

《国风》是中国最真的诗，——《变雅》亦可勉强算得，——以其能为野老征夫游女怨妇写照，描摹得十分真切也。后来只有陶渊明白香山二人，可算真正诗家。以老陶能于自然界中见到真处，老白能于社会现象中见到真处。均有绝大本领，决非他人所及。然而三千篇“诗”被孔丘删剩了三百十一篇。其余二千六百八十九篇中，尽有绝妙的《国风》，这老头儿糊糊涂涂，用了那极不确当的“思无邪”的眼光，将他一概抹杀，简直是中国文学上最大的罪人了。

现在已成假诗世界。其专讲声调格律，拘执着几平几仄方可成句，或引古证今，以为必如何如何始能对得工巧的，这种人我实在没工夫同他说话。其能脱却这窠臼，而专在性情上用功夫的，也大都走错了路头。如明明是贪名爱利的荒伧，却偏喜做山林村野的诗。明明是自己没甚本领，却偏喜大发牢骚，似乎这世界害了他什么。明明是处于青年有为的地位，却偏喜写些颓唐老境。明明是感情淡薄，却偏喜做出许多极恳挚的“怀旧”或“送别”诗来。明明是欲障未曾打破，却喜在空阔幽渺之处立论，说上许多可解不解的话儿，弄得诗不象诗，偈不象偈。诸如此类，无非是不真二字，在那儿捣鬼。自有这种虚伪文学，他就不知不觉与虚伪道德互相推波助澜，造出个不可收拾的虚伪社会来。至于王次回一派人，说些肉麻淫艳的轻薄话，便老着脸儿自称为情诗。郑所南一派人，死抱了那“但教大宋在，即是圣人生，”的顽固念头，便摇头摆脑，说是有肝胆有骨气的爱国诗，亦是见理未真之故。（余尝谓中国无真正的情诗与爱国诗，语虽武断，却至少说中了一半。）近来易顺鼎樊增祥等人，拼命使着烂污笔墨，替刘喜奎梅兰芳王克琴等做斯文奴隶，尤属丧却人格。半钱不值。而世人竟奉为一代诗宗。又康有为作《开岁忽六十》一诗长至二百五十韵，自以为前无古人。报纸杂志，传载极广。据我看来，即置字句之不通，押韵之牵强于不问，单就全诗命意而论，亦恍如此老已经死了，儿女们替他发了通哀启。又如乡下大姑娘进了城，回家向大伯小叔摆阔。胡适之先生说，仿古文章，便做到极好，亦不过在古物院中，添上几件“逼真赝鼎”。我说此等没价值诗，尚无进古物院资格，只合抛在垃圾桶里。

朋友！我今所说诗的精神上之革新，实在是复旧。因时代有古今，物质有新旧，这个真字，却是唯一无二，断断不随着时代变化的。约翰生论此甚详，介绍其说如下。（约翰生博士，Dr.Samuel Johnson 生于一七〇九年，殁于一七八四年。为十八世纪英国文学界中第一人物。性情极僻，行事极奇，我国杂志中，已有译载其本传，兹不详述。氏所著书，以《英文字典》"English Dictionary"《诗人传》"The Lives of EnglishPoet" 两种为毕业事业中最大之成就。而《拉塞拉司》"Rasselas"《人类愿望之虚幻》、"Vanity of Huma Wishes"《漫游人》"The Rambler" 诸书，亦多为后世珍重。此段即从《拉塞拉司》中译出。书为寓言体，言"亚比西尼亚、abyssinia 有一王子，曰拉塞拉司，居快乐谷 The Happy Valley 中，谷即人世'极乐地'。'paradice' 四面均属高山，有一秘密之门，可通出入。王子居之久，觉此中初无乐趣。与二从者窃门而逃，欲一探世界中何等人最快乐。卒至遍历地球，所见所遇，在在均是苦恼。然后兴尽返谷，恍然于谷名之适当云" 氏思想极高，文笔以时代之关系，颇觉深奥难读。本篇所译，力求平顺翔实，要以句句不失原义而止。）

"应白克曰，'……我辈无论何往，与人说起做诗，大都以为这是世间最高的学问。而且将他看得甚重，似乎人之所能供献于神的自然界者，便是个诗。然有一事最奇怪，世界不论何国，都说最古的诗便是最好的诗。推求其故，约有数说。一说为别种学问，必须从研究中渐渐得来。诗却是天然的赠品，上天将他一下子送给了人类，故先得者独胜，又一说谓古时诗家，于榛狉蒙昧之世，忽地做了些灵秀婉妙的诗出来，时人惊喜赞叹，视为神圣不可几及。后来信用遗传，千百年后，仍于人心习惯上，享受当初的荣誉。又一说谓诗以描写自然与情感为范围，而自然与情感，却始终如一，永久不变的。古时诗人，既将自然界中最足动人之事物，及情感界中最有趣味的遭遇，一概描写净尽，半些儿没有留给后人。后人作诗，便只能跟着古人，将同样的事物，重新抄录一通，或将脑筋中同样的印象，翻个花样布置一下，自己却造不出什么。此三说，孰是孰非，且不必管。总而言之，古人作诗，能把自然界据为已有，后人却只有些技术。古人心中，能有充分的魄力与发明力，后人却只有些饰美力与敷陈力了。

'我甚喜作诗，且极望微名得与前比至有光荣之诸兄弟（指诗人）

并列。波斯及阿剌伯诸名人诗集，我已悉数读过，又能背诵麦加大回教寺中所藏诗卷。然仔细想来，徒事摹仿，有何用处。天下岂有从摹仿上着力，而能成其为伟人哲士者。于是我爱好之心，立即逼我移其心力于自然与人生两方面。以自然为吾仆役，恣吾驱使，而以人生为吾参证者，俾是非好坏，得有一定之依据。自后无论何物，倘非亲眼见过，决不妄为描写。无论何人，倘其意向与欲望，尚未为我深悉，我亦决不望我之情感，为彼之哀乐所动。

‘我既立意要作一诗家，遂觉世上一切事物，各各为我生出一种新鲜意趣来。我心意所注射的地域，亦于刹那间拓充百倍，自知无论何事，无论何种知识，均万不可轻轻忽过。我尝排列诸名山诸沙漠之印象于眼前。而比较其形状之同异。又于心头作画，凡森林中有一株之树，山谷中有一朵之花。但令曾经见过，即收入幅中。岩石之高顶，宫阙之塔尖，我以等量之心思观察之。小河曲折，细流淙淙，我必循河徐步，以探其趣。夏云倏起，弥布天空，我必静坐仰观，以穷其变。所以然者，深知天下无诗人无用之物也。而且诗人理想，尤须有并蓄兼收的力量。事物美满到极处，或惨怖到极处，在诗人看来，却是习见。大而至于不可方物，小而至于纤眇不能目睹，在诗人亦视为相狎有素，不足为奇。故自园中之花，森林中之野兽，以至地下之矿藏，天上之星象，无不异类同归，互相联结，而存储于诗人不疲不累之心栈中。因此等意思，大有用处。能于道德或宗教的真理上，增加力量。小之，亦可于饰美上增进其自然真确之描画。故观察愈多，所知愈富，则做诗时愈能错综变化其情景，使读者睹此精微高妙之讽辞，心悦诚服，于无意中受一绝好之教训。

‘因此之故，我于自然界形形色色，无不悉心研习。足迹所至，无一国无一地不以其特有之印象见惠，以益我诗力而偿我行旅之劳。’

拉塞拉司曰，‘君游踪极广，见闻极博，想天地间必尚有无数事物，未经实地观察。如我之偏处群山之中，身既不能外出，耳目所接，悉皆陈旧。欲见所未见，观察所未观察而不可得，则如何。’

应白克曰，‘诗人之事业，是一般特性的观察，而非各个的观察。但能于事物实质上大体之所备具，与形态上大体之所表见，见着个真相便好。若见了郁金香花，便一株株的数他叶上有几条纹，见了树林，便一座座的量他影子是方是圆，多长多阔，岂非麻烦无谓。即所做的诗，亦只须从大处落墨，将心中所藏自然界无数印象，择其关系最重而情状最足动人者，一一陈列出来。使人人见了，心中恍然于宇宙的真际，原来如此。至于意识中认为次一等的事物，却当付诸删削。然这删削一事，也有做得甚认真，也有做得甚随便，这上面就可见出诗人的本分，究竟谁是留心，谁是贪懒了。

‘但是诗人观察自然，还只下了一半功夫，其又一半，即须娴习人生现象。凡种种社会种种人物之乐处苦处，须精密调查，而估计其实，量情感的势力，及其相交相并之结果，须设身处地以观察之。人心的变化，及其受外界种种影响后所呈之异象，与夫因天时及习俗的势力，所生的临时变化，自人人活泼康健的儿童时代起，直至其颓唐衰老之日止，均须循其必经之轨道，穷迹其去来之踪，能如，是其诗人之资格犹未尽备。必须自能剥夺其时代上及国界上牢不可破之偏见，而从抽象的及不变的事理中判一是非。尤须不为一时的法律与舆论所羁累，而超然高举，与至精无上，圆妙无极，万古同一的真理相接触如此，则心中不特不急急以求名，且以时人的推誉为可厌，只把一生欲得之报酬，委之于将来真理彰明之后。于是所作的诗。对于自然界是个天人联络的译员，对于人类是个灵魂中的立法家。他本人也脱离了时代与地方的关系，独立太空之中，对于后世一切思想与状况，有控御统辖之权。

‘虽然，诗人所下苦工，犹未尽也。不可不习各种语言，不可不习各种科学。诗格亦当高尚，俾与思想相配，至措词必如何而后隽妙，音调必如何而后和叶，尤须于实习中求其练熟，……’”

二曰 小说

“小说为社会教育之利器，有转移世道人心之能力。”此话已为今日各小说杂志发刊词中必不可少之套语。然问其内容，有能不用“迎合社会心理”的工夫，以遂其“孔方兄速来”之主义者乎。愿小说出版家各凭良心一答我言。

“文情”二字，又今日谈小说者视为构成小说之原质者也。然我尝举一“文”字，问业于一颇负时名之小说家，其答语曰，“作文言小说，近当取法于《聊斋》，远当取法于《史汉》。作白话小说，求其细腻，当取法于《红楼》。求其瘦硬，当取法于《水浒》。然红楼又脱胎于《杂事秘辛》诸书，水浒又脱胎于《飞燕外传》诸书。则谓小说即是古文，非古文不能称小说可也。”又尝举一“情”字，问业于一喜读小说之出版家，其答语曰，“情节离奇是小说的骨子。必须起初一个闷葫芦，深藏密闭，直到临了才打破，方为上乘。其次亦当如金圣叹评《大易》，所谓‘手轻脚快，一路短打’方是，若在古文上用功夫，句句是乌龟大翻身，有何趣味。”由前说言，中国原有古文，已觉读之不尽，何必再作。且何不竟作古文而作此刻鹄类鹜画虎类狗之小说为。由后说言，街头巷尾，小书滩上所卖“穷秀才落难中状元，大小姐后园赠衣物”的大丛书，亦尽可消闲破闷，何必浪费笔墨，再出新书。

小说家最大的本领有二。第一是根据真理立言，自造一理想世界。如施耐庵一部《水浒》，只说了“做官的逼民为盗”一句话，是当时虽未有“社会主义”的名目，他心中已有了个“社会主义的世界”。托尔斯泰所作社会小说，亦是此旨。其宗教小说，则以“Where's Love ，there's God”一语为归宿是意中不满于原有的宗教，而别有一理想的“新宗教世界”也。此外如提福之《鲁滨生》一书，则以“社会不良，吾人是否能避此社会？”及“吾人脱离社会后，能否独立生活？”两问题，构成一“人有绝对的独立生活力”的新世界。欧文所著各书，则以“风俗浇漓，足以造成罪恶，”而虚构一“浑浑噩噩之古式的新世界。”虞哥所撰各书，则破坏“一切制造罪恶的法律，”而虚构一“以天良与觉悟代法律的新世界。”王尔德所著各书，能于“爱情真谛”之中，辟一“永远甜蜜”的新世界。左喇听著各书，能以“悲天悯人”之念，辟一“忠厚良善”之新世界。虽各人立说不同，其能发明真理之一部分，以促世人之觉悟则一。第二是各就所见的世界，为绘一维妙维肖之小影。此等工夫，已较前稍逊。然如吾国之曹雪芹李伯元吴趼人。英国之狄铿士萨克雷吉伯林史梯文生，法国之龚枯尔兄弟与莫泊三，美国之欧亨利与马克吐温，其心思之细密，观察力之周至，直能将此世界此社会表面里面所具大小精粗一切事物，悉数吸至笔端，而造一人类的缩影，此是何等本领。至如惠尔司之撰科学小说，康南道尔之撰侦探小说，维廉勒荀之撰秘密小说，瑟勃郎之撰强盗小说，已非小说之正，且亦全无道理，与吾国《花月痕》《野叟曝言》《封神榜》《七侠五义》等书，同一胡闹。然天地间第一笨贼，却出在我国。此人为谁，曰，俞仲华之撰《荡寇志》是！

同是一头两手，同是一纸一笔，何以所作小说，好者如彼而恶劣者如此，曰，此是头脑清与不清之故。果能清也，天分高，功夫深，固可望大成。即不高不深亦可望小成。否则说上一辈子呓话，博得俗伧叫好而已。我今介绍樊戴克之说，即是洗清头脑的一剂灵药。（樊戴克博士 Dr.Henry van Dyke 为美国当代第一流文豪。曾任 Princeton 大学英文学主讲。其著作有 "Fisherman' s Luck," "Little Rivers," "The Blue Flowers," "The Ruling Passion," "Music, and Other Poems," "The House of Rimon," "The Toiling of Felix, and other poems" 等，首二种为纪事写生文，次二种为小说，余为诗集，均极有声誉。此节见于《Ruling passion》一书之篇首，标题曰《著作家之祈祷》"a writer' s Request of His Mas'er"。盖用教会中祈祷文体，以发表其小说上之观念，正所以自明其视文学为神圣的学问也。其言甚简，却字字着实，句句见出真学问，实不可多得之短文也。"

"愿上帝佑我，永远勿任我贸然以道德问题与小说相牵涉，且永远勿任我叙述一无意义之故事。愿汝督察我，令我敬重我之材料，俾不敢轻视自己之著述。愿汝助我以诚实之心对待文字与人类，因此皆有生命之物也。愿汝示我以至清明之途径，因著书如泗水。少许之澄清胜于多许之混浊也。愿汝导我观察事物之色相，而不昧我心中潜蓄之灵光。愿汝以理想赐我，俾我得立足于纺机之线，循序织入人类之锦，然后于蒙昧不明之一大疑团中，探得其真际所在，愿汝管束我，勿令我注意书籍，有过于人类，注意技术，有过于人生，愿汝保持我，使我尽其心力，作此一节之功课，至于圆满充足而后止。既毕事，则止我。且给我以酬，如汝之意。更愿汝助我，从我安静之心中，说一感谢汝恩之亚门。"

此说专对小说立论，与约翰生之论诗，虽题目各殊，用意实出一轨。可知诗与小说仅于形式上异其趋向，骨底仍是一而二，二而一，即诗与小说而外，一切确有文学的价值之作物，似亦未必不可以此等思想绳之。

结　论

前文云云，我不敢希望于今之“某老某老”之大吟坛，亦不敢希望于报纸中用二号大字刊登“洛阳纸贵”“著作等身”之小说大家。即持此以与西洋十先令或一便士的廉价出版品——有时亦可贵至一元三角半或三先令六便士——之著作家说话，亦是对牛弹琴，大杀风景。然则此文究竟做给何等人看，曰，做给爱看此文者看。

“If this will not Suffice，it must appear
That malice bears down Truth.”——Shakespeare

“Truth Crashed to earth Shall rise again:
The eternal years of God are hers.”——Bryant.

（载 1917 年 7 月《新青年》第 3 卷第 5 号）

致钱玄同

玄同先生：

接到来信，非常快活。我是星期一至五的上午九至十二时总空的，先生无论那天来，都很欢迎。

文学改良的话说，我们已锣鼓喧天的闹了一闹；若从此阴干，恐怕不但人家要说我们是程咬金的三大斧，便是自己问问自己，也有些说不过去罢！

先生说的积极进行，又从这里说出“造新洋房”的建设，和“打鸡骂狗”的破坏两种方法来，都与我的意思吻合；虽然这里面千头万绪，主张各有进出，那最大的目标，想来非但你我相同，连适之独秀，亦必一致赞成。然前天适之说，“独秀近来颇不起劲”，不知是何道理？

先生说“本是个顽固党”。我说我们这班人，大家都是“半路出家”，脑筋中已受了许多旧文学的毒。——即如我，国学虽少研究，在一九一七年以前，心中何尝不想做古文家，遇到几位前辈先生，何尝不以古文家相助；先生试取《新青年》前后所登各稿比较参观之，即可得其改变之轨辙。——故现在自己洗刷自己之外，还要替一般同受此毒者洗刷，更要大大的用些加波力克酸，把未受毒的清白脑筋好好预防，不使毒菌侵害进去；这种事，说是容易，做就很难；譬如做戏，你，我，独秀，适之，四人，当自认为“台柱”，另外再多请名角帮忙，方能“押得住座”；“当仁不让”，是毁是誉，也不管他，“儂”说对不对呢？

信中不能多说，望先生早一二天来谈谈！

愿为你之好友者！

刘半侬

一九一七，十月十六。

（载 1981 年《中国现代文艺资料丛刊》第 3 期）

通俗小说之积极教训与消极教训

一九一八年一月十八日，在北京大学文科研究所小说科演讲

要讨论这一个题目，就应当先把这题目认得清楚，辨别得明白。题中的“通俗小说”，就是英文中的“Popular Story”。英文“Popular”一字，向来译作“普通”，或译作“通俗”，都不确当。因为他的原义是——

1．Suitable to common people：easy to be comprehended.

2．Acceptable or pleasing to people in general.

若要译得十分妥当，非译作“合乎普通人民的，容易理会的，为普通人民所喜悦所承受的”不可：如此累坠麻烦，当然不能适用。现在借用“通俗”二字，是取其现成省事；他的界说，仍当用“Popular”一字的界说；决不可误会其意，把“通俗小说”看作与“文言小说”对待之“白话小说，”——“通俗小说”当用白话撰述，是另一问题。

“通俗”二字既认明白了，就可知本文所讨论的，是上中下三等社会共有的小说，并不是哲学家科学家交换思想意志的小说，更不是文人学士发牢骚卖本领的小说。若要在中国旧小说中举几个例出来：则《今古奇观》，《七侠五义》，《三国演义》等，都是通俗小说；《燕山外史》，《花月痕》，《聊斋志异》等，都是“发牢骚卖本领”的小说；——此等小说，实在并无本领可卖，不过作小说者，有卖本领之心理而已，——若问“交换思想意志”的小说，中国有了几种，我却回答不出！勉强说几种拉拉场面，也不过《水浒》，《红楼》，《西游》诸书：然此是题外事，不必说他。

题中“教训”二字，是说此项小说出版后，对于世道人心的影响

如何。所谓“积极教训”，便是纪述善事，描摹善人，使世人生羡慕心，摹仿心；“消极教训”，便是纪述恶事，描摹恶人，使世人生痛恨心，革除心。这两种教训，各有各的好处：第一种是合乎“见贤思齐”“当仁不让”的道理；第二种也合乎“有则改之，无则加勉”的道理；粗粗一看，决难判别孰好孰坏。然就个人观察所及，则以为——

1. 作通俗小说，与其用消极的教训，不如用积极的教训；

2. 如其不能，则与其谩骂，不如婉讽；与其从正面直写其恶，不如从侧面曲绘其愚；

3. 否则混善恶而一之，用诙谐之笔，以促阅者自己之辨别与觉悟。

要说这三句话，应先问一问做小说的人，对于所做的小说，是否担负责任？中国从前的小说家，心目中本无责任二字，故不问诲淫诲盗，只须心中想得着，笔上写得出，无不淋漓尽致的做到书上去。他们心中，亦未尝不知淫盗之不当诲，故全书结束，必有一番因果报应的话：——说什么某善人是升官发财，妻妾荣封；某恶人是家破人亡，妻儿流散；——似乎要借此一笔，把全书事实，完全打消，其意若曰：我本来是要教诸位做好人的，诸位自己要做坏人，干我什么事？

此等不负责任的“造孽家”，都已做了过去的人物；虽然遗留许多坏书在社会上，到将来良好的小说发达了，终有渐渐消灭的希望。至于当代的小说家，都已挂了“改良社会”，“启发民智”，“辅助教育”的招牌了；究竟他们能否“货真价实，童叟无欺”，诚然是个疑问；我辈“以君子之心度人”，却总该承认他们是名实相符的。万一名实竟不相符，还当宽一步说：那是他们头脑欠清，未曾摸着路头，或路头虽已摸着，却嫌能力不足，未能实事求是做去。若说现在的世界上，竟还有不负责任，居心要制造恶人，酿成恶社会的小说家，我怕这话未免有些太“挖苦”了罢！

今先为“头脑欠清，未曾摸着路头”者说法：——

我尝说，“世间只有两种人：一种是可怜的，一种是可恨的。”为什么没有可敬可爱的呢？因为一个人有了可敬可爱的资格，便天然要陷入可怜的地位。换一句话说，这一个世界，在未达我们理想中的“标准文明时代”之前，永远是个恶人欺侮善人的时代。做小说的把恶人描画出来，其本意无非说“世界上有这一等人，诸位要好好防备，可不要落在他坑里，”或是说“诸位请看，这等人做了坏事，到临了终没有好结果的，诸位可不要学他；”或是说“这等人太恶了，我现在揭穿了他的黑幕，大家合力反抗罢。”这三种用意，都从“悲天悯人”的念头中转化出来；从正面看去，简直半点毛病没有；若从反面仔细推测，便有种种流弊：——

第一，人类的摹仿性，是最丰富的。辨别善恶性，也是人人都有的；——恶人亦能辨别善恶。故照常理说来，把辨别善恶性加到摹仿性上面去，当然是人人都想做善人，人人都已做成了善人。然而情理与事实，相去不可以道里计，是什么缘故呢？这就叫做“理不胜欲”。譬如一部《聊斋志异》，把狐鬼两物，可算形容得触目惊心，令人不寒而栗了？然而我在十五六岁情窦初开的时候看了他，心中明知狐鬼之可怕，却存了个怪想，以为照蒲留仙说，天下狐鬼，多至不可胜纪，且都是凿凿有据的，为什么我家屋子里，不也走出几个仙狐艳鬼来同我顽顽呢！这虽然是极可笑的孩子思想，却由此类推，我可断定看《官场现形记》的，看的时候虽觉书人中卑鄙无耻，到了身入官场的时候，就不知不觉的要做起书中人来；那看《儒林外史》的，看的时候虽替书中人一阵阵的肉麻，一把把的捏汗，到了地位相同的时候，也就不知不觉的如法泡制，做起假名士来。照此说，不是做消极小说的人，没有在反动一方面收到什么功效，反实施了一番做恶人的直观教育么？

第二，人类的神经，只能施以适当之激刺，不能施以过分之激刺；若激刺过了分，则神经渐趋衰钝，终至于麻木不仁而后已。故外国戏馆中，每遇谋杀决斗战争诸事，往往不在戏台上直演其惨状，只在谈话中用悲恻的神情表白出来，——即病死之情状，亦鲜有明演者；——又国家对于罪犯，非至万不得已不判死刑，即使判了，亦都在隐僻之处执行；甚至灾眚时疫，及一切惨怖事实，不能在贵客及妇女之前谈论：这些事，粗看了似乎无甚道理，仔细想去，当见其用意极深。中国却不然，种种奸淫惨杀之事尽可在大庭广众之中高谈阔论；官厅里杀起人来，必守着“刑人于市，与众共之”的古训；戏子们更荒谬，“三更三点的见鬼”，“午时三刻的杀人”，几乎无日不有；若演《九更天》里的“滚钉板”，《罗通扫北》里的“盘肠大战,”《大香山》里“刀山地狱”,《蝴蝶梦》里的“大劈棺”,——此是关于惨杀一方面的，其关于淫秽一方的，如《送银灯》《寄柬》《拾玉镯》等，每有种种肉麻动作，亦可作如是观，——则演的人固然是兴会淋漓，看的人也觉得分外津津有味，从前我在上海，请一位美国朋友看了一次中国戏，那朋友说道：“贵国的戏，若叫敝国女人看了，可吓得他们一礼拜睡不着；”试问外国人看了要睡不着的，中国人看了反觉津津有味，中国人的神经，已到了那一等地步？又前一礼拜，周启明先生向我说：“近来在《研堂见闻杂记》里，看见一段故事，说‘清初李森先巡按江南，捕优人王子玠，与奸僧三遮和尚，相对枷死。子玠善演红娘，以僧对之，宛然法聪。人见之者，无不绝倒！’”试问人家到了将死的地步，中国人全无恻隐之心，反要大开玩笑。此种“忍心害理”的思想，是人类应有的不是？所以我常说，人类的神经，自有上天所赋的一点“真实感觉性；”有此一点“真实感觉性,”加以适当之刺激，人人可以做得圣贤，成得佛；犹如人人舌头上，都有辨别五味的能力，不必加以矫揉造作，即能自成其为“知味者”。若神经上多受了过分的刺激，他那现象，便如专吃腥燥油腻的野蛮人类一般，对于通常滋味，反不能辨别；久而久之，自能成为“习于世故”,“愍不畏死”,“哀乐无动于中”的“老奸巨猾”了。

第三，做消极小说，大概不外乎两种方法：一种是直写实事，或在实事之外，略加点染的；一种是凭空结撰，完全是著作家杜造出来的。——第一种如“某某现形记”及新近出版的“某某黑幕”等；第二种如英人 A.C.Doyle 所作各种侦探小说，及 Williamle Quex 所作“Fatal Thirteen”“Confessions of a Lady’s man”等。这两种，若要从根本上推翻他，简直是贻害社会，比几部有名的诲淫诲盗小说，还要利害百倍！何以故？因为诲淫的小说，即使大声疾呼，满纸写了“淫”字，遇到“无可与淫,”或意虽欲淫，而没有“潘驴，邓小，闲,”那种资格的人，还只是淫不起来；那诲盗小说，即使写得荒谬到极处，满纸都是刀光血影，遇到“不必为盗”，或“虽欲为盗，而没有做强盗的经济魄力”的人，还只是做不成功强盗。如此说，诲淫诲盗，被诲者不过是一部分人，决不至全世界都变作“男盗女娼”的。至于前文所述的“现形记”与“黑幕”，却大有普及一切的魔力。因为这一派书，所纪既属实事，故处处与现代社会吻合，摹仿起来很容易；而且范围极广，非但不象淫盗两事之受社会裁制，竟有许多是国法之所不禁的，故看书的人，一到“心中所欲”或“地位所需”的时候，便可采集众长，实行摹仿。书中事实，本来是一二恶人，费了许多心思才能发明，且未必肯轻易告人的；自从这“Cyclo-pedia of Crime”出了世，竟变做了全世界的公器了！侦探小说的用意，自要促进警界的侦探知识；就本义说，这等著作家的思想，虽然陋到极处，却未能算得坏了良心；无如侦探小说要做得好，必须探法神奇；要探法神奇，必须先想出个奇妙的犯罪方法；这种奇妙的犯罪方法一批露，作奸犯科的凶徒们，便多了个“义务顾问”；而警界的侦探知识，却断断不会从书中的奇妙探法上，得到什么进步；——因为犯罪是由明入暗，方法巧妙了，随处可以借用；探案是由暗求明，甲处的妙法，用在乙处，决不能针锋相对；——从前有位朋友向我说：“上海的暗杀案，愈出愈奇，都是外国侦探小说输入中国以后的影响；”我当时颇不以此言为然，现在想想，却不无一二分是处。至于W.le Quex的小说，愈觉荒谬，简直是个“罪恶叫卖店”的主人，吊高了嗓子叫道：“诸位要犯罪么？要杀人么？要是没有好方法，本主人廉价教授，只须花六个便士买本教科书看看就可以了！”这种书，价值远出于，“现形记”“黑幕”之下，文笔也芜陋异常；然而英美两国，一般无知识的新闻记者和杂志主任，也居然称他为“文豪”咧！

以上都是就理论上说话，若就做法上说，则做积极小说，简直比做消极小说难了百倍；所以往往有头脑极清，明知消极小说之有流弊，动起笔来，却不知不觉的写到消极一条路上去；这因为——

1. 我们眼光中所看见的社会，好人少，坏人多；要写好人，简直找不到个影子；要写坏人，却触目皆是。

2. 好人是不能单独做的，必须有坏人衬托；把坏人写得愈坏，方见好人之愈好。然而写坏人易，写好人难；即如写个美人，便把《洛神赋》上的词头儿全都搬在纸上，亦觉不甚出色；要写个丑妇，却一动笔便可引得读者哈哈大笑了。

3. 人的性情，是喜谈人短，恶说人长的，譬如三五个朋友聚在一处谈天，若说某甲如何如何好，不上三五个话就说完了；若谈某乙如何如何坏，必有某丙某丁刺刺不休的背出他的历史来。又如写信要恭维人家几声，便抄遍了什么《尺牍大全》，自己终觉得有些肉麻可笑；若要写封骂人的绝交书保管文思泉涌，洋洋千百言，不难一挥而就。

4. 写好人的文章，已为千百年来一般“谀墓文豪”做尽；我们再去做他，尽管面子上挂了“小说”的招牌；看的人还要当他是什么“哀启”“祭文”“家传”“神道碑”“墓志铭”咧！

5. 专做好人的正面文章，在中文则容易做成《太上宝筏图说》；《阴骘文图说》，在西文则容易做成“Sunday School Stories,”“Church Stories”把小说做成了这一等书，还有什么文学上的价值没有？

当初我看小说，不论中文西文，总看不见什么良好的积极小说，心中颇以为怪；后来自己做了几年，领略了些甘苦，才知道内中有这几种原因。

照上文说，做积极小说虽非绝对的不可能，却已证明十分之八九是不容易做好的；要在这不容易之中找些方法出来，大约有五种；——

第一种是化消极为积极　如陶渊明做的《桃花源记》，完全是表示厌世思想的；若老陶要把目睹的怪现状写出，至少也总可做成十部八部的“现形记”或“黑幕”；然而他不说世界的黑暗，只说自然界的快乐，又轻描淡写，把“不知有汉，无论魏晋，此人一一为具言所闻，皆叹惋，”及“不足为外人道也”数语，将本意说出，这便是他极有斟酌处。又如英人Daniel Defoe所作的“Robinson Crusoe”亦与老陶同一用意，后人把他看作Adventure Story，便错了。

第二种是以积极衬托消极　如苏格兰S.R.Crockett所做的“The Stickit Minister”说兄弟两人，做兄的尽力种田，把家产变卖了培植兄弟；到他兄弟做了医学博士，竟把老兄置之不问了。此种材料，若叫中国人来做小说，必把乃弟描摹得不堪言状，末了再加上个“人之无良，一至于此”的批语；Crockett却只写乃兄的如何劳苦，身体如何衰弱，心地如何忠厚；其“画龙点睛”处，仅有“乃兄耕田疲乏时，引领遥望，见乃弟骑骏马，挥鞭由阡陌间驰过”一语。又英人Ella Higginson所作的“Mrs.Risley's Christmus Dinner”本来说一个不孝的女儿的；然而他不说女儿的如何如何不孝，却把母亲的如何衰老，如何孤苦，如何牵记女儿，描摹得委婉动人，呼之欲出；结尾说母亲有了如此好心，女儿竟不回来；是一篇文章，完全翻了个身，句句不骂女儿，却句句骂在女儿身上了。此等反衬文笔，感人最深，又全无流弊，做通俗小说，最宜取法。

第三是以消极打消消极 如俄人 Leo Tolstoy 所作的“How much Land does a man need? ”是用滑稽笔法，——以反面的消极，打消正面的消极，——促动大地主的反省，正合《代数学》中“负与负乘，所得为正”的一句话。此种方法，当描摹正面的消极时，最宜自有分寸；否则“现形记”“黑幕”诸书，末段何尝不有一番自己打消自己的话说呢。

第四是以积极打消消极 如英人 Charles Dickens 所作的“A christimus carol”头段数页是正面的消极，初入梦的一小部分是反面的消极，后来一大部分，由消极趋于积极。

第五是消极积极循环打消 如吴稚晖先生所译的法国剧本《鸣不平》，——或作《社会阶级》，其原本余未之见，——是用“黄雀螳螂”的办法，把“公爵”，“银行主人”，“书记”，“婢女”，“车夫”，“黑奴”，“乞丐”，“狗”八种阶级，正面反面，各各写了个照，随即各自打消。这种方法极好，然当变换文章结构，方可引人入胜；要是死守了这一种章法，便“味同嚼腊”了。

做小说的方法，本来是千变万化，不能拘执一格的；上面所说的五种，不过略举其例罢了。

袁子才诗话里，说“老学究论诗，必有一副门面语。……必曰须有含蓄，此店铺招牌，无关货之美恶。《三百篇》中，……有含蓄者，‘棘心夭夭，母氏劬劳’是也；有说尽者，‘投畀豺虎，投畀有昊’是也。”这一番话，拿来议论小说，本来是的切不移的。试看世界各国的近世小说家，凡是有魄力，有主张的，人人都有一部两部反抗强权，刺激社会的小说；非但不说那“须有含蓄”的腐败话，便连积极消极，也不成问题。然就小说的全体说是如此；若只就通俗小说一部分说，究竟要有些斟酌。所以我今天所说的话，自己也知道意思很肤浅，且大有老学究气息；然为目前时势之所需要，不得不如此说。到将来人类的知识进步，人人可以看得陈义高尚的小说，则通俗小说自然消灭了，我这话也就半钱不值了。

（载 1918 年 7 月《太平洋》月刊第 1 卷第 10 号）

复王敬轩书

敬轩先生：

来信“大放厥辞”，把记者等很很的教训了一顿。照先生的口气看来，幸而记者等不与先生见面；万一见了面，先生定要挥起“巨灵之掌”，把记者等一个嘴巴打得不敢开口，两个嘴巴打得牙齿缝里出血，而后快！然而记者等在逐段答复来信之前，应先向先生说声“谢谢。”这因为人类相见，照例要有一句表示敬意的话；而且记者等自从提倡新文学以来，颇以不能听见反抗的言论为憾，现在居然有你老先生“出马”，这也是极应欢迎，极应感谢的。

以下是答复先生的话：

第一段（原信“某在辛丑壬寅之际，……各是其是，亦不必置辩。”）

原来先生是个留学日本速成法政的学生，又是个“遁迹黄冠”的遗老，失敬失敬。然而《新青年》杂志社，并非督抚衙门，先生把这项履历背了出来，还是在从前“听鼓省垣”，“听候差遣”时在“手版”上写惯了，流露于不知不觉呢？——还是要拿出老前辈的官威来，恐吓记者等呢？

先生以为“提倡新学，流弊甚多”。又如此这般的说了一大串，几乎要把“上下五千年，纵横九万里”的一切罪恶，完全归到一个“新”字上。然而我要问问：“辛丑壬寅”以前，“扶持大教，昌明圣道”的那套老曲子，已唱了二千多年，始终没有什么“洋鬼子”——这个名目，是先生听了很欢喜的，——的“新法”去打搅他，为什么要弄到“朝政不纲，强邻虎视”呢？

本志排斥孔丘，自有排斥孔丘的理由。先生如有正当的理由，尽可切切实实写封信来，与本志辩驳，本志果然到了理由不能存立的时候，不待先生督责，就可在《新青年》杂志社中，设起香案，供起“至圣先师大成孔子”的牌位来！如先生对于本志所登排斥孔教的议论，尚未完全读过；或读了之后，不能了解；或竟能了解了，却没有正当的理由来辩驳：只用那“孔子之道，如日月经天，江河行地”的空话来搪塞；或用那“岂犹以青年之沦于夷狄为未足，必欲使之违禽兽不远乎”的村妪口吻来骂人：则本志便要把先生所说的“狂吠之谈，固无伤于日月”两句话，回敬先生了。

本志记者，并非西教信徒；其所以“对于西教，不加排斥”者，因西教之在中国，不若孔教之流毒无穷；在比较上，尚可暂从缓议。至于根本上，陈独秀先生，早说了“以科学解决宇宙之谜”的一句话，蔡孑民先生，又发表过了“以美术代宗教”的一篇文章：难道先生竟没有看见么？若要本志记者，听了先生的话，替孔教徒做那“攻乎异端”的事业——哼哼！——恐怕你这位“道人”，也在韩愈所说的“火其书，庐其居”之列罢！

第二段（原文“惟贵报又大倡文学革命之论，……甚矣其惑也。”）

浓圈密点，本科场恶习，以曾国藩之顽固，尚且知之；而先生竟认为“形式美观”，且在来信之上，大圈特圈，大点特点；——想先生意中，以为“我这一篇经天纬地的妙文，定能使《新青年》诸记者，拜服得五体投地”；又想先生提笔大圈大点之时，必定摇头摆脑，自以为这一句是“一唱三叹”，那一句是“弦外之音”，这一句“平平仄仄平平”，对那一句“仄仄平平仄仄”对得极工；初不知记者等虽然主张新文学，旧派的好文章，却也读过不少；象先生这篇文章，恐怕即使起有清三百年来之主考文宗于地下，也未必能给你这么许多圈点罢！

闲话少说。句读之学，中国向来就有的；本志采用西式句读符号，是因为中国原有的符号不敷用，乐得把人家已造成的借来用用。先生不知“钩挑”有辨别句读的功用，却说他是代替圈点的；又说引号（“”）是表示“句中重要之处”，不尽号（……）是把“密点”移在“一句之后”，知识如此鄙陋，记者惟有敬请先生去读了三年外国书，再来同记者说话；如先生以为读外国书是“工于媚外，惟强是从”，不愿下这工夫；那么，先生！便到了你“墓木拱矣”的时候，还是个不明白！

第三段（原文“贵报对于中国文豪。……无乃不可乎。”）

先生所说的“神圣施曹而土芥归方……目桐城为谬种，选学为妖孽”，本志早将理由披露，不必重辩。至于樊易二人，笔墨究竟是否“烂污”，且请先生看着——

“……你为我喝采时，震得人耳聋，你为我站班时，羞得人脸红。不枉你风月情浓，到今朝枕衾才共；卸下了《珍珠衫》，做一场《蝴蝶梦》；……这《小上坟》的祭品须丰，那《大劈棺》的斧头休纵。今日个唱一出《游宫射雕》，明日里还接演《游龙戏凤》。你不妨《三谒碧游宫》，我还要《双戏桃山洞》，我便是《缝褡膊》的小娘，你便是《卖胭脂》的朝奉。……”——见樊增祥所著《琴楼梦》小说

“……一字之评不愧‘鲜’，生香活色女中仙。牡丹嫩蕊开春暮，螺碧新茶摘雨前。……玉兰片亦称珍味，不及灵芝分外鲜。……佳人上吊本非真，惹得人人思上吊！……试听喝采万声中，中有几声呼‘要命’！两年喝采声惯听，‘要命’初听第一声。‘不啻若自其口出’，‘忽独与余兮目成！’我来喝采殊他法，但道‘丁灵芝可杀！’丧尽良心害世人，占来琐骨欺菩萨。……”——见易顺鼎咏鲜灵芝诗敬轩先生！你看这等著作怎么样？你是“扶持名教”的，却“摇身一变”，替这两个淫棍辩护起来，究竟是什么道理呢？

林琴南“而方姚卒不之踣”一句的不通，已由胡适之先生论证得很明白；先生果然要替林先生翻案，应当引出古人成句，将他证明才是。若无法证明，只把“不成音节”，“文气近懈”的话头来敷衍：是先生意中，以为文句尽可不通；音节文气，却不得不讲；请问天下有这道理没有？胡先生“历引古人之文”，正是为一般顽固党说法，以为非用此“以子之矛，攻子之盾”的办法，不能折服一般老朽之心；若对略解文法之人——只须高小学生程度——说话，本不必“自贬身价”，“乞灵孔经”。不料先生连这点儿用意都不明白，胡先生唯有自叹不能做那能使“顽石点头”的生公，竟做了个“对牛弹琴”的笨伯了！

《马氏文通》一书，究竟有无价值，天下自有公论，不必多辩；唯先生引了“文成法立”，“文无定法”两句话，证明文法之不必讲求，

实在是大错大错！因为我们所说的文法，是在通与不通上着想的“句法”；古人所说的文法，是在文辞结构上着想的“章法”。“章法”之不应死守前人窠臼，半农《我之文学改良观》一文，“破除迷信”项下，已说得很明白。这章法句法，面目之不同，有如先生之与记者；先生竟把他并作一谈，足见昏瞶！

第四段（原文“林先生为当代文豪……恐亦非西洋所有也。”）

林先生所译的小说，若以看“闲书”的眼光去看他，亦尚在不必攻击之列；因为他所译的“哈氏丛书”之类，比到《眉语莺花杂志》，总还“差胜一筹”，我们何必苦苦的“凿他背皮”。若要用文学的眼光去评论他，那就要说句老实话：便是林先生的著作，由“无虑百种”进而为“无虑千种”，还是半点儿文学的意味也没有！何以呢？因为他所译的书：——第一是原稿选择得不精，往往把外国极没有价值的著作，也译了出来；真正的好著作，却未尝——或者是没有程度——过问；先生所说的“弃周鼎而宝康瓠”，正是林先生译书的绝妙评语。第二是谬误太多：把译本和原本对照，删的删，改的改，“精神全失，面目皆非”；——这两句，先生看了，必说“做还做得不错，可惜太荒谬”，——这大约是和林先生对译的几位朋友，外国文本不高明，把译不出的地方，或一时懒得查字典，便含糊了过去；（其中有一位，自言能口译狄更士小说者，中国只有他一人，这大约是害了神经病中的“夸大狂”了！）林先生遇到文笔蹇涩，不能达出原文精奥之处，也信笔删改，闹得笑话百出。以上两层，因为先生不懂西文，即使把译本原本，写了出来对照比较，恐怕先生还是不懂，只得“一笔表过不提”；待将来记者等有了空，另外做出一篇《林译小说正误记》来，“以为知者道”；那时先生如已翻然变计，学习了些外国文，重新取来研究研究，“方知余言之不谬”。第三层是林先生之所以能成其为“当代文豪”，先生之所以崇拜林先生，都因为他“能以唐代小说之神韵，迻译外洋小说”；不知这件事，实在是林先生最大的病根；林先生译书虽多，记者等始终只承认他为“闲书”，而不承认他为有文学意味者，也便是为了这件事。当知译书与著书不同，著书以本身为主体，译书应以原本为主体；所以译书的文笔，只能把本国文字去凑就外国文，决不能把外国文字的意义神韵硬改了来凑就本国文。即如我国古代译学史上最有名的两部著作，一部是后秦鸠摩罗什大师的《金刚经》，一部是唐玄奘大师的《心经》：这两人，本身生在古代，若要在译文中用些晋唐文笔，眼前风光，俯拾即是，岂不比林先生仿造二千年以前的古董，容易得许多，然而他们只是实事求是，用极曲折极缜密的笔墨，把原文精义达出，既没有自己增损原义一字，也始终没有把冬烘先生的臭调子打到《经》里去；所以直到现在，凡是读这两部《经》的，心目中总觉这种文章是西域来的文章，决不是“先生不知何许人也”的晋文，也决不是“龙嘘气成云”的唐文：此种输入外国文学使中国文学界中别辟一个新境界的能力，岂一般“没世穷年，不免为陋儒”的人所能梦见！然而鸠摩罗什大师，还虚心得很，说译书象“嚼饭哺人”，转了一转手，便要失去真义；所以他译了一世的经，没有自称为“文豪”，也没有自称为“译经大家”，更没有在他所译的三百多卷《经论》上面，加上一个什么《鸠译丛经》的总名目！若《吟边燕语》本来是部英国的戏考，林先生于“诗”“戏”两项，尚未辨明，其知识实比“不辨菽麦”高不了许多；而先生竟称之曰“所定书名，……斟酌尽善尽美”：先生如此拥戴林先生，北京的一班“捧角家”，洵视先生有愧色矣！《香钩情眼》，原书未为记者所见，所以不知道原名是什么；然就情理上推测起来，这“香钩情眼”，本来是刁刘氏的伎俩；外国小说虽然也有淫荡的，恐怕还未必把这等肉麻字样来做书名；果然如此，则刁刘氏在天之灵，免不了轻展秋波，微微笑曰，“吾道其西！”况且外国女人并不缠脚，“钩”于何有；而“钩”之香与不香，尤非林先生所能知道；难道林先生之于书中人，竟实行了沈佩贞大闹醒春居时候的故事么？又先生“有句皆香”四字，似有语病；因为上面说的是书名，并没有“句”：先生要做文章，还要请在此等处注意一点。

先生所说“陀思之小说”，不知是否指敝志所登“陀思妥夫斯奇之小说”而言？如其然也，先生又闹了笑话了。因为陀思妥夫斯奇，是此人的姓，在俄文只有一个字；并不是他尊姓是陀，雅篆是思；也不是复姓陀思，大名妥夫，表字斯奇，照译名的通例，应该把这“陀思妥夫斯奇”的姓完全写出，或简作“陀氏”，也还勉强可以；象先生这种横路法，便是林琴南先生，也未必赞成——记得从前有一部小说，说有位抚台，因为要办古巴国的交涉，命某幕友翻查约章；可笑这位

"老夫子"，脑筋简单，记不清"古巴"二字，却照英吉利简称曰英，法兰西简称曰法的办法，单记了一个古字；翻遍了衙里所有的通商书，约章书，竟翻不出一个古国来：先生与这位老夫子，可称无独有偶！然而这是无关弘旨的，不过因为记者写到此处，手已写酸，乐得"吹毛求疵"，与先生开开玩笑；然在先生，却也未始无益，这一回得了这一点知识，将来便不至于再闹第二次笑话了（又日本之梅谦次郎，是姓梅，名谦次郎。令业师"梅谦博士"，想或另是一人；否则此四字之称谓，亦似稍欠斟酌）。先生这一段话，可分作两层解释：如先生以为陀氏的原文不好，则陀氏为近代之世界的文豪；以全世界所公认的文豪，而犹不免为先生所诟病，记者对于先生，尚有何话可说？——如先生以为周作人先生的译笔不好，则周先生既未自称其译笔之"必好"，本志同人，亦断断不敢如先生之捧林先生，把他说得如何如何好法；然使先生以不作林先生"渊懿之古文"，为周先生病，则记者等无论如何不敢领教。周先生的文章，大约先生只看过这一篇。如先中的国文程度——此"程度"二字是指先生所说的"渊懿""雅健"说，并非新文学中之所谓程度，——只能以林先生的文章为文学止境，不能再看林先生以上的文章，那就不用说；万一先生在旧文学上所用的功夫较深，竟能看得比林先生分外高古的著作，那就要请先生费些功夫，把周先生十年前抱复古主义时代所译的《域外小说集》看看。看了之后，亦许先生脑筋之中，竟能放出一线灵光，自言自语道，"哦！原来如此。这位周先生，古文工夫本来是很深的；现在改做那一路新派文章，究竟为着什么呢？难道是全无意识的么？"

承先生不弃，拟将胡适之先生《朋友》一诗，代为删改；果然改得好，胡先生一定投过门生帖子来。无如"双蝶""凌霄"，恐怕有些接不上；便算接得上了，把那首神气极活泼的原诗，改成了"双蝶凌霄，底事……"的"乌龟大翻身"模样，也未必是"青出于兰"罢！又胡先生之《他》，均以"他"字上一字押韵；沈尹默先生之《月夜》，均以"着"字上一字押韵；先生误以为以"他""着"押韵，不知是粗心浮气，没有看出来呢？还是从前没有见识过这种诗体呢？——"二者必居其一"，还请先生自己回答。至于半农的《相隔一层纸》，以"老爷"二字入诗，先生骂为"异想天开，取旧文学中绝无者而强以凑入"，不知中国古代韵文，如《三百篇》，如《离骚》，如汉魏《古诗》，如宋元《词曲》，所用方言白话，触目皆是；先生既然研究旧文学，难道平时读书，竟没有留意及此么？且就“老爷”二字本身而论，元史上有过“我董老爷也”一句话；宋徐梦莘所做的《三朝北盟会编》，也有“鱼磨山寨军乱，杀其统领官马老爷”两句话。——这一部正史一部在历史上极有价值的私家著作，尚把“老爷”二字用人，半农岂有不能用入诗中之理，半农要说句俏皮话：先生说半农是“前无古人”；半农要说先生是“前不见古人”；所谓“不见古人”者，未见古人之书也！

第五段（原文“贵报之文。什九皆嵌入西洋字句……亦觉内疚神明否耶。”）

文字是一种表示思想学术的符号，是世界的公器，并没有国籍，也决不能彼此互分界限；——这话太高了，恐怕先生更不明白，——所以作文的时候，但求行文之便与不便，适当之与不适当，不能限定只用那一种文字：如文章的本体是汉文，讲到法国的东西，有非用法文不能解说明白，便尽可把法文嵌进去；其余英文俄文日文之类，亦是如此。

哼！这一节，要用严厉面目教训你了！你也配说“研究《小学》”，“颜之厚矣”，不怕记者等笑歪嘴巴么？中国文字，在制作上自有可以研究之处；然“人”字篆文作“ㄦ”，是个象形字，《说文》说他是“象臂胫之形”，极为明白；先生把它改作会意字，又扭扭捏捏说出许多可笑的理由，把这一个“人”，说成了个两性兼具的“雌雄人”：这种以楷书解说形体的方法，真可谓五千年来文字学中的大发明了。“暑”字篆文作“[illegible]”，是个形声字，《说文》说他“从日，者声。”——凡从“者”声的字，古音都在“模”韵，就是罗马字母中“U”的一个母音：如“渚”“楮”“煮”“猪”四字，是从“水”“木”“火”“豕”四个偏旁上取的形与义。从“者”字上取的声；即“者”字本身，古音也是读作“Tu”字的音；因为“者”字的篆文作“[illegible]”，从“[illegible]”，“[illegible]”声；“[illegible]”同“自”，“[illegible]”即古“旅”字。所以先生硬把“暑”字的形声字改作会意字，在楷书上是可以说得过去；若依照篆文，把他分为“日”“旅”“自”三字，先生便再去拜了一万个“拆字先生”做老师，还是不行不行又不行。

文字这样东西，以适于实用为唯一要义，并不是专讲美观的陈设品。我们中国的文字，语尾不能变化，调转又不灵便：要把这种极简单的文字，应付今后的科学世界之种种实用，已觉左支右绌，万分为难；推求其故，总是单音字的制作不好。先生既不知今后的世界是怎么样一个世界，那里再配把“今后世界中应用何种文字？”一个问题来同你讨论。

至于赋，颂，箴，铭，楹联，挽联之类，在先生则视为“中国国粹之美者”；在记者等却看得半钱不值。因为这些东西，都在字面上用工夫，骨子里半点好处没有；若把他用来敷陈独夫民贼的功德，或把胁肩谄笑的功夫，用到死人的枯骨上去，“是乃荡妇所为”，本志早已结结实实的骂过几次了。西文中并无楹联，先生说他“未能逮我”；想来已经研究过，比较过；这种全世界博物院里搜罗不到的奇物，还请先生不吝赐教，录示一二，使记者等可以广广眼界，增些见识！

先生摇头叹曰，“嗟夫。论文学而以小说为正宗。……”，是先生对于小说，已抱了“一网打尽”的观念，一般反对小说的狗头道学家，“固应感激”先生“矣”；“特未识”先生对于大捧特捧的林先生，“扪心自问，亦觉内疚神明否耶？”

第六段（原文“今请正告诸子……恐是夫子自道耳。”）

敝志反对“桐城谬种”，“选学妖孽”，已将他们的弊病，逐次披露；先生还要无理取闹，刺刺不休，似乎不必仔细申辩。今且把这两种人所闹的笑话，说几种给先生听听：——《文选》上有四句话，说“胡广累世农夫，伯始致位卿相：黄宪牛医之子，叔度名动京师”，这可谓不通已极。又《颜氏家训》上说，“……陈思王《武帝诔》，‘遂深永蛰之思’；潘岳《悼亡赋》，‘乃怆手泽之遗’：是方父于虫，匹妇于考也。”又说，“《诗》云，‘孔怀兄弟’：孔，甚也；怀，思也；言甚可思也。陆机《与长沙顾母书》，述从祖弟士璜死，乃言‘痛心拔脑，有如孔怀’；心既痛矣，即为甚思，何故言‘有如’也？观其此意，当谓亲兄弟为‘孔怀’；《诗》云，‘父母孔迩’，而呼二亲为‘孔迩’，于义通乎？”此等处，均是滥用典故，滥打调子的好结果。到了后世，笑话愈闹愈多：如——《谈苑》上说：“省试……《贵老为其近于亲赋》云，‘睹兹黄耇之状，类我严君之容’；试官大噱。”又《贵耳集》上说“余千有王德者，僭窃九十日为王；有一士人被执，作诏云，‘两条胫挺，马赶不前；一部髭髯，蛇钻不入。身坐银铰之椅，手执铜锤之镲。翡翠帘前，好似汉高之祖，鸳鸯殿上，有如秦始之皇。’”又相传有两句骈文道，“我生有也晚之悲，当局有者迷之叹。”又当代名士张柏桢——此公即是自以为与康南海徐东海并称“三海不出，如苍生何！”的“张沧海先生”——文集里有一篇文章是送给一位朋友的祖父母的“重圆花烛序”，有两联道，“马齿长而童心犹在，徐娘老而风韵依然！”敬轩先生，你既爱骈文，请速即打起调子，吊高喉咙，把这几段妙文拜读几千百遍，如有不明白之处，尽可到《佩文韵府》上去查查。至于王渔洋的《秋柳诗》，但就文笔上说，毛病也不止胡先生所举的一端；——因为他的诗，正如约翰生博士所说“只有些饰美力与敷陈力，”（见本志三卷五号诗与小说精神上之革新文中）气魄既不厚，意境也不高：宛然象个涂脂抹粉，搔首弄姿的荡妇，决不能“登大雅之堂”，——若说他别有用意，更不成话。我们做文人的，既要拿了笔做文章，就该有三分胆量；无论何事，敢说便说，不敢说便罢！要是心中存了个要如何如何说法的念头，笔头上是半吞半吐；请问文人的价值何在？——不同那既要偷汉，又要请圣旨，竖牌坊的烂污寡妇一样么？

散体之文，如先生刻意求古，竟要摹拟《周诰殷盘》；则虽非“孺子可教”，也还值得一辩：今先生所崇拜的至于桐城而止，所主张的至于“多作波澜，不用平笔”二语而止；记者又何必费了许多气力与你驳，只须请章实斋先生来教训教训你。他《文史通义》“古文十弊”一篇里说：

“……夫古人之书，今不尽传；其文见于史传评选之家，多从史传采录；而史传之例，往往删节原文，以就隐括：故于文体所具，不尽全也。评选之家，不察其故，误为原文如是，又从而为之辞焉：于引端不具，而截中径起者，诩为发轫之离奇；于刊削余文，而遽入正传者，诧为篇终之崭峭。于是好奇而寡识者，转相叹赏，刻意追摹；殆如左氏所云，‘非子之求，而蒲之觅’矣！有明中叶以来，一种不情不理，自命为古文者，起不知所自来，收不知所自往：专以此等出人思议，夸为奇特；于是坦荡之途生荆棘矣。……”

先生！这段议论，你如果不肯领教；我便介绍一部妙书给你看看。那书唤作《别下斋丛书》，我记得他中间某书——书名已忘了——里有一封信，开场是——

“某白：复何言哉！当今之世，知文者莫如足下；能文者莫如我。复何言哉！……”

这等妙文，想来是最合先生胃口的；先生快去买他一部，朝夕讽诵罢！

第七段（原文“某意今之真能倡新文学者。……望平心思之。”）

译名一事，正是现在一般学者再三讨论而不能解决的难问题。记者等对于此事，将来另有论文——或谈话——发表；现在暂时不与先生为理论上之研究，单就先生所举的例，略略说一说。

西洋的 Logic，与中国的《名学》与印度的《因明学》：这三种学问，性质虽然相似；而范围的大小，与其精神特点，各有不同之处。所以印度既不能把 Logic 攫为已有，说他是原有的《因明学》；中国人亦决不能把他硬当作《名学》，严先生译《名学》二字，已犯了“削趾适屦”的毛病；先生又把“名教，名分，名节”一箍脑儿拉了进去，岂非西洋所有一种纯粹学问，一到中国，便变了本《万宝全书》，变了个大垃圾桶么？要之，古学是古学，今学是今学；我们把他分别研究，各不相及，是可以的；分别研究之后，互相参证，互相发明，也是可以的。若并不仔细研究，只看了些皮毛，便把他附会拉拢，那便叫做“混帐”！

严先生译“中性”为“罔两”，是以“罔”字作“无”字解，“两”字指“阴阳两性”，意义甚显；先生说他“假异兽之名，以明无二之义”，是一切“中性的名词”，都变做了畜生了！先生如此附会，严先生知道了，定要从鸦片铺上一跃而起，大骂“该死”！（且“罔两”有三义：第一义是《庄子》上的“罔两问景”，言“影外微阴”也；第二义是《楚辞》上的“神罔两而无主”，言“神无依据”也；第三义是《鲁语》上的“木石之怪，曰夔，罔两”，与“魍魉”同。若先生当真要附会，似乎第二义最近一点，不知先生以为如何？）

“Utopia”译为“乌托邦”，完全是译音；若照先生所说，作为“乌有寄托”解，是变作“无寄托了。以“逻辑”译“Logic”也完全是取的音，因为“逻”字决不能赅括演绎法，“辑”字也决不能赅括归纳法；而且既要译义，决不能把这两个连接不上的字放在一起。又“Bank”译为“板克”，也是取音；先生以“大板谓之业”来解释这“板”字，是无论那一种商店都可称“板克”，不必专指“银行”；若有一位棺材店的老板，说“小号的圆心血‘板’，也可以在‘营业上操胜算’，小号要改称‘板克’，”先生也赞成么？又严先生的“板克”，似乎写作“版克”的：先生想必分外满意，因“版”是“手版”，用“手版”在“营业上操胜算”，不又是先生心中最喜欢的么？

先生对于此等问题，似乎可以“免开尊口”，庶不致“贻讥通人”；现在说了“此等笑话”，“自暴其俭学”，未免太不上算！

第八段（原文“鄙人非反对新文学者。……”）

先生说“能笃于旧学者，始能兼采新知”；记者则以为处于现在的时代，非富于新知，具有远大眼光者，断断没有研究旧学的资格。否则弄得好些：也不过造就出几个“抱残守缺”的学究来，犹如乡下老妈子，死抱了一件红大布的嫁时棉袄，说它是世界间最美的衣服，却没有见过绫罗锦绣的面；请问这等陋物，有何用处？（然而已比先生高明万倍！）弄得不好：便造就出许多“胡说乱道”，“七支八搭”的“混蛋”！把种种学问，闹得非驴非马，全无进境。（先生即此等人之标本也！”此等人，钱玄同先生平时称他为“古今中外党”，半农称他为“学愿”。将来尚拟做他一篇论文，大大的抨击一下，现在且不多说。

原信“自海禁大开”以下一段，文调甚好，若用在乡试场中，大可中得“副榜”！记者对于此段，惟有于浩叹之后，付之一笑！因为现在正有一班人，与先生大表同情，以为外国在科学上所得到的种种发明，种种结果，无论有怎样的真凭实据，都是靠不住的：——所以外国人说人吃了有毒霉菌要害病，他们偏说蛆子虾米还吃不死人，何况微菌；外国人说鼠疫要严密防御，医治极难，他们偏说这不打紧，用黄泥泡汤，一吃就好！甚至为了学习打拳，竟有那种荒谬学堂，设了托塔李天王的神位，命学生拜跪；为了讲求卫生，竟有那种谬人，打破了运动强身的精理，把道家“采补”书中所用的“丹田”“泥丸宫”种种屁话，著书行世，到处演说。照此看来，恐怕再过几年，定有聘请拳匪中“大师兄”“二师兄”做体育教习的学堂；定有主张定叶德辉所刊《双梅景阁丛书》为卫生教科书的时髦教育家！哈哈！中国人在阎王簿上，早就注定了千磨万劫的野蛮命；外国的科学家，还居然同他以人类之礼相见，还居然遵守着“科学是世界公器”的一二句话，时时刻刻把新知识和研究的心得交付给他；这正如康有为所说“享爰居以钟鼓，被猿猱以冠裳”了！

来信已逐句答毕；还有几句骂人话，——如“见披发于伊川，知百年之将戎”等，——均不必置辩。但有一语，忠告先生：先生既不喜新，似乎在旧学上，功夫还缺乏一点；倘能用上十年功，到《新青年》出到第二十四卷的时候，再写书信来与记者谈谈，记者一定“刮目相看！”否则记者等就要把“不学无术，顽固胡闹”八个字送给先生“生为考语，死作墓铭！”（这两句，是南社里的出品，因为先生喜欢对句，所以特向专门制造这等对句的名厂里，借来奉敬，想亦先生之所乐闻也！）又先生填了“戊午夏历新正二日”的日期，似乎不如竟写“宣统十年”，还爽快些！末了那个“頫”字，孔融曹丕及韩愈柳宗元等人的书札里，似乎未曾用过，不知当作何解；先生“居恒研究小学”，知“古人造字之妙”，还请有以语我来！余不白。

记者（半农）一九一八年二月十九日

（载1918年3月15日《新青年》第4卷第3号）

附录：王敬轩君来信

新青年诸君子大鉴。某在辛丑壬寅之际。有感于朝政不纲。强邻虎视。以为非采用西法。不足以救亡。尝负笈扶桑。就梅谦博士讲习法政之学。归国以后。见士气嚣张。人心浮动。道德败坏。一落千丈。青年学子。动辄诋毁先圣。蔑弃儒书。倡家庭革命之邪说。驯至父子伦亡。夫妇道苦。其在妇女。则一入学堂。尤喜摭拾新学之口头禅语。以贤母良妻为不足学。以自由恋爱为正理。以再嫁失节为当然。甚至剪发髻。曳革履。高视阔步。恬不知耻。鄙人观此。乃知提倡新学。流弊甚多。遂噤不敢声。辛亥国变以还。纪纲扫地。名教沦胥。率兽食人。人将相食。有识之士。衋焉心伤。某虽具愚公移山之志。奈无鲁阳挥戈之能。遁迹黄冠者。已五年矣。日者过友人案头。见有贵报。颜曰新青年。以为或有扶持大教。昌明圣道之论。能拯青年于陷溺。回狂澜于既倒乎。因亟假读。则与鄙见所期。一一皆得其反。噫。贵报诸子。岂犹以青年之沦于夷狄为未足。必欲使之违禽兽不远乎。贵报排斥孔子。废灭纲常之论。稍有识者虑无不指发。且狂大之谈。固无伤于日月。初无待鄙人之驳斥。又观贵报对于西教。从不排斥。以是知贵报诸子殆多西教信徒。各是其是。亦不必置辩。惟贵报又大倡文学革命之论。权舆于二卷之末。三卷中乃大放厥词。几于无册无之。四卷一号更以白话行文。且用种种奇形怪状之钩挑以代圈点。贵报诸子。工于媚外。惟强是从。常谓西洋文明胜于中国。中国宜亟起效法。此等钩挑。想亦是效法西洋文明之一。但就此形式而论。其不逮中圈点之美观。已不待言。中国文字。字字匀整。故可于每字之旁施以圈点。西洋文字长短不齐。于是不得不于断句之处志以符号。于是符号之形式遂不能不多变。其在句中重要之处。只可以二钩记其上下。或亦用密点。乃志于一句之后。拙劣如此。而贵报乃不惜舍己以从之。甚矣其惑也。贵报对于中国文豪。专事丑诋。其尤可骇怪者。于古人。则神圣施耐庵曹雪芹而土芥归震川方望溪。于近人。则崇拜李伯元吴趼人而排斥林琴南陈伯严。甚至用一网打尽之计。目桐城为谬种。选学为妖孽。对于易哭庵樊云门诸公之诗文。竟曰烂污笔墨。曰斯文奴隶。曰丧却人格。半钱不值。呜呼。如贵报者。虽欲不谓之小人而无忌惮。盖不可得矣。今亦无暇一一辩驳。第略论其一二。以明贵报之偏谬而已。贵报三卷三号胡君通信。以林琴南先生而方姚卒不之踣之之字为不通。历引古人之文。谓之字为止词。而踣字是内动词。不当有止词。贵报固排斥旧文学者。乃于此处因欲驳林先生之故。不惜自贬声价。竟乞灵于孔经。已足令识者齿冷。至于内动词止词诸说。则是拾马氏文通之唾余。马氏强以西文律中文。削趾适屦。其书本不足道。昔人有言。文成法立。又曰。文无定法。此中国之言文法。与西人分名动。讲起止。别内外之文法相较。其灵活与板滞。本不可以道里计。胡君谓林先生此文可言而方姚卒不踣。亦可言方姚卒不因之而踣。却不可言方姚卒不之踣。不知此处两句。起首皆有而字。皆承上文论文者独数方姚一句。两句紧相衔接。文气甚劲。若依胡君改为而方姚卒不踣。则句太短促。不成音节。若改为而方姚卒不因之而踣。则文气又近懈矣。贵报于古文三昧。全未探讨。乃率尔肆讥。无乃不可乎。林先生为当代文豪。善能以唐代小说之神韵。迻译外洋小说。所叙者皆西人之事也。而用笔措词。全是国文风度。使阅者几忘其为西事。是岂寻常文人所能企及。而贵报乃以不通相诋。是真出人意外。以某观之。若贵报四卷一号中周君所译陀思之小说，则真可当不通二字之批评。某不能西文。未知陀思原文如何。若原文亦是如此不通。则其书本不足译。必欲译之。亦当达以通顺之国文。乌可一遵原文迻译。致令断断续续。文气不贯。无从讽诵乎。噫。贵报休矣。林先生渊懿之古文。则目为不通。周君蹇涩之译笔。则为之登载。真所谓弃周鼎而宝康瓠者矣。林先生所译小说。无虑百种。不特译笔雅健。即所定书名。亦往往斟酌尽善尽美。如云吟边燕语。云香钩情眼。此可谓有句皆香。无字不艳。香钩情眼之名。若依贵报所主张。殆必改为革履情眼而后可。试问尚复求何说话。又贵报之白话诗。则尤堪发噱。其中有数首。若以旧日之诗体达之。或尚可成句。如两个黄蝴蝶改为双蝶。飞天上改为凌霄。不知为什么改为底事。则辞气雅洁。远乎鄙倍矣。此外如胡君之他。通首用他字押韵。沈君之月夜。通首用着字叶韵。以及刘君之相隔一层纸。竟以老爷二字入诗。则真可谓前无古人。后无来者。吾意作者下笔之时。恐亦不免颜赪。不过既欲主张新文学。则必异想天开。取旧文学中所绝无者而强以凑入耳。此等妙诗。恐亦非西洋所有也。贵报之文。什九皆嵌入西洋字句。某意贵报诸子必多留学西洋。沐浴欧化。于祖国文学。本非所知。深恐为人耻笑。于是先发制人。攻踣之不遗余力。而后可以自便。某迂儒也。生平以保存国粹为当务之急。居恒研究小学。知中国文字制作最精。(如人字左笔为男。男为阳为天。故此笔之末。尖其锋以示轻清上浮之意。右笔为女。女为阴为地。故此笔之末。顿其锋以示重浊下凝之意。又如暑字中从土。上从日。谓日晒地上也。下又从日。谓夕阳西下之后日入地下也。土之上下皆有日。斯则暑气大盛也。中以′贯其上下二日。以见二日仍是一日。古人造字之精如此。)字义含蕴既富。字形又至为整齐。少至一画。多或四五十画。书于方寸之地。大小可以停匀。(如一字不觉其扁。鸾字不觉其长。)古人造字之妙。岂西人所能梦见。其对偶之工。尤为巧不可阶。故楹联之文。亦为文学中之一体。西字长短无定。其楹联恐未能逮我。不但楹联。如赋如颂如箴如铭。皆中国国粹之美者。然言西洋文学者。未尝称道及此。即贵报专以提倡西洋文学为事。亦只及诗与小说二种。而尤偏重小说。嗟夫。论文学而以小说为正宗。其文学之荒伧幼稚。尚何待论。此等文学。居然蒙贵报诸子之崇拜。且不惜举祖国文学而一网打尽。西人固应感激贵报矣。特未识贵报同人扪心自问。亦觉内疚神明否耶。今请正告诸子。文有骈散。各极其妙。惟中国能之。骈体对仗工整。属句丽辞。不同凡响。引用故实。采撷词藻。非终身寝馈于文选诸书者不能工也。(胡钱诸君皆反对用典。胡君斥王渔洋秋柳诗。谓无不可作几样说法。钱君斥佩文韵府为恶烂腐朽之书。此等论调。正是二公自暴其俭学。以后望少说此等笑话。免致贻讥通人。)散体则起伏照应。章法至为谨严。其曲折达意之处。多作波澜。不用平笔。令读者一唱三叹。能得弦外余音。非深明桐城义法者。又不能工也。选学之文。宜于抒情。桐城之文。宜于论议。悉心研求。终身受用不穷。与西人之白话诗文。岂可同年而语。顾乃斥之曰妖孽。曰谬种。恐是夫子自道耳。某意今之真能倡新文学者。实推严几道林琴南两先生。林先生之文。已如上述。若严先生者。不特能以周秦诸子之文笔。达西人发明之新理。且能以中国古训。补西说之未备。如论理学译为名学。不特可证西人论理。即公孙龙惠施之术。且名教名分名节之义。非西人论理学所有。译以名学。则诸义皆备矣。中性译为罔两。假异兽之名。以明无二之义。理想国译为乌托邦。则乌有与寄托二义皆大显明。其尤妙者。译音之字。亦复兼义。如名学曰逻辑。逻盖指演绎法。辑盖指归纳法。银行曰板克。大板谓之业。克。胜也。板克者。言营业操胜算也。精妙如此。信非他人所能几及。与贵报诸子之技穷不译。径以西字嵌入华文中者相较。其优劣何如。望平心思之。鄙人非反对新文学者。不过反对贵报诸子之排斥旧文学而言新文学耳。鄙人以为能笃于旧学者。始能兼采新知。若得新忘旧。是乃荡妇所为。愿贵报诸子慎勿蹈之也。自海禁大开以还。中国固不可不讲求新学。然讲求可也。采用亦可也。采彼而弃我。则大不可也。况中国为五千年文物礼义之邦。精神文明。夐非西人所能企及。（即物质文明。亦尽有胜于西者。以医学而论。中医神妙之处甚多。如最近山西之鼠疫。西人对之。束手无策。近见有戴子光君发明之治鼠疫神效汤。谓在东三省已治愈多人。功效极速。云云。又如白喉一症。前有白喉忌表抉微一书。论症拟方。皆极精当。西人则除用血清外。别无他法。于此可见西医之不逮中医。）惟工艺技巧。彼胜于我。我则择取焉可耳。总之中学为体。西学为用。则西学无流弊。若专恃西学而蔑弃中学。则国本即隳。焉能五稔。以上所言。知必非贵报诸子所乐闻。鄙人此书。不免有失言之愆。然心所谓危。不敢不掬诚相告。知我罪我。听诸国人之公论而已。呜呼。见披发于伊川。知百年之将戎。辛有之叹。不图于吾生亲见之矣。哀哉哀哉。率布不尽。顺颂撰安。

戊午夏历新正二日王敬轩叩

（载1918年4月15日《新青年》第4卷第3号）

中国之下等小说

一九一八年三月二十九日在北京大学文科国文门研究所演讲

（一）

今天演讲这题目，第一句话要声明在前的，便是“下等小说”四个字，并不是个确当的名词。因为下等二字，只有两种说法：第一种是说小说的本身是下等；第二种是说看这项小说的是下等人。若要定第一说为界说，便要问一问中国原有的小说，有哪几种是上等？哪几种是中等？这上等与中等，中等与下等的界限，究竟在什么地方？这一个问题，目下既无从回答，而据我研究所得，凡普通人所称为下等小说中的材料，亦尽有远胜于普通人所称为上等中等小说中的材料的，此可见第一说没有可以成立的理由。若要定第二说为界说，又当问一问上等人、中等人、下等人的界限何在？若就普通见解，以社会上所称为“体面人”的为上等人，则我在上海时，曾看见马车里坐了个贵妇人，手中捧了本下等小说观看，车前坐了个车夫，手中也捧了本下等小说观看。这贵妇人与车夫，岂不是上等下等的阶级显然么？何以所看的小说相同呢？若进一步说，以知识之高下，辨别上等下等，则又当问一问，知识之高下，究竟以什么为标准？若遇了那非三代两汉之书不读的顽固党，那便连最高等的小说，也要一笔抹杀，何况下等，若遇了关心于人类进化，社会心理的学者，连深山中蛮族的歌谣，荒岛中原人的言语，森林中猴类的啼叫，也多要研究研究，万无吐弃下等小说之理。如此说，这下等小说的名称，究竟当作什么解说呢？我说，下等二字，虽无的义可解，却可算得此项小说为社会所唾弃，被社会所侮辱的一个凭据。这回我立意要研究下等小说，向书店中搜罗，书店中人都回说没有，且面貌上都流露一种很看不起我的样子。有一两家，竟俟我出门之后，说了“看他也是上等人!”一句话，这就可见此项小说受人侮辱的实在情形了。

此项小说，虽然受人侮辱，其销场之大，却非意料所及。据我所知，上海一处，专印此项小说的有两家，（茂记书庄、蒋春记书局）印此种小说，而又兼印他书的有一家，（锦章图书局）专卖此项小说的书摊，平均每两条马路，总有一处。再加上背了包袱，在小弄中叫卖的小贩，总计起来，靠了这一件事吃饭的，数目总在二百人左右。就上海的生活程度计算，每天非有六十元的余利，决不能养活这二百人，而书价每本不过一铜元至五铜元。今定大洋二分为每书之平均价，十分之五为平均利率，则每天所卖的书，已在六千本以上！我辈把这个销行率，同各大日报，各杂志，各教科书的销行率比较比较，就可知下等小说在现在的社会上，所占的势力如何。

我这回搜集到的下等小说，通共只有二百多种，且多是短篇的，（其中间有几种长篇，如吴汉三杀妻药茶记之类，拟将来多集数种，另行研究。今所讲者，均字数在五千以下，而又不分回目之短篇小说。）这二百多种，决不能代表下等小说之全体，却在开首研究的时候，不妨先把个不完备打个底子，慢慢做到完备上去。

（二）

这等小说，从文体上分类，约有三种，——

第一种是说白与唱句夹杂的，其唱句有三字句，四字句，五字句，七字句，长短句，而尤以七字句为多。即其长短句，亦往往于七字之上，另加一二个以至五六个之衬字而成，或所加虽非衬字，而其句法之构造，声调之高下，仍以七字句为本。又有一种三三四句法，与京戏唱调相似，亦当归入此类，如：

头等人，他修的，成佛成祖。二等人，他修的，南面登基，——胡迪游地狱。

此种文体，均从弹词中脱化出来，其支流有三，——

一、大鼓。唱句与音乐配合者。（南方之滩簧，亦当归入此项，不过唱句较少而说白较多耳。）

二、宝卷。唱句不与音乐配合，而以木鱼声及“弥陀”声为衬托者。

三、唱本。个人自由唱诵，全无规则限制，一以字句之平仄叶合，及呼吸之长短，成为自然之音调者。

第二种是俚曲，或称作小调。——下等小说出版家，称他为“时调山歌”——字句完全与音乐配合，句法之长短无定，惟每有一曲调，即自成一格律，只可按谱填字，不能互相移用。其或曲短而词长，则以一曲叠唱至四次（如四季相思），五次（如五更调）、十次（十杯酒叹十声之类）、十二次（十二月花名十二月想郎之类）不等，亦有叠至十二次以上者。（如十八摸之类）。

中国词曲，曲调随着字句变换。所以同一曲牌，甲戏中所用，与乙戏中所用，唱法决不相同。便同在一戏之中，明明标着“前腔”二字，腔调仍旧是各不相同的。（京调亦是如此，不过变换的部分，较词曲略少耳。）今俚曲中有此一调叠声，始终不变的方法，恰与西洋歌曲的通例相合。（今仅证明其方法相合，优劣之判别，是另一问题。）

第三种是近乎韵文的散文，亦可称作近乎散文的韵文。因为这一类东西，格调与平常的语言极近，句法中却参了些韵文的气息，并且也有的是一部分押韵，也有的是完全押韵的。他与从弹词中脱化出来的第一种文体，有两种不同之处，——

一、第一种文体，说白与唱句并用，略含戏剧性质。此种文体，有唱句而无说白，略含 Ballad 性质。

二、第一种文体的唱句，有一种的规则与格律。此种文体，却全无限制，一以呼吸长短之自然为格律。

例如——

一、姐儿房中杏眼撒，小杈杆子走进来，又把风门拉，故意呕呕斗，小庆家姐儿这才抽抽搭搭。权杆一见心纳闷，“抽抽搭搭为什么，有什么委屈委农告诉咱。”——权杆打忘八。

二、叫老板，别瞎闹，打开诮谱与你诮。别人我不知，你家我知道。……小样分外姣，说话带着笑。见了你的少东家，迎风又卖俏。……“我的当家的，今年正上道。本是个老土包，实靠又难靠。”——十全诮谱。

以上三种文体，大都是每一篇小说，只用一种。却也有一篇之中，合用两种或三种的。如荡湖船开首“清朝世界奄子多，各公可晓得，奄子出来朵舍场下？——出来朵常熟城里叫舍李君甫，……”一段，是用第三种文体。以下“叫船”一段，参入两人对答，与第一种文体的说白相似。末后“合唱山歌”一大段，又是第二种文体。

至于散文的白话小说，简直是不可多得。我在二百多种之中，只看见评演三字经一种，虽然全无意识，却有几段做得很滑稽。如——

话说自羲农至黄帝时，为南朝，都金陵地方。有一人，姓人，名之初，大号六经。……以自除隋乱，创国基，武官逞干戈，文官尚游说，此六谷，不能够人所食，此六畜，俱卖与他人所饲，竟弄得家虽贫，难以度日。……（此下述人之初向苏老泉借债事）……自借六百载，至纣亡，尚未见面。苏老泉一日在家，口而诵，心而唯，朝于斯，夕于斯，即命小厮大小戴二人，……（向人之初索债）……人之初今日曰南北，明日曰西东，总不会面，……（后来撞见了，人之初只是不还，大小戴曰）——“我二人回家，对我主人言说，告你著六官打你存治体，一而十，十而百，百而千，千而万，那时节看你还不还。”人之初曰，“漫说你去告我，就把我头悬梁，锥刺股，披蒲鞭，削竹简，也是枉然。”三人正在传二世，楚汉争的时候，忽有一老者名若梁灏，八十二，……仰天大笑，“凡人放帐者，必先要寓褒贬，别善恶，考世系，知终始，才放。今你家将帐放错了，我见人之初，不但骗你一人，又不但一身骗人，就是他高曾祖，父而身，身而子，子而孙，自子孙，至玄曾，乃九族，俱都是骗债不还的。”

这篇小说，在文学上和社会观察上，都没有什么价值。在下等小说中，却是篇别体的滑稽小说。何以叫他别体呢？因为在二百多种之中，散文的只有这一篇，其余多是韵文，可见韵文在下等小说中，早就有了包括一切的势力。这一篇所以能够幸而独存的原故，无非为了他凑搭实在好笑，又是取材于人人所知的三字经，要是没有这两种原因，恐怕他早被韵文的潮流消减汩没了。

此等韵文的下等小说，虽然有许多是有一定的曲调，必须按着曲调，配着乐器唱去，方觉分外动听，分外有精采，然而爱看此等小说的，却未必个个懂得唱。往往有许多人，买了本下等小说，不问他的体裁是大鼓，是小调，是滩簧，只是凭着自由的腔调，胡乱唱去。唱到声韵叶合，句法整齐的地方，便说“连得好”。唱到声韵牵强，句法参差的地方，便说“连得不好”。这连得好与不好的评语，便是人类最初的文学观念也便是韵文发达先于散文的一个凭据。要证明这句话，可再在他方面观察。如——

一，唱了 Nursing song，便可叫小孩子睡着，小孩子未会说话，便会哩哩啦啦乱唱。

二，野蛮民族，未有文字，先有歌谣。

三，最古的书籍，多含有韵文性质。

例如老子是几乎完全有韵的，庄子、墨子，是于散文之中，参入无数韵文。又如尚书和西洋的 Bible，与埃及最古的小说，虽然都是散文，而其句法之构造，声调之高下，仍与韵文无异。

四，中国的六艺，第一项是治国平天下的礼，第二项便是个乐。外国各种宗教，都有与圣经并行的圣歌。这也是古人尊重韵文，把他看作超绝尘俗，上通神明的一个凭据。

古代的乐，多与韵文配合，并不是独立的曲调。这又可见韵文之发达，先于音乐，其所以要用音乐去配合韵文，无非为了尊重韵文的缘故。

照此说，我可以下两个断案。——

第一，要改良下等小说或要编辑优美的下等小说以合于社会教育之所需要，当先从韵文入手。这因为目下爱看下等小说的人还都以韵文为小说中唯一美素的缘故。

第二，要做下等小说虽不可不做韵文，却不必一定做与音乐配合的韵文。这因为韵文的美处人人可以理会得，韵文与音乐配合的美处却只有一部分人能知道。

（三）

下等小说中所用的材料，约可分为三类，——

第一类是杂凑无理的。

第二类是有所本的，（经的、史的、小说的、剧戏的、时事的。）

第三类是凭空结撰的，（社会的。）

第一类杂凑无理的，例如——

赵匡胤千里送金娘。钱玉莲抱石自投江。

孙二娘夫妻开过店。李存孝打虎奔山冈。

周遇吉本是忠良将。吴三桂勾兵到辽阳。

——八字成文。

……书生说，“一盏明灯你占半面，”佳人说，“一张桌子你占了半边。”书生说，“半边文来半边武，”佳人说，“半边节义半边贤。”书生说，“节义冰霜才为贵，”佳人说，“肝胆义勇方为男。”书生说，“青山只会明今古，”佳人说，“滔滔绿水好井泉。”书生说，“你本是井里虾蟆唰唰叫，”佳人说，“你本是山上野鸡草科瞒。”——小俩口对诗。

赵、钱、孙、李，李存孝。周、吴、郑、王，王彦章。冯、陈、褚、卫，卫老将。蒋、沈、韩、杨，杨四郎。——百家姓列国古人名。

……大孤山来沙陀冈。庄河也是水马头。龙泉岛来花交岛。

长心岛宽大人烟稠。皮子窝反名叫高禄。小平下船到荆州。

——地理图。

这种七支八搭，全无意识的东西，以我们的眼光评判起来，无论如何不要看他听他。然在下等社会里，却有一部分人爱看爱听的，（以村姑老妪为多)。问他是什么理由?他们说,“可借此知道些古人,懂得些古今。”这要懂古今,要知古人的观念,便是人类最初所具的一点求学心。这一种杂凑无理的小说,便是迎合他们心理的通俗教科书。

人类初有求学观念时,大都把“古”字看得极重。所以“今人”不必知,却不可不知“古人”。便是“古今”二字,文义上是“古”与“今”并列,实际上却把他当作“古”字的代名词。(如乡村小茶馆说书,明明是说的古事,听的人,却都说“我们去听说古今。”)这种以古人古事为世间独有之学问的观念,也是人类知识未完备时所共有的。如埃及的教士们,曾向希腊哲学家 Solon 宣言道:——

“You Greeks are mere children, talkative and vain; You know nothing at all of the past。” Myerss’Gen.Hist.

这种好古的心理,就学问与知识的全体上看起来,当然不能消失其存在的地位。若就普通社会的教育问题上设想,则非用十分坚强的毅力把这种心理完全打破,恐怕思想上物质上的文明断断不能输入,社会断断不能进步,文化断断不能发达。

还有几种小说,虽然连缀成文,比前几种有些意思,因其堆砌得无理,也当归入第一类。例如——

言一回青青子衿少年郎,娶了个窈窕淑女俏红装。起初时宴尔新婚情投意,你看他不舍昼夜效鸾凰。怎奈他父兄既而有是命,立逼着彼丈夫也入学堂。那书生自行束脩把学上,抛下个刑于寡妻守空房。这佳人不见狡童情欲断,终日介哭有之哀呼穹苍。——诗书巧合。

言的是春服既成三月天,有一位士志于道学圣贤。只见他风乎舞雩闲观景,又只见发育万物色色鲜,又只见桃之夭夭初放蕊,又只见棠棣之华最可观。那边五亩之宅蚕桑茂,在前边十室之邑放火烟。——四书巧合。

……忍字忍。饶字饶。听我忍饶说一遍。——当今万岁也要忍,忍的是万里江山坐的牢。朝臣驸马也要忍,忍的是金枝玉叶陪伴着。满汉官员也要忍，忍的是官升一品声名高。——一百忍。

第二类是有所本的，其来历不外乎经、史、小说、时事、戏剧，五种。这类东西，在下等小说中势力极大，几乎占了全数的十分之五六，然而可取的却甚少。因为做下等小说的人，文笔多不十分高明，他们把经、史、戏剧，等演为小说，或将原有的散文文言小说，演为韵文白话小说。一方面是为文笔所限，不能把原文的好处达出，一方面又要迎合读者的心理，不得不自为更改，把下等小说惯用的俗套加入，（竟有称吴王夫差为“苏州府”的！）所以往往绝好的材料，给他们一演绎，竟糟踏得恶浊不堪。其中却也有几种做得很好，如双玉听琴里，有一段描写深秋的园景，颇觉条理井然，用笔也秀丽可爱。——

这宝玉步出怡红花甬路，蹁跹独自踏芳尘。但只见落叶飘飘阶砌下，海棠憔悴粉墙阴，芭蕉微展犹凝翠，菊蕊才开数朵金。又只见疏篱半透栏干远，衰草斜遮画阁新。芳亭宽厂容花影，曲径幽深接水津。行步往观添清兴，来到了沁芳桥上更怡人。只见那鸥鹭梦中荷叶冷，蝴蝶影里蓼花深，鹤在松间剔健翅，鹿从洞里避游人，棲鸟偷将波影照，游鱼争把落花吞。遥望见黄叶迷离蘅芜院，白云环绕稻香村，凹晶池馆晴烟锁，凸碧山庄落照新。信步行来迎面望，已到了蓼风桥外小朱门。

下文还有几段形容听琴，看他由远而近，一步进一步，描写得极有分寸。——

……二人指点依依景，一派清音渐渐闻。宝玉说，“凄凄惨惨谁家怨。”妙玉说，“冷冷清清何处音。”隐隐约约难寻觅，渺渺茫茫听不真。莫不是阁内钟声报时刻。——莫不是槛外竹敲断续音。——莫不是铁马悠悠鸣画栋。——莫不是草虫唧唧叫花阴……顺着声音频侧耳，分开疏柳细留神。清音却在潇湘馆。呀，原来是潇湘妃子理瑶琴。有时间急如檐下芭蕉雨，有时间缓如天涯石岫云，轻挑时依稀花落地，重勾际仿佛木摧林。……这时节万籁无声人寂寂，越弹得数阕古调韵沉沉。高向枝头惊鸟梦，低从篱下醒花魂。慢将隐隐心中事，弹竹凄凄弦上音。半晌停弦息玉腕，一声长叹有低吟。低吟道，“风潇潇兮秋景深，美人千里兮独沉吟。望故乡兮在何处。——依阑干兮泪沾襟。”

从前听见胡适之先生说：“中国小说里，用白话形容音乐的文章很少，只在老残游记中见过一段。”现在我又发见了这一段，比较起来，文笔不在老残游记之下，洪都百炼生不能专美于前——亦许是“后”——了

还有孔子去齐与子路追孔，是两段论语演义，其文笔之滑稽，也决不在贾凫西的子华使于齐，齐人有一妻一妾两章大鼓词之下。如——

自古大道属文宣，他把那天下担子一担肩。十八处刀兵滚滚民遭难，愁的他早不睡来晚不眠。他说道，“花花世界谁是圣主，——闻听说姜太公的子孙还好贤。”吩咐声“仲由与我套车马。咱上那海岱雄邦走一番。”那一日气暖天长来的好快，到了那鸡鸣镇上打过早尖。齐景公除道远迎预备公馆，倒叫他君臣大伙儿犯了难。“待照着鲁国款待季桓子，咱没有人家那些便宜钱。待说是草草席地待过去，又怕他师父徒弟作笑谈。咱这里海参鳆鱼是土产，还有那鲢、鲟、鳞、刀、蛸、合蟹。”商议着封他尼谿去为令尹，旁边里跪倒个矮子动本参。他说道，“这个老儿铺排大，比不得昔日管仲相齐桓。君纵有气概凌霄三千丈，恐不能寿活彭祖八百年。齐景公听罢启奏心欢喜。“你这话正合我的六十三。俺如今晚上脱了鞋和袜，谁管保明日穿不穿。好歹的占撮几日叫他去，那有水磨功夫和他缠。老夫子闻听此言是不能行道，叫徒弟收拾行李转家园。”……谁料想时来运转官星现，到原籍就得了个中都邑宰官。不消一月升到了刑部大司寇，赫赫严严操了生杀权。他开刀先杀了奸贼少正卯，把一个季氏桓子气炸了肝。……一封书暗暗的到青州府，吓得那齐国君臣心胆寒。……快把那美女选上几十对，请戏师打上一伙女

儿班。……选了些净走不颠的桃花马，鞍桥上驮着一班女婵娟。出西门一直到了兖州府，喜得季氏桓子跳钻钻。……暗地里花言巧语奏一本，霎时间金銮殿上做了梨园。君臣们一齐跌入迷魂阵，终日里和几个戏子老婆耍笑玩。老夫子见此光景要上本，无奈何朝门虽设日常关。好歹的挨了几天也看不惯，他师徒少魂失魄奔了西南。……一路上观不尽的潇湘景，猝然间遇着个疯子到车前。他那里一边走着一边唱，唱的是双凤齐鸣天下传。他说道，"虞舜已没文王死，汉阳郡那有留乐共岐山。你从前栖遑道路且莫论，至而今羽翼困倦也该知还。你看这郢中那有梧桐树，何不去寻个高冈把身安。你只想高叫一声天下晓，全不念那屈死龙逢合比干。"他那里口里唱着佯常去，倒把个孔子听的心痛酸，……老夫子走向前来待开口，他赶着提起腿来一溜烟。弄的没滋搭味把车上，猛抬头波浪滚滚在面前。师徒们勒马停骖过不去，看了看两个农夫在乡里耕田。吩咐声"仲由你去问一问，你问问那里水浅好渡船。"仲夫子闻声此言不怠慢、迈开大步到近前。他说道，"我问老哥一条路，告诉俺那是道口那是湾？"长沮说，"车上坐的是那一位？"子路说，"孔老夫子天下传。"长沮说，"莫不是家住兖州府？"子路回答"然然然。"长沮说，"他创遍天下十三省，教的那些门徒都是圣贤。"说罢竟将黄牛赶，你看他达达𠾖𠾖紧加鞭。闪的个好勇子路瞪着眼，无奈何又向桀溺问一番。桀溺说，"看你不象本地客，你把那家乡姓氏对我言。"子路说，"家住泗水本姓仲。"桀溺说，"你是圣人门徒好打拳。"子路说，"你既知名可为知己，你何不快把道口指点咱，"桀溺说，"夜短天长你发什么燥？慢慢的听我从头向你言。你不见沧海变田田变海，你不见碧天连水水连天。你纵有摘星换月好手段，也不能翻过天来倒个干。"与其你跟着游学到处创，你何不弃文就武学种田。白日里家中吃碗现成饭，强于你在陈饿的眼珠蓝。夜晚间关门睡些安稳觉，强于你在匡吓的心胆寒。这都是金石良言将你劝，从不从由你自便与我何干。"说着回头把地种，二农夫一个后来一个先。仲夫子从来未占过没体面，被两个耕地农夫气炸了肝。"若照我昔年那个猛浪性，定要踢顿脚来打顿拳。恼一恼提起他腿往河里撩，定教那鱼鳖虾蟹得一顿饱餐。……”

这都是孔子去齐一篇里的，他全文很长，共有二百八十八句，三千多字。（子路追孔一篇，也有一百六十八句，二千多字。）今从十分中节出二三分来看看，已觉滑稽百出，妙极环生，把种种人物的神情态度，一个个形容得惟妙惟肖。外国宗教家，往往用浅显有趣的文笔，把圣经中的事实和寓言，演为“Church Stories”或“Sunday School Stories”使知识浅薄，或不能诵读圣经的人，看了这项小说，便可明白经义。假使中国的经学家，在注经和考据今文古文之外，分出一部分精力来，演成几部孔经通俗小说，他的效力，定比演讲圣论广训，发行四书话解，四书今译之类，大上百倍。（话解今译等书，仍是注经的变相，非但不能说出经中精义，反把原文分拆得支支节节，不成话说，其手段拙劣异常，远出孔子去齐之下万万。又孔教应否提倡，是另一问题，此不过代为孔教徒设想耳。）

然而双玉听琴、孔子去齐、子路追孔三篇，只能算第二类中特出的著作，决不能当作第二类的代表。因为除此三篇之外，几乎没一篇不是胡闹，便仔细去研究，也找不出什么道理来。好在我们对于小说的观念，偏重于现在和将来的社会，已往的事实，不妨看轻一点。所以这一类小说中没有好著作，似乎不必去研究改良的方法。

关于时事的小说，当然归入第二类。我所看见的，只有日俄战、新修洋楼、日本楼三种，文笔多很粗劣，其思想之判断，别详后文。

第三类是凭空结撰的，便是社会的下等小说。这一类小说，势力之雄伟，虽然比不上第二类，——大约只占全数十分之三四，——其在文学上，却可称得下等小说的代表部分。因为今后的世界无论狭义的贵族，广义的贵族，都已有不可不消灭之势。我们对于文学之眼光，也当然从绅士派的观念，转入平民派的观念。法国小说家Goncourt兄弟俩，在所做“Germinie Lacerteux”一部书的序文里说：——

在此十九世纪普通选举民主主义自由主义之时代，吾等所大惑不解者，一般所称（下等社会）之人在小说上有无权利。此世

> 间下之世间，即下等社会之人，在文学上被禁制之侮辱，遭作者之轻蔑，其灵魂其心直沉默至此时，然过此以往，彼等是否犹不能不甘受此侮辱此轻蔑，复次敢问世之作者及读者……彼贫且贱者之不幸，是否亦能如富且贵者之不幸？高声疾呼为有兴味有感情可悲可泣之叹诉。质言之下等人伤心堕泪是否能如上流人伤心堕泪一样恸哭？此吾等所欲知者也。（录陈嘏君译文，见新青年二卷六号。）

这一段话，既为我辈所公认，则我辈要在小说上用功夫，当然非致力于下等社会之实况之描写不可。这下等社会之实况之描写，凡未在做小说时尝过甘苦的，多把它看得很容易，以为下等人之生活思想，异常简单。把我辈文人的思想刻画他，万无不象之理。不知心中存了这含有绅士派臭味的念头，他的著作，便万万不能与下等社会的真相符合，真所谓“失之毫厘，谬以千里。”今欲采求下等社会之真相，只有两种方法，——第一，便是自己混入下等社会，求直接的经验。第二，求之于下等小说，间接的以他人之经验为经验。

撇开文笔思想不说，单就描写上着想，则第三类的下等小说所记的中下等社会状况，竟有万非绅士派的文人所能凭空摹拟得到的，如大烟叹里说，——

> ……他说道，“洋生妙品能醒世，药胜灵丸亦救危。”皮科笑话顺着嘴咧，要听讲究可别撴纹。你说他，他就说你。“谁能怕我，我怕谁。有一个教书的先生查字课，自己觉着满肚子肥。米南宫摹临争坐位，苏东坡作过赤壁赋。水浒传梁山一百零八将，手拿着两柄大斧的叫李逵。三国、列国、西厢记、聊斋、红楼、金瓶梅，满汉皆通可不是瞎唠。封神演义上讲一回。唐三藏非空非色通身不见，孙大圣无缘无故脑袋逛靡。说这猴头总不如瓶子好使，安上杆你看这个家伙象铜锤。”旁人笑的肝肠断，他那里跨车子不倒直望前推。时候多了就闹瘾，那个病儿更累赘。鼻泪呵欠连项打，操起烟枪发了枚。广膏子大土全都吃净，然后抠斗再挖挖灰。“火头大咧烤枯了，你瞧这种东西赛过黑煤。”用水调和也弄不到

一块，手拿着烟扦子一点一点望里推。对准那灯火儿慢慢的，不拉也不入斗。“只是他妈的怎说白搭功夫干净赔。”叨叨咕咕把论语念，“孔夫子，我这一回仿佛你那一回。在陈绝粮倒不在意，可别象梁木坏乎泰山颓。”

前半段是说一个略略识的几个字的中下等烟客，在烟铺上瞎谈天。后半段是说他上瘾时的蠢态。你看他神情描写得何等真确，身分描写得何等切合！又如光棍叹里说：——

离乡人，在外边，创业甚艰。照本身，苦中苦，就把书编。研了墨，添了笔，纸铺桌面。不由得，泪珠儿，流下腮以边。有旁人，问道是，为何悲叹。怎知道，在外人，苦不可言。

一起便好，比那聊斋派“某生”“某翁”的死调子，精炼百倍。下文说，——

有亲戚，和朋友，俱各靠前。南碰头，北饮酒，朋友不少。认干姐，认干妹，认干老年。到处里，都说你，人性不错。脾气好，体格安，秉性又绵。衣又齐，帽又整，大摇大摆。到大衔，会朋友，喜地欢天。呼仁兄，唤贤弟，“你可来了。这几天，未见你，心内挂牵。”来了那，人不少，前护后拥。俱都是，手拉手，肩又靠肩。这个说，“我思你，不爱用饭。”那个说，“我想你，懒把扇扇。”咱兄弟，刚多的，今日聚会。上大街，闲游逛，打会练练。听一回，说书的，讲些今古。看一回，溪湖景，耍大洋片。游多时，天不早，腹内饥饿。下馆子，要酒菜，吃饭打闲。喝了酒，吃了饭，不肯分手。会同着，下烟馆，去抽大烟。到夜晚，下茶馆，去看小戏。点一出，阴功报，又唱刺山。临散伙，俱都是，恋恋不舍。齐说道，“等明日，再打练练。”分了手，回下处，叫开门户。惊动了，下姊妹，不得消闲。忙问道，“这时候，或冷或热。”又问道，“饱或饿，餐饭未餐。”……在外人，手头紧，当了衣衫。当了号，卖了票，还不够用。无有钱，为了难，急的火煎。求亲戚，靠朋友，无有帮凑。就是那，知己人，远躲一边。我想那，富贵时，低头有友。哪知道，贫穷时，举眼甚难。八九月，天气温，还是好过。冬十月，朔风吹，天气最寒。离乡人，在外边，资财花尽。枕榔了，闯墩了，穿不上棉。破小袄，漏胸膛，缺衿少袖。领又无，肩又破，四体透寒。薄棉裤，希胡烂，无人拆洗。前与后，净破坏，又被风串。……三九天，甚寒冷，扬风降雪。未出门，冻的我，浑身战战。双手儿，抚身朵，冷的难受。受寒冷，挨饥饿，苦对谁言。无收留，无坐落，南张北跑。投亲戚，找朋友，净是枉然。……皮着脸，吃顿饭，人心不恕。冷干饭，凉菜汤，爱餐不餐。天气晚，求个宿，想要住下。凉炕稍，寒冷铺，在此间眠。少铺的，无盖的，头枕砖木。席又破，枕又凉，有谁可怜。破小袄，薄棉裤，无法铺盖。上一拉，下一拉，当见更寒。弯着腿，不敢伸，筋疼骨疼。半夜里，冻的我，不住叫唤。冻的我，身打战，实在难受。有人家，说是贱，卖傻癫憨。离乡人，听此话，心如刀搅。翻过来，复过去，只是吃烟。……

这一大段，前半截是说一个介乎中下两等之间的商人。（大约是商家的走水客人）在内地小码头上荒唐的情形。后半截是说他落难的情形。你看他自始至终，没有把那人的身分抬高或抑低，也没有把小码头画成个大码头。这种文章，苟非有过实在的经验，断断做他不出。又如十全诮谱里，有一段是“老板诮跑堂的”说道，——

……洗脸要冰糖，外加胰子水。缎子帽头儿，里面衬油纸。辫子一大掐，单编蝎子尾。……马褂带大襟，起名叫四喜。套裤打腿绷，硬显小腿细。……见了有钱的，装烟又斟水，见了无钱的，眼皮还不理。……

又有一段是“诮街流子”的，说道，——

男子称丈夫，别不上正道。底流个鲁子呼，见天满街绕。自己虽觉生的俏，白兜兜，拔云吊。纽扣不计净漏俏。看见妇女们，看人不看道。人家不瞧你，急的把脚跳。看戏净溜边，专以走下道。溜搭看媳妇，娘们群里绕。散戏回了家，把你想坏了。

……

又有一段是“诮买卖人”的，说道，——

……可叹你爹妈，虽想财源茂，怕你不认得，张王与李赵。攻了几年书，一心想高道。……送你学买卖，袄棉作几套。家鞋你不穿，鞋铺你才要。……算盘你不学，净学外五道。叫你去磨钱，只望窑口绕。掌柜耳闻烦，止帐就不要。……

又有一段是“诮手艺人”的，说道，——

下等手艺人，张口就开诮。脾气自来酸，放肆大坏道。出言不训多，辟话说的妙。掌柜心内烦，有点不爱要。回家娶媳妇，倒是一中好。过事回柜来，心中长了草。正经事不多，扔下往家跑。不管忙不忙，回家不来了。掌柜看无法，也就得算了。

……

你看跑堂的、街流子、买卖人、手艺人，人品多在中流以下，而且全用讥嘲口吻去描写。他能把各人的身分，一一写得适如其量，半点不乱，半点不相混杂，这不是文学上绝大的本领么。所以我要下一句断语，凡要研究中下等社会的实况的，不可不研究这第三类的下等小说。凡要制造平民派的新小说，打破绅士派的旧小说，使今后之文学与今后之世界趋于同一之轨道的，尤不可不研究这第三类的下等小说。

（四）

要评判下等小说的文笔，却很容易，只须三句话便可说了，——

第一，做下等小说的，大都没有在文学上用功夫，所以描写中下等社会的情状，虽能维妙维肖，字句中却全没有审美的功夫。文体的构造上，也全不讲究，往往一篇之中，开场甚好，到后来便胡说一番，闹了不成话说。

第二，做下等小说的，大都是中下等社会人物，所以描写中等以上的社会，谬误极多。往往起头是说一个大家闺女，把他家风门户，衣服装饰，说得非常高贵。到后来，那闺女与人家谈话，便完全是村姑荡妇的口吻。

第三，做下等小说的，虽然所描写的是中下等社会，却时时要把上等社会的话说参杂进去，以自附于风雅。如送饭段里，明明说一个极穷的村妇，送饭到田里给他丈夫吃，却称这村妇为“佳人”。烟花女子叹里，明明说一个极穷、极苦、极无聊的下等妓女，却说他所睡的床是“牙床”。

这都是就大体立论，有几种做得很好的，当然是例外。

（五）

思想上之评判，——

第一，捧皇帝的思想。这本来是中国人万劫不灭的恶根性，在下等小说里，更觉荒谬绝伦。几乎纪述故事的小说，篇篇要把捧皇帝的话说开场。如铁冠图的开头，是“洪武驾坐在南京，天下黎民得安宁”两句。朱买臣休妻的开场，是“汉高祖驾坐绣龙墩，一统华夷万年春”两句。新修洋楼的开场，是“大清坐殿万万年，风调雨顺民得安”两句。诸如此类，几乎纪不胜纪。其中骂皇帝的，只有孟姜女万里寻夫一种。又日俄战开场，说了“大清国来衣帽年，喜的是衣帽爱的是钱。”可谓别开生面。

第二，迷信鬼神的思想。迷信鬼神，本是中下等社会中最发达的一件事，所以迷信鬼神的小说，也就应运而生。凡是“宝卷”一类，大都含有迷信鬼神性质，可以不必细说。

第三，崇拜状元的思想。中国人有了子弟，几乎没一个不希望他中状元。便在父母结婚时，伴娘已在旁边说那“将来养个官官，高中状元郎”的好话。所以下等小说，状元毒也中得很深。如狄仁杰赶考，有个客店主妇来调戏他。他说“你好好守寡，把儿子抚养长成了中状元”。狄仁杰是本来不能中状元的，有了这个阴功，居然自己中了状元了。又如十八岁守寡，起头详说寡妇的苦况，后来说到他儿子中了状元，娶了一个贵人的女儿做老婆作结。

第四，伦理思想。这里面全无发规，（大都是死守着旧说）唯有七朵花儿开的第一节，尚觉差强人意。——

> 一钱吓，逼死女吓裙钗。前世不修四季花儿开。苦命落娘胎，哎哎吓。苦命落娘胎，顶很吓，爹娘心太狠。爱了银钱，金银花儿开，卖奴到此地来。哎哎吓，卖奴到此地来。

第五，诲淫诲盗的思想。大概是北方产生的小说，偏于诲盗。往往把忠臣烈士，也写成了强盗的面目。南方产生的小说，偏于诲淫。什么“相思”“盼郎”的话说，几乎触目皆是。然亦仅仅描写“相思”“盼郎”的情景，实写，如此如此的却很少。这可见下等小说的著作家，程度还比做野叟曝言的夏敬渠高的多咧。

第六，怜悯妓女的思想。中国文人，大都把妓女看作玩物，决没有为了人格问题，专替妓女描写苦况的，（偶有一二种小说，说什么“妾本良家子，不幸坠落风尘”亦只说了些皮毛话。）下等小说里，却有几篇切切实实，专替妓女叫苦的文章。如七朵花儿开，妓女悲伤，烟花女子叹十声之类。

第七，厌世思想。下等小说中，也有几种表示厌世思想的。如梦中梦（是聊斋“续黄梁”的演义），紫罗袍（记张良功成身退事），渔樵对答之类，然都不脱俗套，全无精义可取。

第八，革命思想。此种思想极少，（大约是处于专制时代，不敢昌言的缘故。）然而也有一两处，流露于不知不觉，如八字成文里说：——

> 周遇吉本是忠良将。吴三桂勾兵到辽阳。

一个“本”字和一个“勾”字，用得何等巧妙。

第九，促动妇女自杀的思想。这是下等小说中最恶劣的思想。每写此妇女受了些微辱，或景况困难的时候，便说“左思右想，不如寻个短见，反觉净干”那一套谬话。记得去年上海公共租界工部局的报告，说一年之内，界中自尽的妇女，共有二百七十五人（此数不能确记，恐微有谬误）之多，虽其原因不一，却决不能说他完全没有受到下等小说促动的影响。

第十，滑稽思想。滑稽的下等小说，也颇有几种。如傻大哥赶集、新姑爷拜年之类，然都是下等俏皮话，全无意识。

第十一，对于贫富不均的思想。下等小说在这一个问题上，并无根本的观念。然颇有几篇讥嘲势利人或富翁的文章。如十全诮谱“诮财主诓”一段里说，——

> 有钱的，听其详，十人发财九个诳。财主他家去，求借更妥当。一说俩答应，老少把烟装。放上八仙桌，烙饼又熬汤。吃喝又欢乐，门对户又当。穷人去求借，一见气昂昂。未曾张开口，就把门关上。“张长李家短，借我未还上。”……

又前文所述的光棍叹后半截，也是用反笔形容势利人的。

第十二，对于外国人的思想。中下等社会人，与外国接触极少，所以对于外国人，至今没有一定的观念。尊之则曰“洋大人”，鄙之则曰“洋鬼子”。说他工艺巧妙，则拟之以天仙，说他形状可怕，则比之于鬼怪。我们看了日俄战和新修洋楼两篇里乱七八糟的话说，就可知道他们的识见可鄙可笑了。

以上十二种思想，脱胎于高等小说和社会现状者居多。为下等小说所特有者，不过十之一二。然而下等小说中，居然能有一两种特具的思想，——姑无论其好坏——比那全无表见的聊斋派小说，已好得多了。

（附言）文中所引小说，原版谬误甚多，兹已酌为校正。其文义不通，而又杂为方言俚语，无从拟度者，概仍其旧。

（载1918年5月21—25、27—31日，
6月1、3、4日《北京大学日刊》）

“作揖主义”

有位尹先生，是我一个畏友，他与我们谈天，常说，“生平服膺‘红老之学’”。“红”，就是《红楼梦》；“老”，就是《老子》。这“红老之学”的主旨，简便些说，就是无论什么事，都听其自然。听其自然又是怎么样呢？尹先生说，“譬如有人骂我，我们不必还骂；他一面在那里大声疾呼的骂人，一面就是他打他自己。我们在旁边看看，也很好，何必费着气力去还骂他？又如有一只狗；要咬我们，我们不必打他，只是避开了就算，将来有两只狗碰了头。他自然会互咬起来。所以我们做事，只须抬起了头，向前直进，不必在这‘抬头直进’四个字以外，再管什么闲事。这就叫做听其自然，也就是‘红老之学’的精神。”我想这一番话，很有些同 Tolsto 的“不抵抗主义”相象，不过尹先生换了个“红老之学”的游戏名词罢了。

“不抵抗主义”，我向来很赞成；不过因为他有些偏于消极，不敢实行。现在一想，这个见解实在是大谬。为什么？因为“不抵抗主义”面子上是消极，骨底是最经济的积极。我们要办事有成效，假使不实行这主义，就免不了消费精神于无用之地。我们要保存精神，在正当的地方用，就不得不在可以不必的地方节省些。这就是以消极为积极；不有消极，就没有积极。既如此，我也要用些游戏笔墨，造出一个“作揖主义”的新名词来。

“作揖主义”是什么呢？请听我说：——

譬如朝晨起来，来的第一客，是位前清遗老。他拖了辫子，弯腰曲背走进来，见了我，把眼镜一摘，拱拱手说：“你看！现在是世界不是世界了，乱臣贼子，遍于国中。欲求天下太平，非请宣统爷正位不可。”我急忙向他作了个揖，说，“老先生说的话，很对很对。领教了，再会罢。”

第二客，是个孔教会会长。他穿了白洋布做的“深衣”，古颜道貌的走进来，向我说，“孔子之道，如日月经天，江河行地。现在我们中国，正是四维不张，国将灭亡的时候；倘不是提倡孔教，昌明孔道，就不免为印度波兰之续。”我急忙向他作了个揖，说，“老先生说的话，很对很对。领教了，再会罢。”

第三客，是位京官老爷。他衣裳楚楚，一摆一踱的走进来，向我说，“人的根，就是丹田。要讲卫生，就要讲丹田的卫生。要讲丹田的卫生，就要讲静坐。你要晓得，这种内功，常做了，可以成仙的呢！”我急忙向他作了个揖，说，“老先生说的话，很对很对。领教了，再会罢。”

第四五客，是一位北京的评剧家，和一位上海的评剧家，手携着手同来的。没有见面，便听见一阵“梅郎”“老谭”的声音。见了面，北京的评剧家说，“打把子有古代战术的遗意，脸谱是画在脸孔上的图案；所以旧戏是中国文学美术的结晶体。”上海的评剧家说，“这话说得不错呀！我们中国人，何必要看外国戏，中国戏自有好处，何必去学什么外国戏？你看这篇文章，就是这一位方家所赏识的；外国戏里，也有这样的好处么？”他说到“方家”二字，翘了一个大拇指，指着北京的评剧家；随手拿出一张《公言报》，递给我看，我一看那篇文章，题目是《佳哉梦也》四个字，我急忙向两人各作了一个揖，说，“两位老先生说的话，很对很对。领教了，再会罢。”

第六客，是个玄之又玄的鬼学家。他未进门，便觉得阴风惨惨，阴气逼人。见了面，他说，“鬼之存在，至今日已无丝毫疑义。为什么呢？因为人所居者为显界，鬼所居者，尚别有一界，名‘幽界’。我们从理论上去证明他，是鬼之存在，已无疑义；从实质上去证明他，是搜集种种事实，助以精密之器械，继以正确之试验，可知除显界外，尚有一幽界。”我急忙向他作了个揖，说，“老先生说的话，很对很对。领教了，再会罢。”

末了一位客，是王敬轩先生。他的说话最多，洋洋洒洒，连谈了一点多钟。把“中学为体，西学为用”八个字，发挥得详尽无遗，异常透切。我屏息静气听完了，也是照例向他作了个揖，说，“老先生的话，很对很对。领教了，再会罢。”

如此东也一个揖，西也一个揖，把这一班老伯，老叔，仁兄大人送完了，我仍旧做我的我；要办事，还是办我的事，要有主张，还仍旧是我的主张。这不过忙了两只手，比用尽了心思脑力唇焦舌敝的同他辨驳，不省事得许多么？

何以我要如此呢？

因为我想到前清末年，官与革党两方面：官要尊王，革党要排满；官说革党是“匪”，革党说官是“奴”。这样的牛头不对马嘴，若是双方辩论起来，便到地老天荒，恐怕大家还都是个“缠夹二先生”，断断不能有什么谁是谁非的分晓。所以为官计，不如少说闲话，切切实实想些方法去捉革党；为革党计，也不如少说闲话，切切实实想些方法去革命。这不是一刀两断，最经济最爽快的办法么？

我们对于我们的主张，在实行一方面，尚未能尽到相当的职务；自己想想，颇觉惭愧。不料一般社会的神经过敏，竟把我们看得象洪水猛兽一般。既是如此，我们感激之余，何妨自贬声价，处于“匪”的地位；却把一般社会的声价抬高，——这是一般社会心目中之所谓高，——请他处于“官”的地位？自此以后，你做你的官，我做我的匪。要是做官的做了文章，说什么“有一班乱骂派读书人，其狂妄乃出人意表。所垂训于后学者，曰不虚心，曰乱说，曰轻薄，曰破坏。凡此恶德，有一于此，即足为研究学问之障，而况兼备之耶？”我们看了，非但不还骂，不与他辩，而且要象我们江阴人所说的“乡下人看告示，奉送他‘一片大道理’五个字。”为什么？因为他们本来是官；这些话说，本来是“出示晓谕”以下，“右仰通知”以上应有的文章。

到将来，不幸而竟有一天，做官的诸位老爷们额手相庆曰，“谢天谢天，现在是好了。洪水猛兽，已一律肃清。再没有什么后生小子，要用夷变夏，蔑污我神州四千年古国的文明了。”那时候，我们自然无话可说，只得象北京刮大风时，坐在胶皮车上一样，一壁叹气，一壁把无限的痛苦尽量咽到肚子里去；或者竟带了这种痛苦，埋入黄土，做蝼蚁们的食料。

万一的万一竟有一天变作了我们的“一千九百十一年十月十日”

了，那么，我一定是个最灵验的预言家；我说——那时的官老爷，断断不再说今天的官话，却要说“我是几十年前就提倡新文明的。从前陈独秀胡适之陶孟和周启明唐元期钱玄同刘半农诸先生办《新青年》时，自以为得风气之先，其实我的新思想，还远比他们发生得早咧，”到了那个时候，我又怎么样呢？我想一千九百十一年以后，自称“老同盟”的很多，真正的“老同盟”，也没有方法拒绝这班新牌“老同盟”。所以我到那时，还是实行“作揖主义”，他们来一个，我就作一个揖，说，“欢迎！欢迎！欢迎新文明的先觉！”

七年九月，北京

（载1918年10月《新青年》第5卷第5号）

她字问题

有一位朋友，看见上海新出的《新人》杂志里登了一篇寒冰君的《这是刘半农的错》，就买了一本寄给我，问我的意见怎么样。不幸我等了好多天，不见寄来，同时《新青年》也有两期不曾收到，大约是为了“新”字的缘故，被什么人检查去了。

幸亏我定了一份《时事新报》，不多时，我就在《学灯》里看见一篇孙祖基君的《她字的研究》，和寒冰君的一篇《驳她字的研究》。于是我虽然没有能看见寒冰君的一篇文章，他立论的大意，却已十得八九了。

原来我主张造一个“她”字，我自己并没有发表过意见，只是周作人先生在她的文章里提过一提；又因为我自己对于这个字的读音上，还有些怀疑，所以用的时候也很少（好象是至今还没有用过，可记不清楚了）可是寒冰君不要说，“好！给我一骂，他就想抵赖了！”我决不如此怯弱，我至今还是这样的主张；或者因为寒冰君的一驳；反使我主张更坚。不过经过的事实是如此，我应当在此处声明。

这是个很小的问题，我们不必连篇累牍的大做，只须认定了两个要点立论：一，中国文字中，要不要有一个第三位阴性代词？二，如其要的，我们能不能就用“她”字。

先讨论第一点。

在已往的中国文字中，我可以说；这“她”字无存在之必要；因为前人做文章，因为没有这个字，都在前后文用关照的功夫，使这一个字的意义不至于误会，我们自然不必把古人已做的文章，代为一一改过。在今后的文字中，我就不敢说这“她”字绝对无用，至少至少，总能在翻译的文字中占到一个地位。姑举一个例：

她说，“他来了，诚然很好；不过我们总得要等她。”这种语句，在西文中几乎随处皆是，在中国口语中若是留心去听，也不是绝对听不到。若依寒冰君的办法，只用一个“他”字：

他说，“他来了，诚然很好；不过我们总得要等他。”这究竟可以不可以，我应当尊重寒冰君的判断力。若依胡适之先生的办法，用“那个女人”代替“她”（见《每周评论》，号数已记不清了），则为：

那个女人说，“他来了，诚然很好；不过我们总得要等那个女人。”

意思是对的，不过语气的轻重，文句的巧拙，就有些区别了。

寒冰君说，“我”“汝”等字，为什么也不分起阴阳来。这是很好的反诘，我愿读者不要误认为取笑。不过代词和前词距离的远近，也应当研究。第一二两位的代词，是代表语者与对语者，其距离一定十分逼近；第三位代表被语者，却可离得很远。还有一层，语者与对语者，是不变动，不加多的；被语者却可从此人易为彼人，从一人增至二人以上。寒冰君若肯在这很简易的事实上平心静气想一想，就可以知道“她”字的需要不需要。

需要与盲从的差异，正和骆驼与针孔一样。法文中把无生物也分了阴阳，英文中把国名，船名，和许多的抽象名，都当作阴性，阿拉伯文中把第二位代词，也分作阴阳两性；这都是从语言的历史上遗传下来的，我们若要盲从，为什么不主张采用呢？（我现在还觉得第三位代词，除“她”字外，应当再取一个“它”字，以代无生物；但这是题外的话，现在姑且不说。）

此上所述，都是把“她”字假定为第三位的阴性代词；现在要讨论第二点，就是说，这“她”字本身有无可以采用的价值。关于这一点，可以分作三层说明：

一，若是说，这个字，是从前没有的。我们不能凭空造得。我说，假使后来的人不能造前人未造的字，为什么无论那一国的字书，都是随着年代增加分量，并不是永远不动呢？

二，若是说，这个字，从前就有的，意思可不是这样讲，我们不能妄改古义。我说，我们所做的文章里，凡是虚字（连代词也是如此），几乎十个里有九个不是古义。

三，若是说，这个字自有本音，我们不能改读作“他”音。我说，

“她”字应否竟读为“他”，下文另有讨论；若说古音不能改，我们为什么不读“疋”字为“胥”，而读为“雅”，为“匹”？

综合这三层，我们可以说，我们因为事实上的需要，又因为这一个符号，形式和“他”字极象，容易辨认，而又有显然的分别，不至于误认，所以尽可以用得。要是这个符号是从前没有的，就算我们造的；要是从前有的，现在却不甚习用，变做废字了，就算我们错的。

最困难的，就是这个符号应当读作什么音？周作人先生不用“她”而用“伊”，也是因为“她”与“他”，只能在眼中显出分别，不能在耳中显出分别，正和寒冰君的见解一样。我想，“伊”与“他”声音是分别得清楚了，却还有几处不如“她”：一，口语中用“伊”字当第三位代词的，地域很小，难求普通；二，“伊”字的形式，表显女性，没有“她”字明白；三，“伊”字偏近文言，用于白话中，不甚调匀。我想，最好是就用“她”字，却在声音上略略改变一点。

“他”字在普通语区域中，本有两读：一为t′a，用于口语；一为t′uo用于读书。我们不妨定“他”为t′a，定“她”为t′uo；改变语音，诚然是件难事，但我觉得就语言中原有之音读而略加规定，还并不很难。我希望周先生和孙君，同来在这一点上研究研究；若是寒冰君也赞成“她”字可以存在，我也希望他来共同研究。

孙君的文章末了一段说，“她”字本身，将来要不要摇动，还是个问题，目下不妨看作 X：这话很对，学术中的事物；不要说坏的，便是好的，有了更好，也就要自归失败，那么，何苦霸占！

寒冰君和孙君，和我都不相识。他们一个赞成我，一个反对我，纯粹是为了学术，我很感谢；不过为了讨论一个字，两下动了些感情，叫我心上很不安，我要借此表示我的歉意。

寒冰君说，“这是刘半农的错！”又说，“刘半农不错是谁错？”我要向寒冰君说：我很肯认错；我见了正确的理解，感觉到我自己的见解错了，我立刻全部认错；若是用威权来逼我认错，我也可以对于用威权者单独认错。

九年六月六日，伦敦

（载1920年8月9日上海《时事新报·学灯》）

《瓦釜集》代自叙

启明兄:

今回寄上近作《瓦釜集》稿本一册，乞兄指正。集中所录，是我用江阴方言，依江阴最普通的一种民歌——“四句头山歌”——的声调，所作成的诗歌十多首。集名叫做《瓦釜》，是因为我觉得中国的“黄钟”实在太多了。单看一部《元曲选》，便有那么许多的“万言长策”，真要叫人痛哭，狂笑，打嚏！因此我现在做这傻事：要试验一下，能不能尽我的力，把数千年来受尽侮辱与蔑视，打在地狱底里而没有呻吟的机会的瓦釜的声音，表现出一部分来。

我这样做诗的动机，是起于一年前读戴季陶先生的《阿门》诗，和某君的《女工之歌》。这两首诗都做得不错：若叫我做，不定做得出。但因为我对于新诗的希望太奢，总觉得这已好之上，还有更好的余地。我起初也说不出所以然来。后来经过多时的研究与静想，才断定我们要说谁某的话，就非用谁某的真实的语言与声调不可：不然，终于是我们的话。

关于语言，我前次写信给你，其中有一段，可以重新写出：“……大约语言在文艺上，永远带着些神秘作用。我们做文做诗，我们所摆脱不了，而且是能于运用到最高等最真挚的一步的，便是我们抱在我们母亲膝上时所学的语言：同时能使我们受最深切的感动，觉得比一切别种语言分外的亲密有味的，也就是这种我们的母亲说过的语言。这种语言，因为传布的区域很小（可以严格的收缩在一个最小的地域以内），我们叫作方言。从这上面看，可见一种语言传布的区域的大小，和他感动力的大小，恰恰成了一个反比例。这是文艺上无可奈何的事。”

关于声调，你说过：“……俗歌——民歌与儿歌——是现在还有生命的东西，他的调子更可以拿来利用。”（《新青年》八卷四号《诗》）这是我们两人相隔数万里一个不谋而合的见解。

以上是我所以要用江阴方言和江阴民歌的声调做诗的答案。我应当承认：我的诗歌所能表显，所能感动的社会，地域是很小的。但如表显力与感动力的增强率，不小于地域的减缩率，我就并没有失败。

其实这是件很旧的事。凡读过 Robert Burns，WilliamBarnes，Pardric Gregary 等人的诗的，都要说我这样的解释，未免太不惮烦。不过中国文学上，改文言为白话，已是盘古以来一个大奇谈，何况方言，何况俚调！因此我预料《瓦釜集》出版，我应当正对着一阵笑声，骂声，唾声的雨！但是一件事刚起头，也总得给人家一个笑与骂与唾的机会。

这类的诗，我一年来共作了六十多首，现在只删剩三分之一。其实这三分之一之中，还尽有许多可以删，或者竟可以全删，所余的只是一个方法。但我们的奇怪心理，往往对于自己所做的东西，不忍过于割削，所以目下暂且留剩这许多。

我悬着这种试验，我自己并不敢希望就在这一派上做成一个诗人；因为这是件很难的事，恐怕我的天才和所下的工夫都不够。我也不希望许多有天才和肯用工夫的人，都走这条路；因为文学上，可以发展的道路很多，我断定有人能从茅塞粪土中，开发出更好的道路来。

我初意想做一篇较长的文章，将我的理论详细申说，现在因为没有时间，只得暂且搁下。一面却将要点写在这信里，当作一篇非正式的“呈正词”。

我现在要求你替我做一篇序，但并不是一般出版物上所要求的恭维的序。恭维一件事，在施者是违心，在受者是有愧，究竟何苦！我所要求的，是你的批评；因为我们两人，在做诗上所尝的甘苦，相知得最深，你对于我的诗所下的批评，一定比别人分外确当些；但这样又象我来恭维你了！——其实不是，我不过说：至少也总没有胡“蚕眠”（！）先生那种怪谈。

现在的诗界真寂寞，评诗界更寂寞。把“那轮明月”改做“那轮月明”凑韵，是押“秤锤韵”的人还不肯做的，有人做了。把新芬党人的狱中绝食，比做伯夷叔齐的不食周粟，是搭截大家还不敢做的，也有人做了。做了不算，还有许多的朋友恭维着。

这种朋友对于他们的朋友，是怎样的心理，我真推想不出。若说这样便是友谊，那么，我若有这样朋友，我就得借着 Wm.Blake 的话对他说：

> "The friendship off has made my heart to ache：—Do be my enemy，for friendship's sake。"我希望你为友谊的缘故做我的朋友，这是我请你做序的一个条件。

十年五月二十日，伦敦

（载 1926 年 4 月 19 日《语丝》周刊第 75 期）

徐志摩先生的耳朵

近来正是窘极，要想在声乐范围之内，找些有趣的题目研究，竟是左也找不着，右也找不着。

多谢启明，将《语丝》首七期寄给我看。看到第三期，我不禁心花怒放，喜得跳起来说：好！题目有了，徐志摩先生的耳朵！

先模仿徐先生的文笔说一句话：我虽不是音乐家，我可爱研究理论的音乐。

就我一知半解的程度去推测，或者是根据了我读过的三本半破书去推测，我总是模胡到一万〇一分。我的耳朵，当然只配听听救世军的大鼓，和“你们夫人的披霞娜”；但那三本半破书的作者，或者比我高明些，或者也能听听“害世军”的大鼓，和你们丈夫的披霞娜。

然而徐先生竟是那么说而且是很正式，很郑重的宣布了。

我们研究这问题，第一考察这现象是否真实。

“乡下”的看鬼婆婆（或称作看香头的），自说能看见鬼，而且说得有声有色：东是一个大的，西是一个小的，床顶上一个青面獠牙的，马桶里落一个小白脸！但我若是个光学家，我就决不睬她；因为她只是看鬼婆婆罢了！

现在却不然。徐先生是哲学家，是诗人；他学问与文艺创作上的威权，已可使我们相信到万分，而况他是很正式，很郑重的宣布的。

因此现象真实与否的一个问题，可以不成问题。若然有人对于徐先生的话，尤其是对于徐先生这样正式，这样郑重的话，还要怀疑，那么，此人真该“送进疯人院去”，此人一定不能“数一二三四”，因为他不知道徐先生与乡下看鬼婆婆之间，有多大的区别。

次一问题是：在徐先生能听我们所听不到的这一事实上，或者说在这一个真确的现象上，我们应当推测，有几种可能，可以使这真确的现象成立？

于是我就就我的一知半解来推测了：

第一推测：徐先生所能听的音，或者是极微弱的音，是常人听不见的，这个假定如果对，徐先生耳朵上，一定有具自然的 microphone。

第二推测：亦许徐先生听到的是极远的音，是常人听不到的。那么，徐先生耳朵上一定有一具自然的无线电受音器。

第三推测：亦许徐先生能听一秒钟一颤动的低音，以至于一秒钟一百万颤动的高音。那么，徐先生的耳鼓膜，一是比常人特别 sensible。我们可以说，这是双料道地的耳膜。

第四推测；亦许徐先生的耳朵不但能听音而且能发音，发了之后还是自己听。这样，徐先生耳朵上，一定有一具——有一具什么呢？啊，惭愧，这个名词还没有发明呢！

这几个推测当然是不完备的。“天地大着”，幼稚的科学，何能仰测高深于万一呢？幸而我不久就回国。到北京后，我要用性命担保我的诚意，请徐先生给我试验试验。屈徐先生为 sujet 当然万分对他不起；但为探求真理起见，徐先生即不象上海新世界卖野人头的一样胡诌，我想他当然一定可以俯允我的要求。

徐先生！我们试验时，在未入本题之前，可先作两个附带试验（便这附带试验，也就重要得可以了）：

第一，我知道听音是耳鼓膜，而你却说是耳轮。

第二，你说皮厚皮粗不能听音，我就不知道那一部分的皮是有听觉的。还是人体皮肤的全部呢？还只是某一局部（例如脸皮）？

至于归到问题本身，那自然尤其重要了。惟其重要，所以更难。最难的是徐先生的耳朵，不能割下观察与试验。但我总想尽我能力，打破难关。

万一竟是无法，我要与徐先生情商，定一个极辽远的预约：

到徐先生同太戈尔一样高名高寿之后，万万一一旦不讳，而彼时我刘复幸而尚在，我要请他预先在遗嘱上附添一笔，将两耳送给我解剖研究，至少也须是两个耳轮，能连同他的细皮，自然更好。

我研究完了，决不将他丢到荒野中去喂鸟（因为这不是一件鸟事），一定象德国人处置康德的头颅一样，将他金镶银嵌起来，供在博物院里。

若然不幸，我死在徐先生之前，我当然就没这样的好福分去研究。但我想“天地大着”，此间总有许多同我一样的好事者；我们总有一天能将这“甘脆的 mystic”研究出个究竟来，只拜望徐先生能多多赐助罢了。

（十四年一月二十三日巴黎）

附录　徐先生原文中之两节

我自己更是一个乡下人，他的原诗我只能诵而不能懂；但真音乐原只要你听：水边的虫叫，梁间的燕语，山壑里的水响，松林里的涛籁——都只要你有耳朵听，你真能听时，这“听”便是“懂”。那虫叫，那燕语，那水响，那涛声，都是有意义的；但他们各个的意义却只与你“爱人”嘴唇上的香味一样——都在你自己的想象里；你不信你去捉住一个秋虫，一只长尾巴的燕，掬一把泉水，或是攀下一段松枝，你去问他们说的是什么话——他们只能对你跳腿或是摇头；咒你真是乡下人！活该！

所以诗的真妙处不在他的字义里，却在他的不可捉摸的音节里；他刺戟着也不是你的皮肤（那本来就太粗太厚！）却是你自己一样不可捉摸的魂灵——象恋爱似的，两对唇皮的接触只是一个象征；真相接触的，真相结合的，是你们的魂灵。我虽则是乡下人，我可爱音乐，“真的”音乐——意思是除外救世军的那面怕人的大鼓与你们夫人的“披霞娜”。区区的猖狂还不止此哪：我不仅会听有音的乐，我也会听无音的乐（其实也有音就是你听不见）。我直认我是一个甘脆的 mystic。为什么不？我深信宇宙的底质，人生的底质，一切有形的事物与无形的思想的底质——只是音乐，绝妙的音乐。天上的星，水里泅的乳白鸭，树林里冒的烟，朋友的信，战场上的炮，坟堆里的鬼燐，巷口只只石狮子，我昨夜的梦……无一不是音乐做成的，无一不是音乐。你就把我送进疯人院去，我还是咬定牙龈认帐的，是的，都是音乐——庄周说的天籁地籁人籁；全是的。你听不着就该怨你自己的耳轮太笨，或是皮粗，别怨我。你能数一二三四能雇洋车能做白话新诗或是能整理国故的那一点子机灵儿真是细小有限的可怜哪！生命大着，天地大着，你的灵性大着。

（载1925年3月2日《语丝》周刊第16期）

巴黎通信

启明兄：

前三日寄出一篇小文，想来已经收到的了。

你寄给我的《语丝》，真是应时妙品。我因为不久就回国，心目中的故乡风物，都渐的愈逼愈近了。在《晨报》上偶然看到了观音寺青云阁琉璃厂等地名，心中总以为这就离我大门不远，我可以随意去走走，花上一毛两毛，拾几本不相干的书。若然想到了朋友他们，那竟是个个都到了面前了。启明的温文尔雅，玄同的激昂慷慨，尹默的大棉鞋与厚眼镜，什么人的什么，什么人的什么……嘿！这都只是些幻觉，并没有什么“甘脆的 mystic”！

然而《语丝》竟把诸位老友的真吐属，送到我面前；虽然其中也有几位是从前不相识的，但将来总是很好的朋友。那么，你也可以想见我是多么的快活了！

《语丝》中使我最惬意的一句话，乃是你所说的：“我们已经打破了大同的迷信，应该觉悟只有自己可靠，……所可惜者中国国民内太多外国人耳。”我在国外鬼混了五年，所得到的也只是这一句话。我在两年前就有把这话说出的意思，但恐一说出，你就第一个骂我（因那时你或尚未打破大同的迷信）。别人骂我全不相干，因你是我的“畏友”（五年前的旧话重提了）不得不谨慎些。现在你先说了，我也就放肆了。

我们虽然不敢说：凡是“洋方子”都不是好东西，但是好东西也就太少。至少也可以说：凡是脚踏我们东方的，或者是眼睛瞧着我们东方这一片“秽土”的，其目的决不止身入地狱，超度苦鬼！

想到上海流氓有“外国火腿”这么一个名词。有一部分人以为本国火腿当然不好，外国火腿却是当然该吃。因此他们说：外国人所以待中国人不好者，是中国人先自不好的缘故。又一部人能于外国火腿中分别牌号：x 主义下的火腿就不好，y 主义下的就是蜜甜的。但就我原始基本的感觉说，只须问是不是火腿，更不必问什么。我用“原始基本”这四个字，乃是把我自己譬作一个狗，无论是中国人英国人俄国人，他若踢我一脚，我便还他一口，这种思想当然不易为“人”所赞成，因为《逻辑启蒙》上说，“人者理性动物也。”但我在此处，只是说说我个人的意思：我并没有功夫，精神，兴趣来宣传我这种主义。因此“他们”也尽可以安心，不必顾虑着有一条“恶狗拦当路”。

其实其实，梦也可以做醒了！别的不说，便说赔款这一个问题罢！日本是退还的了，其结果怎样？英国也将要退还了，结果怎样，睁着眼睛看罢！还有许多人要想法国退还，替中国人办学，却不知道法国巴黎大学的物理学教授郭东先生天天在那儿皱眉叹气，说国家太穷了，有许多重要仪器都办不了。

我们吃了败仗，我们赔，我们硬着头皮赔，还有什么话说。上海流氓喊三声好汉，自己戮个三刀六洞：这又是我的原始基本的办法了！因为溥仪君的一件事，你与玄同都做了一篇文章。玄同文章中还有点牢骚，你的却完全是至诚的忠告。无如这位世兄，一则是年纪尚轻，程度尚低，二则是被他不良的家庭教育教坏了，你们的话，说上去不免有些隔靴搔痒。

但是我有些不明白，为什么你们这样起劲？据玄同所说，他从非人升而为人，也不过同青皮阿二出了习艺所一样。那么，为什么天天有青皮阿二出习艺所，你们并不天天寄信做文章，却偏在这位世兄身上卖气力！若说你们心中，还存着他是“前皇帝”的观念，那么，你们也就逃不出“狗抓地毯”的一条定律了！

次一件事，是你与江绍原君讨论的女裤问题。我想：这种的事不如不谈也罢。我并不以为这件事不能谈，也并不说你们的主张不对。但我总以为服装问题，只有“时尚”是个真主宰；科学家与审美家，都处于无能为力的地位。即如反对缠脚，若单靠了生理学家与审美学家的呼号，恐决没有多大的力量；而从前垫高底装小脚的太太，现在一变而为塞棉絮装大脚者，一大半还是受了洋婆子“裙翻驼鸟腿”的影响。又如高底皮鞋，外国的生理学家没有一个不反对的；但是不幸，他要替他夫人化一百法郎买一双鞋，他就胡涂了！又外国女人盛夏时可以披衣，严冬时可以披纱。你若要从这里面找出个理由来，恐怕也就很不容易。

外国女人穿短裤（说外国女人不穿裤，我有点不相信……我虽没有到外国女人身上查验过，但衣服裤子的广告上，总画着许多女裤，想来是穿的），在现在是没有例外的了。但我看见古装跳舞里，也就有过长过于裙的女裤（式样同中国太太的差不多）。又最近二三年来，法国女人在家里喜欢穿 Dyiama；当初只是当作寝衣，现在竟当作随便的家常衣。这种衣服的式样，十之九是一套中国男人穿的小裤褂，只是多上些花边：裤管也很长。从这两件事实上看，可见裤管短长的本身，并不具有根本的美丑；美丑乃是时尚造成的。那么，现在“裙翻驼鸟腿”的时尚，在中国已有了极大的势力，再过几年，长裤准可消灭；你们两位，不是有些多事么！

在外国研究服装的，可以分作三派。一派是生理学家，就是反对捆腰，反对脂粉，反对高底皮鞋的。他们的势力极小，连“刑于寡妻”也不够。第二派是“成衣的美术家”，附庸着个“成衣美术评论家”，而“舞台衣饰美术家”，也可归并在一起算帐。他们的势力很大，便就巴黎一处说，所出周刊日刊，就有好几十种。有时他们打起笔墨官司来，——例如一九二一至二二两年间的长裙短裙问题——一打可以打上半年，而且巴黎一动手，伦敦纽约等处也同时影响。第三派是服装史家，他们所出专书，就我书摊子上所看见的说，也就有十数种。他们研究的结果，于历史上有极大的用处。譬如年年五月中的贞德节，节场上卖东西的，变把戏的，以至于加非馆跑堂的，都穿起贞德当时的衣服来，连房子城堡，也做成当时式样，我们进去看看，有多大的趣味！至于历史戏的服装，那是不容说，尤其可以借着这专门学问，得到无限的帮助。

你们喜欢研究服装么？我希望你们做这第三派的服装史学家。

你批评林琴南很对。经你一说，真叫我们后悔当初之过于唐突前辈。我们做后辈的被前辈教训两声，原来不足为奇，无论他教训的对不对。不过他若止于发卫道之牢骚而已，也就罢了；他要借重荆生，却是无论如何不能饶恕的。

就《语丝》的全体看，乃是一个文学为主，学术为辅的小报。这个态度我很赞成，我希望你们永远保持着，若然《语丝》的生命能于永远。我想当初《新青年》，原也应当如此，而且头几年已经做到如此。后来变了相，真是万分可惜。

说到文学，我真万分的对她不起，她原是我的心肝宝贝！我虽不甚喜欢批评的文学，却爱自己胡诌几句（当然也说不上是创作）。可是自从到了欧洲以后，一层是因为被一加二减直线曲线缠昏了，二层是因为讲究文学的朋友竟是没有，诗炉里生不起新火，竟几乎把她忘了；她竟如被我离弃得很渺远的一个情人一样。

但有时倦乏了，竟还想着她；她也有时居然肯来入梦！

我出国后做的诗，大都已抄给你看了。没抄的是一九二一年做的方言诗数十首（仿江阴“四句头山歌”），和一九二三年做的疯人的诗数十首，并一九二二年译的《十二个》。这些都只能回国后整理完了给你看。一九二三年做的《看井》，我当作早已寄出了，却不料前几天才发现，夹在一本书里，今寄上。

去年一年可算没有做诗。有一首《面包与盐》，稿子不知道夹在那里去了。有两首文言诗，是游戏之作，不妨写在此处：

君问侬家住何处，去此前头半里许，浓林绕屋一抹青，檐下疏疏晾白纻。

阵雨初过万山绿，续断钟声出林曲；君如不怕夜归迟，稍留共看今宵月。

我搜集的《国外民歌》，中间真有不少的好作品。我本想选译到了相当的程度，好好排比之后，出一部专书。现在却拟改计，译一些发表一些，将来译多了再整理。发表的地方，颇想借重《语丝》，不知你要不要把他一脚踢出。但如《歌谣》里也要，就只有平半分赃之一法。

我希望回国之后，处于你们的中间，能使我文学的兴趣，多多兴奋一些。

我在此间的情形，想你已知道，不赘。问好。

弟刘复。

一九二五，一，二八。巴黎。

（载1925年3月30日《语丝》周刊第20期）

悼“快绝一世の徐树铮将军”

恶耗传来，知道七年前曾与我们小有周旋的荆生将军，竟不幸而为仇家暗杀了。这件事，真使我们无论为友为敌的，都要起相当的伤感。单就我的意思说，我以为暗杀总不是人间应有的事。虽然当初徐将军之杀陆将军，手段也与暗杀相差无几，但若必须要在什么事上都讲起“礼尚往来”来，那就不免冤冤相报，将人间事弄成了一大堆的冤仇的集合。在这种情形之下，我们那里还有生存的余地：这就是我所以要悼徐将军的重要的，而且是单独的理由了。

其次，徐将军也当然是“一世之雄”，可惜“天不假年”，使他既不能“流芳百世”，并连“什么万年”也“功亏一篑”，刹那间就变做了“而今安在”，我们知道世间的不世出之怪杰，乃是天地间的灵秀之气或恶毒之气的结晶，但无论它是什么气，总是上天特地加工炼造的——犹之乎狐狸精之为物，也要有五百年的道行——那么，我们上体天心，岂得不一洒伤心之泪呢？

再次，我们知道死的悲哀，实际不在死者本人而在其关系人，因为死者一死便了，关系人都从此大不得了。这样，我们于是乎于是乎想出了许多大不得了的人了：——

其一，当然就是白宫里的那位“内外感”圣人。他现在失去了一个右手，而那位“赦婢琏妾”的贵左手，一时又有些麻木不仁，他老先生的悲痛，自不待言。我们对他，不得不敬谨致唁。

其二，乃是国外国内的一班欢迎欢送，忙得屁滚尿流的阔老。他们欢迎欢送的目的，本是路人皆知的，现在可竟落了一场空。呜呼呜呼，夫复何言！我们对他们，也该相当的致唁。

其三，是他的一百多个随员，顾问，翻译，参议，下至无量数的二爷三小子之类。他们现在“树倒猢狲散”，“两只眼睛地牌式”，那末真正间架哉，阿要触毒头！我们对他们，自然也该一例致唁。

最后，便是东方的那一个贵国了！本年十二月二十五日，居留天津的该贵国人所办的《天津日报》，登了两段新闻，一段的题目是《叛将郭松龄の最后》，又一段的题目是《快绝一世の徐树铮将军》，哈哈，其喜可知，其喜可知！乃曾几何时而“快绝一世”四字，竟成谶语！而可怜敝国的天，又不能赶快加工，替贵国在五分钟之内，造出同样的一个鞠躬尽瘁的忠臣来，这不是糟尽天下之大糕么！我们对于贵国，也该重重重重重重重重重……的致唁！

一九二五，除夕，北京

（载1926年1月11日《语丝》周刊第61期）

骂瞎了眼的文学史家

从前我很失望，说中国近数十年来，不但出不出一个两个惊天动地的好人，而并且出不出一两个惊天动天的坏人，如名盗名贼名妓名优等。

后来可渐渐的感觉到我的谬误了。一九二〇年在伦敦，就听见有人说，我们监督大人的英文，比英国的司各德还好（注意，这不是卖鱼肝油的，乃是英国第一个历史小说家 WalterScott）。接着听说上海滩上，出了一个大诗人，可比之德国的 Goethe 而无愧。接着又听说我们中国，连 Wilde 也有了，Johnson 也有了，Tagore 也有了，什么也有了，什么也有了……这等消息，真可以使我喜而不寐，自恨当初何以如此胡涂，把中国人看得半钱不值。

最近，可又听说我们北京同事中，出了一位奇人。此人乃是

北京大学教授（附注）陈源先生

即署名西滢的便是。

陈先生的英文，据说比 Dickens 更好。同时他还兼了三个法国差使，他

既是 Voltaire，

又是 Zola，

更是 France！

这等的话，都是见于经典的，并不是我信口胡诌。我现在对于陈先生，喜欢赞叹之余，敬谨把他介绍于《语丝》的六千个读者；这件事，亦许是亵渎了陈先生，因为我料定知道而且景仰陈先生的人，至

少总也有六千倍的六千了。

我所代陈先生愤愤不平者，便是我翻遍了一切的英国文学史，没有看见陈先生的名字。这些编文学史的，真是瞎了眼！而且陈先生不但应在英国文学史有地位而已也，他既是 Dickens-Voltaire-Zola-France 四个人的合体，那便是无论那一种世界通史中都应该大书特书的，然而我竟孤陋寡闻，没有找到一些影子。更退一百步说，法国 Institut 面前，至少也该把他们贵法国的 Voltaire-Zola-France 的合体，大大的造起一座铜像来，然而我离开法国时，好象还没有看见。许是还没有完工罢！然而那班 Institut 的老头儿，可真是胡涂到万分以上了。再退一万步，H.G.Wells 的那部《通史大纲》好象也没有陈先生的名字，这真有些古怪了。

Wells 是陈先生的好朋友。我记得有一次，他写信与陈先生，不写 Dear Mr.Chen 而写 Dear Chen，陈先生便高兴得浑身搔不着痒处，将原信遍示友朋。无如 Wells 竟胡涂到万万分，著书时把个极重要的人物，而同时又是他最亲密的朋友，竟轻轻的忘记了。好象我在杂志上，看见许多历史家说 Wells 不配做历史书，因为他将许多的史事弄错了。我不是历史家，不能评判这些评论对不对。现在就这件事上看起来，却要说 Wells 的挨骂，真是活该。

我代陈先生愤愤不平，我除痛骂这班历史家瞎眼而外，更无别法。但我很希望北大史学系主任朱逷先先生不要也忽略了这一件事。逷先！你该知道我们现在只有这一个人替我们中国绷绷场面，你还不赶紧添设“陈源教授之研究”一科么？

（注）“北京大学教授”六字，应当译作

“A teacher of the Peking national University something like a professor or a lecturer” 这是一九二〇年三月某日，陈源教授在伦敦泰晤士河边上伦敦桥畔说的话

十五年一月二十日，北京

（载 1926 年 1 月 25 日《语丝》周刊第 63 期）

重印《何典》序

吴雅晖老先生屡次三番说，他做文章，乃是在小书摊上看见了一部小书得了个诀：这小书名叫《岂有此理》，书中开场两句，便是“放屁放屁，真正岂有些理!”

疑古玄同耳朵里听着这话，就连忙买部《岂有此理》来看，不对，开场并没有那两句；再买部《更岂有些理》来看，更不对，更没有那两句。这疑古老爹不但是个“街楦头”（是他令兄“红履公”送他的雅号），而且还是书摊旁边的，生着根不肯走的；以他这种资格，当然有发现吴老丈所说的那部书的可能。无如一年又一年，直过了五六七八年，还仍是“千人坑里掬卵子”，半点头脑摸不着。于是疑古老爹乃废然浩叹曰：“此吴老丈造谣言也!”

夫吴老丈岂造谣言也哉？不过是记错了个书名，而其书又不甚习见耳。

我得此书，乃在今年逛厂甸时。买的时候，只当它是一部随便的小书，并没有细看内容。拿到家中，我兄弟就接了过去，随便翻开一回看看；看不三分钟，就格格格格的笑个不止。我问为什么。他说：“这书做得好极，一味七支八搭，使用尖刁促掐的挖空心思，颇有吴稚晖风味。”我说：“真的么？”抢过来一看，而开场词中“放屁放屁，真正岂有此理”两句赫然在目!

于是我等乃欢天喜地而言曰：吴老丈的老师被我们抓到了。

于是我乃悉心静气，将此书一气读完。读完了将书中的笔墨与吴老丈的笔墨相比，是真一丝不差，驴头恰对马嘴。

一层是此中善用俚言土语，甚至极土极粗的字眼，也全不避忌；在看的人却并不觉得它蠢俗讨厌，反觉得别有风趣。在吴文中，也恰恰是如此。

二层是此书中所写三家村风物，乃是今日以前无论什么小说书都比不上的。在吴文中，碰到写三家村风物时，或将别种事物强拉硬扯化作三家村事物观时，也总特别的精神饱满，兴会淋漓。

三层是此书能将两个或多个色采绝不相同的词，紧接在一起，开滑稽文中从来未有的新鲜局面，（例如六事鬼劝雌鬼嫁刘打鬼，上句说“肉面对肉面睏着”，是句极土的句子；下句接“也觉风光摇曳，与众不同”，乃是句极飘逸的句子）。这种作品，不是绝顶聪明的人是弄不来的。吴老丈却能深得此中三昧，看他不费吹灰之力，只轻轻的一凑搭，便又捣了一个大鬼。

四层是此书把世间一切事事物物，全都看得米小米小；凭你是天皇老子乌龟虱，作者只一例的看做了什么都不值的鬼东西。这样的态度，是吴老先生直到“此刻现在”还奉行不肯的。

综观全书，无一句不是荒荒唐唐乱说鬼，却又无一句不是痛痛切切说人情世故。这种做品，可以比做图画中的 Caricature：尽管把某一个人的眼耳鼻舌，四肢百体的分寸比例全都变了相，将人形变做了鬼形，看的人仍可以一望而知：这是谁，这是某，断断不会弄错。

我们既知道 Caricature 在图画中所占的地位，也就不难知道这部书及吴老丈的文章在文学上所占的地位。

但此书虽然是吴老丈的老师，吴老丈却是个“青出于蓝”，“强爷娘，胜祖宗”的大门生；因为说到学问见识，此书作者张南庄先生是万万比不上吴老丈的。但这是时代的关系。我们那里能将我们的祖老太太从棺材里挖出来，请她穿上高底皮鞋去跳舞。被人一声声的唤作“密司”呢！

我今将此书标点重印，并将书中所用俚语标出又略加校注，以便读者。事毕。将我意略略写出。如其写得不对，读者不妨痛骂：“放屁放屁，真正岂有此理！”

十五年三月二日，北京

（载 1926 年 4 月 5 日《语丝》月刊第 73 期）

《扬鞭集》自序

我今将我十年以来所作所译的诗歌小品，删存若干首，按时期先后编为一集，即用第一首诗第一二两字定名为《扬鞭》。

我不是个诗人。诗人两字，原不过是做诗的人的意思。但既成了一个名词，就不免带着些“职业的”臭味。有了这臭味，当然就要有“为做诗而做诗”的机会，即是“榨油”“绞汁”的机会，而我却并不如此。

我可以一年半年不做诗，也可以十天八天之内无日不做诗。所以不做，为的是没有感想；所以要做，为的是有了感想肚子里关熬不住。

有时我肚子里有了个关熬不住的感想，便把什么要事都搁开，觉也睡不着，饭也不想吃——老婆说我发了痴，孩子说我着了鬼——直到通体推敲妥贴，写成全诗，才得如梦初醒，好好的透了一口气。我的经验，必须这样做成的诗，然后在当时看看是可以过得去，回头看看是也还可以过得去。至于别人看了如何，却又另是一件事。

请别人评诗，是不甚可靠的。往往同是一首诗，给两位先生看了得到了两个绝对相反的评语，而这两位先生的学问技术，却不妨一样的高明，一样的可敬。例如集中《铁匠》一诗，尹默启明都说很好，适之便说很坏；《牧羊儿的悲哀》启明也说很好，孟真便说“完全不知说些什么！”

原来做诗只是发抒我们个人的心情。发抒之后，旁人当然有评论的权利。但彻底的说，他们的评论与我的心情，究竟有得什么关系呢？

我将集中作品按照时期先后编排，一层是要借此将我十年以来环境的变迁与情感的变迁留下一些影子；又一层是要借此将我在诗的体裁上与诗的音节上的努力，留下一些影子。

我在诗的体裁上是最会翻新鲜花样的。当初的无韵诗，散文诗，后来的用方言拟民歌，拟“拟曲”，都是我首先尝试。至于白话诗的音节问题，乃是我自从一九二〇年以来无日不在心头的事。虽然直到现在，我还不能在这上面具体的说些什么，但譬如是一个瞎子，已在黑夜荒山中摸索了多年了。

一九二六，三，三，北京

（载1926年3月15日《语丝》周刊第70期）

译《茶花女》剧本序

《茶花女》快要印成了，吓！刚巧碰到了这样的大热天，还要挖空心思想出什么话来凑成一篇序，岂非自讨苦吃？

我以为小仲马是不必介绍的，因为凡是读法国近代文学史的人，无不知有小仲马；《茶花女》一剧是不必介绍的，因为凡是读小仲马的著作的人，无不先读《茶花女》；《茶花女》剧中的命意与思想是不必介绍的，因为所有的话，剧中都已写得明明白白，正不必有什么低能儿去替他乱加一阵子注疏。

虽然小仲马在《茶花女》出世之后的十五年，曾做过一篇两万多字的长文章，把十五年中法国官场以及一般社会对于此剧所取的态度与所用的手段，一一叙述，并一一加以辩难，而我却以为这样的一篇文章，尽可以不必译出。因为他是对着法国人说话的，而我们可是中国人！

法国的社会是很守旧的，不错，凡是到过法国的人，都可以知道法国的一般社会，真是旧得可以。但是旧尽可以旧，却是有活气的，不是麻木不仁的。所以要是一旦有了什么个新说，与原来的旧说不能相容的，社会上就可以立时起一个大波动。

中国的社会却并不如此。说是旧罢，六十岁的老翁也会打扑克。说是新罢，廿岁的青年也会弯腰曲背，也会摇头，也会抖腿，也会一句一“然而”。实际却处处是漠不关心，“无可无不可”。

因此，严又陵译《天演论》也罢，译《原富》也罢，译《穆勒名学》也罢，一般青年文学家介绍易卜生也罢，介绍托尔斯太也罢，介绍罗曼罗兰也罢，在中国看去，都好象是全没有什么。杜威来了么？这只是个美国的老头子罢了。罗素来了么？这只是个英国的小老头子罢了，太戈尔来了么？这也只是印度的老老头子罢了。到得欢迎的宴会开完了，桌子上的果皮肉骨扔到了垃圾桶里，此等诸老的思想理论，也就全都扔到了垃圾桶里了！

因此，《茶花女》在中国的命运，也就可想而知。或者是当作闲书看看，或者是摘出一张“幕表”（！）来编排编排，归根结底，只是扔入垃圾桶而已。而他们法国人，可竟为了这一出戏，引起了社会上十五年波动，也就未免太傻了。然而我费了一个多月的工夫把这一出戏译出，意思里可还希望国中能有什么一个两个人，能够欣赏这一出戏的艺术，能够对于剧中人的情事，细细加以思索。国中能有这样的一个两个人没有？要是有，我把这一部书呈献给他。

十五年七月七日北京

（载1926年7月19日《语丝》周刊第88期）

《国外民歌译》自序

这已是九年以前的事了。那天，正是大雪之后，我与尹默在北河沿闲走着，我忽然说："歌谣中也有很好的文章，我们何妨征集一下呢？"尹默说："你这个意思很好。你去拟个办法，我们请蔡先生用北大的名义征集就是了。"第二天我将章程拟好，蔡先生看了一看，随即批交文牍处印刷五千份，分寄各省官厅学校。中国征集歌谣的事业，就从此开场了。

此后几年中，不但北大方面所得的成绩很可观，便是一般的报章杂志上，也渐渐的注意到了这一件事；单行的歌谣集，也已出了好多种。现在若把这些已得的成绩归并起来，和别种学科已得的成绩相比较，诚然还是渺小到万分。但是，它还只有了八九年的生命；它在这八九年中已能在科学中争得了一个地位，能使一般人注意它，不再象以前一样的蔑视它，这也就可以算是一件值得庆幸的事了。

研究歌谣，本有种种不同的趣旨：如顾颉刚先生研究《孟姜女》，是一类；魏建功先生研究吴歌声韵类，又是一类；此外，研究散语与韵语中的音节的异同，可以另归一类；研究各地俗曲音调及其色彩之变递，又可以另归一类；……如此等等，举不胜举，只要研究的人自己去找题目就是。而我自己的注意点，可始终是偏重在文艺的欣赏方面的。

说到文艺这一件事，可就不容易说出具体的理论来了。干脆的说，文艺的欣赏完全是主观的——你说它好，就是好；你说它不好，就是不好。你要在这好与不好之间说出种种道理来，亦许也能说得很对；

但这所谓对，也只是你所说的别人不以为非，换句话说，便是你的主观，偶然有多少和别人的主观相合；而就全体说，终还是你自己的主观，终还有许多地方是你自己的偏见。

何以呢？因为我们要在某一种事物上作理论的推断，我们所用的是理知，而理知这东西，却只能用在含理知的事物上；换句话说，理知是几何性的东西，我们只能把它用在几何性的事物上。譬如你要说明什么是圆，什么是三角，你只须稍稍用一点功夫，就可把它的界说规订得明明白白；到规订明白了，你就可以说；圆与三角所具的条件应当怎样，合条件的就对，不合条件的就不对。至于文艺，它根本就不是理知的，是情感的。你尽可以天天说着“好”，“坏”，“美”，“丑”等字，你断然没有方法把它的界说规定得和圆与三角一样的明白。既然连界说也无从规订起，讨论起来，当然就不能有什么客观的标准，只能看作品中的情感，与我自身的情感是互相吸引的或者是互相推拒的：是吸引的就叫作好，叫作美；是推拒的就叫作坏，叫作丑。

若然我这一份话还算说得不大错，那么我就要大胆说一说我自己对于文艺上的见解了。许多人把文艺中写实派与浪漫派的消长与冲突，看作一个很重要的问题，在我，却并不觉得有什么重要。我对于两派中的好作品，都能欣赏；假使是不好的，我也断不因其属于某派而加以偏袒。但是我的见解也并不就这样的中庸：我也有我的偏见。我的偏见简单说来，是爱阔大，不爱纤细；爱朴实，不爱雕琢；爱爽快，不爱腻滞；爱隽趣的风神，不爱笨头笨脑的死做。因此，我不爱六朝人的赋而爱《世说新语》及《洛阳伽蓝记》；不爱苏东坡的策论而爱他的小品；不爱杜甫而爱李白；不爱李义山而爱李长吉；爱诗不爱词，因为词有点“小老婆”气；（这是就最大多数的词说）；爱古体诗及近体绝诗而不爱律诗，尤其不爱排律，以为读一首三十韵的排律，胜如小病一场！

这样的见解完全是个人的气禀造成的，不但不知我的人不能与我苟同，便是和我很要好的朋友，也断然不能与我一鼻孔出气。即如尹默，他对于我所说“词象小老婆”这一句话，也不知提出了几次的抗议。当然，他与我每抬一次杠，我对于词就可以增进一分的了解；但是直到现在，我总还不能爱词和爱诗一样，这也是件无可奈何的事。

我不但对于文艺，对于自然界的景物也是如此。我爱看的是真山真水，无论是江南的绿畴烟雨，是燕北的古道荒村，在我看来是一样的美，只是色彩不同罢了。至于假山假水，无论做得如何工致，我看了总觉不过尔尔。因此我不大喜欢逛花园。即如北海，在公园中也可以算得数一数二的了，但在我脑筋中，总留不下一些的影子，倒不如十刹海的秧田一角，陶然亭的芦荻翻风，使我想到了就不禁悠然神往。我对于花的观念也是如此。无论它是怎样不值钱的小花，只须是以自然的姿度生长在野外的，在我总认为无上的美。若然种到了园庭里，或者更不幸，种到了小盆里，那就算了罢！我们所看见的只是一个个的带着桎梏的小罪犯，还能引得起什么美感呢？

因为我的性情是如此，所以我的爱赏歌谣，就可以说是极自然的趋向了。我并不说凡是歌谣都是好的，但歌谣中也的确有真好的，就是真能与我的情感互相牵引的。它的好处，在于能用最自然的言词，最自然的声调，把最自然的情感发抒出来。人类之所以要唱歌，其重要不下于人类之所以要呼吸，其区别处，只是呼吸是维持实体的生命的，唱歌是维持心灵的生命的。所以人当快活的时候要唱歌，当痛苦的时候也要唱歌；当工作的时候要唱歌，当休暇的时候也要唱歌；当精神兴奋的时候要唱歌，当喝醉了酒模模糊糊的时候也要唱歌；总之，一有机会，他就要借着歌词，把自己的所感，所受，所愿，所喜，所冥想，痛快的发泄一下，以求得心灵上之慰安。因此，当私塾先生拍着戒尺监督着儿童念“人之初”的时候，儿童的心灵是厄塞着；到得先生出了门，或者是“宰予昼寝”了，儿童们唱：

人之初，鼻涕拖；
性本善，捉黄鳝；……

这才是儿童的天性流露了，你这才看见了儿童的真相了。

村夫野老游女怨妇们所唱的歌，也就象儿童们趁着先生瞌睡的时候所唱的“鼻涕拖”“捉黄鳝”一样。譬如就男女情爱这一件事说，他们也未尝没有听见过“周公制礼”“周婆制礼”这一类的话，但他们全不在意，以为这只是大人先生们闹的玩意儿，于他们没有什么相干：

他们当着大人先生的面当然不敢“肆无忌惮”，背了大人先生可就“无郎无姐不成歌”了。在别件事上，他们的态度也是如此。他们爱怎么唱就怎么唱。他们什么都不管，什么都不怕：他们真有最大的无畏精神。好在世间只有文字狱，没有歌谣狱，所以自由的空气，在别种文艺中多少总要受到些裁制的，在歌谣中却永远是纯洁的，永远是受不到别种东西的激扰的。

这是第一点。第二点是：歌谣之构成，是信口凑合的，不是精心结构的。唱歌的人，目的既不在于求名，更不在于求利，只是在有意无意之间，将个人的情感自由抒发。而这有意无意之间的情感的抒发，正的的确确是文学上最重要的一个原素。因此，我们在歌谣中，往往可以见到情致很绵厚，风神很灵活，说话也恰到好处的歌词。例如云南个旧有这样的一首山歌：

热头要落又不落，
小妹有话又不说；
小妹有话只管讲，
热头落坡各走各。

（《歌谣周刊》四十号，张四维先生采辑）

这真悲怆缠绵到万分了。我常说：这二十八个字，可以抵得过一部《红楼梦》。再如北方通行的“小小子儿，坐门墩儿”一章歌，在一般人看，并不觉得有什么希奇，我却以为自古以来，从没有什么文字能把北方小儿的神情声色描绘得这样逼真的。再如五棋牛窑子地方（在内蒙古西南部）有这样的几句：

世上有四大宽滔：
穿大鞋，
放响屁，
河里洗脸，
校场里睡。

（法人 Joseph Van Oost 采辑）

在文字上，虽然并不见得怎样的美，然而西北荒原中的野蛮的阔大精神，竟给它具体的表现出来了。但是何以能表现得这样好的呢？这又要回说到歌谣的根本上：它只是情感的自然流露，并不象文人学士们的有意要表现。有意的表现，不失之于拘，即失之于假。自然的流露既无所用其拘，亦无所用其假。所谓不求工而自工，不求好而自好，这就是文学上最可贵，最不容易达到的境地。

歌谣在这一方面，能把人事人情表现得如此真切，在另一方面，它又并不胶粘在人事人情上：它也能有很超脱很奇伟的思想。例如我们江阴小孩儿所唱的这一章歌：

亮摩拜，
拜到来年好世界。
世界多，莫奈何！
三钱银子买只大雄鹅，
飞来飞去过江河。
江河过边姊妹多，
勿做生活就唱歌。

我是直到现在还认为不可多得的好文章的。外如《绵州歌》：

豆子山，打瓦鼓。
阳坪关，撒白雨。
白雨下，娶龙女。
织得绢，二丈五：
一半属罗江，
一半属玄武。

（杨用修送余学官归罗江诗借用）

和《送金娘歌》：

金娘金娘谁家女？

皇帝是我兄，
皇帝是我弟，
皇帝是我娃，
皇帝是我爹；
皇后我姊妹，
皇后我妯娌，
皇后我嫂嫂，
皇后我娣娣。
　送娘送到那方去？
　送娘送到那家里？
那方不南又不西，
那家不娃又不妻，
那个人儿黄面又黄须，黄冠又黄衣。
　那个娘儿作大姬？
　那个娘儿作小姬？
今夜小姬哭，
明朝大姬啼。
　那个娘儿是大妃？
　那个娘儿是小妃？
大妃当捉犬，
小妃当捉鸡。
金娘金娘十万八千里！

（见元初徐大焯所撰《尽余录》）

虽然字句上亦许已经受过了文人的修饰，而它那奇妙的结构，朴茂的气息，还依然保存着。若然我们觉得这种的作品是好的，我们在歌谣上用些采选的工夫，也就不能算得白费了。

我把我所以爱赏歌谣的原由大致说完了。但是，这种的原由完全是主观的，完全是从情感上发生的，是并没有理智上的保障的。与我见解不同的人，当然可以说我不对，我也当然没有方法可以和他辩论。

我既然是个爱赏歌谣的人，自然不能专爱本国的，有时还要兼爱国外的。当我在国外的时候，虽然自己没有能就地采集歌谣，而五六年中所搜罗到的关于歌谣的书籍，也就不在少数（当然，现在还继续着搜罗）。回国以后，有时取出来看看，看到自以为好的，而又是方言俚语不太多，能于完全明白的，便翻出一章两章来。到翻了几十章了，就刻成小小的一本。这完全是我个人空闲时的一种消遣工作，所以并没有什么通盘的规划，也并不预定要出几本；不过，一本是决不会完的，两本三本也决不会完的，……五本六本罢，十一二本罢，……甚而至于二三十本罢，……这都难说，都有些可能，只要看我的空闲的时候多不多，兴致好不好。在这个年头，正可以悲歌当哭，且让这第一本小书出了世再说罢！

一九二七年四月九日刘复写于北京

（载 1927 年 4 月北京北新书局初版《国外民歌译》第一集）

《光社年鉴二册》序

在去年此刻出第一集光社年鉴的时候，全社同人，谁也没有敢梦想到今年此刻能出第二集。为什么？因为把我们的不象样的东西拿出去与世人相见，只须稍有一点自知之明，就可以预料到失败多而成功少。所以我当时向几位朋友说：“书是印成了一千本了，一捆捆的堆在我家里，要是到明年此刻还只卖出去三本半，那就对不起，只能送给我代煤了！”不料事实竟不如此。一千本书已卖去了八百多本，铜版费和印刷费都已能相当的收回，于是乎这第二集，也就不好意思不出了！在这一点上，我应当代表全社，感谢世人对于敝社的过分的奖借与宽容，——这是本序中最重要的一句话。

在这一年中，北伐已经告成，中国已经统一，腐败的北京城，已被鲜明夺目的青白旗的光辉一荡而变为崭新的北平特别市，于是乎本社的名目，也由北京光社一变而为北平光社。至于中间的社员，说起来真惭愧得很，原是那几个老腐败，——新添的只有王钱伯程知耻两位；其因职业的变化而离平者，或因个人心绪不佳，暂将镜箱付之高阁者，却也有两三位。所以，就整个儿的光社说来，它原是去年的老样子，好象一支疲瘦的骆驼，全身沾满了尘埃煤屑，一拖一拖的在幽冷的皇城根下走。你要它努力，它努力不来。你要它急进，它急进不得。它只会一拖一拖，一步一步的向前走。

但同时有一个很好的消息可以报告于大众，就是：上海的华社，就在这一年之内成立了。因为华社的社员，多数是光社社员的好朋友，所以我们可以说：华社与光社，是同气连枝的团体；若学着少年朋友的时髦而且娇媚的声口，那就应该说：这是两个姊妹社。

但华社光社的目的虽然相同（这目的简单言之，只是弄弄镜箱，送两个钱给柯达克或（矮克发，无论如何，总说不出什么天大的道理来），态度却不无小异。在我们这方面是昏庸老朽，愈腐愈化，愈化愈腐。在他们却是英气勃勃，不住的前进。所以华社虽然成立了还不很久，已在南方博得极好的声誉。我们在种种方面，可以看得出他们这一年中苦心努力的痕迹。

这实在是一件使我们万分愉快的事。因为我们自己的筋骨虽然松懈惯了懒得动，看着别人在热烈的动着，多少总可以增进我们一点勇气。从前苏东坡自己不能喝酒，却喜欢看别人喝。这是中国文士了解人生，玩味人生的最玄妙而又最高超的表现，我敢说中国文艺中，有无数极有价值的作品是从这一点推化出来的。所以，我们对于华社虽然不必说“太阳出了萤火该消灭”那一路的客气话，却也不妨说：“太阳出了我们身上也有光”。

因为说到了中国的文艺，不由得想起一句我一向要说而还没有说的话来。我以为照像这东西，无论别人尊之为艺术也好，卑之为狗屁也好，我们既在玩着，总不该忘记了一个我，更不该忘记了我们是中国人。要是天天捧着柯达克的月报，或者是英国的年鉴，美国的年鉴，甚而至于小鬼头的年鉴，以为这就是我们的老祖师，从而这样模，那样仿，模仿到了头发白，作品堆满了十大箱，这也就不差了罢！可是，据我看来，只是一场无结果而已。必须能把我们自己的个性，能把我们中国人特有的情趣与韵调，借着镜箱充分的表现出来。使我们的作品，于世界别国人的作品之外另成一种气息，夫然后我们的工作才不算枉做，我们送给柯达克矮克发的钱才不算白费。诚然，这个目的并不是容易达到的；但若诚心做去，总有做得到的一天。我今将这话郑重写出，作为本序的结论，用以笃促自己，并贡献于全国爱玩照相的同志们。

（附白）第一集所印作品，概由作者自行选定。本年略略改变，于自选制中参审定制。其法先由社员中推出审查员四人，将各社员作品，分别研究，以四人一致之同意，选出若干张（审查某一审查员之作品时，则此审查员离席，由其余三审查员一致之同意，选出若干张）。

选出之后，如原作者无异议，即作为定选。否则由原作者提出理由，交审查员重加研究，必至双方意见一致时，始作为定选。

审查员四人是老焱若，郑颖孙，周志辅，和我，我不过因为担任编辑的原故，做个当然审查员，凑凑数罢了。

一九二八年十二月十五日刘半农

（载1929年1月出版《北平光社年鉴》第二册）

《梅兰芳歌曲谱》序

现在的世界，正是个群流并进，百家争鸣的世界，就政治说，有意国的法西斯主义，同时又有俄国的布撒维克主义；就文学美术说，有学院派，同时又有未来，立方，爹爹等派。把这些信仰，意趣，手腕绝端相反的东西放在一起，犹如白云观里一百三十五岁的老道之旁，站着个短裙发的妙龄女子：这在主张思想统一，意志统一，一切统一的人看来，当然有些气闷；但世界就是这样的一个东西，而且永远是这样的一个东西，而且，彻底的说，非如此不足以成世界，非如此不足以成世界之伟大。要是把世界上的事物全都统一了，把世界上的人的身体，精神，举动也全都统一了，我们张开眼睛看去，所有的人都好象是一个模子里翻出来的土偶，回头看看自身，也不过是这些土偶中之一，请问到了那时，还有什么人生的意趣；人生意趣要是消亡了，世界也就跟着消灭了。

在戏剧这一个问题上，亦应作如是观。我可以不打自招：十年前，我是个在《新青年》上做文章反对旧剧的人。那时之所以反对，正因为旧剧在中国舞台上所占的地位太优越了，太独揽了，不给它一些打击，新派的白话剧，断没有机会可以钻出头来。到现在，新派的白话剧已渐渐的成为一种气候，而且有熊佛西先生等尽心竭力的研究着，将来的希望，的确很大，所以我们对于旧剧，已不必再取攻击的态度；非但不攻击，而且很希望它发达，很希望它能于把已往的优点保存着，把已往的缺陷弥补起来，渐渐的造成一种完全的戏剧。止如十年前，我们对于文言文也曾用全力攻击过，现在白话文已经成功了气候，我们非但不攻击文言文，而且有时候自己也要做一两篇玩玩。我们对于文学艺术，只应取赏鉴的态度，不应取宗教的态度。宗教的信仰是有一无二的：崇拜了耶苏当然不能再向谟哈默德跪。文艺上的赏鉴，却不妨兼容并色：这一分钟可以看了仇十洲的工笔仕女而心领神会，下一分钟尽可以看了石涛和尚的草笔山水而击节叹赏。

所谓旧剧，无论是京腔，是昆曲，均可称之为歌剧，与西洋的Opera同属一类。现在反对歌剧的人，不外乎两种：第一种人根本反对歌剧，无论是西洋的，是中国的，都在打倒之列；第二种人以为歌剧可以有，但中国的实在要不得，必须打倒了中国的而采用西洋的。

对于第一种人，我似乎可以不必多说什么；对于第二种人，却不得不将我所见得到的，用最简单的话语来纠正一下：

第一，他们以为中国的音律太简单，而且只有单音，没有配音。这句话并不十分真确：即使是真确的，也并不是中国歌剧的毛病。因为音律的简单与否，及演奏时有无配音，只是音乐中所取材料的浓淡问题，并不是音乐本身的好坏问题。譬如作画，大红大绿的油画固然可以很好，聊聊两三笔淡墨水亦未尝不可以绝妙。

第二，他们以为中国歌剧的情节不好，而且种种做工，不合于自然。我以为歌剧重在音乐，情节不过是音乐所寄附的一个壳子，好不好没有什么关系。西洋歌剧的情节，也大多不甚高明。即如巴黎Opera里所演第一本拿手好戏《浮士德》，是根据德国哥德的小说编的。哥德的小说，固然是世界文坛上一部极伟大的著作，他到编成了歌剧以后，其重心即由文学的变而为音乐的，听戏的人，就只感觉到音乐的伟大而不再感觉到文学的伟大（脚本中已将哥德的词句大改特改，且歌词深奥，非预先读熟者不易听懂）。这时候的《浮士德》，只是Opera的音乐，附着于哥德的小说的壳子上；而哥德的小说的壳子，仅仅是齐东野语一流，就情节说并没有什么价值。至于说中国歌剧的做工不合于自然，就先该问一问歌剧的“歌”是否合于自然。我们人对人说话是用“话”，并不是用“歌”。自然的话既可美化而为歌，则将普通的动作美化而为做工，也当然是可以的，而且是必须的。譬如画图，真要合于自然，除非照相（是照相馆的照相，不是艺术化的照相）；若用笔画出，多少总有一点剪裁，总有一点个人的情绪在里面，就决不能自然；而艺术上所需要的，却在此不在彼。又如图案画，把不规则的实物规则化，几何化，与自然相离得太远了；然而因其能将形与色剪裁得适当，仍能自成为一种美，自成为一种很高等的艺术。我们对于戏剧中的歌剧，虽然不能恰恰比之图画中的图案画，却不妨就用看图案画的眼光看它。

第三，他们以为中国歌剧在组织上及设备上太不进步：最显著的如男女老少之互扮，布景及彩光之简陋或无有，锣鼓之喧闹，茶房及手巾把子之讨厌，……诸如此类，我们也承认是很大的毛病，但与歌剧的本身无关。要是我们有意改良，改起来并不困难。

他们以为中国歌剧不能存在的理由，大概有这三种之多；而我以为中国歌剧可以存在的理由。却只有一种：

我以乐歌与戏曲，是和语言有基本的关系的。一国有一国特殊的语言，就应当自有其特殊的乐歌与戏曲，要不然，乐歌与戏曲的情绪韵调不能与语言相谐合，结果便成了个非驴非马的东西。我们听过采用东洋调子编成的小学唱歌，也听过硬用中国文字配合西洋音调的耶教赞美诗。要是这种的歌可以使我们满意，我就不说什么；若然听了要头痛，我就敢说：在中国语言未消灭之前，无论是贝吐文贝吐武做的曲子，都不能适用到中国歌唱里来的；能适用到中国歌唱里来的曲子，应当中国人自己做。要是你们学了——或者是，尚未学了——一点或半点的西洋音乐，就想现现成成的搬过来应用，恐怕天下没有这样的便宜事！

我并不以为中国原有的歌剧（无论是京腔是昆曲）就是理想的中国歌剧，理想的中国歌剧恐怕至少有三十年的努力才能造成。但取原有的歌剧当做努力的底子，乃是一条极正当的途径：它尽可以有缺点，但究竟是基于中国的语言制造成功的，究竟是数百年或数十年来一般中国人听了觉得和自己的情绪韵调相吻合的；你尽可以把它改良，直改到原来的面目完全消失，但必须按着步骤，渐渐的改去。若要把它一脚跌翻了搬进西洋货来，恐怕还不是根本的办法：根本的办法应当从禁说中国话入手！

梅畹华君要到美国去游历，天华替他编了一部《歌曲谱》，要我做篇序，我就把我对于旧剧的意见大概说一说。话虽说的简单，却自信是基本的理论，不是搔不着痛痒处的废话。

我不会捧角，而且今日的梅兰芳，也不象十多年前希望人家捧了，所以我对于梅君个人及其艺术，可以不说什么。

梅君到美国去，在别人以为是一件惊天动地的事，在我却并不觉得有何等重大的意义，因为乐人演员等到国外去游历或演奏，在欧美是很普通的。在中国，恰如三层楼上小姐，平时到后花园赏花，已很不容易，一旦要走出大门，到观音寺里去烧柱香，自然是破天荒了。

我所希望的，是梅君及其同行诸君到了国外，能有充分的机会可以增加些见识，以为回国后改良旧剧的参考。至于在美国演艺的成功或失败，却没有多大的关系，因为中国的历史语言人情风尚所产生的中国剧，能否为美国人所了解而得其赏鉴，本来是不可预知的。

一种艺术之得以发达，全赖具有相当的资格的爱护人（Patron）为之提倡，单靠艺术家自身是没有多大的力量的。在今日以前，中国旧剧是没有爱护人的，虽然满清的王公大人以及民国的军阀如张宗昌褚玉朴等辈，也曾颠倒于旧剧，但只是糟塌旧剧的大混蛋而已，说不上爱护。现在李石曾先生特组中华戏剧社以为改良戏剧的有系统的，有规模的预备，这爱护人的一把交椅，当然要请李先生坐了。

歌剧中的文词，虽然并不很重，但如高山滚鼓般的不通到底，总未免太说不过去。从前编京剧的人，大概都是只能写写“两斤白面”“三斤豆腐”的先生们，所以京剧的词句，大半都是要不得的。现有齐如山先生以其文学的手腕出全力帮忙，在这一层上，也总算有了个救星了。

以梅君在旧剧上所有的成绩与信用，加之以李先生的热心爱护，更加之以齐先生的大卖气力，而天华也愿意从旁打打杂，我想，中国的歌剧，或者从此有了些希望了。

但完美的中国歌剧，决不是三年五年之内所能看得见的：如我前文所说，至少要有三十年的努力，所以到我们看见完美的中国歌剧时，梅君已在六十大庆之后了，不象今天的翩翩的美少了。

十八年十二月三十日北平

（载1930年版《梅兰芳歌曲谱》）

禁止女生入公共跳舞场布告

——国立北平大学女子学院布告之一——

现在本市各饭店所设公共跳舞场，大都流品不齐，空气污浊，决非青年学子所应参加。兹特严重告诫：诸生务惜自惜羽毛，绝不涉足；如有故违，一经查出，立即除名。此布。

二十年二月九日

跳舞与蜜斯

——刘复对其主张之解释

自日前报载女子文理学院院长刘复，禁止女生跳舞，及令学生互称“姑娘”，以代“蜜斯”消息后，颇引起一般人好奇的注意，甚至西报译载，沪报用特电登出。日昨记者晤见刘氏，询彼对于此二种主张之理由，刘谓跳舞为娱乐消遣之一种，余虽不主张积极提倡，亦无一概禁止之意。唯近来平市各舞场，空气太坏，往往容易引诱青年入于浪费，虚荣、旷时，耽欲之迷途，或竟至造成悲惨之结果。此等舞场，欧美都会中亦有之，然自爱者决不涉足。余为爱护青年及徇各生家长之请求，曾于一月半以前，布告禁止学生到舞场跳舞，盖雅不欲今日中国之大学生，仅成其为一对对跳舞之所谓摩登青年也。至于家庭集会，偶一跳舞，余固并不反对。次言余不赞成学生间以蜜斯互称，系去岁余就女子学院院长职时，向学生发表者。第一，女子称谓之名词，国语中并不缺乏，为保存中国语言之纯洁计，无须乎用此外来译音之称呼。第二，“蜜斯”在英语中，并非有何特别可贵处，英人对使女及饭店下女之类，亦称“蜜斯”，未必一受此称，便有何等光荣。第三，吾人口口声声呼打倒帝国主义之口号，而日常生活中尚将此不需要之帝国主义国家语言中译来之名词引用，诚不知是何种逻辑。根据以上理由，余主张废弃带有奴性的“蜜斯”称呼，而以“姑娘”“小姐”“女士”等国语中固有之称呼代之，固非主张代替“蜜斯”称呼，非用“姑娘”二字不可；而废弃“蜜斯”之理由，亦非因其雅致或不雅致也。日前报载不过将旧事翻新，然与余原意出入太多，致引起许多误会，实令人引为遗憾也。

（载1931年4月1日北平《世界日报》）

《十二等律的发明者朱载堉篇》序跋

序

大家都知道火器，造纸，印书是中国人的三大发明。但这是古时的事，到了近代，西洋人用所有的力量，所有的科学方法完全放上去，使这三种东西每一种都有飞速的进步，极度的改良，而我们却须回过头去跟他们学习，甚而至于学习不好。这在有心人，恐怕不能再以发明家的子孙自居而认为光荣，却须因惭愧而发生悲哀了罢。

惟有明朝末年朱载堉先生所发明的十二等律，却是个一做就做到登峰造极的地步的大发明。他把一协分为十二个相等的半度，是个唯一无二的方法，直到现在谁也不能推翻它，摇动它；他所用的算法，直到现在还是照样的做；他算出来的数目字，直到现在还是直抄了用，不必我们自己费心。

你说这是个小发明么？不差，和造纸，印书，造炮相比，诚然是渺乎小矣。但全世界文明各国的乐器，有十分之八九都要依着他的方法造；即就北平而论，至少总有一二千架钢琴却没有一架不用他的方法定律。这种发明，恐怕至少也可以比得上倍尔的电话和爱迪生的留声机罢。

今年已是他诞生以后的三百九十六年了。他的发明，在他生前没有人注意：他死以后，本国人是胡胡涂涂，不大理会；外国人虽然采用他的方法，却好象这方法是从天上掉下来的，从没有人考据一下发明者是谁。所以朱载堉的名字，正跟着他的发明的日见推广日见采用而日见遗忘日见湮没了！

崇仰古人在学术上的贡献而加以表彰，可以鼓励我们自己和我们的后辈的治学的勇气。要是这一句话没有人否认，就让我来做这一篇关于朱载堉的论文，用以纪念导引我们研究学问的蔡孑民先生的六十五岁寿辰。

全文分为三篇：上篇，朱载堉及其十二等律之发明；中篇，朱载堉之他种研究；下篇，朱载堉之家世及生平。

二十年十二月，北平

跋

此文写竟，未及交天华一阅，即付编排。至今日排校毕事，而天华死且两月矣。吴梅村读《端清世子传》诗云："遂使溱洧间，一洗万古习"，此固天华之志也，而年寿不足以副之耶？掷笔惘然，犹疑梦寐。

二十一年八月七日，北平

（载国立中央研究院历史语言研究所集刊外编《蔡元培先生六十五岁庆祝论文集》）

与张溥泉

溥泉先生道鉴：多时不见，渴念为劳。惟起居佳胜，德望日隆，为祝。比闻中央将建陪都于西安，而推先生主持其事。报章传载，语焉不详，然非无根之谈，则可断言也。开发西北，诚为吾之要图。往日先生在平，发表此论，弟未尝不深佩卓见。然则当于平时图之。非可语于国难方殷之今日也。且开发自有开发之道。若谓一建陪都，即可化荒芜为富庶，转鄙塞为开明，弟虽至愚，宁敢遽信。今政府诸公之创陪都说者，谓将作长期抵抗也。乃抵抗未见，而于陪都则亟亟遑遑焉，是犹强寇在门，为家主者扬言拒寇，阴实逾垣而逃，天下滑稽之事，有过此者乎？推其结果，国人必痛哭相告曰，政府已弃吾民而西去，吾民不知死所矣。是内失众心也。外人亦必太息相谓曰，天助自助者，华人不能自助，吾侪又何纷纷为。是外失众助也。一举而内失众心，外失众助，政府贤明，固当如是耶？夫今日之事，惟有破釜沉舟，出于一战。中国而果已至于必亡者，战固亡，不战亦亡。中国而尚未至于必亡者，战不亡，战亦未必遽亡。此事理之至明，而自沈阳变起，至今将近半年，未闻政府诸公定一谋，决一策。其事业之昭昭在人耳目者：上海市长接受日海军之哀的美敦书，而仍不免于一战，一也。北平市长洗刷标语，以壮美观，并总理遗教而亦去之，二也。杂派许多不相干之人，而名之曰国难会议，冀以为政府分谤，三也。并此建陪都于西安，则四也。四者之外，尚有何事足举乎。呜呼，政府尝以沉着诏吾民矣。证以事实，沉则有之，着则未见，是沉沦也。政府又尝以运兵不便，援应迟缓之苦衷示吾民矣。此事实也，然而平时交通有部，铁道有部，岁糜巨款，果何为者。政府又尝以炮械不如敌军精利，以自明其非战之罪矣。此亦事实也，然而平时军费，占全国总支出之太半，果何往耶？说者谓政府诸公之不肯战，盖有二因。保全实力，备将来内战时攫取地盘，一也。政府诸公之私财，多存于日本银行，一旦开战，恐惧收没，二也。此或不免以小人之心度人，然而政府诸公亦当有事实上之剖白，一纸空言，不足邀吾民之信服也。吾民对于政府，但求有一点好处，即竭诚信仰而拥护之。观于十九路军在沪作战，沪民之勇于捐输，甚至家破身亡而不悔，政府诸公亦当有动于衷矣。乃自退却之后，十日来未闻反攻，新阵地亦日见摇动，于是白川乃有率兵游览苏杭名胜之大言。吾民至此，遂不得一变往日信仰政府之心，而群趋于悲观绝望之一途。使政府诸公尚有人心，允宜相率泣血于总理之陵，然后起图自赎之道。乃计不出此，而惟陪都是图，其意若曰，失辽东千里于一旦，不足惜也。付闸北于一炬，不足惜也。即沦首都于贼手，付守护陵寝之责于白川，亦不足惜也。今日可徜徉于洛阳，明日可逍遥于西安，更至明日，尚有哈密迪化在。中国诚大矣，窃恐如此退去，亦终有推车撞壁之一日，而政府诸公乃竟未能见及耶？昔与先生同在团城，有一日本新闻记者求见。先生作色谓侍者曰，可令速去，谁有工夫见日本小鬼。弟目睹其事，退谓叔平曰，溥泉自是血性人，不类其他阘老。今此情此景，犹恍然在目也，望作大狮子吼，醒昏昏者于沉梦。若竟如报纸所传，将以有用之精神，用于建设陪都之妄举，坐令弟等感叹汉族西来之学说，尚有待于证明，而汉族西奔之事实，即完成于当代。先生自审，得毋爽然若失乎？匆匆即请道安。弟刘复顿首。

廿一年三月十日北平

（载 1932 年 3 月 11、12 日北平《世界日报》）

《中国俗曲总目稿》序

我们研究民间文学，从民国六年冬季开始征集歌谣起，到现在还不满十五年。在这个很短的时期之中，我们最初所注意的只是歌谣，后来就连俗曲也同样看重，甚而至于看得更重些。

歌谣与俗曲的分别，在于有没有附带乐曲：不附乐曲的如“张打铁，李打铁”，就叫做歌谣；附乐曲的如“五更调”，就叫做俗曲。所以俗曲的范围是很广的：从最简单的三句五句的小曲起，到长篇整本，连说带唱的大鼓书，以至于许多人合同扮演的蹦蹦戏，中间有不少的种类和等级。但我们没有把皮黄和昆曲包括在内。这里面也并没有多大的理由，只是因为这两种已经取得正式的舞台剧的资格，不在“杂耍”之列；若是望文生义，以为“雅”“俗”之分在此，那就错了：小曲中很有极雅的雅词，皮黄和昆曲中也尽有俗不可耐的作品。

俗曲的搜集，虽然是北京大学歌谣研究会开的端，而孔德学校购入大批车王府曲本，却是一件值很记载的事。那是民国十四年秋季，我初回北平，借住该校。一天，我到马隅卿先生的办公室里，看见地上堆着一大堆的旧抄本，我说：“那是什么东西？”隅卿说：“你看看，有用没有？”我随便捡几本一看，就说：“好东西！学校不买我买。”——“既然是好东西，那就只能让学校买，不能给你买。”——“那亦好，只要不放手就是。”后来该校居然以五十元买成，整整装满了两大书架，而车王府曲本的声名，竟喧传全国了。

北平书贾的感觉，比世界上任何动物都敏锐！自此以后，俗曲的价格，逐日飞涨：当初没人过问的烂东西，现在都包在蓝布包袱里当宝贝，甚至于金镶玉装订起来，小小一薄本要卖二元三元。这对于我们有志搜集的人，当然增加了不少的困难；但中央研究院历史语言研究所在这两三年中居然还能买到不少，这是我们很可以引为自慰的。

这一本目录里所收的俗曲，共有六千多种，其中标（车）字的即车王府曲本，标（平）字的是国立北平图书馆所藏，标（宫）字的是故宫博物院所藏，不标字的是史语所所藏；有几种是我自己的旧藏，现在还不忍出让的，也已抄录付本归入史语所，不另标字。

这六千多种俗曲的流行区域，共有十省，以北平为最多，江苏广东次之；江西也有两种，要是也算一省，就有十一省。如下表：

河北：四千一百零九种（内北平四千一百零三种，天津五种，磁州一种）

江苏：七百一十八种（内上海四百零八种，苏州三百零五种，扬州四种，南京一种）

广东：五百二十五种（全系广州）

四川：一百六十五种（全系成都）

福建：一百六十二种（内福州一百五十四种，厦门八种）

山东：一百三十九种（全系济南）

河南：一百一十六种（内开封一百零二种，彰德十三种，许昌一种）

云南：六十六种（全系昆明）

湖北：二十四种（全系汉口）

安徽：十八种（全系芜湖）

江西：二种（全系南昌）

当初我们打算把这部目录叫做《中国俗曲总目，后来觉得我们所见到的，在中国俗曲全体之中，恐怕还是很小的一部分，所以加一“稿”字，以为将来增补或重编的预备。

编目的方法如下：

一，以汉字示标题的字数（无标题者取第一句），标题字数相同者归在一起。

二，以阿拉伯码示标题中首三字的笔数；笔数少者排在前，多者排在后。

三，每曲抄录开首二行，以见内容之一斑。

四，一曲而有两个或两个以上之标题者，均互见编排，唯仅于较通行之一标题下录曲首，其余只列号数与标题，注明一名某某，见某某号。

五，抄，木，石，铅，为抄本，木刻，石印，铅印之首。

六，印本有出版处者均标明。

七，一曲在一本以上者记本数，仅一本者记页数，不满一页记行数。

八，同一标题而内容不同者并录。如所录曲首两行已可示内容之不同，即不再标注，否则于标题下注明“与前种略异”或“与前种不同”。

九，所录曲首原本断句者从之，不断句者以己意断之；原本断句或字体显然错误者改正之。

我们从民国十七年冬季开始工作，一面编目，一面采访搜集，到现在排印完毕出版，费了三年多工夫，而所成就的，只是这一本目录，没有能做各曲的内容提要，没有能做分类比较的研究，更没有能谈到记载乐曲的工作，这是我们觉得十分惭愧的；其原因由于从事工作的人只有一两个，而且还各有别种工作，不能将所有的工夫完全放在这上面；另一方面，也可以知道这种工作看去很简易，实际异常烦重，非集合许多有兴趣而又有相当专门知识的人去做，恐怕得不到园满的结果。

在第一年中帮我工作的是李荐侬刘澄清两君，第二年以后直到出版，是李家瑞君，常惠君在开始时也从旁协助，我对于这四位应当在此地诚恳致谢。

李家瑞君以参加此项工作之心得，写了一部《北平俗曲略》；这是一部独立的书，但也可以与本书相辅而行，作为有力的补充，现在初稿已经写成，不久就可以校订完毕，特先为介绍。

民国二十一年三月十七日江阴刘复半农父书于平腐之含辉堂

（载1932年5月国立中央研究院历史语言研究所版《中国俗曲总目稿》）

《初期白话诗稿》序目

李大钊一首

山中即景

沈尹默九首

公园里的二月蓝　月　雪　除夕　刘三来言　子縠死矣　白杨树　秋　三弦　耕牛

沈兼士六首

山中西风大作　见闻　早秋　真　逖先入山　相访　泉

周作人一首

两个扫雪的人

胡适五首

唯心论（两稿）　鸽子　十二月五夜月　四月二十四夜作　除夕诗

陈衡哲一首

人家说我发了疯

陈独秀一首

丁巳除夕歌

鲁迅二首

他们的花园　人与时

以上作者八人，共诗二十六首。

这些稿子，都是我在民国六年至八年之间搜集起来的。当时所以搜集，只是为着好玩，并没有什么目的，更没有想到过，若干年后可以变成古董。然而到了现在，竟有些象起古董来了。那一个时期中的事，在我们身当其境的人看去似乎还近在眼前，至于年纪轻一点的人，有如民国元二年出世，而现在在高中或大学初年级读书的，就不免有些渺茫。这也无怪他们，正如甲午、戊戌、庚子诸大事故，都发生于我们出世以后的几年之中，我们现在回想，也不免有些渺茫。所以有一天，我看见陈衡哲女士，向他谈起要印这一部诗稿，她说：那已是三代以上的事了，我们都是三代以上的人了。

白话诗是“古已有之”，最明显的如唐朝的王梵志和寒山拾得所做的诗，都是道地的白话。然而，这只是有人如此做，也有人对于这种的作品有相当的领会与欣赏而已。说到正式提倡要用白话作诗，却不得不大书特书：这是民国六年中的事。从民国六年到现在，已整整过了十五年。这十五年中国内文艺界已经有了显著的变动和相当的进步，就把我们这班当初努力于文艺革新的人，一挤挤成了三代以上的古人，这是我们应当于惭愧之余感觉到十二分的喜悦与安慰的：同时我以为用白话诗十五周年纪念的名义来印行这一部稿子，也不失为一种借口罢。

在民国六年时，提倡白话文已是非圣无法，罪大恶极，何况提倡白话诗。所以适之诗中有了“两个黄蝴蝶”一句，就惹恼了一位黄侃先生，从此呼适之为黄蝴蝶而不名；又在他所编的《文心雕龙札记》中大骂白话诗文为驴鸣狗吠。其实，胡适之诗中用了黄蝴蝶就该称为黄蝴蝶，黄季刚文中用了驴鸣狗吠就不该称为黄驴鸣黄狗吠么？

然而古老的国粹先生决不肯作这种反省工夫。黄侃先生还是空口闹闹而已，卫道的林纾先生却要于作文反对之外借助手实力——就是他的“荆生将军”，而我们称为小徐的徐树铮。这样，文字之狱的黑影，就渐渐的向我们头上压迫而来，我们就无时无日不在栗栗危惧中过活，然而我们终于没有尝到牢狱的滋味——至少也可以说我们中并没有任何人在明白宣布的提倡白话诗文的罪名之下遭到逮捕——这就不得不有慨于北洋军阀的宽宏大度，实远在读圣贤书，深明忠恕之道的林琴南先生之上。

现在是时移世变，情形和当初大不相同了。虽然还有许多人对于白话文痛心疾首，一般人却已看做了家常便饭：愿意做的人提笔就做，不必有什么顾忌，不愿意做的人也只是不做而已，至多也只是摇头叹气而已，决不象林先生那样的拼命。所以，我把这一部稿子印出来，真是了无足奇。岂特了无足奇，亦许有许多思想比我们更进步的人要在旁冷笑，以为这算得了什么东西呢。不差，以鞋子里塞棉絮的假天足，和今日“裙翻驼鸟腿”的真天足相比，那算得了什么东西呢？然而假天足在足的解放史上可以占到一个相当的位置，总还是事实。

这部稿子里有几点是值得说明的。第一，李守常先生不大做诗，亦许生平就只做过《山中即景》一首，而这一首的原稿可保存下来了。第二，陈仲甫先生白话文做得很多，旧体诗做得很好。白话诗就我所知道的说，只有《除夕》一首，这一首的原稿也保存下来了。李先生已在数年前做了牺牲，陈先生目下正在过他的看守所生活，这两首诗稿就愈见珍贵了。第三，鲁迅先生在当时作诗署名唐俟，那时他和周岂明先生同住在绍兴县馆里，诗稿是岂明代抄，鲁迅自己写了个名字。现在岂明住在北平，鲁迅住在上海，恐怕不容易再有那样合作的机会，这一点稿子，也就很可珍贵了。

我现在把这部稿子印出，并没有什么用意，也没有什么感想，也不想谋利，因为我同出版人说好：“我也不要抽版税，你也不要定高价，希望同好的人购买起来可以方便些。”那么，究竟为什么要印呢？简单说来，只是因为有趣可玩而已。当然，现在的时候决然不是玩这玩那的时候，但我自己相信，我虽然不能担着大粪做直接生利的工作，也不能荷着长枪做直接救国的工作，而对于我自己名下的本分工作，无论在故纸堆中或新纸堆中，总还孳孳不倦未敢后人。现在弄这一些小玩意儿，正如小孩子上学回家取他所心爱泥人儿抱抚一回，若然做父母的人还要呵责他，旁人还要笑他“这孩子没出息”，那也自然无话可说。

有几位朋友劝我把自己的诗稿也放一两首进去，我却未能从命。第一，因为那时的稿子，早已没有，现在既然找不出，自然也不便倒填了年月假造。第二，听说有位先生编印世界名画集，内分三部，第一部是外国名画，第二部是本国名画，第三部就是他自己的名画。这真是一个妙绝古今的编制法，可惜我竟不能造起一个“初期白话名诗”之类的名目来，要是能于造成，我也就很有胆量和勇气把我自己的名诗放进去。

在旧纸夹中找到了七张《新青年》稿纸，就用来抄写初期白话诗稿的目录，且在目录后面随笔写了一大堆废话，到废话说完，七张稿纸也就快写完了。

二十一年十二月廿八日，半农刘复书于寓之含辉堂

（载1933年北平星云堂书店影印版《初期白话诗稿》）

《半农杂文》自序

我在十八九岁时就喜欢弄笔墨，算到现在，可以说以文字与世人相见，已有二十五年的历史了。这二十五年之中，通共写过了多少东西，通共有多少篇，有多少字，有多少篇是好的，有多少篇是坏的，我自己说不出，当然也更没有第二个人能于说得出。原因是我每有所写述，或由于一时意兴之所至，或由于出版人的逼索，或由于急着要卖几个钱，此外更没有什么目的。所以，到文章写成，寄给了出版人，就算事已办完。到出版之后，我自己从没有做过收集保存的工作：朋友们借去看了不归还，也就算了；小孩们拿去裁成一块块的折猢狲，折小狗，也就算了；堆夹在废报纸一起，积久霉烂，整个儿拿去换了取灯，也就算了。“敝帚千金”，原是文人应有之美德，无如我自己也不知道什么缘故，在这上面总是没有劲儿，总是太随便，太“马虎”：这大概是一种病罢？可是没有方法可以医治的。

我的第二种病是健忘：非但是读了别人的书“过目即忘”，便是自己做的文章，过了三年五年之后，有人偶然引用，我往往不免怀疑：这是我说过的话么？或者是有什么书里选用了我的什么一篇，我若只看见目录，往往就记不起这一篇是什么时候写的，更记不起在这一篇里说的是什么。更可笑的是在《新青年》时代做的东西，有几篇玄同替我记得烂熟，至今还能在茶余酒后向我整段整段的背诵，而我自己反是茫茫然，至多亦不过“似曾相识”而已！

因为有这“随做随弃”，“随做随忘”两种毛病，所以印文集这一件事，我从前并没有考量过。近五年中，常有爱我的朋友和出版人向我问："你的文章做了不少了，可以印一部集子了，为什么还不动手？"虽然问的人很多，我可还是懒着去做：这种的懒只是纯粹的懒，是没有目的和理由的。但因为他们的问，却引动了我的反问。我说："你们要我印集子，难道我的文章好么？配么？好处在哪里呢？"这一个问题所得到的答语种种不同。有人说："文章做得流利极了"。有人说："岂特流利而已"（但流利之外还有什么，他却没有说出）。有人说："你是个滑稽文学家"。有人说："你能驾驭得住语言文字，你要怎么说，笔头儿就跟着你怎么走"。有人说："你有举重若轻的本领，无论什么东西，经你一说，就头头是道，引人入胜，叫人看动了头不肯放手"。有人说："你是个聪明人，看你的文章，清淡时有如微云淡月，浓重时有如狂风急雨，总叫人神清气爽；决不是粘粘腻腻的东西，叫人吃不得，呕不得"。有人说……别说了！再往下说，那就是信口开河，不如到庙会上卖狗皮膏药去！

虽承爱我的朋友们这样鼓励我，其结果却促动了我的严刻的反省。说我的文章流利，难道就不是浮滑么？说我滑稽，难道就不是同徐狗子一样胡闹么？说我聪明，难道就不是说我没有功力么？说我驾驭得住语言文字，说我举重若轻，难道就不是说我没有学问，没有见解，而只能以笔墨取胜么？这样一想，我立时感觉到我自己的空虚。这是老老实实的话，并不是客气话。一个人是值不得自己的严刻的批判的；一批判之后，虽然未必就等于零，总也是离零不远。正如近数年来，我稍稍买了一点书，自己以为中间总有几部好书，朋友们也总以为我有几部好书。不料，最近北平图书馆开一次戏曲音乐展览会，要我拿些东西去凑凑热闹，我仔细一检查，简直拿不出什么好书，于是乎我才恍然于我之"家无长物"。做人，做学问，做文章，情形也是一样。若然蒙着头向着夸大之路走，那就把自己看得比地球更大，也未尝不可以。若然丝毫不肯放松的把自己剔抉一下：把白做的事剔了去，把做坏的事剔了去，把做得不大好的事剔了去，把似乎是好而其实并不好的剔了去，恐怕结果所剩下的真正是好的，至多也不过一粒米大。我这样说，并不是要叫人丧气，从而连这一粒米大的东西也不肯去做。我的意思却是相反：我以为要是一个人能于做成一颗米大的东西，也就值得努力，值得有勇气。

话虽如此说，我对于印集子这件事，终还是懒；一懒又是两三年。直到廿一年秋季，星云堂主人刘敏斋君又来同我商量，而我那时正苦无法开销中秋书帐，就向他说：“要是你能先垫付些板税，叫我能于对付琉璃厂的老兄们，我就遵命办理”。刘君很慷慨的马上答应了，我的集子就不得不编了。但是，说编容易，动手编起来却非常之难：这一二十年来大半已经散失的东西，自己又记不得，如何能找得完全呢？于是东翻西捡，东借西查，抄的抄，剪的剪，整整忙了半年多，才稍稍有了些眉目。可是好，飞机大炮紧压到北平来了！政府诸公正忙着“长期抵抗”，我们做老百姓的也要忙着“坐以待毙”，哪有闲心情弄这劳什子，惟有取根草绳，把所有的破纸烂片束之高阁。到去年秋季重新开始做删校工作，接着是商量怎样印刷，接着是发稿子，校样子，到现在第一册书出版，离当初决意编印的时候，已有一年半了。

我把这部集子叫做“杂文”而不叫做“全集”或“选集”，或“文存”，是有意义的，并不是随便抓用两个字，也并不是故意要和时下诸贤显示不同。我这部集子实在并不全，有许多东西已经找不着，有许多为版权所限不能用，有许多实在要不得；另有一部分讨论语音乐律的文章，总共有二十多万字，性质似乎太专门一点，一般的读者决然不要看，不如提出另印为是。这样说，“全”字是当然不能用的了。至于“选”字，似乎没有什么毛病，我在付印之前，当然已经挑选过一次；非但有整篇的挑选，而且在各篇之内，都有字句的修改，或整段的删削。但文人通习，对于自己所做的文章，总不免要取比较宽容一点的态度，或者是自己的毛病，总不容易被自己看出，所以，即使尽力选择，也未必能选到理想的程度。这是一点。另一点是别人的眼光，和我自己的眼光决然不会一样的。有几篇东西，我自己觉得做得很坏，然而各处都在选用著；有几篇我比较惬意些，却从没有人选用。甚而至于我向主选的人说：“你要选还不如选这几篇，那几篇实在做得不好”，他还不肯听我的话，或者是说出相当的理由来同我抗辩。因此我想：在这一个“选”字上，还是应以作者自己的眼光做标准呢，还是应以别人的眼光做标准呢？这问题没有解决之前，不如暂时不用这个字。说到“存”字，区区大有战战兢兢连呼“小的不敢”之意！因为存也者，谓其可存于世也。古往今来文人不知几万千，所做文字岂止汗牛而充栋，求其能存一篇二篇，谈何容易，谈何容易！藉曰存者，在我以为可存，然无张天师之妙法，岂敢作“我欲存，斯存之矣”之妄想乎？

今称之为“杂文”者，谓其杂而不专，无所不有也：有论记，有小说，有戏曲；有做的，有翻译的；有庄语，有谐语；有骂人语，有还骂语；甚至于有牌示，有供状；称之为“杂”，可谓名实相符。

语有之：“文章千古事，得失寸心知”。“千古”二字我决然不敢希望；要是我的文章能于有得数十年以至一二百年的流传，那已是千侥万幸，心满意足的了。至于寸心得失，却不妨在此地说一说。我以为文章是代表语言的，语言是代表个人的思想情感的，所以要做文章，就该赤裸裸的把个人的思想情感传达出来：我是怎样一个人，在文章里就还他是怎样一个人，所谓“以手写日”，所谓“心手相应”，实在是做文章的第一个条件。因此，我做文章，只是努力把我口里所要说的话译成了文字：什么“结构”，“章法”，“抑，扬，顿，挫”，“起，承，转，合”等话头，我都置之不问，然而亦许反能得其自然。所以，看我的文章，也就同我对面谈天一样：我谈天时喜欢信口直说，全无隐饰，我文章中也是如此；我谈天时喜欢开顽笑，我文章中也是如此；我谈天时往往要动感情，甚而至于动过度的感情，我文章中也是如此。你说这些都是我的好处罢，那就是好处；你说是坏处罢，那就是坏处；反正我只是这样的一个我。我从来不会说叫人不懂的话，所以我的文章也没有一句不可懂。但我并不反对不可懂的文章，只要是做得好。譬如前几天我和适之在孙洪芬先生家里，洪芬夫人拿出许多陶知行先生的诗稿给我们看。我们翻了一翻，觉得就全体看来，似乎很有些象冯玉祥一派的诗；但是中间有一句“风高谁放李逵火？”我指著向适之说：“这是句好句子”。适之说：“怎么讲法？”我说：“不可讲；但好处就在于不可讲”。适之不以我说为然，我也没有和他抬扛下去，但直到现在还认这一句是好句子。而且，我敢大胆的说：天地间不可懂的好文章是有的。但是，假使并不是好文章，而硬做得叫人不可懂，那就是糟糕。譬如你有一颗明珠，紧紧握在手中，不给人看，你这个关子是卖得有意思的；若所握只是颗砂粒，甚而至于是个干矢橛，也“象煞有介事”的紧握著，闹得满头大汗，岂非笑话！我不能做不可懂的好文章，又不愿做不可懂的不好的文章，也就只能做做可懂的文章，无论是好也罢，不好也罢；要是有人因此说我是低能儿，我也只得自认为活该！

还有一点应当说明，就是一个人的思想情感，是随着时代变迁的，所以梁任公以为今日之我，可与昔日之我挑战。但所谓变迁，是说一个人受到了时代的影响所发生的自然变化，并不是说抹杀了自己专门去追逐时代。当然，时代所走的路径亦许完全是不错的。但时代中既容留得一个我在，则我性虽与时代性稍有出入，亦也妨保留，借以集成时代之伟大。否则，要是有人指鹿为马，我也从而称之为马；或者是，象从前八股时代一样，张先生写一句“圣天子高高在上”，李先生就接着写一句“小百姓低低在下”，这就是把所有的个人完全杀死了，时代之有无，也就成了疑问了。好象从前有这样一个笑话，说有一个监差的，监押一个和尚，随身携带公文一角，衣包一个，雨伞一把，和尚颈上还戴着一面枷。他恐防这些东西或有遗失，就整天的喃喃念着：“和尚，公文，衣包，雨伞，枷”。一天晚上，和尚趁他睡着，把他的头发剃了，又把自己颈上的枷，移戴在他颈上，随即就逃走了。到明天早晨，他一觉醒来，一看公文，衣包，雨伞都在，枷也在，摸摸自己的头，和尚也在，可不知道我到哪里去了！所谓“抓住时代精神”，所谓“站在时代面前”，这种的美谈我也何尝不羡慕，何尝不想望呢？无如我不愿意抓住了和尚丢掉了我自己，所以，要是有人根据了我文章中的某某数点而斥我为“落伍”，为“没落”，我是乐于承受的。

把这么许多年来所写的文字从头再看一次，恍如回到了烟云似的已往的生命中从头再走一次，这在我个人是很有趣味的；因此，有几篇文章之收入，并不是因为我自己觉得文章做得好，而是因为可以纪念着某一时的某一件事或某一种经验；或者是，因为可以纪念我对于文字上的某一种试验或努力——这种试验或努力，或者是失败了，或者是我自己没有什么成功而别人却成功了；严格说来，这种的试验品已大可扔弃，然对于我个人终还有可以纪念的价值，所以也就收入了。

全书按年岁之先后编辑，原拟直编至现时为止，合出一厚本，将来每次再版，随时加入新文；后因此种方法，于出版人及读者两方，都有相当的不便，故改为分册出版，每三百余面为一册。

承商鸿逵兄助我校勘印样，周殿福、郝墀、吴永淇三兄助我抄录旧稿，书此致谢。

二十三年四月十二日刘复识于平寓。

（载1934年《人间世》第5期）

双凤凰砖斋小品文（节选）

题双凤凰砖（一）

昔苦雨老人得一凤凰砖，甚自喜，即以名其斋。今余所得砖乃有双凤凰。半农他事或不如岂明。此则倍之矣。

柬天行（四）

比得朝鲜美人图一幅，纸墨甚新而布局甚别致，想是俗工按旧时粉本绘成者。以兄曾到朝鲜，欲乞题数行字，当所不吝。

无题（二十二）

余与玄同相识于民国六年，缔交至今仅十七年耳，而每相见必打闹，每打电话必打闹，每写信必打闹，甚至作为文章亦打闹，虽总角时同窗共砚之友，无此顽皮也。友交至此，信是人生一乐。玄同昔常至余家，近乃不常至。所以然者，其初由于余家畜一狗，玄同怕狗，故望而却走耳。今狗已不畜，而玄同仍不来，狗之余威，固足吓玄同于五里之外也。

记砚弟之称（五十四）

余与知堂老人每以砚见相称，不知者或以为儿时同窗友也。其实余二人相识，余已二十七，岂明已三十三。时余穿鱼皮鞋，犹存上海少年滑头气；岂明则蓄浓髯，戴大绒帽，披马夫式大衣，俨然一俄国英雄也。越十年，红胡入关主政，“北新”封，《语丝》停，李丹忱捕，余与岂明同避菜厂胡同一友人家。小厢三楹：中为膳食所；左为寝室，席地而卧；右为书室，室仅一桌，桌仅一砚。寝，食，相对枯坐而外，低头共砚写文而已；砚兄之称自此始。居停主人不许多友来看视，能来者余妻岂明妻而外，仅有徐耀辰兄传递外间消息，日或三四至也。时为民国十六年，以十月二十四日去，越一星期归，今日思之，亦如梦中矣。

（载 1934 年《人间世》第 1、13、16 期）

南无阿弥陀佛戴传贤

——启请：

赫赫院长，　　　　婆卢羯帝！

胡说乱道，　　　　上天下地！

疯头疯脑，　　　　不可一世！

那顾旁人，　　　　绉眉叹气！

南无古老世尊戴传贤菩萨！

南无不惭世尊戴传贤菩萨！

南无宝贝世尊戴传贤菩萨！

凡是在民国初年读过《民权报》的人，几乎没有一个不对当时的戴天仇先生表示相当的敬意，因为他是武松般勇猛的革命记者，虽然他的文章，用现在的眼光看去，理论也有错误的地方，文笔也有冗长无当的地方，然就全体而论，总比当时流行的徐枕亚的《玉梨魂》小说差胜一筹。

不料时间只过了短短的二十年，当时的戴天仇先生竟摇身一变而为今日的戴传贤院长，这真是出于我们“意表之外”了。

大约因为戴先生是个革命元勋罢，所以国民政府把一个考试院院长位置给了他。我是没有受到过党义教育的人，所以不知道考试院重要到什么地步；然既列为五大院之一，并不比什么时生时灭，巧立名目的委员会，则其重要性也就可想而知。然而我们的戴院长，自从就任以至今日，究竟做了什么事业没有呢？南无阿弥陀佛，天晓得！

把鸡鸣山下的一座关帝庙，改做了一座“考试庙”。

庙门口站岗的武装同志，身上穿的是二十世纪的军服，佩的却是同孔夫子一样古老的宝剑，这就值得叫你捧着肚子暗笑。

一个庙门倒有三个号房，来了一个客人，三个号房便把你象皮球般的往来互踢，直踢到你头昏眼黑，才知道庙中的某一位先生，应归某一位号房先生带领进见。

走进庙门一看，满眼都是蓝色的、木制的门匾和楹联，上面刻着斗大的或碗大的白色的字。当然，字就是我们的戴院长的法书；句子呢，也就是我们的戴院长的法句。总而言之，统而言之，这就是戴院长的一套法宝。

院长办公室旁，设有精致佛堂一座。院长偶然到院，或苦清闲，无公可办，即入佛堂礼佛。

院长曾在庙中招待中外和尚，而令所属职员以鞠躬礼谒见诸和尚，诸和尚合十答礼。

也曾在院长的主持之下举办过几次考试，然而考试的结果，究竟对于中华民国有什么福利没有呢？南无阿弥陀佛，天晓得！至多也只有我们的戴院长自己晓得！

戴院长的德政，或者说，戴院长的功业，大约不过如此罢。要是还有什么遗漏的，那是我见闻有限，调查不周，是我该打！

戴先生在他的考试院的职务以外，还做了些什么呢，我们不是他的“随从秘书”，当然不能清楚。但就前前后后各报所记载的归纳起来说，只是东跑西跑，说这说那而已。戴先生的跑，是否有裨国计民生，我们无从知道，至少是我这麻木不仁的人没有能感觉到；这问题且留给我们的老前辈章太炎先生在编纂国史时去解决，现在以不谈为是。戴先生的演说，是他自己觉得很有劲儿的一件事。要是有人请他演说，他可以一说就说上两点钟；就是没有人请他演说，他也可以对着一二个朋友正襟危坐的说上两点钟。然而，究竟说得对不对呢？这又是一言难尽。单举最重要的一件事说：不是戴先生自命为“日本”通的么？不是他做过一部日本论的么？当五年前此书出版之时，也曾引起了国内读者的相当的注意；虽然也有许多专门研究日本事务的人把这部书批评得一钱不值，我却还替他愤愤不平；我以为季陶何至于如此，亦许是同行相妒罢。然而，到了九一八以后，以戴先生所处的地位，以戴先生自命为日本通的一块招牌，总该有一篇两篇惊天动地的文字发表才是：若应降，便畅畅快快的主降，若应战，便畅畅快快的主战。这种主张若不为政府所容纳，戴先生便该挂冠而去，以国民资格与政府作文字上及事理上之抗争，甚至为党部开除党籍，为政府下令通缉，亦在所不惜，这才无负于他那一块日本通的招牌，这才无负于他当年武松般的勇气。然而可惜，我们的戴院长竟不肯这样做：他只是浮萍般的，在“长期抵抗”亦即永不抵抗的波浪上飘：岂特飘而已矣，他还进一层，追随着一般愚夫愚妇而自为领袖，希望借着佛力挽回华北的劫运。前年北平举行时轮金刚法会，我在会场中看见他送给班禅的一把伞，自称为“弟子戴传贤”；我呆呆的看了这五个字，真是将信将疑，如白天见鬼！嗟夫！吾辈老百姓之渴望于大人先生者，欲其救苦救难也。而戴院长救苦救难之方术不过如此，是直吾家老妈子之流亚耳！

最近，戴院长又奉了中央的命令，坐了飞机到西北去视察了一回。我真有些不明白，为什么在六七年以前，我们几个书呆子声嘶力竭闹着西北的重要，政府诸公竟是充耳不闻；到东北四省丢失之后，西北二字竟变了和南京的板鸭一样时髦，谁都要想见识见识，谁都要想尝尝滋味。大约是因为狐皮袍子被小贼偷去了不得不找件破棉袍御寒罢。呜呼，此所谓失之东隅，收之桑榆！谁谓政府诸公无远见耶？于是乎我们的戴院长坐了飞机挤热闹去矣。

他到了西安，就于四月十一日发出一条反对发掘古墓的电报（见四月十三日本报）。这电报自始至终全是对着考古家的发掘古墓说话，对于人民私掘古墓，不过引来做个陪衬。电衔中首列“上海中央研究院蔡院长”，其次才是汪院长，王教长，蒋委员长；这是他对于蔡先生的挑战，说得质重些，就是上海人所说的“骂山门”。他以为已往的考古发掘工作，是蔡先生所领导的中央研究院做的，所以他就一把拉住了蔡先生说话，其意若曰：“你这蔡老头儿岂有此理！我这戴小头儿可不答应！你是元老，我也是元老；你是院长，我也是院长。来！咱们俩演个交手罢。”蔡先生虽老，却于此等处不肯示弱；他看你其势汹汹的来，只是拿出他的老工架，不慌不忙的把你教训一顿。结果呢，生公说法，虽未必能令顽石点头，而行政院的议决案，还是依了蔡先生，没有依戴先生(见四月二十五日本报)。可怜啊!我们的戴先生其将"痛心疾首,呼吁无声,哭泣无泪"而终古乎?

且夫考古发掘工作,不自今日始,报章所载,专书所刊,亦既连篇而累牍。戴先生并非昏瞶,岂有全不知晓之理,而其电报不发于前,不发于后,不发于平时燕居之余,而发于此番长途劳顿之次,此中原由,亦大可研究。有人说:这一定是戴先生和徐先生抬杠的结果。徐先生者我们的老朋友徐旭生先生是也,现方在西安作考古工作。亦许戴先生驾到,杨虎城设席洗尘,而请除先生作陪。酒过三巡,徐先生大谈考古,戴先生触动佛心,不免查照平时惯例,正襟危坐的把他那一肚皮妙论大演而特说,徐先生听得不耐烦,也说出他那一股子傻劲,摇头扭颈的和他大抗而特辩,结果是戴先生恼了。好!上海人说得好:"拨点颜色傢看看!"于是乎"呼吁无声哭泣无泪"的电报就发出了。这种的揣想,我以为决然合于事实,因为,假使真有这样的一件事,戴先生发电的起因既不光明,所取的手段亦未免卑劣,戴先生之"贤"其尚足"传"乎?

戴先生反对考古家的发掘,蔡先生及国内各报纸已加纠正,现在可以不必再谈。我所要请教戴先生的,只有两点:第一点是戴先生原电中所说的掘墓,只举了"人民之私掘小小无名坟墓"和学术界的"公然掘墓"两种,而对于军阀们的公然发掘大大有名坟墓竟假装不知。冯玉祥在河南,曾设了税局提倡古玩商人刨坟取物;孙殿英曾发掘东陵;最近三五年中北平附近一带的名坟,已为托庇于某人的奸商们发掘将尽(此某人者,言人人殊,尚未考定,姑不举名)。这都是彰彰在人耳目的事,戴先生不但在当时没有敢说什么话,便在这回的电报中,也竟没有敢附带一笔,戴先生敢向拿笔杆儿的人作难,斯诚勇矣;其不敢得罪有枪同志,殆亦古君子明哲保身之道欤!

第二点:戴先生原电中说:"古代于发掘禁墓者,处以凌迟。现今各省亦有以此刑处之者。"古代有无以凌迟处盗墓的事实,兹且不考,至于"现今各省",却要请戴先生说个明白:究竟是那几省,那几年,那几件案子?因为这一点关系很重要,以堂堂考试院院长的地位,决不应信口胡说。我们大家都知道,中国因为要撤消领事裁判权,近十数年中正努力于司法的改良,普通执行死刑,都是枪决:绞斩且不常见，何况凌迟？而戴先生居然于公电之中传布这种骇人听闻的消息！要是被外国人翻译过去了，从而拈住了这一点，说我们中国的司法，还同欧洲中古时代一样黑暗。这责任戴先生担负得了么？戴先生以一品大员的身分，而如此不顾事实，胡说乱道，要是在外国，早引起了议院中的严重的责问了：而在我们贵国，竟不闻中央党部或其他机关因戴先生之“出言失慎”而加以纠正或提出弹劾，这也是咄出怪事。

现在我们的戴先生已从西北回来了。看中央社四月三十日下午四时所发出的电报，知道那天早晨，国府举行纪念周，戴先生出席报告视察西北的感想，其结语为“本人此次旅行为生平第一次之满足，感到无限欢快，且具无穷希望，……”好极了！戴先生自己也满足了，一向大家以为没有办法的西北，也可以有了无穷的希望了。我们老百姓除感谢戴先生之外，还有什么话说呢？可是，凡是到陕西去旅行的，没一人不知道陕西人之所“痛心疾首，呼吁无声，哭泣无泪”者，是全省没一处不种而且是不得不种、不得不吸的鸦片烟，而戴先生报告之中，竟完全没有提到。说是他没有知道这种情形罢，那是胡涂。说是他知道了而不肯说罢，那是蒙蔽。胡涂与蒙蔽，二者必居其一，其为渎视察之职则均，愿戴先生有以自解。

戴先生知道古人的坟墓应当“共敬共爱”，而不知道活人的生命精神应当共敬共爱！戴先生知道禁止挖坟可以“正民心，平民怒”，而不知道禁种鸦片也可以正民心，平民怒。呜呼！

将令全国百姓心
不愿为人愿为鬼

戴先生“培国本，厚国力”之功，伟矣盛矣，至矣尽矣，蔑以加矣！

戴先生征鞍甫卸，又匆匆的到杭州去主持时轮金刚法会了。孙中山先生致力革命四十年，目的只是要教一大堆俯伏在皇帝脚下的奴隶，站直起来做人。戴先生到了已可站直的时候，却因站得腿酸，仍要跪到班禅脚下去做矮子，这原是戴先生个人的癖好，说得好听些是信仰自由，我们尽可以不理会。但如戴先生要利用他的地位，使他个人的癖好发扬滋长而遍及于全体民众，那是我们有脑筋的人决不能容忍的。

戴先生的“考试庙”，不就在鸡鸣山下么。鸡鸣山上，台城之遗迹犹存。佛果有灵，梁武帝何为饿死？

哇！
我今为汝说妙法：
冷水一盆浇汝头！

二十三年五月六日，北平

（载1934年5月13日南京《民生报》）

王芷章《腔调考原》序

平山王石渠君积多时研究之结果，写成《腔调考原》一书，将出版，以伦哲如先生之介绍，要求我替他做一篇序。序是我不大会做的，只能说，我既然侥幸得于此书出版之前即有阅读的机会，自然应当在读完之后，把自己的意见写出一些，以答谢王君的盛意。

就我所知道的说，朋友中研究中国戏曲史很努力，而已有相当的成功的，要算齐如山、周志辅、马隅卿、赵斐云、孙子书诸先生。齐先生注意于技术上的记载，周先生注意于梨园掌故，马赵孙三先生注意于剧本之搜集，从而探讨其情节上或词句上的流变：这些都是中国戏曲史中很重要的部分，他们诸位分道扬镳，穷年累月的做去，比到已往或现在的所谓谈剧家的轻描淡写的工作，情形大不相同了。现在王石渠君所做的《腔调考原》，虽然只有小小一本，我却认为可以列于齐周诸先生著作之林而独树一帜。因为，研究腔调的流变，就性质说来，是戏曲史中最重要的一部分。戏曲中所重者唱与做，而唱尤重于做。所谓腔调，拆穿了说就是唱法，就是歌唱时用的谱子。要是研究戏曲史而把这一件事忽略了，那我敢胆大的说，这一部戏曲史是永远不能完成的。正如要替某甲画一个肖象，把他的衣冠姿态，手足发肤都画了，却留着面上是白白的一块，没有给画上耳目口鼻。

但是，这一部分工作实在不容易做。假如已往的戏剧，都有详细的曲谱流传下来，那是只须费一点比较的工夫就好了。无如事实上，我们所能看见的，只有昆腔的曲谱是详细的，其余诸腔调，或者是全无曲谱，或者是虽然有一点，实际还等于没有。因此，要在这上面用功夫，决然不能得到成篇成段的有系统的材料，而只能就已往的记载之中，零零碎碎的找到一些影子。但已往的记载，即前文所说的轻描淡写的剧谈之类，又往往不十分可靠。因为这些记载的作者，并不全是有学问的，即使有一两人有学问，也只是为一般的赏鉴心理或好奇心理所驱使，甚而至于是为卑劣的捧角心理所驱使，随随便便的写一些；他们既没有把自己的记载当作一种正经著作，自然也就不肯用什么考据工夫：他们所说的话，也尽有是以意为之，完全不足依据的；也尽有是捕风捉影，彼此抄袭，陈陈相因，粗一看好象是诸家共主一说，已可认为定论，仔细一推求，却还立足不稳的。要在这种的记载里找材料，必须具有披沙炼金的工夫。然而我们所能有的沙就不很多，再要在沙里去淘出金来，自然更少，甚而至于可以说，能不能得到一点，还在不可知之数。向来有志研究中国戏曲史者之未能着力于腔调问题，其故即在于此。而王君偏能不怕难，偏能正对着这难的方向走去，无论他现在已走到了什么程度，无论他已得到的结果将来是否再有摇动的可能，他那种不怕难的精神与勇气，已值得我们钦佩，同时也做了他将来能于得到圆满结果的保障。

王君证明二黄调曾有两度入京，一在乾隆五十五年，一在道光十八年；又证明这两种二黄调的唱法不同。就我个人的意思说，这是全书中最精确，最有价值的一点；亦许将来王君还能在这上面推阐得更详细，更进步，但根本上是决不会摇动的。不过当初的二黄是否必须从竹而作“簧”字，后来的二黄之名，是否由于“湖广”二字切合而为“黄”字，我多少还有一点怀疑。王君以为西皮调不出于湖北而出于甘肃，我也觉得还有研究的余地，因为，就现在通行的西皮二黄而论，音乐色彩是很相近的，所以在一戏之中，西皮二黄同用者甚多；若说二黄出于湖北，西皮出于甘肃，地域相差得如此之远，恐怕事实上不容易有这样相近的音乐色彩，除非我们能从历史上或地理上找出特殊的理由来。王君对于秦腔、勾腔、昆腔、弋腔，及其他各腔，也都有相当的考证与论断，可惜我这几天正是忙不开交，而且行色匆匆，不日就要到察哈尔绥远一带去调查方言，只能略略一读，详细的研究，请俟异日。

读完了王君的书，忽然想起了我近数年来对于中国旧剧上所有的两种见解，不妨借此说一说。

第一点，有人说，古时的歌唱，都是一字一音，到近代才变成一字多音。这句话亦许未必绝对真确，但至少我们总可以说，古人歌唱之中，即使不全是一字一音，也决没有现在皮黄之中之所谓“翻腔”，把一个字翻到几十个音的。这种的翻腔，就美的立场说，当然不得不承认是一种进步。但翻腔的功用，只能助美；假使我们只能在翻腔上取胜，而不能从大处着墨，不能在歌曲的全部骨干上组织上求进步，那就等于文章作不好，却把词头儿堆砌得满纸，虽是取媚于俗人，终必见嗤于大雅。现在的皮黄，是不是已经走上了这一条路呢？

第二点，皮黄中的“板”，实在有限得很。此所谓板，实际是皮黄中所包含的种种不同的曲调，据王君书中所列西皮调二黄调两表，通共只有十几种。要把这十几种的板，配合人类中千变万化种种不同的情感，那是无论如何都做不到的。因此，我同许多人说过，此后的中国歌剧，应当不以专唱某一派的曲调为限，应当放开门户，把中国所有的曲调完全容纳：无论是皮、黄、昆、弋，以至于各地的民间歌曲，都可以采用于一剧之中；只要看某一段剧情，应当采用那一种曲调，就采用那一种曲调。若是没有现成的旧曲，就应当自制新曲。在必要时，也不妨采用西洋乐曲。艺术本无国界，皮黄所用的胡琴，既名曰胡，不分明是外国来的么？昆曲所用的笛，即所谓羌笛，不分明也是外国来的么？中国的音乐歌曲，自汉朝以后即深受外国的影响，隋唐以后更不必言。现在之所谓国乐国剧，血管中正有不少的外国成分，何一是道地的国货？我们的祖宗并没有关了大门拒绝外国歌乐，而我们做子孙的，不但要关大门，还要把大门以内的各重小门，也关得紧紧，彼此不通音问，究是何苦？王君书中指出“《三拜楼藏曲》有《盘丝洞》剧本两种：一种为〔弦索〕与〔昆曲〕合者，咸同以来，内庭梨园皆采用之；一为前有〔二黄倒板〕而后有〔点绛唇〕〔新水令〕〔折桂令〕……十支〔昆曲〕，则嘉道间所用之本也”。此可见古人的心怀，原不如今人之狭窄；或者可以说，古时伶人，“昆乱俱妙”，不若现在之低能；因低能而关门塞狗洞，原是情理中事！

我提出以上两点，当然不免要为旧派伶人和所谓剧谈家也者加以反对，而骂我为不懂旧剧。不差，我的确不懂。但我的懂不懂有什么关系呢？我只觉得以皮黄为正宗的所谓中国旧剧，现在已到了万分危险的时候：一方面是话剧的提倡与进步，一方面是西洋音乐之输入，有留声机、无线电、有声电影为之传播，日积月累的把一般青年闲着唱戏的兴趣，转而唱西洋歌。这两大宗势力是不可轻视的，将来都有夺取中国旧剧地位的可能。你们从事旧剧或提倡旧剧的人，若不放大眼光，自求可以奋斗可以生存之道，却一味抱残守缺，不肯改良；忘却了世界是进步的，不是停顿在一点上面的，那我就不妨老实告诉你们：到你们的残抱不住了，缺守不住了的时候，接着就是两个可怕的字：灭亡！

廿三年六月八日刘复敬序

（载1934年8月5日《人间世》半月刊第1卷第9期）

研究论文

《敦煌掇琐》序

蔡元培

从敦煌石室发见以后，大多数重要的材料，都已为英国学者斯泰因氏法国学者伯希和氏运往欧洲。所遗在本国的，只有佛经抄本。这种抄本，除北京国立图书馆藏有八千卷外，私人收藏的，也还不少。我们得了这种抄本，（一）可以校经文的异同；（二）可以见当时的别字；（三）可以看当时普通人的书法；已不能不算是“希世之宝”了。然而那些运往英法两国的材料里面，还有各种杂文的写本；这些写本，於佛经写本的三种关系以外，还有两种重要的关系：一是可以见当时社会状况的断片，一是可以得当时通时文词的标本。可惜这许多杂文，还没有摄出照片来；凡是不到欧洲的学者，都无缘一读。但是没有照片的时候，若能照样的抄出原文来，于上述两种的重要关系，也未尝不可以接触。刘半农先生留法四年，于研究语音学的余暇，把巴黎国家图书馆中敦煌写本的杂文，都抄出来，分类排比，勒成此卷，就中如家宅图，可以见居室的布置；舞谱可见舞蹈的形式；各种借券，可以见借贷实物与罚去利息的习惯；通婚书、答婚书等，可以见结婚的仪节；劝善经、劝戒杀生文、与历书、解梦书、吉凶避忌条例等，可以见信仰佛教与保守古代迷信的程度。其他杂文，以此类推，都是很有益于考察当时社会状况的。至于唐代文词，据我们平常所见的，不但韩昌黎、柳柳州的文集，本来号为复古；就是《虬髯公传》《霍小玉传》等小说，也还是字锻句炼，不是寻常的语言。不但杜少陵的诗，说是“读书破万卷”“字字有来历”；就是元微之、白香山所作的，虽当时说是“轻”“俗”，或说是“老妪都解”，然而也还不是民间文学。读是编所录一部分的白话文与百首白话五言诗，我们才见到当时通俗文词的真相，就中如五更转、孟姜女等小唱，尤可以看出现今通行的小唱，来源独古。又如《刊谬补缺切韵》《字宝碎金》《俗务要名录》等，多记当时俗语俗字，独可供语言学文字学的参考；而一切杂文中的俗写，刘先生也一一照样描出，也可以寻出无数的别字。所以这三卷书，我们若是用赏鉴古物的眼光对他，自然觉得不及看原本或照片有趣；但是求实际上考订的材料，可以说是应有尽有，与原本相去无几。我们对于刘先生选择，排列与记录的勤劳，感谢不尽。

1925年10月4日

（载1926年《语丝》第92期）

《扬鞭集》序

周作人

半农的诗集将要出版了，我不得不给他做一篇小序。这并不是说我要批评半农的诗，或是介绍一下子，我不是什么评衡家，怎么能批评，我的批评又怎么能当作介绍：半农的诗的好处自有诗在那里作证。这是我与半农的老交情，使我不得不写几句闲话，替他的诗集作序。

我与半农是《新青年》上作诗的老朋友，是的，我们也发谬论，说废话，但作诗的兴致却也的确不弱，《新青年》上总是三日两头的有诗，半农到欧洲去后也还时常寄诗来给我看。那时作新诗的人实在不少，但据我看来，容我不客气地说，只有两个人具有诗人的天分，一个是尹默，一个就是半农。尹默早就不作新诗了，把他的诗情移在别的形式上表现，一部《秋明集》里的诗词即是最好的证据。尹默觉得新兴的口语与散文格调不很能亲密地与他的情调相合，于是转了方向去运用文言，但他是驾御得住文言的，所以文言还是听他的话，他的诗词还是现代的新诗，它的外表之所以与普通的新诗稍有不同者，我想实在只是由于内含的气分略有差异的缘故。半农则十年来只做新诗，进境很是明瞭，这因为半农驾御得住口语，所以有这样的成功，大家只须看《扬鞭集》便可以知道这个情实。天下多诗人，我不想来肆口抑扬，不过就我所熟知的《新青年》时代的新诗作家说来，上边所说的话我相信是大抵确实的了。

我想新诗总是要发达下去的。中国的诗向来模仿束缚得太过了，当然不免发生剧变，自由与豪华的确是新的发展上重要的原素，新诗的趋向所以可以说是很不错的。我不是传统主义（Traditionalism）的信徒，但相信传统之力是不可轻侮的；坏的传统思想自然很多，我们应当想法除去他，超越善恶而又无可排除的传统却也未必少，如因了汉字而生的种种修词方法，在我们用了汉字写东西的时候总是摆脱不掉的。我觉得新诗的成就上有一种趋势恐怕很是重要，这便是一种融化。不瞒大家说，新诗本来也是从模仿来的，它的进化是在于模仿与独创之消长，近来中国的诗似乎有渐近于独创的模样，这就是我所谓的融化。自由之中自有节制，豪华之中实含清涩，把中国文学固有的特质因了外来影响而益美化，不可只披上一件呢外套就了事。这或者是我个人的偏见也未可知，我总觉得艺术这样东西虽是一种奢侈品，但给予时常是很吝惜的，至少也决不浪费。向来的新诗恐怕有点太浪费了，在我这样旧人——是的，我知道自己是很旧的人，有好些中国的艺术及思想上的传统占据着我的心——看来，觉得不很满意，现在因了经验而知稼穑之艰难，这不能不说是文艺界的一个进步了。

新诗的手法我不很佩服白描，也不喜欢唠叨的叙事，不必说唠叨的说理，我只认抒情是诗的本分，而写法则觉得所谓“兴”最有意思，用新名词来讲或可以说是象征。让我说一句陈腐话，象征是诗的最新的写法，但也是最旧，在中国也“古已有之”。我们上观国风，下察民谣，便可以知道中国的诗多用兴体，较赋与比要更普通而成就亦更好。譬如《桃之夭夭》一诗，既未必是将桃子去比新娘子，也不是指定桃花开时或是种桃子的家里有女儿出嫁，实在只因桃花的浓艳的气分与婚姻有点共通的地方，所以用来起兴，但起兴云者并不是陪衬，乃是也在发表正意，不过用别一说法罢了。中国的文学革命是古典主义（不是拟古主义）的影响，一切作品都象是一个玻璃球，晶莹透彻得太厉害了，没有一点儿朦胧，因此也似乎缺少了一种余香与回味。正当的道路恐怕还是浪漫主义，——凡诗差不多无不是浪漫主义的，而象征实在是其精意。这是外国的新潮流，同时也是中国的旧手法；新诗如往这一路去，融合便可成功，真正的中国新诗也就可以产生出来了。

我对于中国新诗曾摇旗呐喊过，不过自己一无成就，近年早已歇业，不再动笔了，但暇时也还想到，略有一点意见，现在乘便写出，当作序文的材料，请半农加以指教。

1926年5月30日，周作人，于北京

（载1926年《语丝》第82期）

《何典》题记

鲁　迅

《何典》的出世，至少也该有四十七年了，有光绪五年的《申报馆书目续集》可证。我知道那名目，却只在前两三年，向来也曾访求，但到底得不到。现在半农加以校点，先示我印成的样本，这实在使我很喜欢。只是必须写一点序，却正如阿Q之画园圈，我的手不免有些发抖。我是最不擅长于此道的。虽然老朋友的事，也还是不会捧场，写出洋洋大文，俾于书，于店，于人，有什么涓埃之助。

我看了样本，以为校勘稍迂，空格令人气闷。半农的士大夫气似乎还太多。至于书呢？那是：谈鬼物正象人间，用新典一如古典。三家村的达人穿了赤膊大衫向大成至圣先师拱手，甚而至于翻筋头，吓得"子曰店"的老板昏厥过去；但到站直之后，究竟都还是长衫朋友。不过这一个筋斗，在那时，敢于翻的人的魄力，可总要算是极大的了。

成语和死古典又不同，多是现世相的神髓，随手拈掇，自然使文字分外精神；又即从成语中，另外抽出思绪；既然从世相的种子出，开的也一定是世相的花。于是作者便在死的鬼画符和鬼打墙中，展开了活的人间相，或者也可以说是将活的人间相，都看作了死的鬼画符和鬼打墙。便是信口开河的地方，也常能令人仿佛有会于心，禁不住不很为难的苦笑。

够了，并非博士般角色，何敢开头？难违旧友的面情，又该动手。

应酬不免，园滑有方；只作短文，庶无大过云尔。

1926年5月25日。鲁迅谨撰

（载1926年北新书局版《阿典》）

读《瓦釜集》以后捧半农先生

渠 门

这是封私人通信，半农先生并不打算发表。我们却以为即此看出一部分读者对于《瓦釜集》所下的评论，所以向他要了来登在此地。

半农先生：

请你先接受我这聊表歉意的一个十五度的鞠躬礼！

你先生本非马，而我在读《瓦釜集》后，情不自禁地硬要来拍你的马屁，所以在动笔以前，总觉有点儿歉然。不过我是一个穿草鞋摸枪的“粗人”，你先生在翘翘小胡子以后，总可道出一声：“饶仔这傻小子罢！”

《瓦釜集》的前半据说是你用江阴方言做成的诗歌，后半《手攀杨柳望情哥词》，据说是你从舟夫口里写下来的。总之不管三七廿一，《瓦釜集》既是由你出名在印售，我读后要拍马屁，实只有你是罪有应得。

第一是你太不顾大学教授的身分，你公然写出印出这一大批不道德的淫词，你大概是大学教授做倦了，快要给人家轰得滚蛋了吧！

“我十七十八正要偷，
那怕你爹娘睏勒脚跟头。
大麦上场壳帐打，
韭菜逢春匡割头。”

（望情歌词第九歌）

“山歌要唱好私情，
买肉要买坐臀精，
摸奶要摸十七八岁莲蓬奶，
关嘴要关弯眉细眼红嘴唇。”

（望情歌词第十三歌）

半农先生，你真太胆大太不顾人类，至少是中国人的面子，你竟敢把我们这般被性的冲突笼罩着的青年男女，心中藏着而不敢说的话，一齐写出来。你究竟是何居心？可惜孤桐先生已不坐在穷冷的教育部的公案之上来打你五百屁股！

上面所引两首歌，你还可以推是舟夫唱的，你不过是抄录而已。但是下面的几首歌呢？

“劈风劈雨打熄仔我格灯笼火，
我走过你门头躲一躲。
我也勿想你放脱仔棉条来开我，
只要看看你门缝里格灯光听你唱唱歌。”

（第六歌　情歌）

“你联竿擶擶乙是擶格我？
我看你杀毒毒格太阳里打麦打得好罪过！
到仔几时一日我能够来替你打？
你就坐勒树阴底下扎扎鞋底唱唱歌。”

（第十六歌　情歌）

“亮月弯弯歌照八方，
一方成熟一方荒，
黄牛水牛你听我说：
我情愿姐田里熟来我自家田里荒”

（第十八歌之一节　牧歌）

“河边浪阿姐你洗格倽衣裳？
他一泊一泊泊出情波万丈长。
我隔仔绿沉沉格杨柳听你一记一记捣，

一记一记一齐捣勒笃我心浪。”

（第十九歌　情歌）

男子们这种不合礼教的，淫乱的心理，因为爱一个生理上稍微有点不同的女子，就这样“下贱”，连自己的田也愿意荒，联竿也愿替人家打，得不着好处就聊以自慰地只想小偷似地看看人家门缝里的灯火，听人家唱唱歌引为满意。你今日敢这样写出，你也一定是这种“下贱”男子之一，并且还有煽惑其他“高等”男子向“下贱”这条路上走的嫌疑。所以你在《瓦釜集》中，提倡淫化，败坏礼教的罪名是判定的了。

第二是你故意提倡赤化，故意激动那些生就贱骨头的劳动者，去反抗那些神圣的残废式的资产阶级。

“我朝起起来黑眬眬里就要上工去，
夜里家来还要替别人家洗衣裳。
……
你阿姐勿晓得我疯瘫格老子瞎眼睛格娘，
三个兄弟妹才还勿曾满十岁，
一家六口要我一人当！
……
你阿姐勿晓得纱厂里格先生勬面孔！
他捞捞搭搭勿晓得要做倽，
我勿采他来他就起哈哄！
……
我勿晓得为倽靠仔十只指头要吃饭吃，
为啥来要碗饭吃就要勬面孔？

（第七歌　女工的歌）

“你里财主人吃饱仔未肚皮浪弹上去象个三白西瓜冬冬响，
我里穷人饿仔要死末只好穷思极想把裤带来束束紧！
……
你里财主人穿仔羊皮狗皮热得鼻头管里出起血来末还可以
请个郎中来吃贴清凉药，

我里穷人冻仔要死末只好躲勒门角落里破席片里破棉絮里
阿大阿二阿三阿四阿大里娘来阿大里老子大家轧轧紧！
……
你里财主人闲空得生起懒黄病来末还有铜钱买点犁头吃，
我里穷人吃力仔要死末只好送把阎王伯伯当点心！”

（第十一歌　滑稽歌）

你以为靠十指供家的女子在厂中作工，不应当被先生们，拿来开心，拿来玩弄么？你须知道这还是先生们的厚爱，你要是莫有几分引人爱好的姿色，先生们是请也请不来同她捞搭的嘞？至于财主们应该将肚皮涨得要死，应该钻在狗皮堆里，热来出鼻血，应长伸白躺地害起懒黄病来，与夫穷人应该饿来束紧裤带，冷来堆人山，累来去与阎王伯伯作点心，那更是天经地义，不管在礼教之邦的中华古国也好，不管那远在四夷的红毛鬼矮鬼的国度里也好，这都是只准人那样做，不准人那样说的。你今既胆敢说出，而又不加附注，说明这是你劝人各安本分，忍耐着安心着这样过下去，这还了得，岂特要打五百屁股而已，便打五千，也并不冤枉你。

此外在你这本小册子中，我努力搜求，也竟得着下面一些句子，可以略为你开脱：

第一是你有维持“打老婆的旧礼教”的功劳。

“欧~~~~勿打老婆勿算男子汉！
你说我勿敢打末我就打把你看！”

（第十三歌　滑稽歌之一小节）

第二是你有劝人“放生”的善意，
“一网重来一网轻，
一网里鲜鱼十八斤。
鱼娘来仔末鱼儿苦，
鱼儿来仔末鱼娘也伤心！”

（第九歌　渔歌之一）

第三是你有劝人“守分看轻名利”的好意，

"啊！~~~车车夜水来乘乘凉，
我里勿想短来也勿想长：
看你河里格来船去船都为仔名勒利，
为名为利还勿是梦一场？"

（第五歌　农歌之一）

以微笑的劝人向善的三小功，当然敌不过你所犯的两大罪，你之罪有应得，实在是铁案如山，无法挽救！至于我个人所受的两大损失：

第一，《瓦釜集》价值五毫又三个铜仙，耗去我辛苦一月的饷项六分之一而强。

第二，我在上课堂时偷着写这篇东西，几乎受严重的处罚。

我都看人类的情面不再向你追求赔偿，免得你翘起小胡子骂我"赵大跌勒井里仔钱二去下石"。

闲言已毕，书归正传，等我轻轻拍几下半农先生的马屁，正式写几句捧刘的话语：

1. 你是在中国文学上用方言俚调作诗歌的第一人，同时也是第一个成功者。

2. 你在江阴方言与"四句头山歌调"两重限制之下，而能很自如的写一些使人心动的情歌，使人苦笑的滑稽歌，使人不忍卒读的女工歌，使人潇然神往的车夜水歌，你的颇大的文艺天才，使我不得不承认是一个"诗人"。（千万莫学吴老先生口吻，问我：诗人几文钱一斤？）

3. 你集中最使我念了又念，念念不忘的是下面一些美的诗句：

"我说姐倪你勿送我蔷薇也送个刺把我，"
"你里拿我吊田鸡来弄别相！"
"高和尚格贼胚捏仔三只箬箕团团转，"
"我转来仔请你吃开素火肉搭搭老白酒！"
"你你你你汤老五偷仔家老婆格裹脚袜套头送把野老婆！"

写了一大堆字，完结。

一九二六，七，九，于黄埔

（载1926年10月16日《北新》周刊第9期）

刘半农的《扬鞭集》

草川未雨

说到刘半农的《扬鞭集》，一般读者们恐怕不感多大兴味，尤其是一般正在唱着铿锵小鼓儿词式的诗的时髦派的新诗家，或者是吃劲的在唱着高调的洋化派以为象这种似乎过了时的诗集子没有再提出来说的必要了罢，或者以为在今日中提出来讲为不平呢。不错，若按时候上说刘半农的这诗集，上卷和中卷的大半的诗都是前几年的作品，只有中卷后边的一小部分是十四年的，所以刘这些诗中颇近于昨日的诗的精神，原来刘亦为提倡新文学者之一，但是我之批评刘诗，不是为了他是提倡新诗者之一，也不是为了他作诗的资格老了（把老和旧挂在嘴头上是我国文人向来的没出息），也不是《扬鞭集》中的诗在今日新诗坛中占了什么重要的位置。我之所以要说的原因，就是：虽然刘诗不见怎样特别出色，但是他没有走到歧路上，多少有他自己的长处。现在一般作新诗的人精神都失了常态，有愿意戴着脚镣跳舞的，有主张废止句读的，有在暗地里抄袭演译外国诗冒充牌号的，诸如此类，都是根本忽略了新诗的内部。不知道按着自然的步骤照着本来的方向走去。

现在对于本诗集所要批评的，除了山歌和旧诗（这两部分不想批评），把我认为较重要的，有可批评的地方的一部分诗，提出来说说。《扬鞭集》上卷所收入的诗，是从一九一七至一九二〇年间所作（即民国六年至九年），可以选出来的有：《相隔一层纸》、《其实……》、《窗纸》、《无聊》、《晓》、《大风》、《沸热》、《铁匠》、《猫与狗》、《牧羊儿的悲哀》、《静》、《教我如何不想她》、《饿》。中卷所收入的诗是一九二一至一九二五年（即民国十年至十四年）所作，如果也选出来，有：《元旦》、《战败了归来》、《秋风》、《诗神》、《三唉歌》和卷末的几首小诗，本了上面所举出来的诗，加以讲述，即刘半农的诗在他自己的本身上或在今日的新诗坛上究竟如何便不难知道了。

在上面所提出来的各诗，可分成两类：一是一行一行的分写的；一是用散文式写的，属于前者的：《相隔一层纸》、《沸热》、《铁匠》、《牧羊儿的悲哀》、《教我如何不想她》、《元旦》、《战败了归来》、《秋风》、《诗神》、《三唉歌》；属于后者的：《其实……》、《窗纸》、《无聊》、《大风》、《猫与狗》、《静》、《饿》。著者在序中说："我将集中作品按照时期先后编排，将我在诗的体裁上与诗的音节上的努力，留下一些影子。"诚然我们在上面所举出的诗中可以看得出来，便是后者居上。

《相隔一层纸》、《其实……》自然是前几年的作品了，虽然也有点小意思，但这种意思是新诗初兴时的一种趣味，好象白秕拌面，啖下去没有什么滋味，更容不得人咀嚼了，旧日的新诗坛上这种的诗很多很多，初写新诗还有一种毛病，就是好说与本意似关无关的话，如《窗纸》和《无聊》也是犯着这种毛病。周作人在序文上说新诗的手法，他不很佩服白描，也不喜欢唠叨的叙事，……照此说来，上面的那四首便有点近于白描与叙事，但是刘尚能运用笔法（这或是周作人说的"驾御得住口语"），在平淡的写法里流露着灵活，因为了这样所以他的诗才能有进步。

诗是能够歌咏的，不是要把一件事的首尾告诉人们的，要写出精采之外，捉住要害之点，减去繁冗和无关的叙述，所以才能有含蓄，才能起兴，刘的诗在这种地方似有缺点，就按他个人的诗来讲，如《晓》、《大风》、《沸热》便较《窗纸》和《无聊》进步了许多，《无聊》和《窗纸》，尤其是《窗纸》从头说到尾，开首就是："天天早晨，一梦醒来，看见窗上的纸，被沙尘封着，……"并且每段一起不是"看！"就是"不好！""错了！"这样平淡的写下去就很觉没涵意了，一直到临尾："换上新的，怕不久又变了旧的。"《无聊》也是一开首便："阴沉沉的天气，里面……"，这种写法便是从外往里写，写起来很费力，而给人的印象却非常薄弱，然而《晓》的一起：

火车——永远是这么快——向前飞进。

天色渐渐的亮了；不觉得长夜已过，只觉车中的灯，一点一点的暗下来，

车窗外面：——

……

这样写出车窗外面将要明的景色，又写到太阳的光线一丝丝透出来时的平原，白濛濛的薄雾，矮树。雾顶上托着淡淡的远山，炊烟在山坳里徐徐动荡。又写车中：

回看车中，大家东横西倒，鼾声呼呼现出那——干——枯——黄——白——很可怜的脸色！

只有一个三岁的女孩，躺在我手臂上，笑弥弥的，两颊象苹果，映着朝阳。

这便是从里面往外写，虽然没有加什么叙述开首便说火车，然也不必再说这火车从什么地点开和什么时辰了，诗的写法正当如此。《大风》写来毫不费力，只四十多个字，用了三处“呼啦！呼啦！”写大风的可怕很有力量。《沸热》便有一种诗的歌咏的意味了。用这种眼光去看，《铁匠》虽也不失为一首诗，然不及《牧羊儿的悲哀》远了。《教我如何不想她》及中集的分行写的几首，写法音节比较《铁匠》、《牧羊儿的悲哀》又进了一步。至于前举出的用散文写的还有《猫与狗》、《静》、《饿》都恰到好处。《猫与狗》的后段的想象尤其富有着充分的诗意。说到这里我不想再一篇一篇提出来讲述了。一来是为了篇幅的关系，二来刘的诗用散文写的到了《猫与狗》的地步和用分行写的到了《教我如何不想她》的地步便已入于诗之境界。如果作者能照此再向前，成绩更当显著，以下就要着实的探求一下他的诗的写法。短处在那里？长处在那里？在前面的批评之中曾说及作者的诗后者居上，刘诗的写法有时平淡，但也有时他能运用笔法，就如在近于白描和叙事的《窗纸》和《无聊》，虽然写法平淡，然而尚能说得明白（新诗初兴时有许多说不明白的诗），不过这类的诗是从外往里写，工具又不自

由，写来很费力，结果失败，刘或者能在他的长处上去发展吧，因为到了《晓》是从里往外写的，表现稍自由，写来不大费力了。再后有《大风》有《猫和狗》都是写来毫不费力，并且有充分的诗意。分行写的《相隔一层纸》自然是味同嚼蜡，然而在初兴新诗的时候还算是明白，明白是初作诗的长处，由明白才能灵活，由灵活才能起兴，我说他的诗从《教我如何不想她》进入佳境，所举的中卷的五首都到完美地步,《铁匠》和《牧羊儿的悲哀》两首，虽然也够得上诗，有诗意，但总嫌工具的运用不大自由，然只因了他笔下灵活，流露着诗意罢了。如《牧羊儿的悲哀》中：

老鹰在他头顶上说：
“好孩子！我要把戏给你看：
我来在天顶上打个大圈子!”

这种写法看去毫不费力，但是能写到这地步也就较难了。

诗的写法多是用点形的，刘诗大部分似线形的，就是很平平静静写下去，在这平静之中流露着灵活的诗意，写诗原不宜于这样写，因为一平便板，死，手重三斤的毛病便现出来了，所以在这种地方是作者特别一点的地方，因为他能这样写，他时常不避用字句，便成为“善用方言俗字”的本领。

还有平常写诗多用衬的笔法，就是写什么不说什么，写一种静境，不用“静”的本字，使读者从全诗中去领悟出那静的意味来。写“动”也是这样，写一个人饿也是不说他怎样饿了，饿了，然而刘却不这样，他作的《静》和《饿》便不避用那“静”和“饿”字。五页多的《静》便用了七个“静”字,《饿》一首中开篇就说“他饿了”，中间还有“他真饿了!”然而读下去并不觉得多或乏味，诗的写法用衬，固然不容易，然而不用衬就照着原来一直的写下去也不容易，若按衬的写法来说，一直的写是毛病，是犯忌讳，然而若是不衬，振笔直书，写到畅，起兴的地方，其所收的效果是一样的。所以我主张在艺术中断不能讲调和，不写到深处便写到远处，不衬便直写，作到极端，都能自成风格，各有诗意和暗示。

刘诗的短处和弱点，便是表现得不深刻，浓烈力强，色彩上总是淡一些儿，一个人的作品不能够放在整个的人生中是称不起伟大的。笔下没有十足的振动读者的魄力，是不能感动读者，烘动起人的，准此这类的诗就是不提出来，也并觉不到如何的缺憾，在现在湍息的生活之中，一个作者的作品不能摇动人的生活，也足见其表现没有刺到人们的皮肤，当现在的生活中也许是麻木性过劲了，非一针见血感觉不出痛来的！

（摘自1929年北平海音书局出版
《中国新诗坛的昨日今日和明日》）

论刘半农的《扬鞭集》

沈从文

当五四运动左右时，第一期国语文学的发展上，刘复这个名字，是一个时髦的名字。在新文学新方向上，刘先生除曾经贡献给年青人以若干诚实而切要的意见外，还在一种勇敢试验中，写了许多新诗。按照当时诸人为文学所下的定义，使第一期新诗受了那新要求的拘束，刘复，沈尹默，周作人，为时稍后的康白情，俞平伯、朱自清，徐玉诺，在南方的沈玄庐，刘大白，以及不甚能诗却也有所写作的罗家伦、傅斯年，等等，是都同时为诗有所努力，且使诗的形式，极力从旧诗中解放，使旧诗中空泛的辞藻，不再在新诗中保留的。每一个作者，对于旧诗词皆有相当的认识，却在新作品中，不以幼稚自弃，用非常热心的态度，各在活用的语言中，找寻使诗美丽完全的形式。且保守那与时代相吻合的思想，使稚弱的散文诗，各注入一种人道观念，作为对时代的抗议，以及青年人心灵自觉的呼喊。但这一期的新诗，是完全为在试验中而牺牲了。在稍后一时，即或在诗中那种单纯的朴素的描绘，以及人生文学的气息，尚影响到许多散文创作者，然而自从十三年后，这第一期新诗，便差不多完全遗落到历史后面，为人所渐忘了。他们在自己主张上写诗，这主张，为稍后的一时几人新试验破坏无余了。

在第一期诗人上，周作人是一个使诗成为纯散文最认真的人，译日本俳句同希腊古诗，也全用散文去处置。使诗朴素单一仅存一种诗的精神，抽去一切略涉夸张的词藻，排除一切烦冗的字句，使读者以纤细的心，去接近玩味，这成就处实则也就是失败处的。因这个结果，文字虽由手中而大众化，形式平凡而且自然，但那单纯，却使读者的情感奢侈，一个读者，若缺少人生的体念，无想象，无生活，对于这朴素的诗，反而失去认识的方便了。年青人，对于周作人的译作诗歌的喜悦，较之对于郭沫若译作诗歌的喜悦为少，这道理，便是因为那朴素是使诗歌转入奢侈，却并不“大众”的。较后的郭沫若，一反北方所有文字运动的拘束，用年青人的感情，采用虽古典而实通俗的词藻与韵律，以略带夸张的兴奋调子，写他的诗，由于易于领会，在读者中便发生了无量的兴味。这一面的成就，却证明了北方几个诗人试验的失败。并且那试验，也就因此而止，虽俞平伯到较后日子里，还印行他的《忆》，刘复印行他的《扬鞭集》，周作人，则近年来还印行他的《过去的生命》，但这些诗皆以异常寂寞的样子产生，存在于无人注意情形中，因为读者还是太年青，一本诗，缺少诱人的词藻作为诗的外衣，缺少悦耳的音韵，缺少一个甜蜜热情的调子，读者是不会欢喜的，不能欢喜的。

似乎在《扬鞭集》或《忆》的序上，周作人先生有类似下面的意见：

……我所见到三个具诗的天分的人，一是俞平伯，二是沈尹默，三是刘复。……

沈尹默，十四年左右印行了《秋明集》两册，却是旧词旧诗。在新诗贡献上，除了从在《新青年》上他的几首诗，见出这一个对旧诗有最好修养的作者，当五四左右时，如何勇敢的放下一切文学的工具，来写他的幼稚的口语诗那种勇敢外，是没有什么可说的。俞平伯，在较先两个集子里，一切用散文写就的诗，才情都很好，描写官能所接触一切，低回反复，酣畅缠绵，然而那种感情却完全是旧式文人的感情，同朱自清非常相近，他在他那自己试验中感到爱悦的似乎还是稍后印出的《忆》，这名《忆》的一册小诗，用与冰心小诗风格相似的体裁写成，感情还是那种感情，节约了文字，使在最小篇章里，见自己一切过去的姿态，与欲望的阴影，这诗给作者自己的动摇或较之读者为大，因为用最少的笔描写自己的脸，与一个微笑，一滴泪，一声呻吟，除了自己能从那一条线一个屈折辨认出来发生兴味外，读者却因为那简单，不易领会了。周作人对刘半农的意见，似在能驾驭口语能驱遣新意这两件事上。

在《扬鞭集》里，有农村素描的肖像，如《一个小农家的暮》：

她在灶下煮饭，
新砍的山柴，
必必剥剥的响。
灶门里嫣红的火光，
闪着她嫣红的脸，
闪红了她青布的衣裳。

他衔着个十年的烟斗，
慢慢的从田里回来；
屋角里挂去了锄头，
便坐在稻床上，
调弄着只亲人的狗。
他还踱到栏里去，
看一看他的牛；
回头向她说，
“怎样了——
我们新酿的酒？”

门对面青山的顶上，
松树的尖头，
已露出半轮的月亮，
孩子们在场上看着月，
还数着天上的星：
“一，二，三，四，……”
“五，捌，六，两，……”

他们数，他们唱：

“地上人多心不平，
天上星多月不亮。”

（一九二一）

这种朴素的诗，是写得不坏。以一个散文的形式，浸在诗的气息里，平凡的看，平凡的叙述，表现一个平凡的境界，这手法是较之与他同时作者的一切作品为纯熟的。

又如《稻棚》,《回声》，全在同一调子里，写得非常亲切动人。

但这类诗离去了时代那一点意义，若以一个艺术的作品，拿来同十年来所有中国的诗歌比较，便是极幼稚的诗歌。散文的进步，中国十四年来的诗，便必须穿上华美的外衣，才会为人注意。刘复这诗歌，却是一九二一年左右写成的，那时代，汪静之，刘延陵，徐玉诺，皆是诗人，在比较中，刘半农的诗是完全的。

刘复在诗歌上试验，有另外的成就，不是如《稻棚》的描写农村，不是如《耻辱的门》写他的人道主义的悲悯与愤怒。写恋爱的得失，心情的一闪，他的诗只记下一个符号，却不能使那个感想同观念成为一首好诗。他有长处，为中国十年来新文学作了一个最好的试验，是他用江阴方言，写那种方言山歌。用并不普遍的文字，并不普遍的组织，唱那为一切成人所能领会的山歌，他的成就是空前的。一个中国长江下游农村培养而长大的灵魂，为官能的放肆而兴起的欲望，用微见忧郁却仍然极其健康的调子，唱出他的爱憎，混和原始民族的单纯与近代人的狡狯，按歌谣平静从容的节拍，歌热情郁怫的心绪，刘半农写的山歌，比他的其余诗歌美丽多了。

在《扬鞭集》一二四页上：

郎想姐来姐想郎，
同勒浪一片场浪乘风凉。
姐肚里勿晓得郎来郎肚里也勿晓得姐，
同看仔一个油火虫虫飘飘漾漾过池塘。

在一二五页上：

姐园里一朵蔷薇开出墙，
我看见仔蔷薇也和看见姐一样。
我说姐倪你勿送我蔷薇也送个刺把我，
戳破仔我手末你十指尖尖替我绷一绷。

在一二七页上：

劈风劈雨打熄仔我格灯笼火，
我走过你们头躲一躲。
我也勿想你放脱仔棉条来开我，
只要看看你们缝里格灯光听你唱唱歌。

在一二八页上：

你联竿𢶠𢶠乙是𢶠格我？
我看你杀毒毒格太阳里打麦打的好罪过。
到仔几时一日我能够来代替你打，
你就坐勒树阴底下扎扎鞋唱唱歌。

欲望是那么小，那么亲切，却写得那么缓和入耳。还有微带着挑拨，使欲望在另外一种比兴中显出，如在二二零页的一首。在二二二页上：

河边上阿姊你洗格啥衣裳？
你一泊一泊泊出情波万丈长！
我隔子绿沉沉格扬柳听你一记一记捣，
一记一记一齐捣勒笃我心上！

较之其他诗皆象完美一点。俚俗，猥亵，不庄重，在一首较好的诗中是可以净化的，它需要的是整个的内含，在《凤凰人》歌谣中，有下面这样动人的句子：

天上起云云重云，
地下埋坟坟重坟：
姣妹洗碗碗重碗，
姣妹床上人重人。

又如描写一个欲望的姿肆，以微带矜持的又不无谐趣的神情唱着，又如下面的一歌：

大姐走路笑笑底，
一对奶子翘翘底：
我想用手摸一摸，
心中虽是跳跳底。

关于叠字与复韵巧妙的措置，关于眩目的观察与节制的描写，这类山歌，技术方面完成的高点，并不在其它古诗以下。对于新诗有所写作，欲从一切形式中去试验，发现，完成，使诗可以达到一个理想的标准，这类歌谣可取法处，或较之词曲为多的。

《扬鞭集》作者为治音韵的学者，若不缺少勇气，试来作江阴方言以外的俗歌，他的成就，是一定可以在中国新诗的发展上，有极多帮助的。不过，从自然平俗形式中，取相近体裁，如杨骚在他《受难者短曲》一集上，用中国弹词的格式与调子，写成的诗歌，却得到一个失败的证据，证明新诗在那方面也碰过壁来。

（载 1931 年《文艺月刊》第 2 卷第 2 期）

刘复诗歌三种

《扬鞭集》中卷——《瓦釜集》——《国外民歌译》

赵景深

刘复死了！我和他只有一面之雅，但在民间文学的喜爱这一点上，却好象是很熟的朋友似的，虽然我从来不曾与他通过信。最近我忽然想看一些大鼓书，便想到他的《俗曲总目》，遍觅不得，正在忆念中，却看到报上的他的死耗。从此我到何处去再找这样一个演讲《中国之下等小说》的同志呢？

因他的死，我想到他和朋友们所印行的《清平山堂话本》，《永乐大典戏文三种》以及《金瓶梅词话》，还有以前他在北新所校辑的《何典》，《痴华蔓》，《西游补》，《香奁集》，《浑如篇》，《太平天国有趣文件》……这一类有趣的小书。从此我到何处去再找这样一个与人方便的俗文学的刊行者呢？我从何处去再找这样一个勤勉的中国文学史资料的供给者呢？

他的《中国文法讲话》不曾做完，他的语言学的研究也不曾自以为满足而罢手，甚至为了考察绥远的方言而在沙漠里遇到死，为语言学而牺牲了他的生命，这在语言学和文学两方面，都是莫大的损失。

为了纪念他，我这篇小文不想说他早年所译的小说《猫探》，《欧陆纵横秘史》，《黑肩巾》等，因为这在他自己，也许都不承认这是他所译的，为了它们的不曾选择和自由的译法；我也不想说他在言语学上的成绩，因为这在我是外行，虽然我略知一点文法，也看过他的《中国文法通论》(群益版)。我所想说的只是他的三本诗歌集：《扬鞭集》中卷，《瓦釜集》和《国外民歌译》，这三本书都是北新书局出版的。

《扬鞭集》我曾评过上卷，现在再评中卷。这卷里有几首《山歌》都已收入《瓦釜集》。一般的评论者都欣赏他这卷里的《一个小农家的暮》，我则以为《在一家印度饭店里》允推为压卷之作。这首诗艺术很完善，能在尺幅之中见千里。想象丰富，词语纯熟，全首没有一个不含有诗意的字。警句云："这瓦罐里的是水，牟尼般亮，'空'般的清，'无'般的洁!"第二节更展开了他的想象，给了我们一幅充满异国情调的版画：

> 一个朋友向我说，你到此间来，你看见了印度的一线。是，——那一线赭黄的，是印度的温暖的日光；那一线茶绿的，是印度的清凉的夜月。
>
> 多谢你！你把我去年的印象，又搬到了今天的心上。
>
> 那绿沉沉的是你的榕树荫，我曾走倦了在它的下面休息过；那金光闪闪的是你的静海，我曾在它胸膛上立过，坐过，闲闲的躺过，低低的唱过，悠悠的想过；那白濛濛的是你亚当峰头的雾，我曾天没亮就起来，带着模模糊糊的晓梦赏玩过。
>
> 那冷而温润的，是你摩利迦东陀中的佛地：它从我火热的脚底，一些些的直清凉到我心地里。

还有一首《老木匠》，淡远而有神韵，用小儿的对话写一个死了儿子的老木匠，颇能运用旁敲侧击的方法。《我竟想不起来了》和第二首用北平语的《拟拟曲》也都写得很好，前者如仲甫的批评，有"如少女"，后者虽似尹默的嬷嬷调，却写得很沉痛。《尽管是》本是一首好诗，他看见对窗小楼中的倩影，听见她的愉快的琴声，不幸有一天竟"没听见琴声，却隔着朦胧的窗纱，看她傍着盏小红灯，低头不住的写，按着是捧头不住的哭。"这样好的处境，可惜竟被他一句"最后是一口气吹灭了灯，黑沉沉的没有下文了"里这"没有下文"四个散文的字所破坏。底下再紧接两句："黑沉沉的没有下文了，我也不忍再看下文了，”便越发把读者从诗的氛围气里赶走，我以为这两句话改作下面这样较好：“黑沉沉的了，我也不忍再看了！”索性把“没有下文”和“下文”钩去，似较有含蓄，且可避免散文的Prosaic短语。同样，《稻棚》也是一首好诗，尤其是下面这样的警句为不可多得：“一片甜蜜蜜的新稻香——这美妙的浪，把我的幼稚的梦托着翻着，直翻到天上的天上！”我以为此诗做到此处为止，恰到好处。后来加上四短句：“回来停在草叶上，看那晶晶的露珠，何等的轻！何等的亮！”便落了滥调，尤其是最末两短句。

此外如《奶娘》，《战败了归来》，《两个失败的化学家》以及《三十三岁了》也都是《扬鞭集》中卷里的好诗。《奶娘》可说是缩小了的柴霍甫的《樊凯》和《瞌睡来了》：“孩子不要睡，我可要睡了。……我梦里看见拍着我自己的孩子。”《战败了归来》是以神韵见长的。败兵归来，景物全非，坐在破屋旁的石上，悲思妻已非我所有：任从“人间苦”或“净观”来看，都是很能动人的。《两个失败的化学家》是一幅素描。这里面没有秾艳的字眼，也没有蓊郁的诗意，只有一个带着黑翅的悲哀占据你的心。我们自己也是追求着学术的人，谁看了下面的话不为这两个失败的化学家洒一掬同情之泪呢：

> 他们为了买仪器卖完了几亩的薄田。他们为了买药品，拖上了一身的重债。这样已是二十多年了，他们眼看得自己的胡子，渐渐的花白了。他们没听见妻儿的诅咒，他们没听见亲友的讥嘲。他们还整天的瓶儿管儿忙。可是伤心啊，他们的胡子渐渐的花白了。……他们理想中的成功呢？许只是老泪泛澜中的一句空话了。

《三十三岁了》里面也有几句很沉痛的话，笔者今年恰巧也是三十三岁，下面的几句话引起了我急速律动的共鸣，仿佛是从我自己的心坎里说出来的一般：

> 三十三岁了，二十年前不能读什么书，十年前不能读好书，现在能于读得了，可常被不眠症缠绕着，读得实在太少了！

这种勇猛精进的治学态度，实堪佩服。你这临死前还跃跃欲起想到中法大学去演讲的诗人呵，这几句你自己的话给你在墓头做了墓志铭吧！

《瓦釜集》里的第七歌，魏猛克曾绘为连环图画，在《申报》刊登过，使他的民歌更能普遍的传布。可惜还不曾有人将他的歌配谱。说来可叹，这本书竟不曾再版，与他自己的《国外民歌译》以及知堂老人的《陀螺》遭受了同样的命运。但这里面确有许多好的拟江阴山歌，尤其是四句头的情歌。如第十四歌云：

你叫王三妹来我叫张二郎，
你住勒村底里来我住勒村头浪。
你家里满树格桃花我抬头就看得见，
我还看见你洗干净格衣裳晾勒竹竿勒。

这首诗较之刘延陵的《水手》，也不见得逊色，反觉别有风趣。又如第二十一歌也是轻倩之作：

小小里横河一条带，
河过边小小里青山一字排。
我牛背上清清楚楚看见山坳里，
竹篱笆里就是他家格小屋两三间。

别说是歌，就只是这一点方法，也可以使得他成为第一个用方言来写新诗的中国 Robert Burns 了。

《国外民歌译》前半多幽默之作，后半多情歌。其中法国 Bretagne 的民歌《约翰赫诺》似不及徐志摩所译的同首《图下的老江》(江即约翰)。《大真实》使我想起柴霍甫的《套中人》那位爱说尽人皆知的话的老教授。Verduronnette（法国民歌）竟有些象我们中国北方的歌谣。如："我的丈夫死了啊，……拿个破瓦罐儿敲敲罢。"使我自然而然的想起："'我老伴儿死啦。''你怎么不哭她？''盆儿呀，罐儿呀，我的老蒜瓣儿呀。'"《巴黎有一位太太》很有趣，婢学夫人，也去买粉，粉店主人给她皮鞋油，叫她不点灯搽，开了她一个大玩笑。最后所说的“美容粉可不是卖给你做丫头的人的啊”代统治者立言，不足为训。倘若删去这两句，不象科学似的存其真，只用文艺欣赏的态度删去这两句，甚至最后一全节，使得教训的气味泯除，或者这首歌要更可爱一点吧。《西班牙的短民歌四十五首》中的第九首最妙：“因为你向我接了一个吻，你的母亲就动了怒了。现在接还你一个吧，你叫她不要再闹了。”斯人其戒酒之刘伶也欤？又第三十六首云：“这一个寡妇的眼睛瞧着了街上，说：‘这里有空房子出租，谁愿意来租呢？’”有此，则《论语》上的一楼一底，过街楼等都不能专美了。后附《海外的中国民歌》，如“吃”称 Chow-Chow “看见”称 Iooksee 也另有一种趣味。

二三，七，二三。

（载 1934 年《人间世》第 1 卷第 10 期）

《扬鞭集》读后感

苏雪林

当新文学运动起来时，白话诗可算是最初的试验。但那时做白话诗的人，大都是半路出家的和尚。象胡适，周氏兄弟，沈尹默，沈兼士，李大钊诸先生旧诗都很有根柢，所以也一时不容易打破旧型式的限制。正如胡适先生在《蕙的风》序文里说："当我们在五六年提倡做新诗时，我们的'新诗'实在还不曾做到'解放'两个字。"又说那时的新诗"大部分只是一些古乐府式的白话诗，一些击壤式的白话诗，一些词曲式的白话诗——都不能算是真正的新诗"，但是这话用在刘半农先生身上是不大对的。他最早发表在《新青年》上的作品如《学徒苦》、《除夕》、《灵魂》等或仿汉乐府音节，或采取五言体裁，不能算"真正的新诗"以外，其余各诗便在今日看来仍然不失为上品的艺术。象那首无韵长诗《窗纸》，幻想之丰富，用笔之灵活，格式之新奇，现代新诗人中还少有做得出来的呢。好象听见周作人先生十年前说过一段话"我所见三个具有天分的诗人，一个是俞平伯，一个是沈尹默，一个是刘半农"。前二人的作品我读得很少，不敢冒昧同意，至于刘半农先生在"五四"时代新诗标准尚在渺茫之时，他居然能够打破藩篱绝去町畦，贡献一种活泼新鲜的风格，而且从容挥洒，谈笑自如，没有半点矫揉造作之态，不是天分过人，何能如此？

他的诗集如《瓦釜集》之类今已绝版，我仅看见半部《扬鞭集》就勉强以这个作为批评的根据吧。大约《扬鞭集》的诗可分为三类。第一类接着"五四"以来的径路发展，用的是旧式诗词的音节，但排斥了富丽的词藻，略去了琐细的描写，而以淡素质朴之笔出之。如《卖乐谱》、《忆江南》、《秋歌》、《记画》、《侬家》、《阵雨》、《归程中得小诗五首》之例皆是。今举其《侬家》一首让读者赏鉴赏鉴：

君问侬家住何处，去此前头半里许，
浓林绕屋一抹青，檐下疏疏晾白纻。

读了这首诗，天然会想起《辍耕录》所记杨曼硕《盘江遇水仙》诗“盘塘江上是侬家，郎若闲时来吃茶，黄土筑墙茅盖屋，庭前一树紫荆花。”也有用白话写而仿古诗格式的，如思祖国而作之《三唉歌》仿汉梁鸿《五噫歌》，但变化得一点痕迹都没有，却是难得。其歌云：

得不到她的消息是怔忡，
得到了她的消息是烦苦，唉！

× × ×

沈沈的一片黑，是漆么？
模糊的一片白，是雾么？唉！

× × ×

这大的一个无底的火焰窟，
浇下一些儿眼泪有得什么用处啊，唉！

第二类完全采用方言。一八九六驻京意大利使馆华文参赞卫太尔男爵（Baron Guido Vitale）在北京专搜民歌编成一部《北京歌唱》（Pekinese Rhymes），他在三十年前就能认识这些歌谣之中有些“真诗”并且说“根据这些歌谣之上，根据在人民的真感情之上，一种新的民族的诗也许能产生出来呢。”胡适之先生讨论道“现在白话诗起来了，然而做诗的人，似乎还不曾晓得俗话里有许多可以供给我们取法的风格与方法，所以他们宁可学那不容易读又不容易懂的生硬的文句，却不屑研究那自然流利的民歌风格，这个似乎是今日诗国的一椿缺陷罢”。但是半农先生似乎补足这缺陷了。他用江阴方言所拟的山歌、儿歌，用北京方言所作的人力车夫对话，无一不生动佳妙。前者如：

你乙看见水里格游鱼对挨着对？
你乙看看你头上格杨柳头并着头？
你乙看见你水里格影子孤零零？
你乙看见水浪圈圈一幌一幔成两个人？

原注：乙，疑问词，犹国语之可曾，吴语之阿

又

河边浪阿姐你洗格啥衣裳？
你一泊一泊泊出情波万丈长。
我隔子绿沉沉格杨柳听你一记一记捣
一记一记一齐捣笃我心上！

又如拟儿歌集中也常见。有一首记他本乡沙洲地方残杀婴儿之风：

“小猪落地三升糠”
小人落地无抵杠！
东家小囝送进育婴堂，
养成干姜瘪枣黄鼠狼！
西家小囝黑心老子黑心娘
落地就是一钉鞾
嗡额！一条小命见阎王！　（下略）

他拟民歌则声调悠长，含思宛转，而“游鱼”“杨柳”之比兴，更足表现民间恋歌真实的精神与色彩。这精神与色彩是由十五国风六朝乐府传下来，一直到现在还保留在那些歌颂恋爱的“五更调”“十把扇”等等的平民文学中间的。他拟儿歌则立意直爽，措词简单，音节又很短促，正合乎那些天真烂漫的孩子们的口气。他不但于小儿的

心理口吻揣摩毕肖而已，甚至还模仿小儿所唱种种无意义的声调，好象“气格隆冬祥”（象锣鼓之声，小儿每喜言之，含有“拉倒完结”之意，“呃哒嘞轮吨”（大约是小儿用以形容炮声的）你想，普通文人哪肯注意及此。

用北京方言发表在《新青年》上的则有《车毯》、《隔着一层窗纸》等，《扬鞭集》则有《面包与盐》《拟拟曲》等等，今引其《面包与盐》于下：

“老哥今天吃的什么饭？”
“吓，还不是老样子！——
俩子儿的面，
一个锄子的盐，
搁上半喇子儿的大葱。”
“这就很好啦！
咱们是彼此彼此，
咱们是老哥儿们，
咱们是好兄弟。
咱们要的是这们一点儿。
咱们少不了的可也是这们一点儿。
咱们做，咱们吃。
咱们做的是活。
谁不做，谁甭活。
咱们吃的咱们做，
咱们做的咱们吃。”
“对！
一个人养个一人，
谁也养得活。
反正咱们少不了的只是那们一点儿；
咱们不要抢吃人家的，
可是人家也不该抢吃咱们的。”

（下略，引号都是本文笔者加上去的）

中国劳动者欲望是这样低微，真不愧为平和忍耐的民族。而且自己做自己喫，谁不做谁不活，所代表的又是何等高尚的精神？可是连“俩子儿的面，一个锄子的盐，半喇子儿的大葱”也不给他们时，又将怎样？社会不平等的制度和残酷的经济压迫，不是连他们这个最低限度的生活需要也剥夺了吗？不是教他们愿意将大量的劳力换些须的粮食也成为不可能吗？冤酷的申诉，血泪的呼号，却在这样温和平淡的言辞里表现，而其对读者刺激之烈与感动之深胜过空空洞洞的标语口号式的革命文学百倍，作者艺术手腕之高于此可见了。

第三类为创作的新诗，如《一个小农家的暮》、《稻棚》、《回声》、《巴黎的秋雨》、《两个失败的化学家》、《尽管是》、《耻辱的门》、《母的心》、《战败了归来》、《巴黎的菜市上》、《劫》、《梦》等等都是极有意义的好诗。但大概无韵的自由诗居于多数。

第一类作品不脱旧诗词窠臼，我们现在不必加以讨论，第三类作品“五四”以后四五年中虽然风行一时，拿现在新的标准看来，也不见得怎样希奇。惟有第二类作品似乎是刘半农有意的试验，也是他最大的收获，因为言语学者不一定是诗人，诗人又未必即为言语学者，半农先生竟兼具这两项资格，又他对于老百姓粗野，天真，康健，淳朴的性格体会入微，所以能做到韩干画马神形俱化的地步。中国三千年文学史上拟民歌儿歌而能如此成功的，除了半农先生，我想找不出第二人了吧？

不过我们须知道这种拟歌，只是半农先生的，一种文艺游戏，是“不可无一，不能有二”的新诗坛奇迹，我们万万不能学也不必学的。民歌虽具有原始的浑朴自然之美，但粗俗幼稚，简单浅陋，达不出细腻曲折的思想，表不出高尚优美的感情，不能叫做文学。我们从它扩充发展，如杜甫白居易等人采取古乐府格调，另创新作，才是正当的办法。——卫太尔男爵和胡适之先生所希望于我们者正是如此。若一味以模仿为能事，虽然象半农先生之维妙维肖，对新诗前途仍无贡献之可言。因为此等民歌现存者何止千万首，我们只须费点功夫采集起来，就够欣赏了，何用文学家再来辛苦创作呢？听说亡清末年，北京一班纨袴王公往往故意化装为乞丐，徉徜酒肆茶寮之间引同辈之笑乐，半农先生之拟民歌也可以说是受这种游戏心理所驱使。若我们错认这种模仿行为当做最后目的，那就好象王公们抛弃其安富尊荣的生活真的永远当乞丐去了。岂不成了笑话吗？

这是两年前一篇旧稿，因其中论刘半农先生拟民歌一段，自觉尚不失为一种意见。现在“大众语”问题的争论，正在甚嚣尘上之时，我发表此文，也许要挨骂。但我对文学的理论是始终赞成知堂老人的贵族化的，知我罪我，只好听凭读者了。

二三，十二，四，

雪林自记

（载1934年《人间世》第17期）

“五·四”时代的一面影

胡　风

《半农杂文》第一册，刘复著。

北平星云堂书店出版，价一元六角。

（一）

著者在序文里说，也许有人会根据他文章里的“某某数点”斥他为“落伍”为“没落”，（自序页一一）但我以为这耽心是多余的。刘先生是“五·四”时代的一员战士，虽然不是站在司令的地位上面，但却切实地打了几次硬仗，那以来的经过了不少的人世沧桑，（这集子包含了由一九一五年至一九二七年的时间），刘先生还是一个非常认真的言语学者，他的工作里面明明地包含了许多有用的成果——只凭“某某数点”斥他为“落伍”为“没落”，这当然是不会有而且不应该有的事情。但我们也不能照直地相信他的“我每有所写述，或由于一时意兴之所至，或由于出版人的逼索，或由于急着要卖几个钱，此外更没有什么目的”（自序页一）的说话，因为这前面还应该有一个前提：实践的要求。

所以，虽然是“在付印之前，当然已经挑选过一次；非但有整篇的挑选，而且在各篇之内，都有字句的修改，或整段的删削，……”（自序页）里面的文章也许或多或少地失去了原来的面目，但这本集子却不失为有用的文献：通过它我们可以望见“五·四”时代的一个侧面，或者说，通过它我们可以看到，在战士之一的刘先生的活动里面，“五·四”的时代精神呈现了怎样的姿态。他说，“把这么许多年来所写的文字从头再看一次，犹如回到了烟云似的已往的生命中从头再走一次”，（自序页一一）我现在的目的就是想看一看这个“已往的生命”的真容。

（二）

原来，“五·四”运动是从反帝国主义运动开始的。这个反帝运动虽然是由于一种新的要求，但当时的观念基础非常朦胧，种族的爱国心和“富国强兵”的思想一定是占主要的地位，这在著者的初期文章里面反映得很明显。我们且看一看下面的四篇译文罢。——

《欧洲花园》——一侨住英国的葡萄牙文人当葡萄牙参加欧战时的感想。作者由祖国的宣战记起从前的英主撒拔司丁。他为了扩张“国威”，兴兵去征服摩尔，虽然“不蒙天佑，身死国辱”，但葡萄牙人民却相信他没有死，总有一天会回来恢复祖国的“昔日之盛”。作者尽情地赞美了这个“精神界之宝物”——“鼓铸国魂之神话”。

《拜轮家书》——拜轮从希腊寄给母亲的信。译者心中的拜轮当然是援助希腊独立的豪杰。

《阿尔萨斯之重光》——法国文学家绿蒂纪欧战中阿尔萨斯复归法国时的激动的状况。

《马丹撒喇倍儿那》——记世界驰名的法国女优撒喇倍儿那的事绩，译者所注重的当然是她的反抗德国的精神。

以下引用的是最后一文里的两段纪事：

去冬十月，马丹离美之前，演一新编之战剧，以为临别纪念，余辛亦列座。此剧情节，乃一法国少年掌旗军官亲语马丹，而马丹据实制为剧本者。余见舞台之上，残阳衰草之中，此七十一岁之老女杰，自饰少年军官，当其弹丸贯胸，血流遍体，犹手抱三色国旗而疾走，至力竭仆地，乃发其最后之呼声曰：“英吉利万岁！法兰西万岁！”而手中尚紧抱国旗勿舍。嗟乎！此景此情，吾知五十年后，凡曾于是日到院观剧之人，犹必洒其老泪，呼子若孙而语之曰：“吾于某年某月某日之夕，目睹此垂死之少年军官也。”

全剧科白，以演绎“耶苏在喀尔伐里（Calvary）之祈祷”（喀尔伐里乃耶路撒冷附近之一小山，即耶苏受刑处。）一节为最佳：其于“渠等明知而故犯，望勿赦其罪”（Ne les Pardo-nnez Pas, Ils Savent Ce guils font 一语，凡三易其辞，今直录之，愿读者瞑目一想：

> “渠等背弃誓言，欲以人血染历史，毁我寺院，戮我子弟，乱我妇女。天主！渠等明知而故犯，望勿赦其罪。”
>
> “渠等违背条约，阻止人道之进行。如有小弱之国，宁死勿辱，出全力以自卫者，渠等亦弥增其暴力以催灭之，即尽歼其人民，亦所勿顾。天主！渠等明知而故犯望勿赦其罪。”
>
> “天主！长夜将过，愿汝于天明之后，勿更以忧患加诸渠等，而令其永受苦恼，倍于吾等所受；愿汝以不疲不息之手痛扑之；愿汝以永流不息，永拭不干之眼泪渥其身。天主！渠等明知而故犯，望勿赦其罪。”

（二六—二七页）

普法战争之后，各处盛传马丹拒绝德皇事，谓“德皇欲延马丹至柏林演剧。马丹谢曰：‘德皇，吾仇也，吾奈何以吾技娱吾仇？渠能举阿尔萨斯归吾法兰西者，仇立释；仇释，吾明日至柏林矣。’使者往还数次，马丹坚执其言，终不成议。”余问此说完全可信否，马丹曰：“此中尚有传闻失实处。初，吾欲至阿尔萨斯演剧，德人以邀吾先至柏林演剧为交换条件，商量至数年之久，余终不许。后余以甚念阿尔萨斯州人，必欲一至其地，即自甘退让，先至柏林。在柏林开演数日之后，忽德皇使人来言，欲亲至院中观剧，余以坚决之辞谢使者曰：‘为我代白凯撒，渠倘能以阿尔萨斯一州为吾演剧之代价，则如命。否则渠自前门入院，吾即自后门而逃，幸毋责我以大杀风景也。’德皇知余终不可强，果未至。又有一次，时在普法战争十年之后，余在哥本哈结（Copenhagen）演剧，一风度翩翩之德国大使，每日遣人以鲜花赠余，余一一却之。至演剧完毕之日，渠又开一极盛之夜宴会，为吾饯行。余觉情不可却，应约往，则在座陪席者，均一时巨官贵妇。宴将毕，此不知趣之大使，举杯起立，高声言曰：‘吾为此多才多艺之法国大女伶祝福，兼祝产此美人之法兰西！’余以其语意轻薄，立即报以冷语曰：‘愿君为吾法兰西全体祝福，普鲁士大使先生！’于是宾主不欢而散。次晨五时许，余尚未起，忽为喧扰声惊醒，披衣出视，乃有德官一人，自称毕士麦之代表，声势汹汹，欲强余至大使馆谢罪。余冷笑曰：‘速去，毋扰吾睡！有话可叫毕士麦或凯撒自己来说，谁与汝喋喋者！’德官无奈我何，竟沮丧去。”……（三三—三四页）

这个引用太长了，而且是译文，但我是为了想加张地说明，在一九一七年（民国六年）以前的八篇文章里面占了四篇的这些译文的内容，是鲜明地说明了那时候的初期反帝情热。一方面是所谓“排满”运动成功后的表面的兴奋，一方面是对于列强的压迫的愤怒，在“公理战胜强权”的欧战大海里面的青年刘复，在这种情热里面燃烧起来了是很容易想象得到的。在上面所引的激动的记事里面，我们能够看到译者的抑制不住的同感么？

但这个反帝情热还是在“富国强兵”阶段上面，即以所谓市民的要求为基础。在《应用文之教授》（五〇—六一页）和《实利主义与职业教育》（一一九—一二三页）里面，这个特质就被反映出来了。现在从后者里面引一个例子：——

> 所谓职业教育与实利主义，我是向来极赞成，极愿提倡，断断不敢反对的。我常说：中国的社会与时局，所以闹得如此之糟，都是因为没职业之流氓太多的原故。“下等人”没有职业，所以要做贼，做强盗，做流氓，做拆白党；“中等人”没有职业，所以要做绅董，要开函授学校和滑头学校，要做黑幕派小说，要发行妖孽杂志；“上等人”没有职业，所以要做官，要弄兵，要卖国！假使职业教育竟能发达了，请问人人到了可以靠着体力脑力以求实利的一天，谁还愿意埋没了良心做那些勾当呢？
>
> （一二〇—一二一页）

后面还提出了实业和教育应该“两方面同时并进”的意见。不用说，这种的意见是用不着批判的，但我们要晓得，从现象看来，在当时这却代表了一个广大的呼声。

（三）

然而，这个反帝的要求一定要发展成反封建运动，在人生观社会观艺术观等意识形态的领域上掀起一个大的革命。“五·四”的狂风暴雨来了，青年刘复也是在那里面纵横驰骋的一个。

“五·四”时代的风起云涌的关于“人生价值”和“人生态度”的讨论，在这里并没有什么痕迹，只在一九一五年（民国四年）所作的“拟曲”《两盗》和一九一八年（民国七年）所译的《天明》里面可以看出反抗强暴同情弱者的态度，而且他的同情并不是源于什么明瞭的社会见地，这使我们依稀望见了成为那时的思潮之一的人道主义的影子而已。在他里面并不能看到华丽的人生哲学的高扬。

所以，他的功绩只是在反对文言，反对尊孔，反对迷信，反对林琴南式的翻译，反对旧戏，反对中学为体西学为用的新式国粹派……等具体的斗争上面。在《奉答王敬轩先生》、《辟“灵学丛志”》、《作揖主义》三篇里面。我们可以看得到这些精神。而且，由我看来，他的态度算是比较率直勇敢的。《作揖主义》里面有这样的表白：

> ……我想到前清末年的官与革命党两方面，官要尊王，革命党要排满；官说革命党是“匪”，革命党说官是“奴”。这样牛头不对马嘴，若是双方辩论起来，便到地老天荒，恐怕大家还都是个“缠夹二先生”，断断不能有什么谁是谁非的分晓。所以为官计，不如少说闲话，切切实实想些方法去捉革命党。为革命党计，也不如少说闲话，切切实实想些方法去革命。这不是一刀两断，最经济最爽快的办法么？
>
> （一二七页）

这当然是很素朴的说法，但这种不妥协的硬朗的态度，恐怕在当时的胡适、周作人等人的文章里面是不容易看到的罢。

至于他对于问题的具体理解，并不一定都是粗略的，有时倒也表现了精密切实的见地。例如，在《奉答王敬轩先生》里面由林琴南讨论到了翻译问题，他的意见我以为就是在现在都是有意义的：

> ……当知译书与著书不同，著书以本身本为主体，译书应以原本为主体；所以译书的文章，只能把本国文字去凑就外国文，决不能把外国文字的意义神韵硬改了来凑就本国文。即如后秦鸠摩罗什大师译《金刚经》，唐玄奘大师译《心经》，这两人，本身就生在古代，若要在译文中用晋唐文笔正是日常吐嘱，全不费力，岂不比林先生仿造千年以前的古董，容易得许多；然而他们只是实事求是，用极曲折极缜密的笔墨，把原文精义达出，既没有自己增损原义一字，也始终没有把冬烘先生的臭调子放进去；所以直到现在，凡是读这两部经的，心目中总觉这种文章是西域来的文章，决不是"先生不知何许人也"一类的晋文，又决不是"龙嘘气成云"一类的唐文。此种输入外国文学使中国文学界中别辟一个新境界的能力，岂一般没世穷年不免为陋儒的人所能梦见！然而鸠摩罗什大师，还虚心得很，说译书象"嚼饭哺人"转了一转手，便要失去真义。……
>
> （八九页）

现在离他说这段话的时候已经十七八年了，但我们的翻译界还流行着为了"顺"不妨错一点的见解，必要的外国语的句法语法的引入还常常受到过人们的轻视或嘲笑。

（四）

在这里我们需要进一步说明，虽然他的态度率直勇敢，但始终是没有离开所谓"实事求是"的精神（五二页）的。少说不着边际的空话，不弄"观念游戏"，从现实的需要里面找出具体的问题来，切切实实地展开讨论；我们可以把这叫做**平凡的战斗主义**。他的文章里面是随处表现了这个特色。

这个平凡的战斗主义是"五·四"精神的**清醒的现实**的一面，和夸大狂是截然对立的。后年在《徐志摩先生的耳朵》（一八八—一九三页）里对于徐诗人的“天籁地籁人籁”和“灵性”投下了那么辛辣的嘲笑，在《骂瞎了眼的文学史家》（二五二—二五四页）和《奉答□□□先生》（二五五—二五九页）里面对于自命为中国狄更斯的陈西滢等那样地不留情面，我们是应该在这里面求得解释的。

但这个精神表现得最明显的是在他的文学见解和实践里面。

民国六年（一九一七）他译的文章里面有一篇《琴魂》（三七—四四页）和约翰生（Samual Johnson）的文艺短论《诗人的修养》。（四五—四九页）前者是赞美献身艺术的精神，和封建的艺术见解是完全对立的，后者的内容恰好是“五·四”文艺思潮的一种写照。下面引用的是《诗人的修养》里接在诗人应该“……将心中所藏自然界无数印象，摘其关系最重而情状最足动人者，……至于意识中认为次一等的事物，却当付诸删削”之后说的：

> 但诗人观察自然，只还下了一半功夫；其又一半，即须娴习人生现象：凡种种社会种种人物之乐处苦处，须精密调查，而估计其实量。情感的势力，及其相交相并之结果，须设身处地以观察之。人心的变化，及其受外界种种影响后所呈之异象，与夫因天时及习俗的势力，所生的临时变化，自人人活泼康健的儿童时代起，直至其颓唐衰老之日止，均须循其必经之轨道，穷迹其去来之踪。能如是，其诗人之资格犹未尽备，必须自能剥夺其时代上及国界上牢不可破之偏见，而从抽象的及不变的事理中判断是非；犹须不为一时的法律与舆论所羁累，而超然高举，与至精无上万古不移的真理相接触。如此，则心中不特不急急以求名，且以时人的推誉为可厌，只把一生欲得之报酬，委之于将来真理彰明之后。于是所做的诗，对于自然界是个天人联络的译员，对于人类是个灵魂中的立法者。他本人也脱离了时代与地方关系，独立太空中，对于后世一切思想与状况，有控御统辖之权。
>
> 虽然，诗人所下苦工，犹未尽也：不可不习各种语言，不可不习各种科学；诗格亦当高尚，俾与思想相配；至措词必如何而后隽妙，音调必如何而后和叶，尤须于实习中求其练熟。……

（四八—四九页）

所谓剥夺“时代上”“国界上”的“偏见”，所谓接触“至精无上万古不移的真理”不外是说明了想从封建重压下面脱出的市民社会的情热，虽然说是诗人应“独立太空之中”，但我们应该晓得译者所心契的是“观察自然”和“娴习人生现象”，即和他的“实事求是”的态度相和的现实主义的精神。实际上他的眼睛是落在地上。不过是，表现在这里面的却带有适当的情热，含有很高的积极色采。

这个现实主义的文学见解，以后经过了怎样的发展，在这个集子里无从看到。不过我们晓得，他的作诗态度和经历却和这译文最后所说的相合。习语言习科学固不用说，所谓“诗格”“措词”“音调”，似乎他都下了相当的工夫，不断地“于实习中，求其练熟。”我在这里当然不能论到他的成绩，我想说的是，他的工作也是“五·四”后现实主义文艺的一个样相而已。

八年以后他在《读海上花列传》（二二七—二四八页）里面才又提到这个态度：

……我们就不得不注意到两件事：一件是冷静的头脑，又一件是精密周至的观察。

所谓冷静的头脑，乃是无论笔下所写的事物何等纷忙，何等杂乱，在作者总还要一丝不苟，保存他“死样活气”的态度。不然，即使有好材料，也不免毁去。因为用热乱的态度写出来的小说，总是平面的；必须是用冷静的态度写出来的，方是立体的。我用平面立体两个名词来比拟小说，不免有人以为比得不伦不类。但是我请你想一想：你读到过一种一览了无余味，好象是水面上浮着一层油花的小说没有？一定是有的。你又读到过一种小说，它中间的事事物物，好象能一一站立起来，站在你面前的没有？也一定是有的。既都是有的，你就可以相信我所说的平面立体两个名词；更可从这平面立体上，比较出作者的头脑的冷热。但有一层不要弄错：作者头脑的冷热，并无关于所写事物的本身的冷热。热的事物如《红笑》中所写，总无可更热的了；但作者的头脑，仍还同西伯利亚的冷雪一般的冷。至于把冷的事物写热的，那就不必我来举例，你书架上一定堆放着不少！

（二三九页）

这当然是对于风靡了当时的“热烈的”叫喊声呻吟声作品而说的，但我们可以看到，约翰生的译文里面所有的雄迈的气概已经无踪无影，只仅仅剩下了“死样活气”的“冷静的头脑”。在这本集子里固然找不出什么明确的过程，但八年的时间带来了不小的变化却是无疑的。虽然后来他还提出过对待外国人的“他若踏我一脚，我就还他一口”（一九五页）主义，讥笑过周作人先生的对于溥仪的态度没有逃出“狗抓地毯”的定律，使我们感到了强光的一闪但也终于不过是一闪而已。

（五）

“五·四”的“实事求是”的精神，即我们所说的平凡的战斗主义以后有了怎样的发展呢？我觉得大概地说来似乎有这么样的三个支流：

第一，对于一切的麻木，一切的污秽，一切的混乱，随时随地感到难堪或悲愤，用了最大的警惕心去告发，去抨击。无论看起来是怎样小的事情，但不肯妥协也不肯退让，发现了敌人就“一口咬住不放”——所谓韧性的打硬仗主义。这需要对于合理的人生的热受，需要对于社会现象的认真的凝视，因而它终于是和进步的社会主流汇合的。这表现在文学上是批判的现实主义。

第二，对于一切社会现象，都用着和自己相关连的利害观点去“适应”，冷却了热情，迷失了方向，最大的幸福是“平安”，最高的野心是“功成名遂”——这可以叫做小市民社会的凡庸主义。文学上身边琐事的“现实主义”是从这个基础来的。

第三，只抓着现象的问题而不能了解它在全体上的意义，想“改革”而害怕矛盾，胡适的由“多谈问题少谈主义”到“好人政府”，就是最好的例子。这可以叫做社会现象的追随主义，这表现在文学上是什么呢？只说一点点罢：那些“隐士”“闲适”“性灵”等，也是和这略有姻缘的。

刘先生是怎样地渐渐失去了他的锋芒，那路径我们无从看到，总之他是没有逃出大多数“五·四”战士们大同小异的运命。刘先生当然不是极端的例子，但他里面的平凡的战斗主义渐渐地离开了“战斗”而只剩有了“平凡”，却是显然的。

从这集子里每篇文章后面所注的年月看来，他是在一九一八年（民国七年）七月至一九二〇年（民国九年）六月之间出国留学去了的。这是“五·四”运动的“逆水行舟”的时期，但战士之一的他却飘然地远走了。他的对于专门学问的兴趣固然也是一个原因，但同时不也就说明了他对于当时的战斗原来就没有很深的执着的么?

出国以后，当然更一天一天地和现实的社会生活隔离，到后来就只有怀念“故乡风物”和隆福寺琉璃厂的书铺（一九四页）了。从下面所引的一段小小的感想里面，我们可以窥见个中的消息：

> 就《语丝》的全体看，乃是一个文艺为主，学术为辅的小报。这个态度我很赞成，我希望你们永远保持着，若然《语丝》的生命能于永远。我想当初的《新青年》，原也应当如此，而且头几年已经做到如此；后来变了相，真是万分可惜。
>
> （一九九页）

在解放运动史上放了那么强的光彩的《新青年》的“变相”，在他看来却是一件“万分可惜”的事情，回想一下当年的他的姿态，无论如何也要使人感到奇异的。

所以，回国以后，嘲笑了一次夸大狂以外就完全烟消火熄了。虽然有“许多事看不入眼”，但只不过是把当年对付老顽固的“作揖主义”（一二四——一二九页）拿来对付浮躁的青年罢了。（三一三——三二六页）

（六）

最后，我要谈到他在言语学上的成就。这是他的最重要的一面，如果他的工作对于我们还有活的意义，我以为这虽然不是唯一的但也是最主要的部分。

他关于这方面的著作，似乎数量很大，只就这集子里的几篇文章看来，那内容就不是可以简单地说明的。在这里只想简单地提出他的几个主要的结论。

一，主张方言的存在权和方言文学——

二，

……大约语言在文艺上，永远带着些神秘作用。我们做文做诗，我们所摆脱不了，而且是能于运用到最高等最真挚的一步的，便是我们抱在我们母亲膝下时所学的语言：同时能使我们受最深切的感动，觉得比一切别种语言分外的亲密有味的，也就是这种我们的母亲说过的语言。这种语言，因为传布的区域很小，(可以严格的收缩在一个最小的地域以内)我们叫作方言。从这上面看，可见一种语言传布的区域的大小，和他感动力的大小，恰恰成了一个反比例。这是文艺上无可奈何的事。

(一三五——一三六页)

他实行了这个主张的《瓦釜集》，对于现在的大众文艺作家还是可以借镜的。由于这个主张，对于吴语文学《海上花列传》给予了很高的评价，(二二七—二四八)加强地提出了文学作品里面的"地域的神味"问题。(二四五页)

关于语言的一般问题，他以为"方言是永远不能消灭的"。(一五四页)

二，关于国语的见解——

他和国语运动里的"武力统一派"的意见是完全不同的，他以为国语应该"超乎方言"，(一四〇页)象国际辅助语对于各国国语一样，(一四六页)所以他用了切实的证据反对以北京语为国语标准语，(一四一——一四七页)主张"我的理想中的国语，并不是件何等神秘的东西，只要是个普及的，进步的兰青官话。"(一四〇——一四一页)他以为现下的"白语文"是"中国语已有的好根基。"(一四四——一四五页)

三，对于注音字母的见解——

虽然他“以为有了三十九个注音字母和一部《国音字典》，我们所希望的国语，已算是呱呱坠地的了”，（一五二页）但实际上他对于注音字母的评价是很低的。“……如注音字母，在普通教育及社会教育上，我承认它有相当的价值，但我并不就因此承认它在科学的研究上有何等的价值。”（二一〇页）

四，对于汉字罗马化的意见——

> ……要使字母制的文字实现，无论是用罗马字或另一种字，我总觉非常困难，虽然这个问题是重要到极顶。我以为我们应当有些耐心。我们应当将这问题用最精细的方法去研究；凡是与这问题有关系的事项，都该一一分别讨论不能放松一点。若不先下这种工夫，贸贸然就尝试，恐怕结果一定不好。因此就目前说，我们应当把野心收小一点，暂认我们今日所做的统一国语的工作，也是一种差可满意的工作，因为这种工作的本身，也有相当价值在。
>
> 因此缘故，我在论文中对于汉字罗马化这一个问题，只是在结束处很简略的说了一说，并没有能将诸位提倡人的办法，节要写入。我在这件事上很抱歉，但我希望他们将来提出的办法，能比今日以前的更好，更进步，更完满。在根本上说，我决然不是他们的反对者。
>
> （二一三页）

在这里，他并不是反对汉字罗马化，不过觉得罗马字母并不能使他满意罢了。在前面他还提到，除去少数的罗马字提倡者以外，从事国语运动的再没有什么人主张要什么字母来代替汉字，这使他觉得“奇怪”。他以为“统一读音……是一种预备工夫，使字母制的文字可以实现”，不能在半路上，就停止。”（二一二页）

五、主张废止四声——

> ……我在《国语问题中一个大争点》一篇短文里，已有过“国

音乡调”的主张。此所谓调，不是语调，是字调，就是四声，既如此，可见我当时虽然没有明说废四声，而四声之可废却已不言可喻。但我也并不说我的国音乡调说实行了以后，大家用国语谈话，竟可以绝对不因没有“国声”之故，而不起纠纷。不过即使有纠纷，也总是很少的，偶然的。虽然我们拈住了一些，就要扯动全体；拈住了偶然，就要概括一切，那就不免什么事都搬不动，办不了。

（一五一页）

他的废止四声的意见，是根据了长期的实际研究，我们还可以找到不少的说明的。

从上面看来，我们晓得他的主张虽然还含有些矛盾或幼稚的理解，但那里面却包含了很多进步的要素。例如“方言永远不能消灭”的见解和他自己的“言语是变动的”（一四五——四六页）的见解也不能统一，但承认方言的地位，对于国语（普通话）的适当评价，字母制文字的主张，废止四声的主张等，不是和拉丁化运动者对于中国文字语言的意见有了很高的一致么？这些以及他不承认注音字母有科学的价值和对于罗马字以外的本音字母的希望，使我们相信他有接受拉丁化主张甚至雅非言语学（Japhetic Philology）的可能。他的死该是贫弱的中国言语学界的一个损失罢。

除了他在言语学上的研究，从现在看来，他在思想史上的功绩是很小的。但我们不应该忘记了，现在所认为当然的事情，当时却都是费了许多斗争才能够得来的，“她”字的创造就是一个例子。所以，这本杂文对于一般读者虽然没有什么必要的意义，但为了研究或明瞭“五·四”运动的内容，它却是一本不可少的贡献。

二，十一，一九三五。

（载 1935 年《文学》月刊第 4 卷第 4 号）

《半农杂文》第二册序

商鸿逵

未曾提笔，不禁泫然！回忆去年五月间半农先生要到绥远去调查方言，临行前一日，他同白涤洲、沈仲章几位在北大语音乐律实验室里收拾应带仪器杂物，我在一旁替想有没有什么忘掉带。一会，见先生伏案匆匆写了“半农杂文”四个字，向我说：“这四个字一时写不好，将就用作杂文护叶上的题签吧！封面，请斟酌代办，但颜色勿要红蓝，因我最不喜欢书皮上有这两种色。”

等先生抱病归来，大家只顾得东奔西跑去觅大夫，第一册这时虽已印就，也没能拿去叫他看，照料，无逾五日即溘然逝去，呜呼！

这第二册稿，也是经先生亲自编定好的，预备在第一册出版后随即继续付排，——唉！在那时，大家的情绪是何等的悲哀，郁邑，一时实无心理此，故遂捱延迄今。

关于编印这书种种要说的话，先生在第一册自序里已说得很明白，毋庸再赘，现在止把我个人读了先生的文章以后，所能领会出的一二点说说：

一是“清趣”，无论长篇短幅，写来都是那么“清新”，那么“带风趣”，读之无不令人趣来神往，甚至象那些专门讨论语音乐律的文字，原不讲究所谓辞采，算够干枯寡味的了，可是经先生一写，便也顿觉新鲜有味道。

一是“恳直”，不管属于夸赞，属于劝勉，属于责斥，语语都是本诸至诚，出于坦率，决无什么成见在胸，可是，就这样，便有时因持论过直，容易开罪于人，但，又何必，且怎么着才会见好于人呢？

这书出版，多承林语堂、陶亢德两先生帮忙，盛德可敬云。

廿四年四月十日受业商鸿逵谨识

（载 1935 年《人间世》第 27 期）

哀刘半农先生

恨　水

记者于西北归来之次日，于报端睹先生忽归道山之恶耗，徘徊寓楼，顾影不能自适者久之。嗟夫，人生之生命其飘忽不能自持，有如此者乎？刘君对本报不断的有其著作发表，而与记者私人，虽相见极疏，而交情甚笃。记者私人所办之北华美术专科学校，君为校董之一，两年以来，极得君教育行政之指导。方谓吾道不孤，当与君为长期之共济。今竟永别，于私于公，皆有不能已于言者矣。

在二十年前，君本一海上零落卖文之人，近今普罗作家所指斥为礼拜六派者，事乃近之，旋君幡然觉悟，襆被北上，为北京大学教授。五四以来，乃与胡适钱玄同陈独秀等努力于文化之改革。所谓新青年派者，君固其中巨臂，虽其主张与当时诸彦不尽符合，然自有其不可磨灭之光荣史在。其后君感于所读中国书甚少，回江阴原籍，闭户读书，凡一年有余始出洋习方言之学，卒得博士以归，即此数点，可见其治学之与日进步，不以有职业而自已。去年夏季君游豫鲁，考察方言。今年夏季，又远走绥远，作西北方言之考察，乃卒以水土不服，就医不及，回平三日而弃世。然则君之死，谓其殉于所学，非其友人之私言也。

方今学者，不为不多，然非高车驷马，相率入于仕途。其次亦不免苦心孤诣，投机取巧，谋为有权威之作家，与夫拥有党羽之名教授。故在朝者无论已，即在野学者，求其不结党，不营私，专心致志于其所学之人，环顾国内，当可得而数。刘君虽不必即为无可非议之人，然于上两点，则皆未有。且君虽身居外国多年，回国而后，不穿西服，不习跳舞，不吃大菜，不无故而说洋话，不无故而引用洋文，非万不得已不用洋货，凡此数节，虽极小之事，而留学回来者，能办到此点之人，恐亦为数不多。故君之为人，君之治学，皆有独到处，不求是非于皮毛之上，当其长女子学院时，禁止学生跳舞，与互称密斯，颇深受摩登人物之揶揄。其后君又为男性女性两名词代表人称问题，认为不通，亦深为欧化者所攻击。而君则两年以来于私人谈话中，仍不改其故态，记者初颇疑其小题大作，后则悟君一肚皮不合时宜，无可发泄，借题发挥之耳。若必谓学者必须一律趋时，则愚可以无言，否则盖棺论定，君实一脚踏实地作事不计功罪之人。以此态度治学教书，实为至当。近世一部分学者，无论其思想道德如何偶有微名，即不免目高于顶，藐视一切。偶受打击，则又极力迎合时论以保全地位。若以刘君比之，则刘君有可钦佩者在矣。记者游西北之时，李润章先生饮之于东兴楼，君亦同座。偶谈及徐志摩君事，谓徐当日欲坐飞机，君戒勿跌下来，徐固旷达，立向君索挽联。后徐果坠机死。其一友则谓记者曰，君若死在西北……忽觉不利，立改其说，并善为解慰。刘君则笑曰：恨水为人，那会迷信至此，毋庸解释。今记者游西北回矣，而君乃死于西北之考察。回思把盏笑谈，如昨日事。而君不能再见矣。追忆此席，即为永别之酒乎！人生之生命，其飘忽不能自持，有如是者，与刘君老友成舍我君谈及之下，诚不胜其嗟叹也。虽然，君之死，死于考察也，亦即死于所学也，可以不朽矣。至记者与君道义之交，其事不欲表之于报章，以至标榜之嫌。然于草此文时，寓楼温度，升至一百度上下，虽挥汗如雨，未敢中止，此一片诚意，当可以告吾友在天之灵者也。嗟夫！前岁此时，为联以吊君弟天华音乐大师，君已对愚深表谢意。不料为日无多，竟又为文以哀君。此诚刘氏之不幸，学术界之不幸矣。然而为君兄弟友人者，其又所能堪哉？呜呼！

（载 1934 年 7 月 16 日南京《民生报》）

亡友刘半农先生

钱玄同

民国二十三年七月十四日下午五时顷，我在中国大辞典编纂处正与黎劭西先生谈天，劭西忽然接到马幼渔先生的电话，说是刘半农先生于本日下午二时一刻死了。我那时得到了这个噩耗，不禁怔住了，心想怎么生龙活虎般的半农竟会死了呢？“刘半农”和“死了”这两个辞儿现在就会联成一句话，怕是谁也不会想到的吧！

我与半农相识，在民国六年之秋，至今已历十七年；那天听到这个噩耗，十七年前的印象忽然涌现于吾前。我颇想把十七年来我所认识的半农的性格，思想，学问，文章，及杂艺写它出来，以纪念吾亡友，可是为天气，时间，我的精神及本刊此期的地位所不许；所以现在只好先就他与国语运动最有关系的三点极简单的写几句提纲；以后当再析为各部份，由黎劭西，魏建功，白涤洲先生与我详说之。（本期所载劭西及建功之文，即此详说之一页）。

现在所要说的三点，虽然是专与国语运动有关的，其实半农一生最重要的学问亦即在此。这三点在国语问题上是三个部分，而在半农的工作上则为前后三个时期：

（ㄅ）革新文学，创作新诗，征集歌谣，究求文法（六年至七年）。这多半是半农在北大教国文时的工作。“文学革命军”之首举义旗者为胡适之先生，声援之者为陈仲甫先生：适之作《文学改良刍议》（载《新青年》二卷五号，六月一日），仲甫作《文学革命论》（载同志二卷六号，同年二月）。半农亦为声援“文学革命军”之一人，因作《我之文学改良观》（载同志三卷三号，同年五月），《诗与小说精神上之革新》（载同志三卷五号，同年七月），《应用文之教授》（载同志四卷一号，七年一月）诸文。从七年起，半农常常做白话新诗，后来他自己编为《扬鞭集》上中两册，至十四年所作止。这些白话诗，多数是用国语作的，但也有用他的江阴方言做的。此外还有《瓦釜集》一册，则全是拟江阴的民歌。七年二月，半农在北大发起征集全国近世歌谣，数年之中，收到了好几千首。后来北大成立歌谣研究会，特编《歌谣》周刊，多数都被刊登了。七年，半农在北大讲授国文法，曾用很新的见解编成《中国文法通论》一书。

（ㄆ）实验四声，研究国语（九年至十四年）这是半农留学法国时的工作。有《国语问题中一个大争点》（十年十月），《实验四声变化之一例》（十二年二月），《守温三十六字母排列法之研究》（十二年二月），《实验ㄗㄘㄓㄔ四母之结果》（十二年七月）诸文，及《四声实验录》（十一年），《汉语字声实验录》（十四年）《国语运动略史》（十四年，此两书均用法文著）三书。

（ㄇ）调查方音，搜采辞类（十四年至二十三年）。这是半农回国后在北大担任语音实验讲座时的工作。发表之文有《声调之推断及声调推断尺之制造与用法》（十八年），《调查中国方音用标音符号表》（二十一年），《明沈宠绥在语音学上的贡献》（十八年），《"打"雅》（十五年），《释"一"》（二十一年）诸篇。

半农是一个富于情感嫉恶如仇的人，我回想十五年前他作文痛骂林纾、"王敬轩"、丁福保诸人时那种热狂的态度，犹历历如在目前；但他决不是纯任情感的人，他有很细致的科学头脑，看他近十余年来对于声调的研究与方音的考察可以证明。这样一位虎虎有生气的人，若假以年寿，则贡献于学术者何可限量！不料忽被回归热这种传染病所害，因救治略迟，竟至不起，这实是学术界——尤其是国语界一件很大的损害！唉！还有什么话可说呢！

民国二十三年[一九三四]，七，十九

（载 1934 年 7 月 21 日北平《世界日报·国语周刊》）

悼刘半农先生

白涤洲

半农先生死了！

我们由塞北归来，我往西山讲演。回城时，消息传来，几乎使我不能相信；是的，我简直不能相信。事实出现得实在太突兀！

三天以前，我在他病榻前谈话，他虽然身体有点发热，然而还谈笑自若，临别时还要下床送我出门。五天以前，我们还同游塞北；往返三个星期的工夫，同行同住，同工作，同游憩，他的一言一动，都还很清楚的印在我的脑海里。他不会死的。然而他竟死了！

刘先生是专攻实验语音学的。他在实验语音用的仪器上，有重大的贡献。他在法国留学时，实测汉字的四声，计算作图，每测成一个声调的曲线要用六个钟头的工夫。他身受其苦痛，立志改良，回国这十年间，一共创制了三个测断浪纹的仪器，一个比一个方法简单，一个比一个携带方便，最近还没发表的《乙二声调推断尺》（将在中央研究院历史语言研究所集刊第四本第三分发表），形式只象一分普通画几何画的仪器，而测成一个声调的曲线也只要用三分钟的工夫就行了。他更感觉到中国内地去调查方言，仪器携带不便，就想把种种仪器，都缩小，都化简，希望能装在一个不大的旅行箱中。最近因为我们调查声调用的浪纹计（Kymograph）装起来要用两个木箱子，他便设法把他缩小，只希望能要象一个手提箱的样子。这件仪器还在中法大学铁工厂制作中。可惜他看不见了。

刘先生利用实验语音学的方法，在中国声韵学上，实有重大的贡献；汉字中声调的本质是他给确定的。历来研究中国声韵学的，对于所谓四声的见解，都是模糊影响。从前的什么“哀而安”“厉而举”的诠释法且不必提，就是国语运动兴起以后，大家为声调问题作文章打得焦头烂额时，声调的本质到底怎么样也还不曾解释得清楚。一直到刘先生的《四声实验录》出来，用实验方法测定了十二处的声调，才说明了声调的真像，才把中国声韵学上一千五百年来一向捉摸不清的四声问题解决了。

此外，在文学上，刘先生的诗文有相当的地位；在音乐上，刘先生对于乐律有相当的研究；他如俗曲的搜集，俗字的整理，以至于谈日晷，谈权量，谈照像，……刘先生真是多才多艺！他的每一种研究都值得专家作一篇论文来纪念他，绝不是这一篇仓卒间写成的小文所能包括的。在最近三周的塞北同游，使我对于刘先生有更深切的认识。

刘先生给我的第一个印象是工作的谨慎。我们每到一处记载方音，都由我帮助刘先生记录。凡是我记下的，刘先生必定校对一遍，提出几点疑问来商量，指出几个误点来纠正。刘先生自己记录的，也叫我们复校一遍。每次发见一个新音，必定反复试验，几番斟酌，才决定一个符号。那种小心求真的态度，真值得我们后生的景仰。

刘先生给我的第二个印象是服务的勤勉。我们预定每到一处至多停留四五天，少者两三天，所以工作的时间必须加紧。我们下车的当日就去访人，第二天就开始工作；工作完毕，如有余暇，再游览当地风景名胜，倘无余暇，也就算了。有时为赶紧结束，工作自清早到下午六七点钟。工作最勤的，要数刘先生。他总是笑嘻嘻的，对我们说：“你们累不累？累了就休息。我倒还能记录一个人。”其实我们都不过各司其事，他却于自己工作之外，不时还要看看收声调浪纹和民歌唱筒的情形，工作只有他最累。最后到张家口，他的体温已增至三十八度五，可是他还勉强工作，我们怎样劝也不肯回旅馆休息去。一直到精神支持不住，方才罢手。那种勤勉服务的精神，也是值得我们后生仿效的。

刘先生给我的第三个印象是吃苦的精神。我们出发之前，刘先生总觉得自己究竟是江南人，身体不免差一点，不能与我这北方人相比。

及至实际相较，我一点也不比他强，甚至于还要不如他一点。惹得他时常奚落我：“白公，你这‘北方之强’，这次又被我考倒了。”他骑马可以和几个护兵一齐跑，吃小麦可以大口嚼。尤其奇怪的，他平常顶能喝水，可是走起路来可以一天不喝，一点不感觉苦痛。因此他自诩为颇象一只老骆驼，引起他以后要畅游西北的兴趣。可惜他竟赍志以没了。

刘先生给我的第四个印象是态度的和蔼。刘先生名满天下，到处都有人慕名拜访。党政长官，当地士绅，青年学子，以至于困羁异乡的旅客，样样俱全，拜访的目的有些是酬应，有些谈学问，有些求指教，甚至于有人告帮，他都一视同仁诚恳接待。有一次我们工作是下午七点完的，到了夜里十一点，大家都睡下了，忽然有人来访他，我劝他挡驾，他却仍穿上衣服去见。诸如此类，耗费他的精神不少。此外到处讲演，也是影响他的身体的原因之一。他尽管和我说：“再有人找我也可不讲了。”可是人家一坚请，他又上台了。在张家口时，他已发烧一夜，体温已增至三十七度五，仍勉强挣扎到师范学校去工作；到了学校，学校先请他讲演，虽然他也曾推辞有病，可是抵不过人家的恳请。半点钟，讲毕下台，体温立刻增到三十八度五了。然而我们，从未见他埋怨过任何人，总是笑嘻嘻的。

刘先生给我的第五个印象是趣味的丰富。沿途工作之余，刘先生要照像，要游览，要访古，要调查民俗。他的趣味的方面实在多。绥远南二百里有一个地名叫黑城，他想到那里发掘去；看见民家窗户上贴着木刻的窗画，他立刻打听卖处，有的还向人婉商揭下来。他听见几个老百姓围坐低唱，他立刻请沈君仲璋热情记下谱子；看见罂粟遍地，他愤慨政治不良；看见黄河沿岸的纤夫逆水拉纤，裸体在烈日下挣扎，他叹为人间地狱，不但照了许多像片，还特请沈君留在那里三天，希望能得一些他们吆喝的调子，将来作成悲壮的歌曲。但尤其丰富的，要算他的文学兴趣。我们在包头黄河渡口看牛皮筏子时，在一群囚首鹄面来往扰攘中，发现一位时髦女郎站立着，他立刻说这是很好的一句诗，叫做：“黄河古渡一摩登”。后在百灵庙，我们一同到山坡上去出恭，他又说得了两句颇有盛唐气味的诗句，叫做：“高山拉屎去，天地一茅房”。

刘先生这次北游，目的之一，是将平绥沿线的声调实测出来，写一篇文章，贺瑞典斯文赫定博士的七十正寿。不料文未写成，人已作古。斯文赫定老博士听到这个不幸的消息时，也要掬一把同情之泪吧！

一九三四年七月十六日倚装写

（载 1934 年《独立评论》第 110 号）

纪念刘半农先生

亢　德

昨天傍晚还寄一封信给刘半农先生，请他为《论语》两周年纪念号撰稿，今晨起床阅报，他的因黄疸病于十四日下午二时一刻逝世的电讯却已赫然入眼来了！在一个相隔千里又未尝知道他患病的半点消息的我，得此噩耗，实在是一个极大的震惊，不由不愕然久之，是报纸的误传吧，电讯有着两个，申报专电和中央社电，所记的死者又明明说是北京大学教授刘复，明明说因赴平绥沿线考察语言得病。半农先生大家知道名复，大家知道是北大教授，六月中旬他寄稿件给我时又曾告诉我三日内将赴绥远考察语言。我确定这个死耗是决非误传的了，接着就懊悔在昨夜也快夜了，何必写什么信，写了又何必急急寄出。我的那封信是无关紧要的，但在半农先生的家人接到我的信拆开看时，眼看着索稿的话而想到写稿的人已离人世，不将多引起一回哀痛吗？

记得接到半农先生将赴绥时寄来的函件当天，我曾不管他已否动身，寄信给他请把绥行途中的见闻寄给《论语》发表，以后也计算过他的归程，为的好写信去索稿。到昨天傍晚忽又想起，并且一算距来信已经一月了，想必已经回到北平，就提起笔来写了封要稿的信。谁知道我的信付邮之时，他已与世长辞三四个钟头了呢！

我没见过半农先生一面，与他信札来往，也只是索稿来稿等类琐事，不能说什么相知有素，所以虽有感于他的始终爱护《论语》的厚情，在他逝世之后极想写篇文字以志悼惜，却实在无话可说。但他是为了给《论语》尽力而挨骂的一人，就在这点上略说几句吧。

整个《论语》的挨骂，是因为《论语》“不主张公道，只谈老实的私见”，半农先生的为《论语》写稿而挨骂，是为了他的文章“以手写口”“心口相应”作为第一条件而写成的。在《半农杂文集自序》中，他说：“我以为文章是代表语言的。语言是代表个人的思想情感的，所以要做文章，就该赤裸裸的把个人的思想情感传达出来，我是怎样一个人，在文章里就还他是怎样一个人，所谓‘以手写口’，所谓‘心口相应’，实在是作文章的第一条件。因此，我的作文章，只是努力把我口里所要说的话译成了文字。所以看我的文章，就同我对对面谈天一样：我谈天时喜欢信口直说，全无隐饰，我文章中也是如此，我谈天时喜欢开玩笑，我文章中也是如此。”《桐花芝豆堂诗集》就是以手写口心口相应的产品，但谁知笑骂也接着来了。

其实《桐花芝豆堂诗集》既不祸延国家，又不毒害民族，有什么不得了处可引人笑骂？我们姑不论诗集中有好多首是讽世愤俗，不可多得之作，即使说全是开玩笑之作吧，也于世何害，于人何损？人世难逢开口笑，偶开玩笑使大家笑笑有什么不好？难道现在已是非大家哭丧着脸不可的时日了吗？而且一个平日爱开玩笑的作家在诗文中也开开玩笑，正足见其真，应该比终日醉饱之余谈女人讲性交嘻嘻哈哈，奉宪写文章时才连写十七廿八个呜呼呜呼的人高贵到万倍。何况开玩笑的半农先生，另有着非笑骂他的人所敢梦想的讨论发掘古墓那样的文章。

使半农先生而能投时取巧，何难不藏起《桐花芝豆堂诗集》而大做八股新调，无如他不肯这样，他虽承认“一个人的思想情感，是随着时代变迁的，所以梁任公以为今日之我，可与昔日之我挑战”（《杂文集自序》），但他认为“所谓变迁，是说一个人受到了时代的影响所发生的自然变化，并不是说抹杀了自己专门去追逐时代。”（同上）所以他不敢“有人指鹿为马，我也从而称之为马！或者是，象从前八股时代一样，张先生写一句‘圣天子高高在上，’李先生就接着写一句‘小百姓低低在下，’因为如这样，就是把所有的个人完全杀死了，时代之有无，也就成了疑问了。”（同上）但不肯做一个追逐时代专家的人，在追逐时代专家随时随地无的放矢的今日中国，自然该受骂了。

但他对于追逐时代专家们的笑骂，原也不以为意的，他说："我不愿抓住了和尚丢掉我自己，所以要是有人根据了我文章中的某某数点而斥我为'落伍'，为'没落'，我是乐于承受的。"文章千古事，得失寸心知，根据了半农先生文章中的小支小节而笑骂的人，原何足以损半农先生文章固有的价值，也何必劳区区旁人白费工夫，代吃讲茶。我的所以禁不住略说几句，并且说得未免大声大气者，原不过是为了半农先生的宁愿挨一时之骂不肯趋时，以及作文章的以手写口心口相应的精神，值得我们年轻而且欢喜动笔头的人的景仰效法罢了。

廿三年七月十五日

（载 1934 年《论语》第 46 期）

纪念刘半农先生

李长之

出乎我意料之外，是刚病了几天的刘半农先生就在昨天（七月十四日）作了古人了，更出乎我意料之外，是在今天当地（北平）报纸中，翻到了第三张，在第三张的教育栏，又越过了好几条“欠薪”，“会考”的新闻以后，才忽然发现了这个震击我的消息了。

刘先生，是我愿意亲近，又不敢亲近，终未亲近而遽已长逝的人。可是，他给我的印象是很深的。我认得他，虽然他不认得我。

我之首先知道他，并不是从鸳鸯蝴蝶派的刊物中所知道的他，也不是从新文化运动时白话诗坛中所知道的他，乃是在极不重要的被选入一个初中国文课本里的一篇翻译小说的译者的他，原小说的著者，现在也忘了，情节也很模糊了，只记得那好象是一个青年作了一个晚年的后悔不迭的梦，醒了却见事还可为，于是由警惕而策勉起来等等的。故事的本身我是没有多大兴趣的，反而令我念念不忘的是文中形容星空时，说是象碧海里衬了的海百合花，当时很赞赏，所以一直保留到现在，还有一个新鲜的好感，此外呢，便是译者的名字刘复先生了。“法国的文学博士”，这印象也是那时书中的小注给我的。

过了些时，我到北平，考入正在由北大学院恢复成北京大学的预科，在一次讲演会里，我第一次见到这位报告南下运动北京大学恢复旧称和敦促蔡孑民先生北上的结果的刘半农先生了，他在半庄半谐里，在谈吐着他临时应事接物的机智，顺路也流露着他那讽刺而不失为幽默的世态人事的观感，现在我还可以活活泼泼的记得，他有着如何的得意而从容的风采，向着张望的当然是慰劳的同学们的脸。

从那出发自深陷的眼眶的而逼视人的目光，我们知道他是一位如何敏活而机灵的人物。和这相应，是他自鸳鸯蝴蝶派的文人侪辈中，从那样的刘半农，一变而为以科学方法研究语言学的专家和大师的刘半农了。

然而他的敏活和机灵，并不碍于保持他永远是一位书生。我认为这是除了他在学术上的价值之外，在人格修养上顶不可及的一点。书生往往是泥而不化的，然而刘半农先生却是并非泥而不化。头脑活动的，又容易是趋炎附势的小人，然而刘半农先生却是清高的，始终是清高的书生。有不甘为书生，而终于仍是书生的，那是在不要脸之中，还加上能力之乏；刘半农先生不是的，却是有能力之外，还：有骨头。

刘半农先生的确是书生。他的道德观念很大的，说得不敬一点，他有不少的头巾气。例如他的编校《何典》，便是删了不少了的，因为不雅驯。可是他不彻底，因为许多不雅驯的也并没肃清。所以然者，正因为他是书生故。他的翻译法国小说亦然。这点小小的心理上的通不过，却也就是在另方面保持了他的人格的。他不趋炎附势，他不热中于官场，所以他不小于任何人。几月前，嘻笑怒骂地写了的那篇《阿弥陀佛！考试院长戴传贤》，不能不说是件快举，以他的头脑之清晰，人格之清高，机智之敏给，我们是不难看出在那文字中有什末对照出来的。

不久以前，我们文学评论社的茶会，刘半农先生是应约到了的，他一到，就望着周岂明先生，黎邵西先生说着：“啊呀！昏庸腐朽！昏庸腐朽！你们也才来了呀！哈哈哈！”这是我最后见他的一次。他的摇摇晃晃的四方大脑袋，发自深陷的眼眶的而逼视人的目光，响亮的目空一切的笑声，没想到那便是最后的一次了。现在呢，像片已经上了报纸，成了“遗像”。

中国人是很容易老的，在人心目中有老前辈的印象的刘半农，其实才四十五岁。这使人感到中国民族的衰歇。然而在另一方面，我们却往往转而容易看出中国人在极短的年龄之中，而显出更越益令人可惊的才能来，同时，老人有老人的可敬爱与令人原谅处，所以往往在像煞有介事的恩怨分明的中国文坛人，不久就又会化为和祥，而大家一笑了之的，这却不能算坏。刘半农先生，不是将在这样空气中，而会令人追怀不已的吗？当然，也有人为刘半农先生禁止过叫“密斯”，才纪念着他的，我敢说这种人决不在少。

二十三年七月十五日作

（载 1934 年《人间世》第 10 期）

刘 半 农 论

汪铭竹

上

矮的身躯方的头颅，嘴上不缺少雪茄烟支，让黑的帽沿掩去了下垂的眼角，在北河沿畔静悄悄地坐着车或慢步着的那有如爱因斯坦们的德国的犹太学者，这人的面影，已永远在我们的眼前失去了。过着与世无争的日子，当斑白爬上双鬓的时候，谁个睹见了不过为“乌灰一老”而已。从鸳鸯蝴蝶派之泥沼中悔回而挣扎着，无片刻不在怅然于去日之伤痂而奋抗直起，将生命划成直线，以刚硬之毅力点滴地埋首自己心愿之课题，不求闻达宁给讥为腐儒的这种肃穆的精神，是很少人洞见着的。

始终是个温和的长者；在他平淡无奇之一生中，留贻后死者以许多关于人生的智慧和文化开拓上的宝藏。

世故是使个性钝滞甚至死去的腐锈，因为与世浮沉能圆通能钻营是能予人以厚利的。在要津显著了在生活丰裕了，所谓知识层很容易低首于这方面而不觉怪异的。半农先生以三分犹太式之强硬七分士大夫之迂拘，遂缺少这种聪明与光荣。一生劳碌横胸磊块，如一击壤老人。生命而俱来之自由是他不愿瞬息悖离的，早年在伦敦懒于剃头一让发高出顶上尺许的故事就是个例子，他说理发时人生消失自由，莫此为甚。那监押一和尚随携公文衣包伞子的监差的故事是他爱提的。

惮防疏失而镇日喃喃着和尚公文我衣包伞子枷，终于给和尚剃去了发而让逃亡了，终于皇然于和尚固在我往何处去之谜疑中。半农是不愿意抓住了和尚失落了我自己的。“一个人的思想情感，是随着时代变迁的，所以梁任公以为今日之我，可与昔日之我挑战。但所谓变迁，是说一个人受到了时代的影响所发生的自然的变化，并不是说抹杀了自己专门去追逐时代。当然，时代所走的路径亦许完全不错的。但时代中既容留得一个我在，则我性与时代性稍有出入，亦不防保存，藉以集时代之伟大。”因此，拜古是不对的；痴恋骸骨无异以古人之干屎橛，细嚼成香肠。同时迷信别人文化也应砭责的，数典忘祖之历阶将演为自己发不金黄眼不深之中心痛楚。以我性为中心不忘时代为滋养。这种得其环中的生命观，虽入世而出世，虽出世而入世，一方面虽吃肉无多，一方面却又眷恋家园。豁然明朗之心境，非学养浅隘者所能体到；反而会招来盛气凌人者之流呵责为没落。其实所谓革命也者所谓抓住时代精神也者之真正诠义，并不在争计一日之长短，鼓舞片刻之热血而杀身成仁。最难能可贵且不易做到且不妨誉之为扛鼎事业的；就是无分阴时光不在意识着自己生命之可崇高，使不滥费于溷中，精进充实，升华溶练，提供天地间某一生命存在着之意义之颜面。这尽足称许之为革命为抓住时代精神而了无怍色。老实说，抛头颅于一旦的志士易为，此种抗争于日常人生课程中直至盖棺日不苟衍不诡诈的斗士却不多见。

《桐花芝豆堂诗集》《院长》一章后注语中半农曾说两年以来，教几点钟功课，余下的工夫自己安心读读书，滋味很好。若要我把已开的书本阖去了去做事务员，除非一旦饿得要讨饭，自然做事务员总比讨饭好，我也何妨去做做。否则，老实说一声，做一个学院院长的光荣，在我眼光中，未必比一大子一堆的花生米更有风趣……等而上之，做个大学校长，也未必优于两堆花生米……这并不是我看不起这光荣；做院长校长，自有其客观的光荣存在，但人各有志，所以观点亦各有不同。犹之乎军阀官僚，必须把我们书呆子看得不如滚在街上的干屎橛，而我们也必须自认为是活该，夫然后方合乎事理之当然。同书《有所不知》一首后云与苦雨老人闲谈，相谓近二十年来别无进步，惟觉天地间自有我辈所不知之事物，便干脆说出我不知道，亦不觉丢脸；

只此一点，已足自豪矣。

展开千里眸，光霁胸怀，毁誉无慊于中；轻描出一淡泊之读书人的轮廓，许会在众多人眼里，将视为倒退数世纪之古董人物，但这无伤也于半农这典型之存在。不过应辨识的就是半农并不如一些人所想象的康德式的森严板冷面之威权学者，譬如有人说他缺少浪漫的热情的。其实这未必然，我们不应忘记他是善于谈话而不善于教书的，谈天时他喜信口直说全无隐饰，喜开顽笑，动感情，甚至动过度的感情。试看标点《何典》并于天阴雨湿百无聊赖之日在不敢捣鬼斋给《何典》画制鬼脸一斑的是他，以桐花芝豆名堂而注批自作之打诨诗章的是他。为一时传诵之《南无阿弥陀佛戴传贤》一文更愤然于由武松般勇猛的革命记者的戴天仇突变为跪到班禅脚下直如吾家老妈子之流亚的戴院长，他是不能不痛心疾首的。自居象牙塔中而忘去置身之社会与国度，这罪名是不应加诸他身上的。宁不做无谓之嗟叹，抛去博爱国志士之美名的机会；孜孜经业自己生命所能建立的，给文化以点滴之补益，更不忘为异日有希冀之年青人垦植一些膏沃地面；这终于是在知识层中之有良心者与坚苦之操守者。

下

在《初期白话诗稿》序文上半农先生曾说现在的时候决然不是玩这玩那的时候，但我自己相信，我虽然不能担着大粪做直接生利的工作，也不能荷着长枪做直接救国的工作，而对于我自己名下的本分工作，无论在故纸堆中或新纸堆中，总还孜孜不倦，未敢后人。诚然，半农是始终以严肃态度来治学的，并且是不计难易的，甚至有时以艰苦者自励。肇端于五四运动以后有着生命的新诗之道路，是他奋勇地首先投上一锄之劳的。当时白话文的提倡被斥为非圣无法罪大恶极；提倡白话诗更不用说。黄侃呼胡适为黄蝴蝶而不名，以诗句中有两个黄蝴蝶之语，并痛骂白话诗文为驴鸣狗吠。顽梗之林纾更拟假军人虚构文字狱加倡导者以逮捕；于此可知当时处境之险恶。半农先生更缜密地先提示出新诗产育之理论，旧诗之壁垒以摧，使众多人的眼明朗起来不再为虎作伥，而轻减糜费精力之争执。于是在此掩护下壮勇的年青人乃能集中努力于尝试的进展上，毫无迟疑毫不反顾；以鞋子里塞棉絮的假天足更参与步武以壮声势。其中半农最是生跃的一个，他宁愿以自己置诸实验室中而不惜结果如何。生疏诗式之初试，俚语的入句，传衍而来的桎梏之漠视；无一样不以粗豪之胆量出之。扬鞭的这人的劲儿实足付前导者的责守的。《瓦釜》《扬鞭》等集都不妨视为他的战胜之凯歌；在十余年后之今日，我们还不难依稀半农当时之兴奋姿容。自然，这时的半农是易被人认识而推戴的，因为他如一般年青人样的攘臂写诗，肆谈诗论。

稍后的时光，他集精力于方言音韵上去了；当会给误认为半农离开新诗建设之努力而转骛其它。其实这是不然的，他的一生是献祭于新诗之神坛前的。他的治方言音韵不是翻新花样为自己造荣誉，而是替新诗打算百年大计。《四声实验录》序赘上半农剖释自己对于音韵研索癖嗜甚深之原因。他说：这是因为我自己喜欢胡诌几句诗，更喜欢的是胡诌几句白话诗。目下白话诗已有四五年（民国十三年语）的寿命了，作品也已有了不少了。但是一班老辈先生，总是皱着眉头说，白话诗是没有声调的。便是赞成白话诗的，同是评论一首诗，也往往这一个说是声调好。那一个说声调坏。我们对于老辈先生的愁眉苦脸，能自己造起一个壁垒来吗？对于白话诗的评论者，能造成一个批评的标准来么？同时对于白话诗的作者，能有一个正确忠实的声调响导引着他们走么？亦许不能；但如其是能的，惟有求之于原有的诗的声调，惟有求之于自然语言中的声调，最要紧的是求之于科学的实验，而不求之于一二人的臆测。我相信这东西在将来的白话诗国中，多少总有点用处，所以虽然很难，也要努力去做一做。据此可以知道半农之治音韵，不是为音韵而治音韵，而是以之为手段，目的还在为效忠于新诗之万世事业。自然他的苦心孤诣近于痴绝处是很少人知道的。别人将谓半农为方言专家音韵学家科学家，其实皆不是确切的。半农研探方言研探音韵研探文法皆是为这新文学独生子，一直到从绥远山西试察方言归途染病而溘然长逝；可以说没有一滴血一滴汗不是流注在这上面的。

文体方面，半农在杂文自序里更给以限度。“我以为文章是代表语言的，语言是代表个人的思想情感的，所以要做文章，就该赤裸裸的把个人的思想情感传达出来：我是怎样一个人，在文章里就还他是怎样一个人，所谓‘以手写口’，所谓‘心手相应’，实在是做文章的第一个条件。因此，我做文章，只是努力把我口里所要说的话写成了文字：什么结构，章法，抑扬顿挫，起承转合等话头我都置之不问，然而亦许反能得其自然。所以看我的文章，也就同我对面谈天一样。我从来不曾说叫人不懂的话，所以我的文章也没有一句不可懂。”这种万里霾云尽扫的论言直是灼见，并且在今天大众语论战热烈这年头，此亦不妨供参酌之资料。新文学在发轫后已有相当年岁了；这之间，曾致力于尺寸之建树的人，私下不妨一检阅各自之成绩。面着这悠久之神圣事业时，将欣然而心安咧，抑是有着大愧怍。

半农先生在黑暗中隐去了，留下他手中所持的火炬，谁个将无羞色地握着这火炬而继起前奔，这是后死者的不能辞的责任。但在虚夸为文明古国而实空洞无物之这国家里，博识的人方且将小姐代易蜜斯称呼这话题转为庚子事变人物赛金花之艳闻不复供养他们闲散之眼睛时，自半农一死去之后。更聪明而带有宿慧许是天才的人则更传语半农生前不过一中学生而已，言下似在庆幸自己之赫然。于此种万象之中国的人间世，我只有掩口无言，因为自问委实是拙笨的。

一九三四，八，廿一。

（载 1934 年《创作与批评》第 3 期）

刘半农先生不死

蔡元培

刘先生死了！为青年模范的刘先生，是永远不会死的！

孔子说："知之者，不如好之者；好之者，不如乐之者"。说学者心理上进展的状况，是最好没有的了。从各种科学中或一种科学的各方面中，择自己性所最近的专研起来，这是知的境界。研究开始了，渐感到这种工作的兴趣。废寝忘餐，只有这个唯一的嗜好，这是好的境界。学成了，在适当的机会应用起来，搜罗新材料，创造新工具，熟能生巧，乐此不疲，虽遇到如何艰难，均不以为意，这是乐的境界。我个人所见到的刘先生，真是具此三种境界的。

刘先生早年求学的状况，我知道的不多；我认识他，是在民国六年，那时候刘先生已经二十余岁了，在大学预科任教员，在《新青年》杂志发表诗文，就在国内作"商量旧学培养新知"的准备，亦未始不可；但他一定要出去留学。到了法国了，以他平日沉浸于文史的习惯，也未尝不可以选点轻松的学科，在讲堂上听听讲，在书本上寻点论文的材料，赚一个博士的证书；然而他经再四考虑以后，终选定了语音学，这是刘先生的知。他选定了这学科以后，对于测验的纤琐，计算的繁重，毫不以为苦；我到巴黎见他时，一问到，他就'头头是道''津津有味'的讲起来；这是刘先生的好。他回国了，在北京大学的国学门研究所，布置语音学实验室，这是他主要的工作。当然能者多劳，他除北大研究所以外还担任中央研究院史语研究所兼任研究员和各大学院长教务长等职务，并在各杂志或日报上也有相当的发表，但是他的兴趣，还是集中于语音学。他时时有新的发明，如改良测验的仪器，由笨重变为轻便；改良计算的方法，由繁难变为简易，都是他最得意的事。他对于考察方音，决不畏旅行的艰苦；此次由北平经绥远而达百灵庙，染病以后，尚极有兴会，不得已而回平，以至疾笃。亦从无怨天尤人的感想；这是刘先生的乐。以我个人的观察，刘先生可谓实践孔子所说“知之”“好之”“乐之”的三境界，可以为青年求学者的模范了。

刘先生虽不幸而死，但是无数青年如能以刘先生为模范，而对于所学能由“知之”以至于“好之”而至于“乐之”，则刘先生就永远不死了。

（载 1934 年《青年界》第 6 卷第 3 期）

忆刘半农君

鲁　迅

这是小峰出给我的一个题目。

这题目并不出得过分。半农去世，我是应该哀悼的，因为他也是我的老朋友。但是，这是十来年前的话了，现在呢，可难说得很。

我已经忘记了怎么和他初次会面，以及他怎么能到了北京。他到北京，恐怕是在《新青年》投稿之后，由蔡孑民先生或陈独秀先生去请来的，到了之后，当然更是《新青年》里的一个战士。他活泼，勇敢，很打了几次大仗。譬如罢，答王敬轩的双簧信，“她”字和“它”字的创造，就都是的。这两件，现在看起来，自然是琐屑得很，但那是十多年前，单是提倡新式标点，就会有一大群人“若丧考妣”，恨不得“食肉寝皮”的时候，所以的确是“大仗”。现在的二十左右的青年，大约很少有人知道三十年前，单是剪下辫子就会坐牢或杀头的了。然而这曾经是事实。

但半农的活泼，有时颇近于草率，勇敢也有失之无谋的地方。但是，要商量袭击敌人的时候，他还是好伙伴，进行之际，心口并不相应，或者暗暗给你一刀，他是决不会的。倘若失了算，那是因为没有算好的原故。

《新青年》每出一期，就开一次编辑会，商定下一期的稿件。其时最惹我注意的是陈独秀和胡适之。假如将韬略比作一间仓库罢。独秀先生的是外面竖一面大旗，大书道：“内皆武器，来者小心！”但那门却开着的，里面有几枝枪，几把刀，一目了然，用不着提防。适之先生的是紧紧的关着门，门上粘一条小纸条道："内无武器，请勿疑虑。"这自然可以是真的，但有些人——至少是我这样的人——有时总不免要侧着头想一想。半农却是令人不觉其有"武库"的一个人，所以我佩服胡适，却亲近半农。

所谓亲近，不过是多谈闲天，一多谈，就露出了缺点。几乎有一年多，他没有消失掉从上海带来的才子必有"红袖添香夜读书"的艳福的思想，好容易才给我们骂掉了。但他好象到处都这么的乱说，使有些"学者"皱眉。有时候，连到《新青年》投稿都被排斥。他很勇于写稿，但试去看旧报去，很有几期是没有他的。那些人们批评他的为人，是：浅。

不错，半农确是浅。但他的浅，却如一条清溪，澄彻见底，纵有多少沉渣和腐草，也不掩其大体的清。倘使装的是烂泥，一时就看不出它的深浅来了；如果是烂泥的深渊呢，那就更不如浅一点的好。

但这些背后的批评，大约是很伤了半农的心的，他的到法国留学，我疑心大半就为此。我最懒于通信，从此我们就疏远起来了。他回来时，我才知道他在外国钞古书，后来也要标点《何典》，我那时还以老朋友自居，在序文上说了几句老实话，事后，才知道半农颇不高兴了，"驷不及舌"，也没有法子。另外还有一回关于《语丝》的彼此心照的不快活。五六年前，曾在上海的宴会上见过一回面，那时候，我们几乎已经无话可谈了。

近几年，半农渐渐的据了要津，我也渐渐的更将他忘却；但从报章上看见他禁称"蜜斯"之类，却很起了反感：我以为这些事情是不必半农来做的。从去年来，又看见他不断的做打油诗，弄烂古文，回想先前的交情，也往往不免长叹。我想，假如见面，而我还以老朋友自居，不给一个"今天天气……哈哈哈"完事，那就也许会弄到冲突的罢。

不过，半农的忠厚，是还使我感动的。我前年曾到北平，后来有人通知我，半农是要来看我的，有谁恐吓了他一下，不敢来了。这使我很惭愧。因为我到北平后，实在未曾有过访问半农的心思。

现在他死去了，我对于他的感情，和他生时也并无变化。我爱十年前的半农，而憎恶他的近几年。这憎恶是朋友的憎恶，因为我希望他常是十年前的半农，他的为战士，即使“浅”罢，却于中国更为有益。我愿以愤火照出他的战绩，免使一群陷沙鬼将他先前的光荣和死尸一同拖入烂泥的深渊。

八月六日

（载1934年《青年界》第6卷第3期）

刘半农与五四文学革命

汪馥泉

刘复半农先生于七月十四日午后二时一刻在北平逝世了，从此中国苦心研究学术的人又算少了一个，这对于贫弱的中国文化界，当然是一个很大的损失！

刘先生不仅苦心研究而且是极有风趣的学者，关于他的刻苦精神和生活兴趣，自有他亲近的友好去作文纪念他；刘先生是位语言学专家，他不仅在理论上有辉煌的贡献，而且还制就了好些实验语音用的仪器，以便语言学者的研究，这且待别的机会或别的语言学者来作公正的评价。我在这篇短文中所要讲的，只是刘先生与“五四”文学革命的关系。

刘先生在其《四声实验录》的《序赘》中说：“为什么我对于这问题（指语言学上的问题——作者）似乎癖好甚深呢？这是因为我自己，喜欢胡诌几句诗，更喜欢的是胡诌几句白话诗。……”由此可见刘先生之研究语言学与其文学嗜好之有如何深切的关系了。那么，我们为什么只说他是语言学家，不让他在文坛上来站一席地位呢。特别是为什么一定要对他在“五四”新文学运动中的活动置之不理呢。

白涤洲先生说得好：“刘先生真是多才多艺！他的每一种研究都值得专家作一篇论文来纪念他。”（见《独立评论》110号白涤洲作《悼半农先生》）我们在哀悼刘先生之下，特将其与“五四”文学革命之关系追述出来，以唤起大家对于刘先生的共感，对于“五四”文学革命的回忆和认识，这也并不是毫无意义的事吧。

一说到“五四”文学革命，除陈独秀、胡适外，当然是不会忘掉刘半农先生的。在当时，刘先生除极力赞成胡适的“八不主义”与陈独秀之“三大主义”外，对于文学革命还贡献了许多新的宝贵的意见；而且，在有些地方可以说是比胡适还要积极的。譬如，刘先生说：“尝谓吾辈做事，当处处不忘有一个我。作文亦然。如不顾自己，只是学着古人，便是古人的子孙。如学今人，便是今人的奴隶。若欲不做他人之子孙与奴隶，非从破除迷信做起不可。此破除迷信四字，似与胡君第二项‘不摹仿古人’之说相同，其实却较胡君更进一层。胡君仅谓古人之文不当摹仿，余则谓非将古人作文之死格式推翻，新文学决不能脱离老文学之窠臼。古人所作论文，大都死守‘起承转合’四字，与八股家‘乌龟头’‘蝴蝶夹’等名词，同一牢不可破。……吾辈欲建造新文学之基础，不得不首先打破此崇拜旧时文体之迷信，使文学的形式上速放一异彩也。”（见《新青年》3卷3号《我之文学改良观》）对于古文，不仅“不当摹仿”，而且应该将其“死格式”推翻：这样痛快的主张，不但在“五四时代”有很积极的意义，即在目前的“小品文”与“大品文”以及别的关于文体的论争的情形之下，亦是有相当的意义的。

语言、文学是社会的产物，是随社会之发展而发展的。某种语言文学当其产生它的社会已经衰老崩溃，同时，必有另一新的语言文学随着新的社会形态之出现而产生出来。但是，一种新的语言文学却不是一朝一夕可以建立起来的，而是渐渐发展成熟的；况且，新与旧虽是互相矛盾的，但这两者却有不可分离的关系，新文学虽对旧文学加以否定，但新文学中必然包含着旧文学中的一部分因素，因为新文学是从旧文学发展而来的，不然，则新文学之来源和构成便就是不可思议的了。刘半农先生了解这个道理，所以他说：“今既认定白话为文学之正宗与文章之进化，则将来之期望，非做到‘言文合一’或‘废文言而用白话’之地位不止。此种地位，即非一蹴可几，则吾辈目下应为之事，惟有列文言与白话于对待之地，而同时于两方面力求进行之策。进行之策若何？曰于文言一方面，则力求其浅显使与白话相近，于白话一方面，则竭力发达其固有之优点外，更当使其吸收文言所具有之优点，至文言之优点尽为白话所具，则文言必归于淘汰，而文学之名词，遂为白话所独据，固不仅正宗而已也”（同上）。这样把文言与白话立于对待地位，若仅就这几个字的字面看来，似乎是不甚彻底的表现，但刘先生的意思却是在吸收文言之优点，以繁盛白话文，使之成为文学之唯一的工具——这是实际地从进化的观点上来解决问题的办法。

对于接受外国语的新名词的问题，直到如今都还在我们的文坛上论争着。但刘先生在“五四时代”就发表了这样的意见：——

“愚以为世界事物日繁，旧有之字与名词既不敷用，则自造新名词及输入外国名词，诚属势不可免。然新名词未必尽通，亦未必吾国竟无适当代用之字。若在文字范围中，取其行文便利，而又为人人所习见，固不防酌量采用。若在文学范围，则用笔以漂亮雅洁为主，杂入累赘费解之新名词，其讨厌必与滥用古典相同。然亦未必尽不可用，倘用其意义通顺者，而又无害于文笔之漂亮雅洁，固不必绝对禁止也。”（同上）

接受外国语之文法及其词汇，当然只有尽可能地遂行，不能勉强，所以刘先生的意见在原则上是对的。至于他所说的“通、顺”“漂亮雅洁”等义，虽无一定标准，但在当时的启蒙运动中，用之以作采用新名词及外国名词的条件，依然是进步的办法。

同时在文学的内容与形式问题上，刘先生也有正确的意见。他说“……故文学而不从性灵中意识中讲求好处，徒欲于字句上声韵上卖力，直如劣等优伶，自己无真实本事，乃以花腔滑调博人叫好，此等人尚未足与言文学也。”（同上）真的，文学不仅有其美妙的形式，而且有其一定的思想的内容。因为文学的形式只是其思想的内容之外衣，如果没有思想的内容，那作为其外衣的形式便就没有意义了，所以文学的价值，是要以内容来决定的。过去中国的古文家，因为其生活空虚，思想卑陋，所以不敢亲近文学的内容，即不敢在“性灵中意识中讲求好处，”只是在“字句上声韵上卖力”，拚命追求形式美，这确是如劣等优伶一样，是毫无真正本领的表现。不过，过去的古文学家之如此表现，尚不足怪；所可怪者，是现在还有许多“新”文人在那里努力追求“风花雪月”拥护形式主义。我不知这些新的形式主义者看了刘先生的上面的言论后将作如何感想！

我们知道，“五四”新文学运动的成就之一，是确立小说在文学上的地位，与改革中国的旧剧和提倡新剧。在这里，刘先生也与陈胡诸人一样，是尽过很大的力的。他赞成“小说为文学大主脑”，对《红楼梦》《水浒》等优秀的小说作品，都给与了很高的评价；在戏剧上，他是完全反对过去中国的旧剧而努力提倡新剧的，他赞同钱玄同的说法，“旧戏如骈文，新戏如白话小说，”但“在白话文尚幼稚的时代，在白话之戏曲犹属完全未经发见”的当儿，他主张改良皮黄以应一时之急需。——这种办法与现在有一部份人所主张的暂时（在大众文学未建立起来前）应用章回小说、连环图画的形式来创作以应急需一样，自然是还须讨论的问题。但当时的文化水平是那样的低下，新文学运动又还没有在各方面表示出它的成绩来，在此情形下，刘先生提出那样一个关于改革戏剧的暂时的变通办法，也是不可多得的。

以上算是刘先生对于“五四”文学革命所产生的一般问题的几点重要贡献。

不过，刘先生在“五四”文学革命中贡献最大的，却是在诗歌方面。

首先是刘先生对于诗之本质的理解，他说：“作诗本意，只须将思想中最真的一点，用自然音响节奏写将出来，便算了事，便算极好。”（见《新青年》三卷五号《诗与小说精神上之革新》）

这是很正当的意见。不仅诗歌，一切文学、艺术都是需要真实的。虚伪的思想与感情当然是妨害诗歌与一切艺术、文学的，因为虚伪的思想与感情绝不能引起人的共感；而艺术、文学、诗歌的成功处，正是在于能使人痛哭流涕、愤慨激昂，即是在能感动人。假如一首诗，是露骨地表现虚伪思想的，那末她如何能使人感动呢。所以诗是表现“思想中最真的一点”的，能以自然音响节奏将这一点表现出来者，便算成功的诗人。

本此立场，刘先生认为过去的古诗多半是作伪的，只有“国风”和“变雅”是最真的，因为这是“野老征夫游女怨妇”的思想感情之真实的反映。刘先生认为三千篇诗，被孔丘删去了二千六百多篇剩了三百十一篇，（当时对于《诗经》的篇什及删诗问题一般是如此。）把我们的刘先生气坏了，于是，他恨恨地说道：“三千篇‘诗’，被孔丘删剩了三百十一篇，其余二千六百八十九篇中，尽有绝妙的‘国风’，这老头儿糊糊涂涂，用了那极不确当的‘思无邪’的眼光将他一概抹杀，简直是中国文学上最大的罪人了！”

这不仅可以表现刘先生对于诗的意见，与他站在怎样的立场来评价诗作，而且还表现了他在当时的反儒教的精神。

在“五四”文学革命中，对于文体，对于小说、戏剧和诗歌都喊出了改革的口号。刘先生在诗的改革上有两个值得注意的意见：

一“破坏旧韵重造新韵”——如现在我们的诗人们，他们做诗，都依据梁代沈约之《四声谱》，不论今人读之是否押韵，刘先生竭力反对旧韵，在这里，他有一段话说得非常清晰：

“……夫韵之为义叶也，不叶即不押韵，此至浅至显之言，可无须举例证明也。而吾辈意想中之新文学，既标明其宗旨曰：‘作自己的诗文，不作古人的诗文，’则古人所认为叶音之韵，尚未必可用，何况此古人之所不认，按诸今音又不能相合之《四声谱》，乃可视为文学中一种规律，举无数文人之心思脑血而受制于沈约一人之武断耶？试观东冬二部所收之字，无论以何处方言读之，决不能异韵。而谱中乃分之为二。‘规眉危悲’等字，无论以何处方言读之，决不能与‘友之诗时’等字同韵，而谱中乃合之为一。又哿韵诸字，与有韵叶者多而与马韵叶者少，顾不通有而通马。真文元寒删先六韵虽间有叶者，而不叶者居其十之九，而谱中竟认为完全相通。虽造谱之时，读音决不与今音相同；造谱者亦决无能力予为吾辈二十世纪读音设想。吾辈苟无崇拜古人之迷信，即就其未为吾辈设想而破坏之，当亦为事理之必然。故不佞之意，后此押韵，但问其叶与不叶而不问旧谱之同韵与否，相通与否。……且前人之言韵者，固谓‘音声本为天籁，古人歌咏出于自然，虽不言韵而韵转确’矣。今但许古人自然，而不许今人自然，必欲以人籁代天籁，拘执于本音转音之间，而忘却一至重要之‘叶’字，其理耶？其通论耶？”（《我之文学改良观》）

“古人歌咏出于自然”，诗之来源即在此。不幸的是旧的文人离开自然的歌咏，制造许多韵律格式，以束缚诗的活的生命，这在古时已经是极不自然的办法了。但因过去的中国为贵族势力所统制，在贵族意识所形成的形式主义支配之下，至使那种束缚诗歌的死韵律死格式成为不可改变的诗的规律。及至“五四时代”，旧的贵族势力崩溃了，新的市民生长了起来，于是此种死韵律死格式便不中用了，代表新市民的诗人便提出了否定它的意见。刘半农先生就是第一个出来反对此死韵律死格式的一人。

打破旧韵后，怎样重造新韵呢？刘先生以为最好的办法是："希望于国语研究会诸君，以调查所得撰一定谱，行之于世。"（同上）接着他说：

"或谓第三法（即上述办法——作者）虽佳，而语音时有变迁，今日之定谱，将来必定有不能适用之一日。余谓沈约既无能力豫为吾辈设想，吾辈亦决无能力为将来设想。将来果属不能适用，何妨更废之而更造新谱。即吾辈主张之白话新文学，依进化程序言之亦不能视为文学之止境，更不能断定将来之人不破坏此种文学而建造一更新之文学。"（同上）

此种站在进化论的观点上所发的言论，可说是刘先生在当时的一种预言；而且前所讨论的大众语及大众语文学，便是这一预言之证实。

二　增多诗体——中国固有律诗排律，在"五四时代"当然以其形式过于陈腐死板，不能有存在地位了。其余如绝诗古风乐府，虽然尚因其形式较为优良，为当时的新文人所采纳，但一则由于其形式仍属故旧，不适于表现新的意识，一则由于诗体太少，有碍于诗之发展，所以刘先生便提出了"增加诗体"的意见，并特别主张除有韵诗之外，应增加无韵诗。

同时，刘先生在当时还依照了他自己的意见作了许多新诗。他的《相隔一层纸》、《学徒苦》等诗作，都是不依旧的格式完全用白话写成的，这在当时不消说是不容易做的事。

在"五四"文学革命中，胡适、沈尹默等亦曾作了许多新诗，但其中多半都未完全脱离旧诗的格调，甚至还有夹杂许多文言词句的；而刘先生在《新青年》四卷五号上就发表了他的《卖萝卜人》；这不仅是他初次作无韵诗的尝试，而且是当时最先出现的无韵诗之一。

《卖萝卜人》的题材，是一个住在破庙里的很穷的卖萝卜人被警察赶出庙去的故事。于此刘先生是尽量描写卖萝卜人的苦痛，表同情于他的。这是充满了"人道主义"的意识的作品，其描写力也不见得如何高强，在目前看来当然是一篇很平常的创作；但是，在当时的情形下，刘先生能大胆地写出那样的无韵诗，我认为是很不平常的事。

刘先生逝世了，特写此小文，以纪念五四文学革命的先导者。

（载1934年《世界文学》第1卷第1期）

“双簧信”的影响

记得我之皈依新文学，是十三年前的事。那时候，正是文学革命初起的时代；在各学校内，很剧烈的分成了两派，赞成的以及反对的。辩论是极其热烈，甚至于动口角。那许多次，许多次的辩论，可以说是意气用事，毫无立论的根据。有人劝我，最好是去读《新青年》，当时的文学革命的中军。是刘半农的那封《答王敬轩书》，把我完全赢到新文学这方面来了。现在回想起来，刘氏与王氏还不也是有些意气用事；不过刘氏说来，道理更为多些，笔端更为带有情感，所以，有许多的人，连我也在，便被他说服了。将来有人要编新文学史，这封刘答王信的价值，我想，一定是很大。

（摘自《朱湘自传》，载 1934 年 10 月上海旭光社版《新文学家传记》，贺炳铨编）

刘半农先生

赵元任

刘半农这个人名，我起初只认为是新诗人当中对于音调上写得特别流利的一个作家。在民国十年，我正在注意中国单字声调的实验法，——那时我只见过加利佛尼亚的勃辣累和瑞典的高本汉每人曾经做过很不完全的对于北京四声的一次的实验，——忽然听见有大规模的《四声实验录》出世，于是才知道风趣文人的刘半农，也是卖气力硬干的语音实验家的刘复。十年前到了巴黎，打听到了刘半农家是住在拉丁区里 rue del Estrapade 的一个小房子里。房子已经够小了，可是桌椅板凳锅灶碗盏之间，发现东一个音鼓，西一个留声机，留声机可不是专为唱留声片用的，乃是为转动音浪计用的。那时他的更大规模的《汉语字声调实验录》论文的实验工作已经快做完了，所用的方法，还是量浪算对数的旧法子。可是他又拿着“前人栽树，后人乘凉”的精神，先后发明了直接量对数的音高推断尺（Liugraph）跟乙二声调推断尺。我还记得有一天他同造 Lioretgraph 的人谈起 Liugraph 来，因为两个字音相近，谈了半天，那个人说，“我以为说的是我的-graph 呐，原来说的是你的-graph 啊”。谁知道过了不多年“你的-graph”毕竟给我们语音学的后死的人去“乘量”去了！

半农和我是一个多方面的小同行。我们都搞敲敲钉钉拉拉吹吹的顽意儿。他在民十四年发起了数人会，我们和钱玄同、黎劭西、汪一庵、林语堂六个人每星期聚会谈论国际音标用法原则，国语罗马字拼音法式等等问题。这都好象是就在眼前的事情。半农的诗调往往好象已经带了音乐的“swing”在里头，这些年来跟他编曲和讨论乐律问题也都象成了一种习惯似的。最近他到绥远临出发时候写来的一封信还是提到作歌的事情，那晓得这封信到了不久，跟着就得到他的死耗了。

半农跟历史语言研究所的关系的历史就跟历史语言研究所到现在的历史一样长。从他在本所发刊的东西

		集刊一本二分
声调之推断及“声调推断尺”之制造与用法		民十九
宋元以来俗字谱	与李家瑞合编	民十九
中国俗曲总目	与李家瑞合编	民二十
敦煌掇琐上辑		民二十
敦煌掇琐中辑		民二十一

里，我们已经觉到以后不能再有这些贡献的损失，何况再看他全部的学术上与文艺上的贡献，又想到我们当中以后不能再有这末一个朋友，常常……还，还写得下去吗？

1934年10月17日赵元任在南京记

（载《国立中央研究院历史语言研究所集刊》第4本第4分册）

半农纪念

知　堂

七月十五日夜我们到东京，次日定居本乡菊坂町。二十日我同妻出去，在大森等处跑了一天，傍晚回寓，却见梁宗岱先生和陈女士已在那里相候。谈次陈女士说在南京看见报载刘半农先生去世的消息，我们听了觉得不相信，徐耀辰先生在座也说这恐怕是别一个刘复吧，但陈女士说报上记的不是刘复而是刘半农，又说北京大学给他照料治丧，可见这是不会错的了。我们将离开北平的时候，知道半农往绥远方面旅行去了，前后相去不过十日，却又听说他病死了已有七天了。世事虽然本来是不可测的，但这实在太突然，只觉得出于意外，惘然若失而外，别无什么话可说。

半农和我是十多年的老朋友，这回半农的死对于我是一个老友的丧失，我所感到的也是朋友的哀感，这很难得用笔墨纪录下来。朋友的交情可以深厚，而这种悲哀总是淡泊而平定的，与夫妇子女间沉挚激越者不同，然而这两者却是同样地难以文字表示得恰好。假如我同半农要疏一点，那么我就容易说话，当作一个学者或文人去看，随意说一番不要紧。很熟的朋友却只作一整个的人看，所知道的又太多了，要想分析想挑选了说极难着手，而且褒贬稍差一点分量，心里完全明瞭，就觉得不诚实，比不说还要不好。荏苒四个多月过去了，除了七月二十四日写了一封信给半农的长女小惠女士外，什么文章都没有写，虽然有三四处定期刊物叫我做纪念的文章，都谢绝了，因为实在写不出。九月十四日，半农死后整两个月，在北京大学举行追悼会，不得不送一副挽联，我也只得写这样平凡的几句话去：

十七年尔汝旧交，追忆还从卯字号。
廿余日驰驱大漠，归来竟作丁令威。

这是很空虚的话，只是仪式上所需的一种装饰的表示而已。学校决定要我充当致辞者之一，我也不好拒绝，但是我仍是明白我的不胜任，我只能说说临时想出来的半农的两种好处。其一是半农的真。他不装假，肯说话，不投机，不怕骂，一方面却是天真烂漫，对什么人都无恶意。其二是半农的杂学。他的专门是语音学，但他的兴趣很广博，文学美术他都喜欢，做诗，写字，照像，蒐书，讲文法，谈音乐。有人或者嫌他杂，我觉得这正是好处，方面广，理解多，于处世和治学都有用，不过在思想统一的时代自然有点不合式。我所能说者也就是极平凡的这寥寥几句。

前日阅《人间世》第十六期，看见半农遗稿《双凤凰砖斋小品文》之五十四，读了很有所感。其题目曰《记砚兄之称》，文云：

“余与知堂老人每以砚兄相称，不知者或以为儿时同窗友也。其实余二人识，余已二十七，岂明已三十三。时余穿鱼皮鞋，犹存上海少年滑头气，岂明则蓄浓髯，戴大绒帽，披马夫式大衣，俨然一俄国英雄也。越十年，红胡入关主政，‘北新’封，《语丝》停，李丹忱捕，余与岂明同避菜厂胡同一友人家。小厢三楹，中为膳食所，左为寝室，席地而卧，右为书室，室仅一桌，桌仅一砚。寝，食，相对枯坐而外，低头共砚写文而已，砚兄之称自此始。居停主人不许多友来视，能来者余妻岂明妻而外，仅有徐耀辰兄传送外间消息，日或三四至也。时为民国十六年，以十月二十四日去，越一星期归，今日思之，亦如梦中矣。”

这文章写得颇好，文章里边存着作者的性格，读了如见半农其人。民国六年春间我来北京，在《新青年》中初见到半农的文章，那时他还在南方，留下一种很深的印象，这是几篇《灵霞馆笔记》，觉得有清新的生气，这在别人笔下是没有的。现在读这遗文，恍然记及十七年前的事，清新的生气仍在，虽然更加上一点苍老与着实了。但是时光过得真快，鱼皮鞋子的故事在今日活着的人里只有我和玄同还知道吧，而菜厂胡同一节说起来也有车过腹痛之感了。前年冬天半农同我谈到蒙难纪念，问这是那一天，我查旧日记，恰巧民国十六年中有几个月不曾写，于是查对《语丝》末期出版月日等等，查出这是在十月廿四，半农就说下回我们要大举请客来作纪念，我当然赞成他的提议。去年十月不知怎么一混大家都忘记了，今年夏天半农在电话里还说起，去年可惜又忘记了，今年一定要举行。然而半农在七月十四日就死了，计算到十月廿四恰是一百天。

昔时笔祸同蒙难，菜厂幽居亦可怜。
算到今年逢百日，寒泉一盏荐君前。

这是我所作的打油诗，九月中只写了两首，所以在追悼会上不曾用，今见半农此文，便拿来题在后面。所云菜厂在北河沿之东，是土肥原的旧居，居停主人即土肥原的后任某少佐也，秋天在东京本想去访问一下，告诉他半农的消息，后来听说他在长畸，没有能见到。

还有一首打油诗，是拟近来很时髦的刘阳体的，结果自然是仍旧拟不像，其辞曰：

漫云一死恩仇泯，海上微闻有笑声。
空向刀山长作揖，阿旁牛首太狰狞。

半农从前写过一篇《作揖主义》，反招了许多人的咒骂。我看他实在并不想侵犯别人，但是人家总喜欢骂他，仿佛在他死后还有人骂。

本来骂人没有什么要紧，何况又是死人。无论骂人或颂扬人，里边所表示出来的反正都是自己。我们为了交谊的关系，有时感到不平，实在是一种旧的惯性，倒还是看了自己反省要紧。譬如我现在写纪念半农的文章，固然并不想骂他，就是空虚地说上好些好话，于半农无损益，只是自己出乖露丑。所以我今日只能说这些闲话，说的还是自己，至多是与半农的关系罢了，至于目的虽然仍是纪念半农。半农是我的老朋友之一，我很悼惜他的死。在有些不会赶时髦结识新相好的人，老朋友的丧失实在是最可悼惜的事。民国廿三年十一月三十日于北平苦茶庵记。

（载 1934 年《人间世》第 18 期）

刘半农先生

陈康白

半农先生生前与我并无师生或朋友之谊，甚至他的模样是长是短是胖是瘦是老是壮我都不知道。仅在最近的几个月内，从《青年界》、《人间世》两杂志上看到他的相片，才明白这位在“五四”前后向旧文学阵地投放过不少炸弹和氯气炮的勇士是有着四十开外的年纪了。

我们对于新文学运动的史绩不去稽考则已，假如对年青的爱好文艺者谈起新文学运动发端的史实的话，无论你是如何偏心的人，我想总落不了这位参加过几阵生死战的老将——刘半农先生。

当《新青年》杂志全国一部份头脑清新的青年奉作比经典更重要更宝贵的知识粮食时，老朽王敬轩竟惴惴焉心怀左衽之危，大发其井矢之见，对《新青年》编者狠狠的开了几响“前膛枪”。虽未尽中要害，若非攻御得力，确实不是玩玩的事。——他的目的不仅在突围，意在根株生气勃勃的新文学的种子。我们看他致《新青年》编者首尾的几句愤慨话就可明白：

“噫：贵报诸子，岂犹以青年之沦于夷狄为未足，必欲使之违禽兽不远乎？……呜呼！见披发于伊川，知百年之将戎，辛有之叹，不图于吾生见之矣。哀哉！哀哉！”

浓圈密点，看语气，新文学在王敬轩眼中直比洪水猛兽更厉害更可杀。因是这位昏庸老朽为世道人心（？）着想，似乎大义当前，不得不含泪涕泣掬诚相告了。然而挡这架的不是别人，而是刘半农先生，他镇静地站在新文学前线的战壕上，他并不觉这一次敌方的冲锋有动摇他们的阵线的力量；他欢欣，他欢欣敌方也能作一番最后的挣扎。他看清敌方这一还手，正是迷恋死文学者的回光返照。半农先生不慌不忙，瞄准未突，回敬的枪法，开头，是：

“记者等自提倡新文学以来，颇不能听是反抗的言论为憾，现在居然有你老先生‘出马’，这也是极应欢迎，极应感谢的。”

而于答复采用西式句读符号的一段文字，更觉爽趣：

“句读之学，中国向来就有的；本志采用西式句读符号，是因为中国原有的符号不敷应用，乐得把人家已造成的借来用用。先生不知‘钩挑’有辨别句读的功用，却说他是代替圈点，又说引号（“”）是表示‘句中重要之处’，不尽号（…）是把‘密点’移在‘一句之后’，知识如此鄙陋，记者惟有敬请先生去读三年外国书，再来同记者谈话，先生以为读外国书是‘工于媚外惟强是从’，不愿下这功夫，那么，先生！便到了你‘墓木拱矣’的时候，还是不明白！”

这亦庄亦谐的敬礼，正搔着王敬轩的痒处；同时，也正是保守旧文学者的致命伤。我们当作半农先生祭王敬轩的诔词看亦无不可。

在新旧文学的几次血战中，半农先生替新文学的集团确实建立了不少的功绩。这是谁也不能否认的。而新文学的基础也跟着几阵主力战的胜利后日渐稳固起来。国内以白话写文章的新杂志正如雨后春笋，教人无法压制。上海的《星期评论》、《建设》、《解放与改造》（后名《改造》）、《少年中国》，都是那时对白话文很有贡献的刊物。往后，思想较前进的报纸，也探登一些白话的论文译著小说新诗了；北京的《晨报》付刊，上海《民国日报》的《觉悟》，《时事新报》的《学灯》，一时成了提倡新文学者的喉舌。这一来，白话文的空气于短促的时间中弥漫了整个中国的穷乡僻壤。持重的大杂志如《东方杂志》、《小说月报》，……也感受了这新的刺激，断然的鄙弃了红袖添香的之乎者也的小说而渐渐白话化了。晚近中国文化史上最美艳的一页也就在这一阶段。刘半农先生便是造成这一页美艳的文化史底要角之一。我们后生的年青人没有尝到“今夫天下”的毒药而能自由的写一点由衷而发的感想文字，未始不是《新青年》诸君子的赏赐。可是现在呢，只剩下一个半农先生孤伶伶地站在“桐花芝豆堂”的门首哼几首打油诗；有时侧耳倾听革命策源地——广东——提倡小学生读经，文言闹复活；——然而他始终没有话。只是默默地回身带上“语言乐律实验室”的门，趁着大热天赶往蒙古包考察语音学，算是一个以退为进的对付。从这里，我们瞧出半农先生是早已失了《新青年》时代的勇气了。在此，我且抄袭鲁迅先生《忆刘半农君》的话作为本文的收场：“我爱十年前的半农先生（先生二字是我加上的）而憎恶他近几年。”然而在憎恶中，我还可喜刘先生写《阿弥陀佛戴传贤》那样的文章。不幸的很，半农先生于百灵庙考察方音回来后，就从此永远搁笔了。不能不说是文坛上一个重大的损失！

一九三四，一二，一四，上海

（载1935年《文章》月报创刊号）

叛徒与隐上

——《中国新文学史稿》(节录)

王　瑶

……“叛徒与隐士”在现实社会里根本是不可能同时存在于一身的；但五四以后由叛徒走向隐士的例子却实在太多了。周作人林语堂还不够典型，他们在两方面（叛徒与隐士）都不大够格；比较典型的例子我们可以举出刘半农，那发展的道路确实是由叛徒到隐士的。

《半农杂文》自序里，他说“把这么许多年来所写的文字从头再看一次，恍如回到了烟云似的已往的生命中从头再走一次。”的确，从这里面我们可以清楚地看到五四时期战斗姿态的影子。在他留存的五四以前的一些文言文中，说明了作者那时的反帝热情；到了五四，这热情就发展成为反封建。他反对文言，反对尊孔，反迷信，反旧戏，反对林琴南式的翻译，反对中学为体西学为用的主张，态度都是很勇敢的。如著名的《奉答王敬轩先生》《作揖主义》各文，都在当时发挥了很强的战斗作用。胡风曾评论他说：

> 虽然他的态度率直勇敢，但始终是没有离开所谓“实事求是”的精神的。少说不着边际的空话，不弄“观念游戏”，从现实的需要里面找出具体的问题来，切切实实地展开讨论；我们可以把这叫做平凡的战斗主义。他的文章里面是随处表现了这个特色。这个平凡的战斗主义是“五四”精神的清醒的现实的一面，和夸大狂是截然对立的。后来在《徐志摩先生的耳朵》

里对于徐诗人的“天籁地籁人籁”和“灵性”投下了那么辛辣的嘲笑，在《骂瞎了眼的文学史家》和《奉答□□□先生》里面对于自命为中国狄更斯的陈西滢等那样地不留情面，我们是应该在这里面求得解释的。❶

即在许多关于语言学的文字里，也时有特出的见解；如提倡方言文学，以为国语应该是普及的进步的普通话，主张统一读音以促进“汉字罗马化”，主张废除四声等，都比一般语言学者进步。但自从他留学归来变成学者以后，战斗的勇气就消散了，于是“平凡的战斗主义”光剩下了上半截。一九三四年他死后，鲁迅曾为文纪念，末段说：

现在他死去了，我对于他的感情，和他生时也并无变化。我爱十年前的半农，而憎恶他的近几年。这憎恶是朋友的憎恶，因为我希望他常是十年前的半农，他的为战士，即使“浅”罢，却于中国更为有益。我愿以愤火照出他的战绩，免使一群陷沙鬼将他先前的光荣和死尸一同拖入烂泥的深渊。❷

这可以说是对他最真实的评价。他的文字流利泼刺，富于幽默感，虽少含蓄，但言之有物，读来觉得很畅快。

（摘自1951年9月开明书店版《中国新文学史稿》上册）

❶ 胡风《“五四”时代的一面影》，载1935年《文学》月刊第4卷第4号。

❷ 鲁迅《忆刘半农君》，载1934年《青年界》第6卷第3期。

谈刘半农的诗

李岳南

刘半农先生是“五四”时代较有成就的现实主义诗人，是“五四”文学革命运动的一员健将。他在新诗的创建中，有过不少贡献。值此“五四”四十周年的今天，我通读了他的诗作，那种“五四”的时代精神和进步的思想感情，仍然是使我们很受感动。

过去，在我想象中的刘半农是一位田园歌者，因为一提到诗人的名字，就立刻联想起他的这些著名的诗句来：

她在灶下煮饭，
新砍的山柴，
必必剥剥的响。
灶门里嫣红的火光，
闪着她嫣红的脸，
闪红了她青布的衣裳。……

上边这首诗题，名叫《一个小农家的暮》，对于一向爱好诗歌的读者来说，会有较深刻的印象和感受的。这首诗写的接近口语化素质生动，所以在我的印象里也特别深刻。不过，由于我过去读半农先生的作品既少又不细心，所以对于他便产生了那种“田园歌者”的错觉，很久没有改变过来；当然我这样说并不意味着诗人半农先生压根儿不喜爱田园，相反地，通过他的《一个小农家的暮》及《游香山纪事诗》、

《晓》、《牧羊儿的悲哀》、《稻棚》等篇（见《扬鞭集及其它》），我们可以看出，诗人不止是一般地爱田园，而是达到了特别热爱的程度。是什么原因引起了诗人对于田园的特别热爱呢？我想：诗人既不是为了到那儿寻找什么“世外桃园”，也不想借以寄托“不着人间烟火”的情趣；在半农先生的心目中，真正所谓田园，不是什么别的田园，而是劳动农民生活和生产活动的场所；诗人之所以热爱这儿，勿宁说是热爱在这儿从事劳动生产的人们——热爱他们的朴素的生活，淳厚的心和他们的声音、笑貌……我想，这样的估计，是不过分的。比如，仅就上边所提到的几首诗来看，在它们的主题思想和内容上，或表现了农家生活的淳朴无华，或同情了旧社会里被压迫、被剥削的农人、牧人。就是以写景来看，诗人的笔触，绝少为写景而写景，并且，在大多数的情况下，可以看出他是在自觉地或不自觉地想摆脱着资产阶级的腐朽美学观点，而努力运用接近劳动人民的审美眼光，去看待田园，看待山水、人物和自然界的风光景象的。

《晓》，是一篇优美的散文诗，在诗人笔下所渲染的天光、霞彩以及原野上“白蒙蒙的薄雾”“绿油油的矮树”“淡淡的远山”“几处炊烟”……，不可谓不美了，正如诗人自己所说：“这样的景色，是我平生第一次见到。”……虽然，江山如此多娇，可是，在旧社会里，处在水深火热中的劳动人民，谁有心情来欣赏来享受呢？在同一诗中，诗人还写道：

> “回看在车中，大家东横西倒，鼾声呼呼，现出那干——枯——黄——白——很可怜的脸色！”

这儿，很可以看出，诗人是有意借写景来反衬人；景愈美，就愈对照出旧社会的丑恶本质来。但是，诗意并没停留在这儿，诗人的笔锋一转，又出现了——

> “只有一个三岁的女孩，躺在我的手臂上，笑弥弥的，两颊象苹果，映着朝霞。”

可见，诗人不是个悲观主义者，他是满怀希望的，把美好的理想，寄托在未来，寄托在下一代了。

他的《游香山纪事诗》，共十节，前几节也就是写景的诗；但是，既有巧妙的构思和想象，也有相当浓厚的生活气息；在语言上，虽然嫌文一些，可是并不因为他写的是五言古体诗，而减少了我的喜爱。比如：

场上积新刍，屋里藏新谷。
肥牛系场头，摇尾乳新犊。
两个碧蜻蜓，飞上牛儿角。
白云如温絮，广复香山巅。
横亘数十里，上接苍冥天。
今年秋风厉，棉价倍往年。
愿得漫天云，化作铺地棉。

我觉得这些诗，是诗人也是劳动人民的思想感情的闪现；它是继承并发扬了中国古典现实主义诗歌的优秀传统的。

例子不必多举，就可以看出：由于半农先生热爱农民和农家生活，加之他有独到的艺术修养和高超的表现力，所以，他写这方面的作品，是有相当的成就的。但是，话又说回来，我们仍然不能说他完全是以这方面作品取胜，或者说他纯粹是位田园歌者。因为，从他这一百多首诗（包括少部分译诗）总的倾向来看，已大大超越了一位田园歌者的局限，他的主要作品，应该说是旧中国劳动者的悲愤史，也是对旧社会的抗议书！这和他的出身、经历、为人处世以及他所处的时代环境都有密切关系的。

半农先生生于一八九一年的清朝末纪，原籍是江苏江阴，祖父早年去世，祖母年轻守寡，因无子嗣，就从江阴乡下本族一个贫农家里，过继了他的父亲，当时家中贫寒，祖母靠着纺纱织布才能供给他父亲读书，后来他父亲考上秀才，靠教私塾为业。诗人的母亲，也是生于贫农家庭，出世后外祖父即去世，外祖母无法养活，就忍痛地把自己的女儿丢在冰冻的河中，恰巧诗人的祖母过路看见了，因出于怜悯，把她救起，带回家中，当了刘家的童养媳。透过半农先生母亲这种坎坷酸辛的遭遇来看，诗人在幼小的心灵上，就种下了反抗封建压迫、反对封建礼教的根芽。

他六岁入塾，十五岁入常州中学，辛亥革命爆发后，他离开学校，投入到反抗清廷的革命浪潮里。但是，曾几何时，半农先生因不满当时革命军队内部的混乱现实，就毅然赴上海，开始了仅能糊口的卖文生涯，一直从一九一五年《新青年》创刊，到一九一九年的五四运动，半农先生虽然还没有具备一个阶级论的人生观，但是，对于鼓吹新思想、鼓吹文学革命，他是很努力的。正如鲁迅先生所说的："他活泼、勇敢、很打了几次大仗……要商量袭击敌人的时候，他还是好伙伴……"(《且介亭杂文》:《忆刘半农君》)。可见半农先生同情中国的劳苦大众的立脚点出发，不是偶然的，因此在他短短的四十三年的生命历程上，写出了不少抒发劳苦大众的悲愤和不平、以及抗议阶级剥削的诗篇。

谁读过了杜甫的《石壕吏》，最好能再读读半农先生的"游香山纪事诗"第十首：

公差捕老农，牵人如牵狗。
老农喘且嘘，负病难行走。
公差勃然怒，叫嚣如虎吼。
农民简停留，鞭打不绝手。
问农犯何罪？欠租才五斗。

在这仅仅十句诗里，含溶了农民无限的血泪恨和阶级仇！谁念过杜甫的"朱门酒肉臭，路有冻死骨"的诗句，也最好对照看看半农先生的《相隔一层纸》，"屋子里拢着炉火，老爷吩咐开窗买水果，说'天气不冷火太热，别任它烤坏了我'。屋外躺着一个叫化子。咬紧了牙齿对着北风喊'要死！'"真是：

可怜屋外与屋里，
相隔只有一层薄纸！

地主和资产阶级，为了掩盖他们的罪恶和无耻，最怕有人戳穿了这相隔着的一层“薄纸”，这，对于刘半农先生——这一个有正义感、有爱国热忱、有进步倾向的诗人，是不能容忍的。车尔尼雪夫斯基说过这样的话：“艺术的力量，就在于评述的力量，”这一评述的力量，从以上两诗开始，伸延出去，如一条线似的，或现或隐地贯穿了半农先生所有的自由诗、格律诗、散文诗、古体诗，拟儿歌、拟民歌以及他的翻译诗篇里。

作为近代诗人的半农先生，他是那样的深刻和渊博，那样的热爱下层人们的生活和他们的语言；尤其热爱具有群众性和口头性的民间文学，这是在前一辈诗人中所不多见的。在半农先生所经历的近半个世纪内，中国和外国劳苦大众的生活斗争，有很多方面曾被他以诗人的笔所描写过了，所翻译过了；如果说是他用古体诗形式所写的《学徒苦》，一字一泪，那么，他的《呜呼三月一十八》一诗，对于杀害爱国群众的段祺瑞，则无异是口诛笔伐了，再看他用古体诗翻译的《马赛曲》（法国·李赛儿作）、《缝衣曲》（英国·虎特作）都是脍炙人口的；所以能如此，是因为译者不但在译笔上做到又信又达，而且确实是以诗的艺术来传达了诗的心声：

请听，一个受尽资本家剥削榨取的缝衣妇的哀叹吧——

指痛无人知，目肿难为苦；
贫女手中线，身上无完服。
一针复一针，将此救饥腹；
穷愁难自聊，姑唱“缝衣曲”。……

缝衣复缝衣，朝至鸡鸣起；
缝衣复缝衣，破屋晨光里。……
谓何以致之，饮食难充饥，
血肉信当廉，面包信当贵。
独念忧患多，小哭聊自啮，
又恐泪珠儿，湿却针与线。……

通过译者传意传神之笔，把资本主义社会中那些挣扎在死亡线上，只剩下挨饿自由的女工们的悲惨生活，刻划得淋漓尽致；我们读过它之后，岂不是更激起了我们对资产阶级统治势力的加倍痛恨和对我们今天社会主义幸福现实的倍加珍爱吗？虽然，他的译诗不多，但是，就在数量不多的译诗里（特别是上面所谈到的），不知渗透着半农先生多少创造性的劳动和辛勤的血汗！就诗的翻译工作来说，半农先生可称得起是一位令人称赞的先行者了。

在创作古体诗和翻译的同时，半农先生也创造了一些“白话诗”，但是，当文学革命明确地提出以反帝反封建为内容，和以语体形式的新文学方向之后，半农先生就偏重于写白话诗、通俗诗了。他的白话诗（包括创作的和拟民间儿歌、民歌体的），不只是在语言上更通俗更接近口语化，在形式和风格上，也更多地吸取了民间口头文学和群众创作的乳汁，化为他自己作品的血肉和生命了。

在《扬鞭集及其它》的自序中说：“我在诗的体裁上是最会翻新花样的。”看来半农先生并不是个墨守陈章、抱残守缺者，而是一个敢于打破常规的革新家，他不断寻求更适合于表达主题内容和思想感情的新的艺术形式，比如，当初他写无韵诗、散文诗，这可能是较多地受了西洋诗的影响；后来，他逐渐运用方言写“拟民歌”“拟‘拟曲’”了，所以，愈到后来，他的诗在取材的范围上愈广泛了。这里，有一个根本性的问题需要辨明：就是他为什么做诗呢？当时，他虽然还不能自觉地提出为工农大众服务，但是，他却明确地反对著文人雅士和“沙龙作家”的所谓“为做诗而做诗”的谬论，实质上，也就是反对资产阶级的“为艺术而艺术”的反动文艺观点。

在半农先生大量的白话诗篇里，我们看到：有被旧社会伪警察所捣了灶、砸了锅并且立刻被逼着搬家的城市贫民（《卖萝卜人》），他那“瞠着眼看，低着头想，撒撒手，踏踏脚”的可怜神情，永远使我们难以忘怀；在诗人的笔下，还歌颂过那些日夜辛劳操作的《铁匠》，诗人写道：

> 叮当，叮当！
> 他锤子一下一上，

砧上的铁，
闪着血也似的光，
照见他额上淋淋的汗，
和他的裸着的，宽阔的胸膛。

在半农先生的白话诗里，我们还看到：有整年靠“挑八根绳儿”以养家糊口的“卖菜小贩”；有被饥饿的烈火燃烧着的穷人家孩子；有为大众在河上敲冰开路的撑船人；有在梦里看见拍着自己孩子的“奶娘”；另外，作者在他的诗篇里，对旧社会的牺牲者——如薄命的妓女、可怜的弃婴、潦倒穷愁的老乐师、为资本家争夺财富而落得无家可归的雇佣兵士，以及在资产阶级社会中走头无路的科学家——一一进行了刻画，摄进了他的诗篇里；作者在进行创作时，对作品中的主人公，永远都是抱着支持和同情的态度，而绝不是冷眼旁观者。

有一首诗，题名为“拟拟曲”，我觉得特别值得提起：据作者注解上说：“在报上看到了北京政变的消息，便摹拟了北京的两个车夫的口气，将我的感想写出”。这诗分一、二两章，第一章写劳动群众诅咒军阀曹锟的愤怒心情。

……唉咱们谁都不能往前头想，
只能学着他们干总统的，
干得了就干，干不了就算？
反正咱们有的是一条命！
他们有脸的丢脸，
咱们有命的拼命，
还不是一样的英雄好汉么？……

“拟‘拟曲’”第二章，则是另一内容主题，是通过洋车伕老五、老六这两个人的对话，来写另外一个洋车伕老九的惨死，进而显示了劳动群众那种朴素的互相扶持、互相友爱的可贵品质！正是因为作者大胆地采用了北京洋车伕自己的口语（当然是经过提炼和艺术加工的），所以，就感到特别亲切，基本符合了易念、易记、易听、易懂的要求。以上一、二两章，都是用无韵体写的，但是却没有完全放弃了群众语言所原有的抑扬顿挫的节奏感和自然的音韵；契柯夫说过："每个人都应该说自己的话，"而半农先生，也有类似的意见："……我们要说谁某的话：就非用谁某真实的语言与声调不可；不然，终于是我们的话。"这是一种在当时十分精辟的见解（见《瓦釜集》中"代自叙"）。

在这儿，我不对《扬鞭集及其它》里面的诗，再多费笔纸了，我想专来谈谈与民间文学有密切关系的另一部分作品：《瓦釜集》，顾名思义"瓦釜"在音乐中是和"黄钟"相对称的，借用在诗歌上，正如通俗易懂和艰难晦涩相对称一样。

高尔基说过这样意思的话：一个作家如果不懂得民间口头创作，就不是一个好作家。这两句话，对于诗人刘半农先生，应该说是不在此例；因为半农先生对于民间文学，不但懂的，而且懂的多，懂的深；主要原因，是他热爱劳动者，也热爱和尊重他们的口头文学；在该集的"代自叙"上，他曾这样表白过："集名叫做'瓦釜'，是因为我觉得中国的'黄钟'实在太多了。……因此，我现在做这傻事：要试验一下，能不能尽我的力，把数千年来受尽侮辱与蔑视，打在地狱底里而没有呻吟的机会的瓦釜的声音，表现出一部分来。"他怎么去表现呢？主要是采用了江阴方言和江阴民歌、儿歌的声调来做诗，这些方言和民歌、儿歌，是作者幼年抱在母亲膝上时就学会了的，情况好似普希金幼年跟他的奶姆学语言、学故事歌谣一样，刘半农先生，从小就受了民间文学的深湛影响；在他的《瓦釜集》中，连同开场的歌（"一只雄鹅飞上天"）共分为二十二歌，每一歌以头一句为题。通常在儿歌或民歌里的首句，往往只是借以起兴起唱，从而由音调上，引伸出下面句子来（在意义上有时并不一定关联），如开场的歌……

一只雄鹅飞上天，
我肚里四句头山歌元万千。
你里若要我把山歌儿来唱，
先借个煤头火来吃筒烟。（打"·"符号是轻声）

据原作者附注："一只雄鹅，无所取义，以儿歌中有'三钱银子买只大雄鹅，飞来飞去过江河'二句，故借用之"。应该说，这种借用，不限于单纯的模仿，是一种带有创造性的加工制作，它既有新的内容和意境，也不失去儿歌的特色，由于作者的加工和再创造，所以从第一歌起，到二十一歌止，使形形色色的题目和它们形形色色的内容，在意义上是完全取得了和谐一致的。这二十一个歌，有讽喻性的，如《善政桥直对鼓楼门》；有劳动歌，如《人家说摇船朋友苦连天》等；有情歌，如《郎想姐来姐想郎》等；有农歌，如《车车夜水也风凉》❶；有女工歌，如《隔壁阿姐你为啥面皮黄》❷；有悲谚，如《只有狠心格老子呒不狠心格娘》❸；有渔民歌，如《一网重来一网轻》；有船歌，如《摇一程来撑一程》；有牧歌，如《月亮弯弯照九州》。最后，再谈谈其中的滑稽歌（如《人比人来比杀人》便是），滑稽歌有一种特殊的形式，就是一、二句基本上保持着每行七个字，可是在第三句或四句上，往往把句子拉长，长达一行约五十字上下，这类写法，似说唱诗里的"楼上楼"和"垛子句"，它的伸缩性很大，艺术的表现力也很强，可以想见，民歌的形式，决不是如某些人所理解是定型、呆板的，不但在句子长短，不限于七字、五字，在段节上，也决不只是四句，真正好的民歌，无例外，在音节上都是自然流畅的。话归本题，上述这一类的歌，虽称为滑稽歌，可是在内容方面，并不怎么滑突梯，而是带着相当浓厚的反抗意识和阶级对立的思想。❹

在《瓦釜集》的后面，有一附录，取名为《手攀杨柳望情哥》，一共十九歌，其中第十九歌，是大家所比较熟悉的劳动的赞歌：

山歌好唱口难开，
樱桃好吃树难栽，
白米饭好吃田难种，

❶ 几个人夜里车水，一老人、一已婚中年、一少年、一童子，每人唱一节，首尾各有合唱。内容多系农村的家长里短的事儿。

❷ 唱法是一女子问，一女子答，类似湖南的"盘歌"，内容是反映旧中国纱厂女工的生活。

❸ 是根据江阴县的一句谚语而作的歌。

❹ 臧克家同志编的《中国新诗选》代序中对刘半农诗的评语。

鲜鱼汤好吃网难抬。

此外，便是十八首情歌，其中，也不乏晶莹绚烂的情感健朗佳作，不论在语言的形象、色彩音韵上；不论在象征、比喻夸张、烘衬等表现手法上；都往往达到完美的地步，如：

姐勒窗下洗衣裳，
云遮月暗路难行，
远望高楼一灯火，
轻轻咳嗽两三声。
手捏橹索三条弯，
好一朵鲜花在河滩，
“摇船阿哥火要采朵鲜花去？”
“采花容易歇船难”。

这里再谈半农先生对中国民间文学的继承和利用上的认识：比如他认为方言土语在使用它的地区说是最富有感染力的，这也是对的；不过，如半农先生另外所设想的：“一种言语传布的区域的大小，和他感动力的大小，恰恰成了一个反比例”，这样看法，未必妥当；我想：在文学作品里，我们不一概抹杀使用方言的某些好处；但是，为了使作品更通俗化、更为工农兵群众所喜闻乐见，则方言土语是无法担当这一任务的。也就是说，我们只有提倡，采用流布区域最广的民族共同语，去写文学作品，才是最宽阔的道路。一个作家，愈是注意采用有明确规范的民族共同语，则他的作品愈为人民群众所欣赏和理解，而决不会是相反。当然，慎重地去从方言土语中选择一些生动的词汇和词句，去丰富和发展我们民族的共同语，也是必要的；但是，不论怎样，我们不可以对二者一视同仁，或等量齐观的。这是我的第一点意见。第二点意见，是说半农先生毕竟在彼时和在彼一环境受了主客观上的局限，因此，在他的诗作里，虽然抨击了旧社会、同情了劳动者，而且在困难临头的时候，他也大大激发了爱国热情；但是，在他整个的诗作品里，却找不见为劳动者所明确指出斗争的方向，特别他在晚年，把全部精力，投到学术研究中去，逐渐脱离了政治，使他始终没能更跨进一步，成为一位自觉的阶级论者。在他作品里，如《巴黎的秋夜》、《无题》、《回声》、《尽管是》……等篇，也各在不同的程度上，显示了作者对人生的灰黯、消极的情绪，这和另一些反映生活现实的作品相比，是不大调合的。不过，总的看来，由于半农先生，辛勤一生，始终为寻求一个美好的未来而写作、而工作过，而且他的主要作品，还是植根在人民生活中，人民创作中的，因此，在中国的诗坛上，他毕竟给我们留下了值得纪念的珍贵礼物。特别是目前，在诗歌界正热烈讨论民歌形式以及民歌和新诗的结合等问题的时候，我们回头看看五四以来刘半农先生所走过或探索过道路想都会有新的体会和收获的。

（载 1959 年《诗刊》第 3 期）

女神再生的时代

——“新诗发展概况”之一（节录）

谢冕等

刘半农，是“五四”时期较早发表新诗，并取得显著成绩的现实主义诗人。他在1917年8月写的《香山纪游诗》，严格说来，更接近于白居易的新乐府；但是在同年10月写的《相隔一层纸》和以后的《卖萝卜人》、《学徒苦》等篇中，则逐渐地消除旧体诗的痕迹。在这些最早的篇章中，我们可以看到他的创作的主要特色：以严肃的现实主义的态度，面对生活，描写那个不平的社会，诗人同情劳动人民并且表现出他们的反抗情绪，而对封建及剥削阶级发出愤怒的控诉与诅咒。在《相隔一层纸》中，诗人写的是这样的生活：“屋里摆着炉火，老爷吩咐开窗买水果，说天气不冷火太热，别任它烤坏了我。”而“屋子外躺着一个叫化子，咬紧了牙齿对着北风喊‘要死’，”诗人最后说“可怜屋外与屋里相隔只有一层薄纸！”从这愤激的声音中，我们看到诗人对这个黑暗社会勇猛的揭露与抨击，对人民却寄以深切的同情。表现下层贫苦人民的生活，一直是刘半农诗歌中的主题：诗人给我们展示出一幅幅劳动人民悲苦生活的图景：“终日奔走，不敢言苦”的学徒，为伪警察砸锅捣灶四处流浪的卖萝卜老人，沿街高叫的卖菜小贩……他的诗充满着因劳动人民饱受压迫的悲愤，充满着对封建社会控诉的勇猛精神。由于他的思想还是停留在民主主义的水平，对于封建社会制度缺乏更深刻的认识，因此，他早期的声音还比较暗淡。但是现实生活中蓬勃的斗争浪潮和共产主义思想不能不影响他的创作。在五四运动以后所写的《铁匠》一诗中，就赋予主人公以崇高的形象。1920年写的长诗《敲冰》，则有着强烈的浪漫主义气息，影射着当时的革命斗争必然冲破重重障碍，走向胜利的艰难历程。而在《拟拟曲》、《呜呼三月一十八》和《瓦釜集》中大部分的民歌，则更强烈地表现了诗人对封建势力的反抗。

在刘半农的创作中能够较早地注意民歌和应用人民群众的口头语言。《扬鞭集》自序中，诗人把民歌比做"永远清新的野花香"，清楚地认识到"我们要说谁某的话，就非用谁某的真实语音与声调不可"。《拟拟曲》,《拟儿歌》就是这种主张比较成功的尝试。1922 年出版的《瓦釜集》，则全是用江阴方言写的四句头山歌。在《代自叙》中诗人说："集名叫瓦釜集，是因为我觉得中国的黄钟太多，"因此他要尽力"把数千年受尽侮辱与蔑视，打在地狱底里而没有呻吟机会的瓦釜之声，表现出一部分来"。在《瓦釜集》中，诗人不是机械的模仿和形式的抄袭，而是经过加工和提炼，应用人民自己创造的喜闻乐见的形式和日常生活的口语，表现了人民生活的愿望与声音。在刘半农的全部创作中，最有价值的作品，也就是这些真实的，对黑暗现实愤慨控诉，充满强烈的阶级对立思想的民歌体诗篇。

刘半农的创作思想一直停留在民主主义的基础上，当他在揭露黑暗的现实而充满反抗情绪时，他并没有找到这个斗争的力量，也不可能表现出革命斗争的一面，他的诗深沉、悲愤，但五四时代那种高昂、自信，乐观的精神，却没有充分的表现出来。特别是当他在国外留学归来以后，革命斗争向前发展，他依然停止不前，甚至逐渐失去对封建势力的战斗精神，躲进了研究室，从此诗人的声音便逐渐暗哑和消失了。但是刘半农五四时期的那些创作，却是新诗现实主义创作的可贵的开始。

（载 1959 年《诗刊》第 6 期）

半农杂文

唐弢

一九三四年七月十四日刘半农先生逝世后，杂志如《人间世》、《青年界》曾替他出过纪念特辑，蔡元培、鲁迅都写了文章。鲁迅先生写的是《忆刘半农君》，称道他《新青年》当时的功绩，譬如答王敬轩的双簧信，"她"字和"牠"字的创造等等。我觉得这是所有纪念半农文章里最好的一篇，不掩瑜，不溢美，句句道出了半农的为人。最后几段说：

近几年，半农渐渐的据了要津，我也渐渐的更将他忘却，但从报章上看见他禁称"密斯"之类，却很起了反感：我以为这些事情是不必半农来做的。从去年来，又看见他不断的做打油诗，弄烂古文，回想先前的交情，也往往不免长叹。我想，假如见面，而我还以老朋友自居，不给一个"今天天气……哈哈哈"完事，那就也许会弄到冲突的罢。

不过，半农的忠厚，是还使我感动的。我前年曾到北平，后来有人通知我，半农是要来看我的，有谁恐吓了他一下，不敢来了。这使我很惭愧，因为我到北平后，实在未曾有过访问半农的心思。

现在他死去了，我对于他的感情，和他生时也并无变化。我爱十年前的半农，而憎恶他的近几年。这憎恶是朋友的憎恶，因为我希望他常是十年前的半农，他的为战士，即使"浅"罢，却于中国更为有益。我愿以愤火照出他的战绩，免使一群陷沙鬼将他先前的光荣和死尸一同拖入烂泥的深渊。

这篇文章作于一九三四年八月六日，距半农之死约半月余。感怅无地，读来十分沉痛。到十一月三十日，周作人写了一篇《半农纪念》，发表在同年十二月二十日出版的《人间世》第十八期上。其中有一段说：

还有一首打油诗，是拟近来很时髦的浏阳体的，结果自然是仍旧拟不象，其辞曰：

漫云一死恩仇泯，海上微闻有笑声。
空向刀山长作揖，阿旁牛首太狰狞。

半农从前写过一篇《作揖主义》，反招了许多人的骂。我看他实在并不想侵犯别人，但是人家总喜欢骂他，仿佛在他死后还有人骂。本来骂人没有什么要紧，何况又是死人。无论骂人或颂扬人，里边所表示出来的反正都是自己。

此诗此文，据说都是为鲁迅而发的。抹煞事理，如此其极，想起来真不免令人毛发悚然。鲁迅所说的双簧信和"她"与"牠"的创造，周作人所说的《作揖主义》，以及半农后来禁呼"密斯"的文章，都见于《半农杂文》。《半农杂文》分第一册与二集两本。第一册山北平星云堂书店出版，一九二四年六月发行，道林纸印，十八开大本，卷首附作者小影两帧，第二帧且为彩色。自序一篇，三号仿宋字排。正文四十五篇。从这些文章看来，半农确是战斗过来的。《奉答王敬轩先生》和《作揖主义》，都是对旧礼教旧道德极猛烈的攻击，想不到一经举引，竟成了两个极端。这本书在上海方面，曾由开明书店代售。太平洋战争爆发后，日本侵略军进占整个上海，当时书店尚有存书，但其中《悼"快绝一世の徐树铮将军"》一文，代售者害怕文字狱，应市时已经撕去。我生平最讨厌这种残本，并且也想知道这位曾经为林琴南所期望的"荆生将军"小徐被暗杀后，半农为什么哀悼他？哀悼为什么又竟犯忌？于是辗转托人，才从书栈里找出一册完整本。原来半农在那篇文章里，说明死的悲哀，不在于本人，而在于关系人。徐树铮一死，应该致唁的倒不是他本人，而是另外四种人。第一种是白宫里的那位“内外感”圣人；第二种是国外国内的一班欢迎欢送，忙得屁滚尿流的阔老；第三种是他的一百多个随员、顾问、翻译、参议，下至无量数的二爷三小子之类；第四种呢？他说：

> 最后，便是东方的那一个贵国了！本年十二月二十五日，居留天津的该贵国人所办的《天津日报》，登了两段新闻，一段的题目是《叛将郭松龄の最后》，又一段的题目是《快绝一世の徐树铮将军》。哈哈，其喜可知，其喜可知！乃曾几何时而“快绝一世”四字竟成谶语！而可怜敝国的天，又不能赶快加工，替贵国在五分钟之内造出同样的一个鞠躬尽瘁的忠臣来，这不是糟尽天下之大糕么！我们对于该贵国，也该重重重重重重重重……的致唁！

自然，这对于当年的“友邦”和彼时的敌人是很不敬的，这本书便不得不遭到剜心的惨刑。至于《半农杂文二集》，则于一九三五年七月半农逝世周年忌的时候，作为遗著，由良友图书公司出版。文前也插照片两页。全书收正文四十九篇，门人商鸿逵序一篇。此书为《良友文库》之八，四十八开小本，和星云堂的一比，大小悬殊，插在书架上，一高一低，一厚一薄，看上去实在很不舒服。不过半农的文章，读起来却是使人十分畅快的，既流利，又幽默。有人说他有举重若轻的本领，“清淡时有如微云淡月，浓重时有如狂风急雨。”这句话说得很中肯。不过幽默易流于浮，流利易流于滑，有时不免有这种毛病。但就大体而论，半农的杂文很是泼刺，证明他应该是一个战士而不应该是一个打油诗人。他的文体，正如他的诗歌一样，值得特别提出来研究研究。

（载北京出版社 1962 年版《书话》）

早春的播种者

——刘半农先生的生平与作品（节录）

痖　弦

刘半农先生是中国新诗运动初期，最早的几位播种者之一。远在民国七年（一九一八）正月，在陈独秀、胡适主编的《新青年》四卷一期上，便出现过他的新诗。该期《新青年》一共刊出了三位作者的白话诗，他们是胡适（四首）、沈尹默（三首）和刘半农（二首），这具有历史性的九首作品，乃是中国《新诗》这个新文学形式的第一次出现。[1]

根据民国二十三年十二月五日《人间世》杂志十七期“纪念刘半农先生特辑”的文字显示，刘氏之试作白话诗，应该在民国七年以前便开始了，本书所选录他的第一首作品《相隔一层纸》，写于民国六年（一九一七）十月，在时间上仅仅稍迟于胡适，（胡氏“尝试”新诗，始自民国五年七月）。在那个时代里，写新诗是“大逆不道”的，胡适是留学生，在欧风美雨的吹打下成为文学改革者和新诗的提倡者，是极自然的事，但具有深厚旧学素养和成就如刘半农，他能不理睬传统派遗老遗少们的激烈反对，改弦易辙，响应新文学（新诗）运动，并不是一件寻常的事。

---

[1] 《新青年》四卷一号，一九一八年正月出刊，所载的九首新诗为：胡适四首（鸽子、人力车夫、一念、景不徙），沈尹默三首（鸽子、人力车夫、月夜），刘半农二首（相隔一层纸、题女儿小蕙周岁造像）。

有一段关于刘氏的轶话是文学史家们所津津乐道的：原来，在“文学改良”之前，刘半农是一位鸳鸯蝴蝶派（礼拜六派）的作家，曾用“半侬”的笔名（从这两个字，就可以想见他当时的文学趣味！）发表过不少才子佳人式的小说和笔记。胡适、陈独秀发起文学革命时，刘氏一反鸳鸯蝴蝶派作风，改名“半农”，大写白话诗和拥护文学革命、攻击旧文学的文章，当时有人对他说一句：“你懂什么？也有资格来提倡？”他一气之下，跑到法国巴黎大学念了个博士回来。对于这段传说，李长之（迫迁）在《刘复》一文中说：“那个一气就去法国之气，是一个多么可贵之气；这气不是骄傲，而正是谦虚；他反省自己之无学，从根本来研究语言。”❶

刘半农在法国研究语言学，回国后，任教北大，历任北平大学女子文理学院院长、中法大学中文系系主任，辅仁大学教务长、《世界日报副刊》主编等。除了新诗写作外，他把大部分精力贡献给语音学和民俗学的研究，利用科学仪器测量中文语音波纹曲线，分析我国方言、民歌、俗曲、话本的音律成份，并由此找出新诗创作可资借鉴之处。他还校辑《何典》，搜集《中国之下等小说》，考察其民俗价值与社会意义，成绩斐然，成为近代学术界一位不可多得的治学人才。他精力过人，除写诗、研究民俗语音、写歌（赵元任谱的《教我如何不想她》就是他写的歌词）、写杂文、摄影、鉴赏绘画之外，并带着他的学生为当时还健在的八国联军时代名女人赛金花，写了一本颇具史料价值的《赛金花本事》❷，他还创造新字，今天普遍被采用的“她”字，就是刘半农造的。❸

民国二十三年六月十九日，刘半农从北平到绥远去采集方言，回程时，途经张家口，感染上“回归热”，高烧不止，七月十日返回北平，七月十四日病逝协和医院。他原名寿彭，又名复，晚号曲庵，江苏江

❶ 见《二十今人志》，一九三五年上海良友图书公司出版，《人间世丛书》之一。

❷ 《赛金花本事》，初版本现藏美国加州大学柏克莱本校图书馆，原书残缺，出版日期不详。一九七〇年十月台北艺文志文化事业公司曾予重印，书名改为《刘半农访赛记》（又名《状元夫人赛金花》），书末并附有刘半农生平资料。编者为向诚、陈应龙。

❸ 见“《她》字问题”一文，载《半农杂文》第一册，页一三〇，一九三四年六月北平星云堂书店初版。

阴人，生于光绪十七年（公元一八九一）农历五月二十七日，享年不过四十四岁，实在是我国学术界及新诗界无可补偿的大损失。

“十载凑双簧，无词今后难成曲；数人弱一个，教我如何不想他！”刘半农的好友赵元任先生这幅情词凄婉的挽联，不但说明了他们之间深厚的情谊，同时也道出了当时学术界对刘半农无限的哀思和怀念。

刘氏逝世后，杂志如《人间世》、《青年界》都出刊追念专号，蔡元培、吴稚晖、周氏兄弟、李长之、赵景深、苏雪林都写了悼文，给予很高的评价。在现代文学史上，如论作家的死，恐怕再没有比鲁迅、徐志摩、刘半农三人更震动文坛的了。

纵观刘半农一生的文学业绩，可以说是多方面的。本文除了考察他在新诗方面的卓越成就外，并讨论他的民歌研究（民歌是广义的诗），杂文写作（着重其中所揭示的文学观和诗观）与翻译工作（有关诗方面的），希望透过这些，来肯定刘半农在我国新诗运动史上的地位。

一　他　的　诗

刘半农出现诗坛的时间在一九一八年至一九二七、八年间，这一阶段的新诗，可以说是新诗的“尝试期”，也有人称它为“小脚放大”时期，这个阶段，诗人们的共通缺点是只注意到形式（语言）的改变而未能深入到诗质的掌握，常常流于概念的直陈，缺乏形象的演化；很多作品，事实上只能算是白话散文的排列，根本不是诗。这种毛病，可以胡适、康白情、俞平伯、沈玄庐为最显著，而胡适自己也承认他的诗的意义仅止于“但开风气”，并说他不是个好诗人。但刘半农不同于上述诸人，他具有诗人的气质和才分，对于口语也有独特的驾驭力。虽然他的白话诗，某些地方不可避免的也犯了那个时代的通病，但他的绝大多数作品，都能在完成新形式（语言）之外，抓住了诗之所以为诗的某些本质。在刘半农的代表作《扬鞭集》[1]中，除《游香山纪事诗》、《学徒苦》为文言的过渡，《饿》、《敲冰》流于散文化泛滥外，大部分的诗，即使用今天的尺度来衡量，在艺术上仍是站得住的，对当

[1] 《扬鞭集》，刘半农诗集，一九二六年北新书店出版。

时诗坛的影响，自然是可以想象的。周作人在《扬鞭集序》里称赞他说："那时做新诗的人实在不少，但据我看来，容我不客气的说，只有两人具有诗人的天分，一个是尹默，一个就是半农……半农则十年来只做诗，进境很是明瞭，这因为半农驾御得住口语，所以有这样的成功，大家只须看《扬鞭集》便可以知道这个情实。天下多诗人，我不想来肆口抑扬，不过就我所熟知的《新青年》时代的新诗作家来说，上边所说的话，我相信是大抵确实的了。"赵景深对他的诗《在一家印度饭店里》也推崇备至，誉为《扬鞭集》的压卷之作，说它"艺术很完善，能在尺幅之中见千里。想象丰富，词语纯熟，全首没有一个不含诗意的字。"❶此诗写于一九二一年，地点是伦敦，这个时期，正是刘氏创作的颠峰时期，他的很多名作，都产生在这个时候。这里我们不妨欣赏一下《在一家印度饭店里》，这首散文诗的题材稀松平常，一经作者想象的幻化，好象点石成金，一切都活了起来！饭店中的一把盐，一罐水，一碟豆子，一搓胡椒面儿，都成了诗的触媒，都与佛地结了缘：

这是我们今天吃的食，这是佛祖当年乞的食……

这雪白的是盐，这袈裟的是胡椒，这罗毗般的红是辣椒末。

这瓦罐里的是水，牟尼般亮，"空"般的清"无"般的洁。这是泰晤士中的水，但仍是恒伽河中的水？！

这样的取材和表现，在当时是极为新颖而具有创意的。前面我也说过，早期的白话诗，虽然在语言上"白话化"了，但在意境上，仍在重复旧诗词的陈套，只不过把旧的意境"翻译"成分行的白话罢了。刘半农一开始就感觉到诗的革新，语言（形式）的变革还是次要的，精神本质（内容）的探索和题材的开拓比语言更重要；所以，当康白情、冰心还在"相思"的陈旧意境里打转时，刘半农诗之触须已经探测到新的方向了。

刘氏另一首名作《一个小农家的暮》，历来为各种选集及国文课本所选录，这首用白描手法描绘黄昏农家小景的诗，象《雨巷》之于戴

❶ 见《人间世》十期赵景深作《论扬鞭集中的三首诗》一文，一九三四年八月出刊。

望舒那样，差不多变成了刘半农的“代名词”了。全诗如下：

她在灶下煮饭，
新砍的山柴，
必必剥剥的响，
灶门里嫣红的火光，
闪着她嫣红的脸，
闪红了她青布的衣裳。
他衔着个十年的烟斗，
慢慢地从田里回来；
屋角里挂去了锄头，
便坐在稻床上，
调弄着只亲人的狗。
他还踱到棚里去，
看一看他的牛，
回头向她说：
“怎样了——
我们新酿的酒？”
门对面青山的顶上，
松树的尖头，
已露出半轮的月亮。
孩子们在场上看着月，
还数着天上的星：
“一，二，三，四……”
“五，八，六，两……”
他们数，他们唱：
“地上人多心不平，
天上星多月不亮。”

一九二一年二月七日，伦敦

此诗读起来比《在一家印度饭店里》更为平淡无奇，但细细品味，你会发觉这首简单的诗并不简单；简单的是它的文字，不简单的是因文字而产生的联想，这联想，在形式上有动作，有色彩，也有声音，在内容上则有它的暗示和象征。西方现代小说主张用具体的客观事物呈现，来制造艺术感动而不加诸任何作者主观的价值判断；海明威认为一个军队的番号、街道的名字要比很多抽象的观念如光荣、牺牲等在表现上更具说服力（大意如此），这种表现技巧，至今仍为多数现代作家所使用，而刘半农远在一九二一年就在作这样的尝试了。试读这首《一个小农家的暮》，我们找不到一般概念下的描写农家乐的句子；既没有说“风调雨顺”，也没有说“五谷丰登”，更没有“农家乐乐如何，农家乐真快乐”等等的赞叹，全篇只是一些动作，作者的笔象电影摄影机一般，冷静而不带丝毫感情的，传达了这些动作。这个“电影脚本”共三场；第一场：一个农妇在灶前煮饭，她的先生从田里回来，他在屋角挂了锄，坐在稻草床上调弄他的爱犬。第二场：他踱到牛栏里看牛，回头对她说：“怎样了——我们新酿的酒？”这时镜头“摇”向“松树的尖头”，特写那“已露出半轮的月亮”。第三场：孩子们在场上看月，数星，唱儿歌……就这么平铺直叙，不加任何的解说，也不表示任何“态度”，如此看似没有技巧而事实上含有高度技巧的安排，是刘半农的高明之处。在早期新诗人中，不是没有人想这么做，如俞平伯的《冬夜》[1]《西还》[2]，康白情的《草儿》[3]，甚至朱自清的一些诗，都希望用平浅的白话表达自己的意境，但成功的例子不多。单以白描手法（“白话诗”的最大特色）这方面而言，刘半农显然是一应大家，虽然，他作品的量并没有他同时代的诗人多。

散文诗《雨》[4]，写于一九二〇年八月六日伦敦，虽也是一首成功的作品，但论者却很少提及这首诗，大概是认为它是小孩子玩艺儿而不予理睬吧，殊不知这首诗是那个时期绝无仅有的童话诗，（绿原和杨唤的相继出现，已是四十年代中期和五十年代初期的事了。）《雨》的

---

[1] 《冬夜》，俞平伯诗集，一九二二年上海亚东图书公司出版。

[2] 《西还》，俞平伯诗集，一九二四年亚东版。

[3] 《草儿》，康白情诗集，一九二二年亚东版。

[4] 见《刘半农诗选》，一九六〇年二月香港新月书店出版。

最后三节，这么写着：

> 妈！我要睡了！那不怕野狗野猫的雨，还在黑黑的草地上，叮叮咚咚的响。它为什么不回去呢？它为什么不靠着它的妈，早些睡呢？
>
> 妈！你为什么笑？你说它没有家么？——昨天不下雨的时候，草地上全是月光，它到那里去了呢？你说它没有妈么？——不是你前天说，天上的黑云，便是它的妈么？
>
> 妈！我要睡了！你就关上了窗，不要让雨来打湿了我们的床。你就把我的小雨衣借给雨，不要让雨打湿了雨的衣裳。

"你就把我的小雨衣借给雨，不要让雨打湿了雨的衣裳"，如此俏皮、新颖的句法，就是衡诸六、七十年代的中国诗坛，也是毫不逊色的。这样的意象，如有人说是摘自郑愁予的诗句，人们一定会信以为真的。

刘半农之所以大量使用散文诗的形式，想来是为了彻底摆脱旧诗的桎梏，避免再落入半文言长短句的窠臼中。这种诗如果处理不好，就会如周作人所说的："一切作品都象是一个玻璃球，晶莹透澈得太厉害了，没有一点朦胧，因此，也似乎少了一个余香与回味。"❶这是那个时代散文诗的通病，其实，连周作人自己也没能完全避免这个毛病，他的诗作《过去的生命》，散文化的情形也是颇为明显的。所谓散文诗，乃是以散文的体裁所写的诗，在本质上是诗，而非散文，这个认识，刘半农自然是知道的，朱自清也是知道的，因此刘写了《雨》和《墨蓝的海洋深处》，朱写了《匆匆》，二者都成为散文诗的典型作品。

从《扬鞭集》中，我们也发现不少表现力薄弱的诗，甚至可以严格的说是——坏诗。《相隔一层纸》，左翼文学家编的诗选上总不忘选这首可以跟"阶级意识"扯上关系的诗，事实上，这却是一首次等之作；此诗病在过于简单透明，也就是周作人所说的缺乏"余香与回味"。

---

❶ 见周作人《扬鞭集序》。

不过它诞生的时间实在太早（民国六年即一九一七年），不宜太严格的尺度去衡量它。《学徒苦》一作，形式和语言均极陈旧，连“放大的小脚”都谈不上。《敲冰》，大而无当，重复冗长，看不出什么好处来。笔者认为朱自清的长诗《毁灭》[1]，刘半农的《敲冰》是两首长得令人难耐的作品。我这种看法，也许太偏颇了一些。

二 他的民歌

在诗歌创作的体裁上，刘半农自认为是富多样性变化的。最初用无韵诗、散文诗，后来用方言拟民歌、拟“拟曲”，都是他首先尝试而犹致良好成绩的。对白话诗和民歌的音节问题，自民国九年后，他也和陆志韦（《渡河》作者）一样，花了很大的工夫去研究、实验。他的《瓦釜集》便是一册民歌体的诗，用江阴方言、民歌“四句头山歌”的声调融化而成，这些作品不论其艺术成就如何，至少替有心学习传统和俗文学的新诗人，提供了一些宝贵的角度。刘半农的另一民俗著作《江阴船歌》[2]则是取自船夫口中的歌谣，是中国民歌中极具代表性的一部分，刘氏把它引导到文坛上来，其意义当然不止于民俗学了。

小小里横河一条带，
河过边小小里青山一字排。
我牛背上清清楚楚看见山坳里，
竹篱笆里就是他家格小屋两三间。

（《瓦釜集》第二十一歌）

这是《瓦釜集》第二十一首中的四句，这样美丽的意象，虽是诗人的编织，但丝毫看不出斧凿之痕，颇能掌握住民歌自然清纯的特质。《瓦釜集》创作的旨趣，除了诗歌和民俗的意义外，还有社会的和历史

---

[1] 《毁灭》，载朱自清诗集《踪迹》，一九三〇年亚东版。

[2] 《江阴船歌》，刘半农民俗作品之一。

的意义，刘半农在给周岂明的信上解释说："集名叫做《瓦釜》，是因为我觉得中国的'黄钟'实在太多了。单看一部《元曲选》，便有那么多的'万言长策'，真要叫人痛哭，狂笑，打嚏！因此我现在做这傻事：要试验一下，能不能尽我的力，把数千年来受尽侮辱与蔑视，打在地狱底里而没有呻吟机会的瓦釜的声音，表现出一部分来。"[1]

从这一段话，可以了解刘半农之所以研究民歌并且创作民歌，是想传承我国在野文学的宝贵传统，运用俗歌（民歌与儿歌）的内在生命特质，声韵和调子，来创造一种新的方言文学。刘半农认为这种文学才是最真挚最动人的文学，是"我们母亲说过的言语"，别看它传布面太小，但它的感动力却是很大的。

"传布面太小，"也许是刘半农言中了，《瓦釜集》与《扬鞭集》比起来，前者的影响就嫌太弱了。《瓦釜集》出版二十多年，民俗界的情形我们不知道，至少在新诗界，反应是冷淡的，诗人们追随刘氏之后进行新民歌创作的，可谓少之又少，直到四十年代中期左翼诗人李季的《王贵与李香香》[2]，袁水拍的《马凡陀的山歌》[3]和田间的《赶车传》[4]相继出版，民歌体的诗，才又成为诗创作的时尚。……

刘半农除了醉心于创作、研究民歌外，还从事民歌的翻译。《国外民歌译》便是一部世界各国的民谣集，刘半农用他纯熟的译笔，丰富的幽默感，把各国民谣加以译介，使我们对世界民谣，有了一个比较性的认识。如法国民歌中有："我的丈夫死了啊！……拿个破罐儿敲敲罢。"与中国北方民谣："我老伴儿死啦，你怎么不哭她？盆儿呀，罐儿呀，我的老蒜瓣儿呀。"可谓异曲同工。集中《西班牙的短民歌四十五首》里第九首说："因为你向我接了一个吻，你的母亲就动了怒了。现在接还你一个吧，你叫她不要再闹了。"这样的幽默，中国民歌里就比较少见。

在《国外民歌译自序》[5]中，刘半农坦率的表示出他的文学"偏见"，他说他之所以喜欢民歌，是因为他"爱阔大，不爱纤细；爱朴实，不

[1] 见《寄瓦釜集稿》一文。载《半农杂文》第一册，一九三四年六月北平星云堂书店出版。

[2] 《王贵与李香香》李季著，一九四五年海洋版。

[3] 《马凡陀的山歌》，袁水拍著，一九四六年上海生活书店印行。

[4] 《赶车传》，田间著，一九四九年新华版。

[5] 见《半农杂文》二集，页十一、十六，一九三五年七月一日上海良友公司出版。

爱雕琢；爱爽快，不爱腻滞；爱隽趣的风神，不爱笨头笨脑的死做”的气质，他认为民歌是自然的天籁，没有“周公制礼”的封建气息，而是一种我歌且谣，帝力于我何有哉的大无畏精神。刘半农认为民歌是最纯洁的文学，也是为庙堂士大夫污染最少的文学，他说：“好在世间只有文字狱，没有歌谣狱；所以自由的空气，在别种文艺中多少总要受到些裁制的，在歌谣中却永远是纯洁的，永远是受不到别种东西的激扰的。”这种对歌谣的理解，可谓相当深入。不过有时候，刘氏对民歌的喜欢，简直到了“溺爱”的程度：

世上有四大宽滔：
穿大鞋，
放响屁，
河里洗脸，
校场里睡。

刘半农称赞这首内蒙古五椇牛窑子的民歌，生动地表现了西北荒原中“野蛮的阔大精神”，是任何士大夫文学绝对表现不出来的，这点我们自然同意，但对云南个旧的山歌：

热头要落又不落，（热头，太阳也）
小妹有话又不说；
小妹有话只管讲，
热头落坡各走各。

刘半农说这首民歌虽然只不过二十八个字，但论悲怆缠绵，可以抵得过一部《红楼梦》，这种看法，不免失之于偏了。

三　他的杂文

刘半农的杂文无论在质与量上都可与他诗的成就等高。但在五四时期的新文学者中，讲到以散（杂）文著称的作家，不知为甚么，论者往往喜欢以周氏兄弟、朱自清、徐志摩为代表，而忽略了刘半农这方面的贡献。多少年来，人们似乎只知道诗人的刘半农，语言学家的刘半农，民俗学家甚至摄影家的刘半农，而忘记了散文家的刘半农，这不能说不是一种遗憾。事实上，刘半农的散文决不亚于上述诸人。……

谈到刘半农的散文风格，可以用自然，朴实，幽默，泼辣，豪放来概括。这种风格，乃是刘半农的气质所决定的。他曾经说："我不爱六朝人的赋而爱《世说新语》及《洛阳伽蓝记》；不爱苏东坡的策论而爱他的小品；不爱杜甫而爱李白；不爱李义山而爱李长吉；爱诗不爱词，因为词有点'小老婆'气，(这是就最大多数的词说)；爱古体诗及近体绝诗而不爱律诗，尤其不爱排律，以为读一首三十韵的排律，胜如小病一场！"[1]从这些话可见出他的文学趣味；这个趣味，自然影响了他的散文写作风格。他以为好的散文是应该直见性情的，他说："我以为文章是代表语言的，语言是代表个人的思想情感的，所以要做文章，就该赤裸裸的把个人的思想情感传达出来：我是怎样一个人，在文章里就还他是怎样一个人，所谓"以手写口"，所谓"心手相应"，实在是做文章的第一个条件。"[2]读完他的两卷杂文，我们发现他的确是奉行上述条件的人，不过有时候因为太动感情，太无隐饰，也使他的某些作品，难免有着游戏或意气的成份。如《半农杂文》第一集中有一篇《徐志摩先生的耳朵》，刘半农要"情商"把徐志摩的耳朵割下来做"试验"：

"……最难的是徐先生的耳朵，不能割下观察与试验，但我总想尽我能力，打破难关。

"万一竟是无法，我要与徐先生情商，定一个极远的预约：

"到徐先生同太戈尔一样高名高寿之后万一一旦不讳，而彼时我刘复幸而尚在，我要请他预先在遗嘱上附添一笔，将两耳送给我解剖研究，至少也须是两个耳轮，能连同他的细皮，自

[1] 见《半农杂文》二集，页十二，《国外民歌译自序》。

[2] 见《半农杂文》第一册，页八，《自序》。

然更好。”❶

这未免嘻笑怒骂得过份而流于刻薄了。徐志摩只不过说他对刘半农的某首诗“只能诵而不能懂”，就惹来一顿痛骂，真是冤哉枉也。不过回过头来想，当时刘半农徐志摩他们都是三十左右肝火旺盛的小伙子，又值火药气味浓烈的文学革命期，彼此几句话不投机就“玩恼了”的情形，也是可以理解的。

四 他的翻译

刘半农从事翻译远在参加新文学革命之前，唯早年译作都是一些与纯文学无甚关系的一般读物，连他自己也不愿提及。不过民国五年他在上海用文言译过一篇英国诗人拜伦的“家书”，文词之古朴典雅，不在林琴南、严复之下，不容忽视。这里摘录一小段，以见出他译笔风格的一斑：

“……儿自去国至今，长日仆仆，颇多跋涉之苦；然山川风物，在在足娱人意，始终未有一顷之无聊也。儿意循此以往，儿之气质必变：始也喜旅行而倦于家居，终乃漫游成习，与支波西（Gipsy）人同一气味。此等气味，人谓嗜旅行者成具之，信也。”❷

另有一篇约翰生（Samuel Johnson）写的《诗人的修养》，译于一九一七年五月江阴，采用半文半白的文体，读起来音韵铿锵，不象翻译，简直是中文创作：

“……我即立意要作诗人，遂觉世上一切事物，各各为我生出一种新鲜意趣来。我心意所注射的地域，亦于刹那间拓充百倍；自知无论何种知识，均万不可轻轻忽过，我当排列诸名山诸沙漠之印象于眼前，而比较其形状之同异；又于心头作画，凡森林中有一株之树，山谷中有一朵之花，但令曾经见过，既收入幅中；岩石之顶点，宫阙之高尖，我以等量之心思观察之；小河曲折，细流淙淙，我必循河徐步，以探其趣；夏云倏起，弥布天空，我必静坐仰观，以穷其变。所以然者，

❶ 见《半农杂文》第一册，页一九一，《徐志摩先生的耳朵》。

❷ 见《半农杂文》第一册，页十四，《拜伦家书》。

深知天下无诗人无用之物也。……[1]刘半农译笔之美，于此可见。

参加新文学革命后，刘半农改用白话译述，旧语言的羁绊似乎一点也看不出来，他驾驭日常口语的熟练老到，令人惊叹。试读本书《译诗选》部分的诗，如泰戈尔的《恶邮差》、《著作资格》、《海滨五首》、《同情二首》等诗，白话文那样子好法，至少在那个时期除了胡适之外，恐怕找不到第二个人。刘氏名译颇多，限于篇幅，不在此一一列举。

《扬鞭集》原来计划分三卷，下卷是译诗，不过后来好象一直没有出版。本书中的译诗，系录自一九六〇年香港新月书店出版之《刘半农诗选》的末卷。

除译诗、诗论外，刘半农还译过《茶花女》的剧本，左拉的小说等，均畅销一时。赵聪先生在《现代中国作家列传》（一九七五年十月香港中国笔会出版）上说，"刘半农曾有邀约鲁迅兄弟翻译世界文学丛书之议，事未果行。"想必是一个庞大的翻译计划，其实以刘氏的功力，一定可以把它做得尽善尽美。可惜天不假年，这个翻译计划，也永远成为刘氏未竟之业的一部分了。

……

（载台北洪范书店出版《刘半农卷》，痖弦编）

[1] 见《半农杂文》第一册，页四十六，《诗人的修养》。

刘 半 农

林 非

刘半农的重要成就，是在新诗方面取得的，不过在五四初期的杂文创作中，他的作品也曾发生过相当大的影响，象批驳封建顽固派的《奉答王敬轩先生》，就是这样的篇章。只要谈论现代文学史上的思想论争，就不能不讲到这出有名的“双簧戏”，不能不讲到这篇战斗的论文。它在驳斥论敌的观点时，高屋建瓴，条分缕析，把封建国粹派批判得体无完肤。作者旁征博引，举重若轻，文章写得流利畅达，琅琅上口，简直可以从字里行间看到作者是多么的意气风发，神采飞扬。也是写于一九一八年的《作揖主义》，全篇尽用反话，对封建主义的旧文明和旧道德，揭露得淋漓尽致，在貌似恭敬的揶揄中显示出对它极端的蔑视。这两篇杂文都充分表达了作者那种与众不同的风格。

作者的这种战斗锋芒，是表现得异常充分和明显的。在一九二五年反对帝国主义的群众运动高潮中，他也相当明朗地表达了自己的态度：“凡是腿踏我们东方的，或者是眼睛瞧着我们东方这一片‘秽土’的，其目的决不止身入地狱，超度苦鬼”（《寄周启明》）；而《悼“快绝一世の徐树铮将军”》，则指出了曾经不可一世的北洋军阀徐树铮，竟是日本帝国主义的“鞠躬尽瘁的忠臣”，因此要向“该贵国”“重重重重重重重重……的致唁”，嬉笑怒骂，一语中的。

在当时反对帝国主义的斗争中，鲁迅曾与资产阶级文人徐志摩、陈源展开了正面的交锋，抨击他们追随与附和帝国主义的行径，刘半农也和鲁迅协同作战，写过《徐志摩先生的耳朵》和《骂瞎了眼的文学史家》这两篇文章。前者象《奉答王敬轩先生》那样，层层剖析，侃侃而谈，辛辣地讽刺了徐志摩神秘主义的艺术观；后者象《作揖主义》那样，通过满篇的反语，将那些把陈源的英语吹捧得比狄更斯还要高明的论调，加以艺术的夸张，顺着这些肉麻的吹嘘，责备威尔斯的《世界史大纲》竟没有陈源的名字，真是“糊涂到万万分，著书时把个极重要的人物，而同时又是他最亲密的朋友，竟轻轻的忘去了”，因此“痛骂这班历史家瞎眼”，进而呼吁北京大学历史系主任朱逷先千万别忽略了，要他赶紧添设“陈源教授之研究”一科，因为“现在只有这一个人替我们中国绷绷场面”，真是妙语解颐，令人绝倒。

他的杂文大体上就是这两种写法：一是畅达流利，发挥驳难的气势；二是运用反语，竭尽夸张之能事。无论采取哪一种写法，他都寓庄于谐，以滑稽出之，使读者感到津津有味和亲切易懂。他这种征服读者的艺术，是值得我们借鉴的。特别是当我们要克服枯燥乏味的八股气息时，就更有现实的意义。

刘半农在谈论民间歌谣时说：“它的好处，在于能用最自然的言词，最自然的声调，把最自然的情感发抒出来”（《国外民歌译·自序》）。他写杂文也是如此，正象他自己所说的那样，“要做文章，就该赤裸裸的把个人的思想情感传达出来：我是怎样一个人，在文章里就还他是怎样一个人”（《半农杂文·自序》），因此他写得流畅、坦率和恳切，真可谓读其文如见其人。由于他为人的“喜欢开顽笑”，他的杂文就写得诙谐和泼辣。比起鲁迅的杂文来，他的作品自然显得较为浅露，然而无论如何总是很好地完成了自己的历史任务。除了杂文的成就之外，他的新诗在现代文学史上更是有着重要的地位。

他对人民群众满怀着同情和爱护，他写诗的一个目的，就是“把数千年来受尽侮辱与蔑视，打在地狱底里而没有呻吟的机会的瓦釜的声音，表现出一部分来”（《寄〈瓦釜集〉稿与周启明》）。他的有些诗确实是唱出了民间的疾苦与人世的不平。他在诗歌形式上也进行过多方面的尝试，他将民歌、古典诗歌和外国诗歌的各种形式，融合在自己的新诗创作中，从他的《扬鞭集》可以明显地看出这一点来，而在他的《瓦釜集》中，更是用江阴方言和江阴民歌的声调来做诗了。他在新诗创作中进行的这种探索，是值得注意的。

三十年代以后，刘半农渐据要津，竟忘却了自己曾经战斗过来的路途，日趋落伍和倒退，在林语堂等人编辑的《论语》和《人间世》上，挂起“桐花芝豆堂”的招牌，大做非驴非马的打油诗；挂起“双凤凰砖斋”的招牌，大写半文半白的小品文。他嘲弄青年学生，攻讦进步舆论，俨然是一个散发着遗老和遗少气味的旧派中人了。这理所当然地引起了鲁迅的不满，鲁迅这样说道：“我爱十年前的半农，而憎恶他的近几年。这憎恶是朋友的憎恶，因为我希望他常是十年前的半农，他的为战士，即使‘浅’罢，却于中国更为有益。我愿以愤火照出他的战绩，免使一群陷沙鬼将他先前的光荣和死尸一同拖入烂泥的深渊”（《忆刘半农君》）。鲁迅充分肯定了他在五四时期的战斗业绩，却又否定了他后来的复古与倒退，这是一种实事求是的科学态度，而且又因为他跟刘半农曾经并肩战斗过，所以在他的评论中，就还交织着一种爱和憎的深情。

（载1980年天津百花文艺出版社版《现代六十家散文札记》）

简明文学百科全书·刘复

切尔卡夫斯基

刘复，又名刘半农。1891 年 5 月 27 日生。江苏省江阴县人。1934 年 7 月 14 日于北京逝世。

中国诗人，语文学家，“五四”运动参加者。1920—1925 年期间，曾在伦敦和巴黎求学。自 1925 年起任北京大学教授。为纪念第一次世界大战的牺牲者而创作的诗集《扬鞭集》(1926 年)，描述了资本主义社会中人的悲剧和社会精神生活。诗集《瓦釜集》(1926 年)，风格甚为接近民歌。刘复并将印度诗人 P. 太戈尔的作品，以及 H. C. 屠格涅夫的散文诗译成中文。刘复的语言学著作《中国文法通论》(1921 年，1939 年重版)等，都广为读者所熟知。

著作:《半农杂文》1、2 卷，1935 年上海版。《刘半农诗选》，1958 年，北京版。俄译本有《诗集》，集中收有“红色的浪潮”、“五四”诗歌，1964 年，莫斯科版。《多雨的林荫道》、《1920—1930 年代中国抒情诗》，1969 年，莫斯科版。

参考书: 切尔卡夫斯基著《1920 年—1930 年代的中国新诗》，1972 年，莫斯科版。

（切尔卡夫斯基）

（天津社会科学院文学研究所谭思同译自苏联《简明文学百科全书》第 9 卷）

中国学艺大事典·刘复

近藤春雄

刘复（1891——1934），诗人、散文家、中国语言学者。江苏省江阴县人。字半农。自 1918 年，同胡适、陈独秀、钱玄同等人先后编辑《新青年》杂志，致力于文学革命。发表有《我之文学改良观》《诗与小说在精神上之革新》等文，收入在《中国新文学大系》。他很早就发表新体诗（与胡适、沈尹默，最早在《新青年》4 卷 1 号上，发表新诗两篇），为新诗的确立而奔走。诗集有《扬鞭集》《瓦釜集》。此外，还长于写随笔，写了许多微妙洒脱，富于幽默感的文章，经常在《论语》《人间世》等杂志上发表。他的杂文集里，除了《半农杂文》外，还有描述名妓赛金花故事的《赛金花本事》（1933）；此外，在语言音韵学方面也有很深造诣。他的著作有《中国文法通论》（1919）、《中国文法讲话》（1933）、《国语运动略史》（1925）、《宋元以来俗字谱》 （与李家瑞合编，1930）等；另有《中国俗曲总目》（与李家瑞合编，1932）、《敦煌掇琐》等。1917 年任北京大学预科教授，1919 年兼任北京高等师范学校本科讲师。1920 年受教育部派遣去伦敦大学大学院学习。1921 年转入巴黎大学。1925 年秋回国。回国后，历任北京大学中文系教授，中法大学讲师，中央研究院历史语言研究所特约研究员（1928），北平大学女子文理学院院长（1930）。1934 年 7 月 14 日，逝世于北京协和医院。终年四十四岁。以上见于《燕京学报》第 16 期《悼刘半农》一文。

翻译成日文的有：竹内好译《赛金花》

（生活社 1942 年出版）

参考书：
《关于刘复的〈四声实验录〉》高田文彦
（发表于《中国语学》22）
《半农谈影》，收入土井彦一郎译《西湖之夜》（白水社 1931 年出版）
《刘半农诗文选》（北京人民文学出版社 1956 年出版）

（天津社会科学院日本研究所马玉贞译自日本近藤春雄《中国学艺大事典》，日本大修馆书店 1978 年 10 月出版）

著译年表

刘半农著译年表

匕首（侦探小说）
1913年夏作
载1914年3月《中华小说界》月刊第1年第3期，署名半侬

假发（短篇小说）
载1913年8月《小说月报》第4卷第4号，署名半侬

半侬征联（通告）
载1913年10月8日上海《时事新报》“杂俎”

秋声（百字小说）
载1913年10月13日上海《时事新报》“杂俎”，署名半侬。文末附“案语”三则

局骗（短篇小说）
载1913年10月《小说月报》第4卷第6号，署名半侬

西笑译丛四则（笑话）
载1913年11月10日上海《时事新报》“杂俎”

半侬征联批露（通告）
载1913年11月27、28日，12月3、4日上海《时事新报》“杂俎”

黑行囊（滑稽小说）
载1914年5月《中华小说界》月刊第1年第5期，署名半侬

顽童日记（滑稽小说）
载1914年6月《中华小说界》月刊第1年第6期，署名半侬

洋迷小影（滑稽小说）
载1914年7月《中华小说界》月刊第1年第7期，署名半侬

财奴小影（滑稽小说）
载1914年8月《中华小说界》月刊第1年第8期，署名半侬

伦敦之质肆（社会小说）
载1914年8月《中华小说界》月刊第1年第8期，署名半侬

美洲风俗趣谈（笔记）
载1914年9月《中华小说界》月刊第1年第9期，署名半侬

默然（哀情小说）
载1914年10月《中华小说界》月刊第1年第10期，署名半侬

咏而归（醒世小说）
载1014年11月《中华小说界》月刊第1年第11期，署名半侬

此何故耶（俄国　托尔斯泰　哀情小说）
载1914年11、12月《中华小说界》月刊第1年第11、12期，署名半侬

橡皮傀儡(美国 Edward Eggleston 实业小说)
载1914年12月5日《礼拜六》周刊第27期，署名半侬

奉赠一元（美国 Franklin Conger 实业小说）
载1914年12月19日《礼拜六》周刊第29期，署名半侬

疗妒（实事小说）
载1915年1月2日《礼拜六》周刊第31期，署名半侬

未完工（言情小说）
载1915年1月《中华小说界》月刊第2年第1期，署名半侬、省吾

终身恨事（短篇小说）
载1915年1月《中华学生界》月刊第1卷第1期，署名半侬

仟吻（家庭小说）
载1915年1月《中华妇女界》月刊第1卷第1期，署名半侬

哲学家（美国　夸德　滑稽小说）
载1915年2月6日《礼拜六》周刊第36期，署名半侬

幸福之怪物（美国 George Jean Nathan 实业小说）
载1915年5月27日《礼拜六》周刊第39期，署名半侬

福尔摩斯大失败第1—3案(滑稽小说)
载1915年2月《中华小说界》月刊第2年第2期，署名半侬

影（滑稽小说）
载1915年3月《中华小说界》月刊第2年第3期，署名半侬

八月十二（短篇小说）
载1915年4月《小说海》月刊第1卷第4期，署名半侬

帐中说法（英国 Douglas Jerrold 家庭小说）
载1915年3—5月《中华小说界》月刊第2年第3—5期，署名瓣侬

烛影当窗（英国　柯南道尔　外交小说）
载1915年5月《中华小说界》月刊第2年第5期，署名半侬

悯彼孤子(日本　德富芦花　哀情小说)
载1915年5月《中华小说界》月刊第2年第5期，署名半侬

卑田院客（法国 Marcel Prévost　短篇小说）
载1915年5月《小说海》月刊第1卷第5期，署名半侬

希腊拟曲盗讧（哲理小说）
1915年6月作
载1915年10月《中华小说界》月刊第2年第10期，署名半侬
初收《半农杂文》第1册，改题《两盗》(拟拟曲）

情悟（言情小说）
载1915年6月《中华小说界》月刊第2年第6期，署名海澄、半侬

吃河豚（滑稽小说）
载1915年7月31日《礼拜六》周刊第61期，署名半侬

杜瑾讷夫之名著（名家小说）
一、乞食之兄
二、地胡吞我之妻
三、可畏哉愚夫
四、嫠妇与菜汁
载1915年7月《中华小说界》月刊第2年第7期，署名半侬

黑肩巾卷上（国事小说）
载1915年7—12月《中华小说界》月刊第2年第7—12期，署名天游原译，半侬润辞

英王查理一世喋血记（法国 Guizot 历史小说）
载1915年8月《中华小说界》月刊第

2年第8期，署名半侬

诛心（哲理小说）
载1915年9月《中华小说界》月刊第2年第9期，署名半侬

玉簪花（法国W. H. G. C政治小说）
载1915年10月《小说大观》季刊第2集，署名半侬

戌獭（英国F. J. Fraser独幕喜剧）
载1915年10月《小说大观》季刊第2集，署名半侬

如是我闻（俄国 托尔斯泰 社会小说）
载1915年11月《中华小说界》月刊第2年第11期，署名半侬

淡娥（侦探小说）
载1915年11、12月《中华小说界》月刊第2年第11、12期，署名半侬

暮寺钟声（美国 华盛顿·欧文 哀情小说）
载1915年12月《中华小说界》月刊第2年第12期，署名半侬

一身六表之疑案（英国 柯南道尔 侦探小说）
载1915年12月《小说大观》季刊第4集，署名半侬

敌我矛盾（社会小说）
载1916年1月《中华小说界》月刊第3年第1期，署名半侬

黑肩巾卷下（国事小说）
载1916年1—6月《中华小说界》月刊第3年第1—6期，署名半侬

战后（两幕悲剧）
载1916年1、2月《中华小说界》月刊第3年第1、2期，署名半侬

拿破伦痪死之翻案（历史小说）
载1916年2月《中华小说界》月刊第3年第2期，署名半侬

呱呱默默（哀情小说）
载1916年3月《中华小说界》月刊第3年第3期，署名半侬

小伯爵（家庭名剧）
载1916年3—5月《中华小说界》月刊第3年第3—5期，署名半侬

托尔斯泰之情书（书信）
载1916年3月《中华小说界》月刊第3年第3期，署名半侬

X与O（英国 维廉勒苟 侦探小说）
载1916年3月《小说大观》季刊第5集，署名半侬、小青

《乾隆英使觐见记》序（序跋）
1916年春作
初收1917年8月上海中华书局版《乾隆英使觐见记》（清外史丛刊之一）署名刘复半侬

福尔摩斯大失败第4、5案（滑稽小说）
载1916年4、5月《中华小说界》月刊第3年第4、5期，署名半侬

廿六人（俄国 高尔基 短篇小说）
载1916年5月《小说海》月刊第2卷第5号，署名半侬

英国勋士柯南道尔先生小传（传记）
初收1916年5月上海中华书局版《福尔摩斯侦探案全集》，署名刘复半侬

《福尔摩斯侦探案全集》跋（序跋）
1916年5月12日作
初收1916年5月上海中华书局版《福尔摩斯侦探案全集》，署名半侬

立志难（少年小说）
载1916年5月《中华学生界》月刊第2卷第5期，署名半侬

愚民术（社会小说）
一、国师　　　　二、叶仙
载1916年6月《中华小说界》月刊第3年第6期，署名半侬

塾师（美国　霍桑　社会小说）
载1916年6月《小说大观》季刊第6集，署名半侬

韩卢忆语（宫廷小说）
载1916年6月《小说大观》季刊第6集，署名半侬

铜塔（英国　维廉勒苟　侦探小说）
载1916年6月《小说大观》季刊第6集，署名半侬、小青

庸人自扰（短篇小说）
载1916年7月《小说海》月刊第2卷第7号，署名半侬

柳原学校（英国　柯南道尔　社会小说）
载1916年10月《小说大观》季刊第7集，署名半侬

看护妇（法国Max ó Rell哀情小说）
载1916年10月《小说大观》季刊第7集，署名半侬

爱尔兰爱国诗人（灵霞馆笔记）
约瑟·柏伦克德《火焰诗》7首、《悲天行》3首；麦克顿那《咏爱国诗人》3首；皮亚士《割爱》6首、《绝命词》2首。载1916年10月《新青年》月刊第2卷第2号，署名刘半侬
初收1958年2月人民文学出版社版《刘半农诗选》。《咏爱国诗人》3首未收

欧洲花园（葡萄牙 席尔穿 散文）
载1916年11月《新青年》月刊第2卷第3号，署名刘半侬

拜伦遗事（灵霞馆笔记）
1916年10月作，上海
载1916年12月《新青年》月刊第2卷第4号，署名刘半侬
《半农杂文》第一册摘收，改题《拜仑家书》

丹墀血（短篇小说）
载1916年11月《小说海》月刊第2卷第11号，署名恺然、半侬

髯侠复仇记（美国 Norman Mnnro 侦探小说）
教1916年12月《小说大观》季刊第8集，署名半侬

日光杀人案（短篇小说）
载1916年12月《小说海》月刊第2卷第12号，署名舍我、半侬

兄弟侦探（短篇小说）
载1916年12月《小说海》月刊第2卷第12号，署名无为、半侬

阿尔萨斯之重光（Piere Ioti 散文）（灵霞馆笔记）
1916年12月作
载1917年2月《新青年》月刊第2卷第6号，署名刘半侬
初收《半农杂文》第一册

女侦探（短篇小说）
载1917年1月《小说海》月刊第3卷第1号，署名半侬

磁狗（英国 Muddock 短篇小说）
载1917年1月《新青年》月刊第2卷第5号，署名刘半侬

歇浦陆沉记（章回小说）
载1917年1—5月《小说画报》月刊第1—5号，署名半侬

卧佛寺游记
载1917年2月12、20日上海《时事新报》"报余丛载"，署名半农

马赛曲（法国 李塞儿 诗）（灵霞馆笔记）
载1917年2月《新青年》月刊第2卷第6号，署名刘半侬
初收《刘半农诗选》

催租叟（短篇小说）
载1917年2月《小说画报》月刊第2号，署名半侬

失魂药（短篇小说）
载1917年2月《小说海》月刊第3卷第2号，署名舍我、半依

交谪（寓言）
载1917年2月《小说月报》第8卷第2号，署名半侬

可怜之少年（短篇小说）
载1917年3月《小说画报》月刊第3号，署名半侬起稿、天笑修词

万国肱箧会（英国　维廉勒苟　寓言）
载1917年3月《小说月报》第8卷第3号，署名半侬

钱虏之言（日本　式亭三马　寓言）
载1917年3月《小说月报》第8卷第3号，署名半侬

咏花诗（灵霞馆笔记）
载1917年4月《新青年》月刊第3卷第2号，署名刘半侬

最后之跳舞（短篇小说）
载1917年4月《小说海》月刊第3卷第4号，署名半侬

奴才（短篇小说）
载1917年4月《小说画报》月刊第4号，署名半侬

新闻电稿（寓言）
载1917年4月《小说月报》第8卷第4号，署名半侬

村长女（寓言）
载1917年4月《小说月报》第8卷第4号，署名半侬

琴魂（英国　M.Merrill　一人独演的短剧）
1917年4月，江阴
载1917年6月《新青年》月刊第3卷第4号，署名刘半侬
初收《半农杂文》第一册

我之文学改良观（论文）
载1917年5月《新青年》月刊第3卷第3号，署名刘半侬
初收1934年4月上海光明书局版《中国新文学运动史资料》（张若英编）

诗人的修养（Samuel Johoson 论文）
1917年5月江阴
初收《半农杂文》第一册，该文为《诗与小说精神上之革新》的一部分。

缝衣曲（英国　虎特　诗）（灵霞馆笔记）
载1917年6月《新青年》月刊第3卷第4号，署名刘半侬

初收《刘半农诗选》

倍那儿——今世女界第一伟人（美国麦费德散文）（灵霞馆笔记）
1917年6月3日江阴
载1917年8月《新青年》月刊第3卷第6号，署名刘半侬
初收《半农杂文》第一册，改题《马丹撒拉倍儿那》

卖花女侠（法国　耶米曹拉　社会小说）
载1917年6、9、12月《小说大观》季刊第10—12集，署名刘复半侬

诗与小说精神上之革新（论文）
——介绍约翰生、樊戴克两氏之文学思想
载1917年7月《新青年》月刊第3卷第5号，署名刘半侬
1920年新诗出版部版《新诗集》，作为“附录”摘收，全文初收《中国新文学大系·文学论争集》

游香山纪事诗
1917年8月江阴
载1918年2月《新青年》月刊第4卷第2号，署名刘半侬
初收《扬鞭集》上卷

稗史罪言（短篇小说）
载1917年8、11、12月《小说月报》第8卷第8、11、12号，署名半侬

地园与珠（短篇小说）
载1917年9月《小说海》月刊第3卷第9号，署名舍我、半侬

致钱玄同（通信）
1917年10月16日
载1981年《中国现代文艺资料丛刊》第3期，署名刘半侬

相隔一层纸（诗）
1917年10月北京
载1918年1月《新青年》月刊第4卷第1号，署名刘半侬
初收1920年崇文版《分类白话诗选》（许德邻编）

题女儿小蕙周岁日造像（诗）
1917年10月北京
载1918年1月《新青年》月刊第4卷第1号，署名刘半农
初收《分类白话诗选》

应用文之教授（论文）
——商榷于教育界诸君及文学革命诸同志
1917年11月北京
载1918年1月《新青年》月刊第4卷第1号，署名刘半侬
初收《半农杂文》第一册

新文学与今韵问题
——复玄同　（通信）
1917年11月28日
载1918年1月《新青年》月刊第4卷第1号署名刘半农
初收《中国新文学大系·建设理论集》

其实……（诗）
1917年12月北京
初收《扬鞭集》上卷

案头（诗）
1917年12月
初收《扬鞭集》上卷

猫之圣诞（英国 Ella Higginson 短篇小说）
载1917年12月《小说月报》第8卷第12号，署名半侬

通俗小说之积极教训与消极教训（演讲）
1918年1月18日，在北京大学文科研究所小说科讲演
载1918年7月《太平洋》月刊第1卷第10号，署名刘复
初收1944年9月重庆中周出版社版《谈小说》（胡适、刘半农），改题《谈通俗小说》

天明（英国 P.L.Wilde 悲剧）
1918年1月北京
载1918年2月《新青年》月刊第4卷第2号，署名刘半农
初收《半农杂文》第一册

除夕（诗）
载1918年3月《新青年》月刊第4卷第3号，署名刘半农
初收《扬鞭集》上卷，改题《丁巳除夕》

窗纸（诗）
载1918年7月《新青年》月刊第5卷第1号，署名半农
初收《分类白话诗选》

拟古二首（诗）
1918年2月15日北京
初收《扬鞭集》上卷

学徒苦（诗）
1918年2月18日北京
载1918年4月《新青年》月刊第4卷第4号，署名刘半农
初收《分类白话诗选》

文学革命之反响
——奉答王敬轩书（通信）
1918年2月19日北京
载1918年3月《新青年》月刊第4卷第3号，署名记者（半农）
初收《中国新文学运动史资料》

车毯（拟车夫语）（诗）
载1918年2月《新青年》月刊第4卷第2号，署名刘半农
初收《分类白话诗选》

三月廿四夜听雨（诗）
1918年3月24日北京
载1918年5月《新青年》月刊第4卷第5号，署名刘半农，附《补白》
初收《分类白话诗选》

中国之下等小说（演讲）
1918年3月29日在北京大学文科国文门研究所演讲
载1918年5月21—25、27—31日，6月1、3、4日《北京大学日刊》第142—154号，署名刘复
初收新文化书社版《新文学评论》（王世栋选辑）

随感录（七）（杂文）
载1918年4月《新青年》月刊第4卷第4号，署名半农

随感录（九）
——斥《灵学丛志》（杂文）
1918年4月北京
载1918年4月《新青年》月刊第4卷第4号，署名刘半农
初收《半农杂文》第一册，改题《辟〈灵学丛志〉》

灵魂（诗）
载1918年4月《新青年》月刊第4卷第4号，署名刘半农

新文学及中国旧戏（通信）
1918年4月13日
载1918年6月《新青年》月刊第4卷第6号，署名刘半农
初收1922年亚东书局版《独秀文存》

卖萝卜人（诗）
1918年
载1918年5月《新青年》月刊第4卷第5号，署名刘半农
初收《分类白话诗选》

我行雪中（印度歌者 BATAN DEVI所唱歌 诗）
载1918年5月《新青年》月刊第4卷第5号，署名刘半农

无聊（诗）
1918年5月5日北京
载1918年7月《新青年》月刊第5卷第1号，署名半农
初收1920年新诗社出版部版《新诗集》

晓（诗）
1918年7月10日，沪宁车中
载1918年8月《新青年》月刊第5卷第2号，署名半农

初收《分类白话诗选》

随感录（十五）（杂文）
载1918年7月《新青年》月刊第5卷第1号，署名半农

最后之一叶（美国O.Henry短篇小说）
载1918年7月《太平洋》月刊第1卷第10号，署名刘复

越谚序录（序跋）
1918年7月述于北京
载1918年7月30日，8月1、3、6、8日《北京大学日刊》第187—191号，署名刘复

南归杂话（杂文）
1918年8月3日，北京
载1918年8月《新青年》月刊第5卷第2号，署名刘半农
初收《半农杂文》第一册，只收原文第一节，改题《实利主义与职业教育》

太戈尔诗二章
——《恶邮差》《著作资格》（诗）
载1918年8月《新青年》月刊第5卷第2号，署名刘半农
初收1921年群英版《白话文趣》（苕溪孤雏编）

今之所谓“评剧家”——致钱玄同（通信）
载1918年8月《新青年》月刊第5卷第2号，署名刘半农
初收《中国新文学大系·文学论争集》

对于《新青年》之意见种种
——复Y、Z（通信）
载1918年9月《新青年》月刊第5卷第3号，署名半农

译诗十九首
——印度　太戈尔《海滨》5首，《同情》2首；印度　奈都夫人《村歌》2首、《海德辣跋市》5首、《倚楼》3首；俄国　屠格涅夫《狗》、《访员》
载1918年9月《新青年》月刊第5卷第3号，署名刘半农
初收《刘半农诗选》

作揖主义（杂文）
1918年9月，北京
载1918年11月《新青年》月刊第5卷第5号，署名刘半农
初收《半农杂文》第一册

大风（诗）
1918年作
初收《扬鞭集》上卷

沸热——国庆日晚间，在中央公园里（诗）
1918年作
初收《扬鞭集》上卷

致常惠（通信）
载1918年11月22日《北京大学日刊》第256号，署名刘复

致罗家伦（通信）
载1918年11月25日《北京大学日刊》第258号，署名刘复

悼曼殊（诗）
载1918年12月《新青年》月刊第5卷第6号，署名半农
初收《分类白话诗选》

答Y、Z君（通信）
载1918年12月《新青年》月刊第5卷第6号，署名刘半农

言文对照的尺牍（杂文）
载1918年12月《新青年》月刊第5卷第6号，未署名
参见1962年9月25日《文汇报》沈鹏年《刘复幽默遣忌　鲁迅仗义护友》
羊肉店（拟儿歌）
1918年作
载1919年7月《每周评论》第31号，署名寒星
初收《扬鞭集》上卷

致鲁迅（通信）
1919年1月4日
见沈鹏年《鲁迅与刘半农之间的游戏文字》，载1962年9月27日《文汇报》

什么话？（杂感）
载1919年1月《新青年》月刊第6卷第1期，署名半农

居庸关刻石辨文（论文）
1919年1月20日，北京
载1919年2月《北京大学月刊》第1卷第2号，署名刘复

致沈兼士（通信）
载1919年2月27日《北京大学日刊》第319号，署名刘复

哲学家（Rollo Peters　短篇小说）
载1919年4月《太平洋》月刊第1卷第11号，署名刘复

国语统一进行方法的议案
载1919年4月《北京大学月刊》第1卷第4号
此议案为参加第一次国语统一筹备会的北京大学代表所提出，由刘复执笔

云（仿儿歌体）（诗）
载1919年7月《每周评论》第30号，署名寒星

他们的天平（诗）
载1919年11月《新青年》月刊第6卷第6号，署名刘半农
初收《扬鞭集》上卷

老牛（诗）
1919年作
载1919年10月《新潮》月刊第2卷第1号，署名寒星
初收《分类白话诗选》

E弦（诗）
1919年8月作
载1919年10月《新潮》月刊第2卷第1号，署名寒星
初收《新诗年选》

江阴船歌
1919年8月，江阴
载1923年6月24日《歌谣》周刊第24号，署名刘半农
共20篇，其中《结识私情隔条河》《栀子花开十六瓣》《郎唱山歌哑口嗍咙》《豆腐店姐儿会赚钱》《手捏橹苏三条弯》五篇初收《瓦釜集》，原文和注释有改动

桂（诗）
1919年9月3日作
载1920年1月《新青年》月刊第7卷第2号，署名刘半农
初收《新诗年选》

中秋（诗）
初收《扬鞭集》上卷

落叶（诗）
1919年秋
载1919年9月21日《新生活》周刊第5期，署名寒星
初收《分类白话诗选》

铁匠（诗）
1919年9月，北京
载1919年10月《新潮》月刊第2卷第1号，署名寒星
初收《分类白话诗选》

印度寓言
——《虎与牡鹿与鳄鱼》《狗与狼与月》
载1919年9月21日《新生活》周刊第5期，署名刘复
初收1930年版《印度寓言》（刘北茂原译，刘半农校改）

卖菜（诗）
1919年10月
初收《扬鞭集》上卷

民国八年的国庆（诗）
初收《扬鞭集》上卷，作者注“原诗长七十七行，曾登《新生活》，今删剩四行”。《新生活》残缺不全，发表期数已不可考

写给Mr.Willays的一封短信（杂文）
载1919年10月《新潮》月刊第2卷第1号，署名寒星

D！（诗）
载1919年11月《新青年》月刊第6卷第6号，署名刘半农
初收新诗社编《新诗集》

烟（诗）
载1919年11月《新青年》月刊第6卷第6号，署名刘半农

《中国文法通论》前言（序跋）
1919年12月8日，北京
初收《中国文法通论》

留别北大学生的演说（演讲）
1919年12月17日在北京大学二十二周年纪念会上的讲话
载1919年12月20日北京《晨报》，署名刘复

言语之成立与存在（续）（演讲）
载1920年1月20日上海《时事新报·学灯》，署名刘半农讲，家蕃笔录

致周作人（通信）
1920年1月27日
载1981年《中国现代文艺资料丛刊》第3期，署名复

小湖（诗）
载1920年1月《新青年》月刊第7卷第2号，署名刘半农

登香港太平山（诗）
1920年2月10日
载1920年10月《新青年》月刊第8卷第2号，署名刘复

地中海（诗）
1920年3月8日下午3时
载1920年10月《新青年》月刊第8卷第2号，署名刘复

拟装木脚者语（诗）
1920年3月27日，伦敦
初收《扬鞭集》上卷，目次标题改为《木脚》

敲冰（诗）
载1920年4月《新青年》月刊第7卷第5号，署名刘半农
初收《分类白话诗选》

刘复教授自伦敦致蔡校长书（通信）
1920年4月9日
载1920年5月24日《北京大学日刊》第615号

猫与狗（诗）
1920年4月，伦敦
初收《扬鞭集》上卷

血（诗）
1920年4月
初收《扬鞭集》上卷

人的生活（俄国　高尔基　短篇小说）
载1920年4月《学艺杂志》月刊第2卷第1号，署名刘复
初收商务印书馆出版《短篇小说集》，学艺汇刊之一

一个失路归来的小孩（这是小蕙的事）（诗）
1920年5月18日，伦敦
初收《扬鞭集》上卷

对于改良北京图书馆的意见（通信）
1920年5月26日，书于伦敦
载1920年7月28—30日《北京大学日刊》第671—673号，署名刘复

她字问题（论文）
1920年6月6日，伦敦
载1920年8月9日上海《时事新报·学灯》，署名刘复
初收《半农杂文》第1册

三十初度（诗）
1920年6月6日，伦敦
初收《扬鞭集》上卷

牧羊儿的悲哀（诗）
1920年6月7日，伦敦
载1920年10月《新青年》月刊第8卷第2号，署名刘复
初收《扬鞭集》上卷

饿（诗）
1920年6月20日，伦敦
载1926年2月15日《语丝》周刊第66期，署名刘复
初收《扬鞭集》上卷

稿子（诗）
1920年6月23日，伦敦
初收《扬鞭集》上卷

夜（诗）
1920年7月，伦敦
初收《扬鞭集》上卷

雨（诗）
1920年8月6日，伦敦
初收《扬鞭集》上卷

爱它？害它？成功！（诗）
1920年8月11日，伦敦
初收《扬鞭集》上卷

静（诗）
1920年8月16日，伦敦
初收《扬鞭集》上卷

教我如何不想她（歌）
1920年9月4日，伦敦
载1923年9月16日北京《晨报副刊》，标题《情歌》，署名刘复
初收《扬鞭集》上卷

一九二一年元旦（在大穷大病中）（诗）
初收《扬鞭集》中卷

病中与病后（诗）
1921年1月，伦敦
载1924年4月21日《文学周报》第118号，署名刘复
初收《扬鞭集》中卷

奶娘（诗）
1921年1月19日，伦敦
载1921年8月《新青年》月刊第9卷第4号，署名刘复
初收《扬鞭集》中卷

一个小农家的暮（诗）
1921年2月7日，伦敦
载1921年8月《新青年》月刊第9卷第4号，署名刘复
初收《扬鞭集》中卷

稻棚（诗）
1921年2月8日，伦敦
载1921年8月《新青年》月刊第9卷第4号，署名刘复
初收《扬鞭集》中卷

回声（诗）
1921年2月10日，伦敦
载1921年8月《新青年》月刊第9卷第4号，署名刘复
初收《扬鞭集》中卷

在一家印度饭店里（诗）
1921年3月10日，伦敦
初收《扬鞭集》中卷

没有不爱美丽的花（歌）
1921年3月23日，伦敦
初收《扬鞭集》中卷

郎想姐来姐想郎（山歌）
初收《瓦釜集》

姐园里一朵蔷薇开出墙（山歌）
初收《瓦釜集》

劈风劈雨打熄仔我灯笼火（山歌）
初收《瓦釜集》

你叫王三妹来我叫张二郎（山歌）
初收《瓦釜集》

你连竿㨨㨨阿是㨨格我？（山歌）
初收《瓦釜集》

五六月里天气热旺旺（山歌）
初收《瓦釜集》

伦敦（一首昏乱的诗！）（诗）
载1921年5月《新青年》月刊第9卷第1号，署名刘半农

《瓦釜集》代自叙（序跋）
1921年5月20日，伦敦
载1926年4月19日《语丝》周刊第75期，署名刘复
初收《瓦釜集》，改题《代自叙——作者写给周作人君的信》

母的心（诗）
1921年7月3日，巴黎
载1922年1月《诗》月刊第1卷第1期，署名刘复
初收《扬鞭集》中卷

耻辱的门（附《后序》）（诗）
1921年7月16日，巴黎
初收《扬鞭集》中卷

夏天的黎明（诗）
载1921年8月《新青年》月刊第9卷第4号，署名刘复

我们俩（诗）
1921年8月12日，巴黎
载1922年1月《诗》月刊第1卷第1期，署名刘复
初收《扬鞭集》中卷

前程（小说）
1921年8月19日，巴黎
载1926年11月1、2、3日北京《世界日报副刊》第5卷第1、2、3号署名半农

巴黎的秋夜（诗）
1921年8月20日，巴黎
载1922年1月《诗》月刊第1卷第1期，署名刘复
初收《扬鞭集》中卷

卖乐谱（诗）
1921年9月5日，巴黎
初收《扬鞭集》中卷

无题（梦中作）（诗）
1921年9月10日，巴黎
载1922年1月《诗》月刊第1卷第1

期，署名刘复
初收《扬鞭集》中卷

战败了归来（诗）
1921年9月15日，巴黎
初收《扬鞭集》中卷

提议创设中国语音学实验室计划书
1921年9月15日作
载1921年11月16日《北京大学日刊》第893号，署名刘复

小诗——许多的琴弦（诗）
1921年9月16日，巴黎
载1922年1月《诗》月刊第1卷第1期，署名刘复
初收《扬鞭集》中卷

致周作人（通信）
1921年9月16日
载1981年《中国现代文艺资料丛刊》第3期，署名复

小诗——酷虐的冻与饿（诗）
1921年9月17日，巴黎
载1922年1月《诗》月刊第1卷第1期，署名刘复
初收《扬鞭集》中卷

小诗——眼泪啊！（诗）
1921年9月19日，巴黎
载1922年1月《诗》月刊第1卷第1期，署名刘复
初收《扬鞭集》中卷

《四声实验录》提要（论文）
1921年9月19日，巴黎
载1922年3月21日《北京大学日刊》第987号，署名刘复

秋风（诗）
1921年9月20日，巴黎
初收《扬鞭集》中卷

两个失败的化学家（诗）
1921年9月23日，巴黎
初收《扬鞭集》中卷

老木匠（诗）
1921年10月1日，巴黎
初收《扬鞭集》中卷

织布（诗）
1921年10月5日，巴黎
初收《扬鞭集》中卷

荒郊（诗）
1921年10月15日，巴黎
初收《扬鞭集》中卷

国语问题中一个大争点（论文）
1921年10月20日，巴黎

载1922年3月22日《北京大学日刊》
第988号，署名刘复
初收《半农杂文》第一册

王尔德散文诗五首
载1921年11月《小说月报》第12卷
第11期，署名刘复
（以下的拟民歌，为1920—1921两年中作，初收《瓦釜集》）

一只雄鹅飞上天
善政桥直对鼓楼门
人家说摇船朋友苦连天
车车夜水也风凉
隔壁阿姐你为倽面皮黄？
只有狠心格老子无不狠心格娘
一网重来一网轻
摇一程来撑一程
人比人来比杀人
我说新妇小姐——
老酒吃吃有三样好
姐倪姐倪十指尖
亮月弯弯照九州
致北京大学校长蔡元培书（通信）
1922年3月2日
载1922年4月20日《北京大学日刊》
第1005号，署名刘复

致北京大学校长蔡元培书（通信）
1922年6月23日
载1922年9月9日《北京大学日刊》
第1072号，署名刘复

《四声实验录》序赘（序跋）
1922年夏，巴黎
初收《四声实验录》

诗神（诗）
1922年8月
初收《扬鞭集》中卷

实验四声变化之一例（论文）
1923年2月2日，巴黎
载1923年7月北京大学《国学季刊》
第1卷第3号，署名刘复

守温三十六字母排列法之研究（论文）
1923年2月6日，巴黎
载1923年7月北京大学《国学季刊》
第1卷第3号，署名刘复

三十三岁了（诗）
1923年4月，巴黎
初收《扬鞭集》中卷

海外的中国民歌（论文）
1923年5月25日，巴黎
载1923年9月23日《歌谣》周刊第25号，署名刘复
初收《半农杂文》第一册

柏林（诗）
1923年6月2日，巴黎
载1923年7月20日北京《晨报副刊》，署名刘复
初收《扬鞭集》中卷

江南春暮怨词（诗）
1923年6月11日，巴黎
初收《扬鞭集》中卷

劫（诗）
1923年6月16日，巴黎
载1924年4月《文学周报》第117号，署名刘复
初收《扬鞭集》中卷

巴黎的菜市上（诗）
1923年6月23日，巴黎
初收《扬鞭集》中卷

我竟想不起来了！（诗）
1923年6月24日，巴黎
载1924年4月14日《文学周报》第117号，署名刘复
初收《扬鞭集》中卷

梦（诗）
1923年6月29日，巴黎
载1924年4月《文学周报》第118号，署名刘复
初收《扬鞭集》中卷

在墨蓝的海洋深处（诗）
1923年7月4日，巴黎
载1924年4月《文学周报》第118号，署名刘复
初收《扬鞭集》中卷

七月六日（诗）
1923年，巴黎
载1924年4月21日《文学周报》第118号，署名刘复
初收《扬鞭集》中卷，改题《别再说……》

忆江南（诗）
1923年7月8日，巴黎
初收《扬鞭集》中卷

尽管是……（诗）
1923年7月9日，巴黎
初收《扬鞭集》中卷

写所见（诗）
载1923年7月20日北京《晨报副刊》，署名刘复

秧歌（诗）
1923年7月23日，巴黎
初收《扬鞭集》中卷

记画（诗）
1923年7月29日，巴黎

初收《扬鞭集》中卷

母亲（诗）
1923年8月5日，巴黎
初收《扬鞭集》中卷

熊（诗）
1923年10月，巴黎
初收《扬鞭集》中卷

《中国文法通论》四版附言（序跋）
1923年10月22日，巴黎
初收1923年上海群益书社4版《中国文法通论》

致吴立模书（通信）
1923年12月22日，巴黎
载1924年2月《文学周报》第108号，署名刘复

看井（诗）
1923年12月25日，巴黎
载1925年3月9日《语丝》周刊第17号，署名刘复

实验ㄗㄘㄓㄔ四母之结果（论文）
载1923年《国语月刊》第1卷第12期、署名刘复

致兼士、作人、维钧书（通信）
1924年1月8日于巴黎
载1924年3月23日《歌谣》周刊第48号，署名刘复

赤裸裸的话（诗）
载1924年4月14日《文学周报》第117号，署名刘复

等着（诗）
载1924年4月14日《文学周报》第117号，署名刘复

夜（诗）
载1924年4月21日《文学周报》第118号，署名刘复

三唉歌（思祖国也）（诗）
1924年5月，巴黎
初收《扬鞭集》中卷

面包与盐（诗）
1924年5月8日，巴黎
初收《扬鞭集》中卷

河边浪阿姐你洗格倽衣裳？（拟民歌）
初收《瓦釜集》
你乙看见水里格游鱼对挨着对？（拟民歌）
初收《瓦釜集》

小小里横河一条带（拟民歌）
初收《瓦釜集》

小猪落地（拟儿歌）
初收《扬鞭集》中卷

铁匠镗镗（拟儿歌）
初收《扬鞭集》

我哥哥（拟儿歌）
初收《扬鞭集》中卷

呒事做（拟儿歌）
1924年8月，巴黎
初收《扬鞭集》中卷

侬家（诗）
初收《扬鞭集》中卷

阵雨（诗）
初收《扬鞭集》中卷

拟拟曲——1924年10月25日，北京的两个车夫
1924年10月26日，巴黎
载1925年2月21日《京报副刊》，署名刘半农
初收《扬鞭集》中卷

致北京大学研究所国学门主任沈兼士书（通信）
1924年12月6日
载1925年2月20日《北京大学日刊》第1627号，署名刘复

致顾颉刚——敦煌写本中之孟姜女小唱（通信）
1925年1月2日，巴黎
载1925年3月22日《歌谣》周刊第83号，署名刘复

徐志摩先生的耳朵（杂文）
1925年1月23日，巴黎
载1925年3月2日《语丝》周刊第16期，署名刘复
初收《半农杂文》第一册

致（常）维钧——太平天国时代的民歌（通信）
1925年1月26日，巴黎
载1925年3月1日《歌谣》周刊第80期，署名刘复

巴黎通信（通信）
1925年1月28日，巴黎
载1925年3月30日《语丝》周刊第20期，署名刘复
初收《半农杂文》第一册，标题《寄周启明》

巴黎有一位太太（法国民歌）
1925年2月2日
载1925年5月25日《语丝》周刊第28期，署名刘复
初收《国外民歌译》第一集

约翰赫诺（法国民歌）
1925年2月3日
载1925年5月25日《语丝》周刊第28期，署名刘复
初收《国外民歌译》第一集

国语运动略史提要（论文）
1925年3月17日，巴黎。原稿为法文
载1925年5月23日《时事新报·学灯》，署名刘复
初收《半农杂文》第一册

汉语字声实验录提要（论文）
1925年3月17日，巴黎。原稿为法文
载1925年5月25日《时事新报·学灯》，署名刘复
初收《半农杂文》第一册

致克明（周作人）（通信）
1925年3月19日（密卡雷）巴黎
载台湾《艺文志》第32期成仲恩《刘半农一首游戏诗》

《敦煌掇琐》叙目（序跋）
1925年6月29日，马赛
载1925年10月28日《北京大学研究所国学门周刊》第3期，署名刘复
初收《半农杂文》第一册

归程中得小诗五首（诗）
一、地中海　二、苏彝士运河　三、Minikoi岛　四、哥伦波海港　五、西贡
1925年7月3日—8月7日，海上
初收《扬鞭集》中卷

拟拟曲（诗）
1925年9月16日，北京
载1925年9月28日《语丝》周刊第46期，署名刘复
初收《扬鞭集》中卷

小诗两首，记老友申无量先生语（诗）
1925年9月28日，北京
载1925年10月1日《京报副刊》第286号，署名刘复
初收《扬鞭集》中卷，改题《小诗二首记老友申无量语》

小诗五首（小病中作）（诗）
1925年10月9日，北京
载1925年10月19日《语丝》周刊第49期，署名半农
初收《扬鞭集》中卷
小诗三首（诗）
1925年10月，北京
初收《扬鞭集》中卷

我的求学经过及将来工作（演讲）
1925年10月18日在北京大学研究所国学门恳亲会席上讲
载1925年11月4日《北京大学研究所

国学门周刊》第1卷第4期，署名刘复

编纂《中国大字典》计画概要
1925年北京大学研究所国学门提出，署名刘复
有单行本，未署出版单位和年月

读《海上花列传》（论文）
1925年12月23日，天津
初收《半农杂文》第一册

悼“快绝一世の徐树铮将军”（杂文）
1925年除夕，北京
载1926年1月11日《语丝》周刊第61期，署名刘复
初收《半农杂文》第一册，出版时，书店撕去原文，存目发售。全文初收1936年5月龙虎书店版《现代幽默文选》

疯人的诗（诗）
1926年1月11日，重抄于北京
载1926年3月5日《京报副刊》第429号，署名刘复

骂瞎了眼的文学史家！（杂文）
1926年1月20日，北京
载1926年1月25日《语丝》周刊第63期，署名刘复
初收《半农杂文》第一册

致（陈）通伯（通信）
1926年1月26日
载1926年1月30日北京《晨报副刊》

奉答陈通伯先生——兼答SSS君及某前辈（杂文）
1926年1月26日
载1926年2月1日《语丝》周刊第64期，署名刘复
初收《半农杂文》第一册，改题《奉答□□□先生》

《太平天国有趣文件十六种》跋（序跋）
1926年2月17日刘复识于北京
初收《太平天国有趣文件十六种》

几首道光年间的小曲的开场——闲谈之一（杂文）
载1926年2月22日《语丝》周刊第67期，署名刘复

《瓦釜集》后语（序跋）
1926年2月，北京
初收《瓦釜集》

旧体诗二首（诗）
载1926年3月1日《语丝》周刊第68期，署名刘复

重印《何典》序（序跋）
1926年3月2日，北京

载1926年4月5日《语丝》周刊第73期，署名刘半农
初收1926年北京北新书局版《何典》

《扬鞭集》自序（序跋）
1926年3月3日，北京
载1926年3月15日《语丝》周刊第70期，署名刘复
初收《扬鞭集》

马建忠上李鸿章书——闲谈之二（杂文）
载1926年3月8日《语丝》周刊第69期，署名刘复

琵琶及他种弦乐器之“等律”定品法（论文）
1926年3月15日，北京
载1926年《北京大学研究所国学门周刊》第2卷第17期，署名刘复

《何典》广告
载1926年3月15日《语丝》（周刊）第70期，未署名

呜呼三月一十八——敬献于死于是日者之灵（诗）
载1926年3月22日《语丝》周刊第72期（增页），署名范奴冬女士

今朝——理旧箧得曼殊遗简，写五十六字（诗）
1926年3月
载1927年2月12日《语丝》周刊第118期《一年来所作诗》，署名刘复

《手攀杨柳望情哥词》小序（序跋）
1926年4月10日，北京
载1926年4月26日《语丝》周刊第76期，署名刘复
初收《瓦釜集》

一人能有几天活？（法国饮酒歌）
载1926年4月12日《语丝》周刊第74期，署名刘复
初收《国外民歌译》第一集

莪默诗八首（诗）
1926年4月18日
载1926年4月26日《语丝》周刊第76期，署名刘复

一个极笨极笨的索引法（通信）
——写给袁守和（同礼）先生的信
1926年5月2日
载1926年5月10日《语丝》周刊第78期，署名刘复

国外民歌二首
一、高丽民歌　　二、鞑靼民歌
载1926年5月3日《语丝》周刊第77

期，署名刘复
初收《国外民歌译》第一集

为的是我要上巴黎去（法国民歌）
载1926年5月17日《语丝》周刊第79期，署名刘复
初收《国外民歌译》第一集

今希腊的民歌二首
一、在这一个区域里
二、我要变做了——
载1926年6月1日《语丝》周刊第81期，署名刘复
初收《国外民歌译》第一集

大真实（法国古歌）
载1926年6月7日《语丝》周刊第82期，署名刘复
初收《国外民歌译》第一集

《茶花女》第一幕第八场的饮酒歌
载1926年6月14日《语丝》周刊第83期，署名刘复

逛城隍庙牌子曲——东抄西袭之三（杂文）
载1926年6月21日《语丝》周刊第84期，署名刘复

办副刊的广告
载1926年6月22日北京《世界日报》，未署名

《浑如篇》题记（序跋）
1926年6月22日
载1926年7月12日《语丝》周刊第87期，署名刘复
初收1926年8月北京北新书局版范遇安校阅的《浑如篇》

瞎嚼喷蛆的说诗——致颉刚（通信）
1926年6月25日，北京
载1926年8月2日北京《世界日报副刊》第2卷第2号，署名刘复
初收《半农杂文》第一册，改题《与顾颉刚先生论〈静女〉篇》

疑古玄同与刘半农抬杠——“两个宝贝”（通信）
1926年6月26日
载1926年6月27日《语丝》周刊第85期，署名刘复
初收《半农杂文》第一册，改题《与疑古玄同抬杠》

关于《何典》里的方方方及其它（杂文）
载1926年6月27日《语丝》周刊第85期，署名半农

也算发刊词（杂文）
1926年6月28日，北京

载 1926 年 7 月 1 日北京《世界日报副刊》第 1 卷第 1 号，署名刘复
初收《半农杂文》第一册

印度寓言
载 1926 年 7 月 1、3、5、7、9、11、13、15、18、20、22、23、26、30 日，8 月 1、4、7、14、16、18、21、23、26、28、30 日，9 月 13、15、17、30 日，10 月 1、6、9、12、31 日，11 月 4、12、18、22、29 日，12 月 15、16、17、25、31 日，1927 年 1 月 16、21、25 日，2 月 1 日北京《世界日报副刊》（共 105 节），署名北茂译，半农校

哦！你喝了些酒（波斯民歌）
载 1926 年 7 月 2 日北京《世界日报副刊》第 1 卷第 2 号，署名刘复
初收《国外民歌译》第一集

答（章）衣萍（通信）
载 1926 年 7 月 3 日北京《世界日报副刊》第 1 卷第 3 号，署名刘复

Verduronnette（法国民歌）
载 1926 年 7 月 3 日北京《世界日报副刊》第 1 卷第 3 号，署名刘复
初收《国外民歌译》第一集

“呼冤”之余波（杂文）
1926 年 7 月 6 日，北京
载 1926 年 7 月 9 日北京《世界日报副刊》第 1 卷第 9 号，署名记者
初收《半农杂文》第一册

今希腊民歌一首
载 1926 年 7 月 6 日北京《世界日报副刊》第 1 卷第 6 号，署名刘复
初收《国外民歌译》第一集，标题《已经过了四十五个礼拜日》

译《茶花女》剧本序（序跋）
1926 年 7 月 7 日，北京
载 1926 年 7 月 19 日《语丝》周刊第 88 期，署名刘复
初收《半农杂文》第一册

我眼睛里所看见的孔德学校（演讲）
1926 年 7 月 10 日在北京孔德学校演说
载 1926 年 10 月 15 日《孔德月刊》第 1 期，署名刘复

谨防弄手！！！（杂文）
1926 年 7 月 12 日，北京
载 1926 年 7 月 14 日北京《世界日报副刊》第 1 卷第 14 号，署名记者
初收《半农杂文》第一册

法国民歌
载 1926 年 7 月 13 日北京《世界日报副刊》第 1 卷第 13 号，署名刘复
初收《国外民歌译》第一集，标题《我

的女儿你要买只帽子么？》

校点《香奁集》后记（序跋）
1926年7月13日，北京
载1926年8月9日《语丝》周刊第91期，署名刘复
初收1926年北京北新书局版《香奁集》

又是关于校勘《何典》的话（杂文）
1926年7月13日
载1926年7月19日《语丝》周刊第88期，署名刘复

《茶花女》序外语（序跋）
1926年7月15日，北京
初收1926年北京北新书局版《茶花女》

两个圈儿（杂文）
1926年7月17日，北京
载1926年7月26日《语丝》周刊第89期，署名刘复

法国民歌
载1926年7月24日北京《世界日报副刊》第1卷第24号，署名刘复
初收《国外民歌译》第一集，标题《爱情的欢乐只是一时的》

阿尔萨斯的《鸣儿歌》
载1926年7月26日《语丝》周刊第89期，署名刘复
初收《国外民歌译》第一集，标题《睡罢！睡罢！》

记者给蔡仪信（通信）
载1926年7月30日北京《世界日报副刊》第1卷第30号

采莲曲（诗）
1926年7月
载1927年2月12日《语丝》周刊第118期《一年来所作诗》，署名刘复

闯仔穷祸哉！（杂文）
载1926年8月1日北京《世界日报副刊》第2卷第1号，署名记者

民间文学中的“死”（论文）
载1926年8月2、4—12日北京《世界日报副刊》第2卷第2、4—12号，署名寿彭

在山中往往来来的走（波斯民歌）
载1926年8月7日北京《世界日报副刊》第2卷第7号，署名刘复
初收《国外民歌译》第一集

女郎的歌　阿米尼亚诗人 Bedros Touriam（诗）
载1926年8月18日北京《世界日报副刊》第2卷第18号，署名刘复

中央亚细亚 Kafiristan 的民歌
载 1926 年 8 月 19 日北京《世界日报副刊》第 2 卷第 18 号，署名刘复
初收《国外民歌译》第一集，标题《为的是你爱着我我也爱着你》

小亚细亚的情歌
载 1926 年 8 月 23 日《语丝》周刊第 93 期，署名刘复
初收《国外民歌译》第一集，标题《唉！医生啊！》

不与刘大白先生拌嘴（杂文）
载 1926 年 8 月 23 日《语丝》周刊第 93 期，署名刘复

柬埔寨的民歌
载 1926 年 8 月 28 日《语丝》周刊第 94 期，署名刘复
初收《国外民歌译》第一集，标题《看见了你的面》

英国古歌二首
一、海盗
二、格林维志的养老人
载 1926 年 8 月 28 日北京《世界日报副刊》第 2 卷第 27 号，署名刘复
初收《国外民歌译》第一集

关于《情书一束》（杂文）
载 1926 年 8 月 31 日北京《世界日报副刊》第 2 卷第 30 号，署名记者

俾路芝斯坦的民歌
载 1926 年 9 月 11 日《语丝》周刊第 96 期，署名刘复
初收《国外民歌译》第一集，标题《在一个半开半掩的门里头》

关于《茶花女》译本的校勘——与徐玚本通信
1926 年 9 月 12 日
载 1926 年 10 月 2 日《语丝》周刊第 99 期，署名刘复

尼泊尔的民歌
载 1926 年 9 月 14 日北京《世界日报副刊》第 3 卷第 14 号，署名刘复
初收《国外民歌译》第一集，标题《哦！蕾衣拉！》

东抄西袭之四至七——（杂文）
四、白话诗的先驱者
五、神州国光录之一
六、神州国光录之二
七、湘湖杂诗
第五第六两篇，写于 1926 年 8 月 29 日，北京
载 1926 年 9 月 18 日《语丝》周刊第 97 期，署名刘复
《神州国光录》之一，之二，初收《半农杂文》第一册

满洲里的民歌三首
载 1926 年 9 月 26 日北京《世界日报副刊》第 3 卷第 25 号，署名刘复
初收《国外民歌译》第一集，标题《一个人断然说不出来》《从这棵树上》《要是你不愿意》

开学问题（杂文）
1926 年 9 月 26 日，北京
载 1926 年 9 月 28 日北京《世界日报副刊》第 3 卷第 27 号，署名刘复
初收《半农杂文》第一册

帝与天（杂文）
1926 年 9 月 28 日，北京
载 1926 年 12 月《北京大学研究所国学门月刊》第 1 卷第 3 号，署名刘复

秋风（诗）
1926 年 9 月
载 1927 年 2 月 12 日《语丝》周刊第 118 期《一年来所作诗》，署名刘复

玉笙——大梦中作，醒后补成之（诗）
1926 年 9 月
载 1927 年 2 月 12 日《语丝》周刊第 118 期《一年来所作诗》，署名刘复

《西游补》——东抄西袭之八（杂文）
载 1926 年 10 月 2 日《语丝》周刊第 99 期，署名刘复

当兵苦——东抄西袭之九（杂文）
载 1926 年 10 月 9 日《语丝》周刊第 100 期，署名刘复

法国流俗语举例（演讲）
1926 年 10 月 9 日，在中法大学服尔德学院讲
载 1927 年 1 月《中法教育界》月刊第 4 期，署名刘复
初收《半农杂文》第一册

罗马尼亚民歌三首
载 1926 年 10 月 25 日北京《世界日报副刊》第 4 卷第 24 号，署名刘复
初收《国外民歌译》第一集，标题《一只秃鹫》《小姑娘，你不要弄错了》《女郎，美好的女郎》

西班牙的短民歌二十二首
载 1926 年 11 月 13 日《语丝》周刊第 105 期，署名刘复
初收《国外民歌译》第一集
西班牙民歌六首
载 1926 年 11 月 20 日《语丝》周刊第 106 期，署名刘复
初收《国外民歌译》第一集

打雅（论文）
1926 年 11 月 20 日

载1926年11月23日北京《世界日报副刊》第5卷第23号，署名刘复
初收《半农杂文》第一册

西班牙民歌八首
载1926年11月27日《语丝》周刊第107期，署名刘复
初收《国外民歌译》第一集

与张耀翔先生小开顽笑（杂文）
载1926年11月28日北京《世界日报副刊》第5卷第28号，署名刘复

关于《打雅》（通告）
载1926年11月28日北京《世界日报副刊》第5卷第28号，署名刘复

语言的进化（演讲）
1926年11月28日，在北京学术讲演会北京大学学术研究会第9次公开讲演会上的讲演，叶含章，李竞何记
载1926年12月10、11日北京《世界日报副刊》第6卷第10、11号，署名刘复
我爱君莫去（诗）
1926年11月
载1927年2月12日《语丝》周刊第118期《一年来所作诗》，署名刘复

关于《打雅》（通告）
载1926年12月1日北京《世界日报副刊》第6卷第1号，署名刘复

论胡适之的“好好先生”（杂文）
1926年12月5日，北京
载1926年12月7日，北京《世界日报副刊》第6卷第7号，署名刘复
初收《半农杂文》第一册，改题《“好好先生”论》

猫的天堂（法国　左拉　短篇小说）
——献给打猫打狗的鲁迅翁
载1926年12月10日《莽原》半月刊第1卷第23期，署名刘复
初收《法国短篇小说集》第一册

西班牙民歌九首
载1926年12月11日《语丝》周刊第109期，署名刘复
初收《国外民歌译》第一集

本刊启事
载1926年12月17日北京《世界日报副刊》第6卷第17号，署名记者

雪夜（诗）
1926年12月
载1927年2月12日《语丝》周刊第118期《一年来所作诗》，署名刘复

雪后（诗）
1926年12月

载 1927 年 2 月 12 日《语丝》周刊第 118 期《一年来所作诗》，署名刘复

恭贺新禧（贺词）
载 1927 年 1 月 1 日北京《世界日报副刊》第 7 卷第 1 号，署名刘复
戈姆与尸体（法国　底得罗　短篇小说）
载 1927 年 1 月 5 日北京《世界日报副刊》第 7 卷第 2 号，署名刘复
初收《法国短篇小说集》第一册

游地狱记（法国　弗洛倍儿　短篇小说）
载 1927 年 1 月 8 日《语丝》周刊第 113 期，署名刘复
初收《法国短篇小说》第一集

老实说了吧！（杂文）
1927 年 1 月 10 日，北京
载 1927 年 1 月 11 日北京《世界日报副刊》第 7 卷第 8 号，署名刘复
初收《半农杂文》第一册

为免除误会起见（杂文）
1927 年 1 月 12 日，北京
载 1927 年 1 月 14 日北京《世界日报副刊》第 7 卷第 11 号，署名刘复
初收《半农杂文》第一册

"老实说了"以后（杂文）
载 1927 年 1 月 18 日北京《世界日报副刊》第 7 卷第 15 号，署名刘复

西印度 Pueblo 族的民歌
一、妇女们唱的《收成歌》
二、《筐子歌》
三、妇女们唱的《榖歌》
载 1927 年 1 月 22 日《语丝》周刊第 115 期，署名刘复
初收《国外民歌译》第一集

黑珠（法国　丹梭　短篇小说）
载 1927 年 1 月 25 日《莽原》半月刊第 2 卷第 2 期，署名刘复
初收《法国短篇小说集》第一册

"老实说了"的结束（杂文）
1927 年 1 月 28 日，北京
载 1927 年 1 月 31 日北京《世界日报副刊》第 7 卷第 28 号，署名刘复
初收《半农杂文》第一册

西印度 Pueblo 族的民歌
四、替向日葵求雨的时候唱的歌
五、求闪电的歌
六、吹笛子的法师求雨的时候唱的歌
载 1927 年 1 月 29 日《语丝》周刊第 116 期，署名刘复
初收《国外民歌译》第一集

刘复启事
载 1927 年 1 月 30 日北京《世界日报

副刊》第7卷第27号

音律尺算法（论文）
1927年2月4日，刘复识于“三家胡同”之底
载1928年《音乐杂志》月刊第1卷第1—3期，署名刘复

寒枝（诗）
1927年1月
载1927年2月12日《语丝》周刊第118期《一年来所作诗》，署名刘复

一年来所作诗——
《小序》、《采莲曲》、《秋风》、《玉笙曲》、《我爱君莫去》、《雪夜》、《雪后》、《寒枝》附录：《骆驼颂》
载1927年2月12日《语丝》周刊第118期，署名刘复

“皇娘”——致周作人（通信）
1927年2月16日
载1927年2月26日《语丝》周刊第120期，署名刘复

迁仙别记八则——东抄西袭之十（杂文）
1927年2月25日，北京
载1927年3月5日《语丝》周刊第121期，署名刘复
初收《半农杂文二集》

爱情的小蓝外套的故事（法国　左拉短篇小说）
载1927年2月26日《语丝》周刊第120期，署名刘复
初收《法国短篇小说集》第一册

木马歌（诗）
载1927年3月5日《语丝》周刊第121期，署名小蕙译，半农校改

阴势及其他——东抄西袭之十一（杂文）
1927年3月5日，北京
载1927年3月19日《语丝》周刊第123期，署名刘复
初收《半农杂文二集》

孔德小丛书卷头语（序跋）
1927年3月14日
载1927年3月25日《语丝》周刊第124期，署名刘复

八巴贝克与法奇哝（法国　服尔德短篇小说）
载1927年4月1日《语丝》周刊第125期，署名刘复
初收《法国短篇小说集》第一册

从五音六律说到三百六十律（演讲）
1927年4月5日在北大研究所国学门演讲

有1930年5月印行的单行本，未署出版单位

《海外民歌》序（序跋）
1927年4月9日，北京
载1927年4月16日《语丝》周刊第127期，署名刘复
初收《国外民歌译》第一集

猓猓民歌四首——
新嫁娘的怨歌　伤旧域歌三首
载1927年4月30日《语丝》周刊第129期，署名刘复

猓猓人的创世纪（传说）
——依Paul Vial的法文译本译
1927年5月8日，北京
载1927年5月21日《语丝》周刊第132期，署名刘复
初收《半农杂文二集》
钉匠歌（法国　柏里欧　诗）
载1927年5月14日《语丝》周刊第131期，署名小蕙译，半农校改

苏莱曼东游记（阿剌伯　苏莱曼游记）
《小序》，1927年5月15日，北京
译文载1927年《语丝》周刊第134、136、137、138、140、144、145、147、151、153、156期，第4卷第1、2期，1929年第5卷第1期
1928年《地学杂志》第1、2期，1930年第4期，1931年第1、3、4期。
半农逝世后，未完部分，由刘小蕙续译，发表于1934年《地学杂志》第2期。
初收1937年上海中华书局版《苏莱曼东游记》

《克洛特格欧》的后序（序跋）
载1927年6月10日《莽原》半月刊第2卷第11期，署名刘复

祖父的歌（法国　嚣俄著　诗）
载1927年6月11日《语丝》周刊第135期，署名小蕙译，半农校改

悼王静安先生（诗）
载1927年6月18日《语丝》周刊第136期，署名刘复

我的饮酒歌（德国　Richard　Behmel）
载1927年7月2日《语丝》周刊第138期，署名刘复

关于译诗的一点意见（论文）
1927年7月3日，北京
载1927年7月9日《语丝》周刊第139期，署名刘复
初收《半农杂文二集》

土耳其民歌五首
载1927年7月23日《语丝》周刊第

141 期，署名刘复

土耳其民歌
载 1927 年 7 月 30 日《语丝》周刊第 142 期，署名刘复

比打哥儿（法国　服尔德　短篇小说）
载 1927 年 9 月 10 日《莽原》半月刊第 2 卷第 17 期，署名刘复

《半农谈影》序（序跋）
1927 年 9 月 24 日，北京
初收 1927 年版《半农谈影》

“图式音标”草创（论文）
1927 年 1 月 20 日写，11 月 3 日重抄讫补记
载 1927 年 12 月《清华学报》月刊第 4 卷第 2 期，署名刘复

《光社年鉴首集》序（序跋）
1927 年 11 月 11 日，北京
载 1927 年 12 月 31 日《北平晨报》，标题《请看刘复叙述光社之性质》
初收 1928 年《北京光社年鉴》第一集

服尔德文抄（法国　服尔德）
载 1927 年 12 月 1 日《北新》半月刊第 2 卷第 3 号，署名刘复

《西游补》作者董若雨传（论文）
1927 年 12 月 29 日写讫，时在北京
初收 1929 年上海北新书局版刘半农校点《西游补》

北语诗、二十年前的北京（杂文）
——东抄西袭之十二、十三
载 1927 年 12 月 31 日《语丝》周刊第 4 卷第 3 期，署名刘复

董份遗事之一、洗炭桥（杂文）
——杂览之十四、十五
载 1928 年 1 月 14 日《语丝》周刊第 4 卷第 5 期，署名刘复

林则徐照会英吉利国王公文（杂文）
——杂览之十六
载 1928 年 2 月 27 日《语丝》周刊第 4 卷第 9 期，署名刘复

新嘉量之校量及推算（演讲）
1928 年 4 月 29 日在日本京都东亚考古学会讲
载 1928 年 12 月《辅仁学志》月刊第 1 卷第 1 期，署名刘复

关于外国话及外国字（杂文）
1928 年 10 月 7 日，北平
初收《半农杂文二集》

《光社年鉴二集》序（序跋）
1928年12月15日，北平
初收1929年《北平光社年鉴》第二集，署名刘半农

没有光棚的人象摄影
——《半农谈影》之余
初收1929年《北平光社年鉴》第二集，署名刘半农

璧回某校教授聘书简（通信）
初收《半农杂文二集》

君永（小学）校歌（歌）
初收《刘天华先生纪念册》，署名刘半农，由刘天华配曲

在欢迎西北科学考察团大会上的讲演（演讲）
1929年1月21日
载1929年1月22、23日北平《世界日报》"教育界"

声调之推断及声调推断尺之制造与用法（论文）
1929年2月5日写讫
载1930年《国立中央研究院历史语言研究所集刊》第一本第二分册

明沈宠绥在语音学上的贡献（论文）
1929年6月23日在北大国文学会演讲
载1930年9月北京大学《国学季刊》第2卷第3期，署名刘复

沪宁车中作代画诗三首录寄（诗）
小蕙与弟妹共玩之
载1929年9月30日《语丝》周刊第5卷第29期，署名刘复

北大河（杂文）
1929年12月1日，北平
载《国立北京大学第三十一周年纪念刊》，署名刘复
初收《半农杂文二集》

"四声模拟器"之创制（论文）
1929年12月15日，书于北平寓庐
载1930年6月《北大学生》月刊创刊号，署名刘复

北旧（杂文）
1929年12月，北平
载1930年1月16日《北新》半月刊第1、2号合刊，署名半农
初收《半农杂文二集》

《梅兰芳歌曲谱》序（序跋）
1929年12月30日，北平
初收1930年版《梅兰芳歌曲谱》

《宋元以来俗字谱》序（序跋）
1930年2月2日，北平

初收1930年2月国立中央研究院历史语言研究所版《宋元以来俗字谱》，署名刘复

辅仁大学的现在和将来（演讲）
1930年4月，北平
初收《半农杂文二集》

与女院学生谈话（演讲）
1930年5月5日谈话
初收《半农杂文二集》

调查中国方音用标音符号表
1930年6月3日

六月二十一日北平大学办公处不幸事件刘复的目证录（供状）
1930年6月28日，刘复
载1930年7月2日北平《世界日报》“教育界”
初收《半农杂文二集》，标题《北平大学校长办公处不幸事件目证录》

《中国文法讲话》序（序跋）
1931年1月6日，北平
初收1932年11月上海北新书局版《中国文法讲话》上册

禁止女生入公共跳舞场布告
1931年2月9日
初收《半农杂文二集》

跳舞与蜜斯——刘复对其主张之解释
载1931年4月1日北平《世界日报》
初收《半农杂文二集》

半农家信（通信）
1931年5月1日
载1931年12月5日《人间世》半月刊第17期

致（沈）尹默（通信）
1931年6月19日
载1931年6月20日《北平晨报》“教育界”署名刘复

刘复函法使馆　质问韩德威（通信）
1931年6月22日，北平
载1931年6月23日北平《世界日报》“教育新闻”
初收《半农杂文二集》，标题《质问法使馆参赞韩德威先生》

介绍黄种巡察团（杂文）
1931年8月7日，北平
载1931年8月8日北平《世界日报》“教育界”，署名刘复
初收《半农杂文二集》

五年以来（杂文）
1931年8月31日，北平
初收《半农杂文二集》

反日救国的一条正路——谨贡此意（杂文）
于全国学界同人
1931年9月29日，北平
初收《半农杂文二集》

好聪明的北平商人！（杂文）
1931年10月20日，北平
载1931年10月21日北平《世界日报》“经济界”，署名刘复
初收《半农杂文二集》

《朝鲜民间故事》校后语（序跋）
1931年10月24日，北平
初收刘小蕙译《朝鲜民间故事》

征求“打”字的别用（通告）
载1931年12月5日北平《世界日报·国语周刊》第14期，署名刘复
释“吃”（习俗笔记外篇之一）（论文）
1931年12月，北平
载1931年12月19日北平《世界日报·国语周刊》第16期，署名刘复
初收《半农杂文二集》

致北平市长周大文（杂文）
1931年12月24日，北平
载1931年12月25日北平《世界日报》“世界琐闻”，署名刘复
初收《半农杂文二集》

《十二等律的发明者朱载堉篇》序（序跋）
1931年12月，北平
初收1932年国立中央研究院历史语言研究所集刊外编《蔡元培先生六十五岁庆祝论文集》，署名刘复

诗体展览（论文）
1932年1月25日写竟
载1932年1月29、31日北平《世界日报副刊》第5卷第29、31号，署名刘复

释“来去”——《习语笔记外篇之二》（论文）
1932年2月，北平
载1932年3月5日北平《世界日报·国语周刊》第124期，署名刘复
初收《半农杂文二集》

刘复致函张继——（通信）
关于西安建陪都事有所指摘
1932年3月10日，北平
载1932年3月11、12日北平《世界日报》“教育界”
初收《半农杂文二集》，标题《与张溥泉》

刘复启事
载1932年3月12日北平《世界日报·国语周刊》第25期

释“一”
载1932年3月北京大学《国学季刊》第3卷第1号，署名刘复

《中国俗曲总目稿》序（序跋）
1932年3月17日书于平寓之含辉堂
初收1932年5月国立中央研究院历史语言研究所版《中国俗曲总目》

北平方音析数表
1932年3月31日
载1932年9月北京大学《国学季刊》第3卷第3号，署名刘复

书亡弟天华遗影后（杂文）
1932年6月18日
初收《刘天华先生纪念册》

“女性”代“女人”根本不通（通信）
——给《世界日报》《妇女界》记者的一封信
1932年7月31日
载1932年8月4日北平《世界日报》“妇女界”，署名刘复
初收《半农杂文二集》

再论“女性”根本不通（通信）
——致秉英
1932年8月4日
载1932年8月6日北平《世界日报》“妇女界”，署名刘复

《十二等律的发明者朱载堉篇》跋（序跋）
1932年8月7日
初收国立中央研究院历史语言研究所集刊外编《蔡元培先生六十五岁庆祝论文集》

结束“女性”问题（杂文）
1932年8月11日，北平
载1932年8月17日北平《世界日报》“妇女界”，署名刘复
初收《半农杂文二集》

刘复致秉英信（通信）
1932年8月16日
载1932年8月18日北平《世界日报》“妇女界”

因《茶花女》之公演而说几句
1932年11月6日，北平
初收《半农杂文》二集

《词律研究》序（序跋）
1932年11月9日，北平
载1932年12月31日北平《世界日报·国语周刊》第67期，署名刘复
初收《半农杂文二集》

天坛所藏编钟编磬音律之鉴定（论文）
1932年11月19日，北平
载1932年北京大学《国学季刊》第3

卷第 2 号，署名刘复

甘苦之言——看《茶花女》公演以后写（杂文）
1932 年 11 月 20 日，北平
载 1932 年 11 月 23 日天津《益世报·戏剧与电影》第 3 期，署名刘复
初收《半农杂文二集》

《北平俗曲略》序（序跋）
1932 年 11 月 28 日，北平
初收李家瑞编《北平俗曲略》

再写几句（杂文）
载 1932 年 12 月 1 日《北洋画报》，署名刘复
初收《半农杂文二集》

《辅仁大学的现在和将来》后语
1932 年 12 月 8 日，北平
初收《半农杂文二集》

《初期白话诗稿》序目（序跋）
1932 年 12 月 28 日，北平
初收 1933 年北平星云堂书店影印版《初期白话诗稿》

《缁清说》跋（序跋）
1933 年 1 月 20 日，北平
初收《半农杂文二集》

为汪局长脱靴（杂文）
1933 年 3 月 13 日，北平
载 1933 年 3 月 15 日北平《世界日报》“读者论坛”，署名刘复
初收《半农杂文二集》

为黄仲良题西域照片（题跋）
载 1933 年 3 月 16 日《论语》半月刊第 13 期，署名半农

应用文及其作法
——为中华书局初中国文教科书作
1933 年 3 月 22 日，北平
初收《半农杂文二集》

《刘天华先生纪念册》序（序跋）
1933 年 3 月 25 日，北平
初收《刘天华先生纪念册》

英语的起源（论文）
初收《半农杂文二集》

群言堂解（杂文）
载 1933 年 4 月 1 日《论语》半月刊第 14 期，署名半农

奉答杨君遇夫（论文）
1933 年 4 月 2 日，北平
载 1933 年 4 月 8、15、22 日北平《世界日报·国语周刊》第 80—82 期，署名刘复

初收《半农杂文二集》

在北平新闻专科学校开学典礼上的演词（演讲）
1933年4月8日
载1933年4月14日北平《世界日报》“教育界”，署名刘半农

故国立北京大学教授李君墓碑
1933年4月

题跋一则
载1933年5月1日《论语》半月刊第16期，署名半农

《中小字典》序
1933年5月20日，北平
载1935年9月28日、10月5、19、26日北平《世界日报·国语周刊》第209—213期，署名刘复
初收1937年7月上海北新书局版《标准国音中小字典》

论比较文法名称书——致劭西（通信）
载1933年5月27日北平《世界日报·国语周刊》第87期，署名刘复

半农家信
1933年6月22晚
载1934年12月5日《人间世》半月刊第2卷第17期

半农家信
1933年6月25晚
载1934年12月5日《人间世》半月刊第2卷第17期

半农家信
1933年7月3日
载1934年12月5日《人间世》半月刊第2卷第17期

自注自批《桐花芝豆堂诗集》
自序及诗六十二首
载1933年9月16日，10月1日，11月1、16日，12月1日，1934年3月16日，4月1日，6月16日，7月1日《论语》半月刊第25、26、28、29、30、37、38、43、44期，署名半农

不耻不仁　为狗为鼠（手迹）
载1933年12月16日《论语》半月刊第31期，署名半农

三十五年过去了！（杂文）
1933年12月17日，北平
初收《半农杂文二集》

武七先生的人格（杂文）
1933年12月18日，北平
载1934年1月1日《论语》半月刊第32期，署名半农
初收山东省武训先生九十七诞辰纪

念册编委会编《武训先生九七诞辰纪念册》

走入魔道的学校游艺会（杂文）
1933年12月20日，北平
载1933年12月23日北平《世界日报》“教育界”，署名刘复

西汉时代的日晷（论文）
1934年1月20日写讫
载北京大学《国学季刊》第3卷第4号，署名刘复

莽权价值之重新考定（论文）
1934年1月22日，北平
载1934年《国立中央研究院历史语言研究所集刊》第3本第4分，署名刘复

乙二声调推断尺（论文）
1934年1月29日，北平
载1934年《国立中央研究院历史语言研究所集刊》第4本第4分，署名刘复
新年自咏次知堂老人韵四首（手迹）
1934年3月17日
载1934年4月5日《人间世》半月刊第1期，署名刘半农

读吴世昌君的《诗与语音篇》（论文）
1934年3月19日，北平
载1934年4月1日《文学季刊》第1卷第2期，署名刘复

初收1936年6月上海仿古书屋版《现代诗歌论文选》

双凤凰砖斋小品文（杂文）
1—22、53、54篇
载1934年4月5日，6月20日，10月5日，11月20日《人间世》半月刊第1卷第1、6、13、16期，署名刘半农

《半农杂文》自序（序跋）
1934年4月12日，刘复识于平寓
载1934年6月5日《人间世》半月刊第1卷第5期，署名刘半农
初收《半农杂文》第一册

《吕氏春秋·古乐篇》“昔黄节”解
1934年4月27日写完
载1934年6月上海《文学》月刊第2卷第6号”中国文学专号”，署名刘复

南无阿弥陀佛戴传贤（杂文）
1934年5月6日，北平
载1934年5月13日南京《民生报》，署名刘复

王芷章《腔调考原》序（序跋）
1934年6月8日
载1934年8月5日《人间世》半月刊第1卷第9期，署名刘半农

影印贯华堂原本《水浒传》叙（序跋）
1934年6月14日，半农刘复识于平寓

半农遗诗
载1934年12月16日《论语》半月刊第55期

黟县方音调查录方言同音字读音记录
载1934年北京大学《国学季刊》第4卷第4号，署名刘复、白涤洲、魏建功

语义的变迁（论文）
载1935年2月16日北平《世界日报·国语周刊》第177期，署名刘复

言语的成立与存在（大纲）
载1935年2月23日北平《世界日报·国语周刊》第178期，署名刘复

半农遗札（通信）
载1935年3月20日《人间世》半月刊第2卷第24期，署名刘半农

半农书札（通信）
载1936年5月1日《西北风》第1期，署名刘半农

藏书题识（题跋）
载1936年5月16日《宇宙风》半月刊第17期，署名刘半农遗作

附录　收入合集或选集中的作品目录

分类白话诗选　　许德邻编辑

1920年，崇文版

目录

刘半农序

写景类

　无聊

　晓

写实类

　车毯

　学徒苦

　卖萝卜人

　相隔一层纸

　敲冰

　铁匠

写情类

　听雨

　除夕

　窗纸

　悼曼殊

写意类

　题女儿小蕙像

　灵魂

　落叶

　老牛

新诗集　　新诗社编

1920年，新诗社出版部出版

目录

写实类

　卖萝卜人

　铁匠

　学徒苦

　相隔一层纸

写景类

　无聊

写意类

　落叶

　题女儿小蕙周岁日造像

　D!

附录

　诗的精神上之革新

白话文趣　　溪孤雏

1921年，群英版

目录
恶邮差
著作资格

文学革命上白话新诗（日文）
〔日〕大西斋·共田浩（编訳）
1922年，北京东亚公司版
目录
现代の白话诗选（刘半农等）

时人自述与人物评传
王子坚编辑
1935年，上海经纬书局出版
目录
武七先生的人格

中国新文学大系·建设理论集
胡适编
1935年，上海良友图书印刷公司出版
目录
我之文学改良观
新文学与今韵问题
应用文之教授

中国新文学大系·诗集
朱自清编
1935年，上海良友图书印刷公司出版
目录
落叶
敲冰
三十初度
雨
教我如何不想她
饿
一个小农家的暮
面包与盐

中国新文学大系·文学论争集
郑振铎编
1935年，上海良友图书印刷公司出版
目录
我之文学改良观
复王敬轩书
诗与小说精神上之革新
今之所谓“评剧家”

中国新文学大系·散文一集
周作人编
1935年，上海良友图书印刷公司出版
目录
奉答王敬轩先生
作揖主义
国语问题中一个大争点
老实说了吧
为免除误会起见
“老实说了”的结束

现代诗歌论文选　球　编
1936年，上海仿古书店出版
目录
读吴世昌君的《诗与语音篇》

现代幽默文选

1936 年，龙虎书店出版

目录

悼“快绝一世の徐树铮将军”

模范小品文读本

林荫南（洪灵菲）编

1937 年，上海大光书局出版

目录

稿子

刘半农诗选

1958 年，人民文学出版社出版

目录

扬鞭集及其它

自序

游香山纪事诗

相隔一层纸

题小蕙周岁日造像

学徒苦

晓

大风

沸热

卖萝卜人

拟儿歌

老牛

E 弦

落叶

铁匠

卖菜

民国八年的国庆

拟装木脚者语

猫与狗

血

三十初度

牧羊儿的悲哀

饿

稿子

雨

静

教我如何不想她（歌）

敲冰

奶娘

一个小农家的暮

稻棚

回声

在一家印度饭店里

母的心

耻辱的门

我们俩

巴黎的秋夜

卖乐谱

无题

战败了归来

小诗——许多的琴弦

小诗——酷虐的冻与饿

小诗——眼泪啊

两个失败的化学家

老木匠

诗神

柏林

劫

书信选
半农家信
刘半农先生遗札
寄《瓦釜集》稿与周启明
巴黎通信
关于刘半农
哀刘半农先生　蔡元培
失了一部最珍贵的大字典　吴敬恒
知堂回想录　周岂明
纪念刘半农先生　李长之
刘复　迫　迁
忆刘半农君　迅　行
回忆刘半农先生　商鸿逵
刘半农　赵景深
长兄半农的死和我的回忆　刘北茂
父亲的死　刘小蕙等
刘复诗歌三种　赵景深
《扬鞭集》读后感　苏雪林
记刘半农先生　方师铎
刘半农　赵　聪
刘半农与陈西滢　刘凤翰
刘半农的面面观　秦贤次
刘半农作品编目　痖　弦

刘半农文选　痖弦编
洪范文学丛书 27
1978 年，台湾洪范书店有限公司出版
目录
半农杂文第一册自序
奉答王敬轩先生
实利主义与职业教育
"作揖主义"
她字问题
国语问题中一个大争点
海外的中国民歌
徐志摩先生的耳朵
读海上花列传
重印何典序
与顾颉刚先生论静女篇
与疑古玄同抬杠
也算发刊词
译茶花女剧本序
神州国光录
打雅
国外民歌译自序
关于外国话及外国字
光社年鉴二集序
璧还某校教授聘书简
北大河
北旧
梅兰芳歌曲谱序
禁止女生入公共跳舞场布告
五年以来
反日救国的一条正路
好聪明的北平商人
朝鲜民间故事校后语
释吃
书亡弟天华遗影后
"女性"代"女人"根本不通
结束"女性"问题
因"茶花女"之公演而说几句
为汪局长脱靴

英语的起源
附录：
刘半农二三事（秦贤次）
访成舍我谈刘半农（桂文亚）
校订跋（痖弦）

中国现代作家作品选 （第一册）
1978年，华中师范学院等校编印
目录
相隔一层纸

新诗选 （第一册）北京大学等校编
中国现代文学史参考资料
1979年，上海教育出版社出版
目录
相隔一层纸
学徒苦
拟儿歌
铁匠
一个小农家的暮
老木匠
面包与盐
呜呼三月一十八
敲冰

文学运动史料选 （第一册）北京大学等校编
中国现代文学史参考资料
1979年，上海教育出版社出版
目录
我之文学改良观
复王敬轩书

著译目录

刘半农著译目录

欧陆纵横秘史（外交小说） 刘半侬译
上海中华书局，1915年5月初版
小说汇刊第四十三种 112P

黑肩巾（国事小说）上下册 天游、半侬译述
上海中华书局，1917年1月初版
小说汇刊第四十二种
上册142P 下册168P

猫探（侦探小说）〔美国〕梅丽维勤著 刘半侬译述
上海中华书店，1917年4月初版
小说汇刊第八十五种 88P

乾隆英使觐见记（笔记） 英国 马戛尔尼著 刘伴侬译
上海中华书局，1917年8月初版
清外史丛刊之一 208P

帐中说法（滑稽小说） 英国 唐格腊司著 刘半侬译述
上海中华书局初版
小说汇刊第四十六种 106P

中国文法通论 刘复
北京大学出版组，1919年印行
上海群益书社，1920年8月再版，1923年4版
目录
第一讲
　文法究竟是什么
　文法的范围
　理论的文法与实际的文法
　文法的研究法
第二讲
　本讲之目的与区划
　理论的状况
　文法的状况
第三讲
　言语的历史

结论

四版附言

目录、前言 7P　正文 112P

四版附言 24P

四声实验录　刘　复

上海群益书社，1924 年 3 月初版

封面书名题签蔡元培

目录

序　吴敬恒

序赘　刘　复

书序赘后　吴敬恒

序二　傅斯年

引言

声音之断定

语音与乐音

浪纹计

计算及作图

声音与对数

已实验的四声（北京、南京、武昌、长沙、成都、福州、广州、潮州、江阴、江山、旌德、腾越）各地四声的共同点

馀论（今日以前的四声论）

128P

汉语字声实验录（法文）　刘　复

1925 年初版

法国巴黎大学语音学院丛书之一种

国语运动略史（法文）　刘　复

1925 年初版

瓦斧集（诗集）　刘半农

封面疑古玄同题字　马叔平选器　陈万里制象

北京北新书局，1926 年 4 月初版

目录

序歌　周作人

代自叙　作者写给周作人君的信

开场的歌：一只雄鹅飞上天

第一歌：善政桥直对鼓楼门

第二歌：人家说摇船朋友苦连天

第三歌：郎想姐来姐想郎

第四歌：姐园里一朵蔷薇开出墙

第五歌：车车夜水也风凉

第六歌：劈风劈雨打熄仔我灯笼火

第七歌：隔壁阿姐你为倽面皮黄？

第八歌：只有狠心格老子无不狠心格娘

第九歌：一网重来一网轻

第十歌：摇一程来撑一程

第十一歌：人比人来比杀人

第十二歌：我说新妇小姐

第十三歌：老酒吃吃有三样好

第十四歌：你叫王三妹来我叫张二郎

第十五歌：姐倪姐倪十指尖

第十六歌：你连竿攎攎阿是攎格我？

第十七歌：五六月里天气热旺旺

第十八歌：亮月弯弯照九州

（以上一九二〇，二一两年中作）

第十九歌：河边浪阿姐你洗格倽衣裳？

第二十歌：你乙看见水里格游鱼——

扬鞭集（诗集）上、中卷　刘半农
上卷、北京北新书局、1926 年 6 月初版
中卷，北京北新书局、1926 年 10 月初版

血
一个失路归来的小孩
三十初度
牧羊儿的悲哀
稿子
夜
雨
爱它？害它？成功？
静
教我如何不想她
饿　以上1920年
　卷中　自一九二一年至一九二五
一九二一年元旦　在大穷大病中
病中与病后
奶娘
一个小农家的暮
稻棚
回声
在一家印度饭店里
歌“没有不爱美丽的花”
山歌“郎想姐来姐想郎”
山歌“姐园里一朵蔷薇”
山歌“劈风劈雨”
山歌“你叫王三妹”
山歌“你联竿擤擤”
山歌“五六月里天气热”
母的心
耻辱的门
我们俩
巴黎的秋夜
卖乐谱
无题
战败了归来
小诗“许多的琴弦”
小诗“酷虐的冻与饿”
小诗“眼泪啊”
秋风
两个失败的化学家
老木匠
织布
荒郊　以上1921年
诗神　以上1922年
三十三岁了
柏林
江南春暮怨词
劫
巴黎的菜市上
我竟想不起来
梦
在墨蓝的海洋深处
别再说
忆江南
尽管是
秧歌
记画
母亲
熊　以上1923年
三唉歌
面包与盐
山歌“你乙看见”
山歌“小小里横河”
山歌“河边上阿姐”

拟儿歌“小猪落地”
拟儿歌“铁匠镗镗”
拟儿歌“我哥哥”
拟儿歌“呒事做”
侬家
阵雨
拟拟曲　以上1924年
归程中得小诗五首
拟拟曲
小诗五首小病中作
小诗二首记老友申无量语
小诗三首　以上1925年
　上卷　序13P　目录12P
　正文102P
　中卷　170P

何典（小说集）　清　张南庄著
刘复校点
北京北新书局，1926年6月初版，同年12月订正再版
目录
鬼脸一斑　半农画
向读者们道歉　北新掌柜拜启（初版之日）
北新掌柜再拜（再版之日）
关于《何典》的再版 刘复
题记　鲁迅
为半农题记《何典》后，作　鲁迅
序　林守庄
重印《何典》序　刘复
序　太平客人
序　过路人
第一回　五脏庙活鬼求儿　三家村死人出世
第二回　造鬼庙为酬梦里缘　做新戏惹出飞来祸
第三回　摇小船阳沟里失风　出老材死路上运转
第四回　假烧香赔钱养汉　左嫁人坐产招夫
第五回　刘莽贼使尽老婆钱　形容鬼领回开口货
第六回　活死人讨饭遇仙人　臭花娘烧香逢色鬼
第七回　骚师姑痴心帮色鬼　活死人结发聘花娘
第八回　鬼谷先生白日升天　畔房小姐黑夜打鬼
第九回　贪城隍激反大头鬼　怯总兵偏听长舌妇
第十回　阎罗王君臣际会　活死人夫妇团圆 217P

茶花女　（戏剧集）
　法国　小仲马著　刘半农译
北京北新书局，1926年7月初版
译者的序
序外语　270P

太平天国有趣文件十六种　刘复录
北京北新书局，1926年初版
目录
一、太平条规
二、行营规定

三、旨准颁行诏书总目
四、太平天国辛酉十一年新历封面式样并造历人衔名
五、请颁新历奏
六、天王诏旨一
七、天王诏旨二
八、辛酉十一年正月分历书
九、庚申十年正月萌芽月令
十、忠王致护王书
十一、忠王致潮王书
十二、干王书福字碑拓本碑额书马太福音（当时译文）第五章第三至第十二句
十三、干王印
十四、俚歌一首（从《天情道理书》中录出）
十五、和硕亲王致戈登札
十六、张遇春致戈登书　25P

香奁集　（诗集）　唐　韩致尧著　刘半农校点
北京北新书局，1926年　初版
序　沈尹默
后记　刘　复

国外民歌译　第一集　刘半农译
北京北新书局，1927年4月初版
目录
周（作人）序
自序
“我的女儿你要买只帽子么？”　法国民歌
大真实　法国古歌
“一人能有几天活？”　法国《饮酒歌》
Verduronnette　法国民歌
“爱情的欢乐只是一时的”　同前
“为的是我要上巴黎去”　法国郎特省民歌
“巴黎有一位太太”　法国 Poitou 省民歌
约翰赫诺　法国 Bretagne 的民歌
“睡罢！睡罢！”　法国阿尔萨斯省的《鸣儿歌》
海盗　英国古歌
格林维志的养老人　同前
西班牙的短民歌四十五首
“已经过了四十五个礼拜日”　今希腊民歌
“在这一个区域里”　同前
“我要变做了——”　同前
附录顾颉刚先生来信论《变物的情歌》
“一只秃鹫”　罗马尼亚民歌
“小姑娘，你不要弄错了”　同前
“女郎，美好的女郎”　同前
“在山中往往来来的走”　波斯民歌
“哦！你喝了些酒”　同前
“哦！蕾衣拉！”　尼泊尔民歌
“为的是你爱着我我也爱着你”　中央亚细亚民歌
“看见了你的面”　柬埔寨民歌

“在一个半开半掩的门里头”
俾路芝斯坦民歌
“唉！医生啊！” 小亚细亚民歌
“少年人”鞑靼民歌
“好象是河中流着的水” 高丽民歌
“一个人断然说不出来” 满洲里民歌
“从这棵树上” 同前
“要是你不愿意” 同前
妇女们唱的《收成歌》 西印度民歌
筐子歌 同前
妇女们唱的《榖歌》 同前
替向日葵求雨的时候唱的歌 同前
求闪电的歌 同前
吹笛子的法师求雨的时候唱的歌
同前
附录 海外的中国民歌
158P

法国短篇小说集 第一册 刘半农译
北京北新书局，1927年6月初版
北京中法大学丛书之一
目录
拉萨尔：狗约
那法咏：不幸的情人
小兄弟的罪恶
服尔德：若脑与戈兰
八巴贝克与法奇咏
底得啰：戈姆与尸体
嚣俄：克洛特格欧
弗洛倍尔：游地狱记
阿雷费：梦
左拉：失业
猫的天堂
爱情的小蓝外套的故事
丹梭：黑珠
阿雷司：邮电局里的女职员
148P

失业（法华对译短篇小说集）法国
左拉著 刘复译
北京北新书局，1927年初版
北京孔德学校小丛书

猫的天堂（法华对译短篇小说集）法国
左拉著 刘复译
北京北新书局，1927年初版
北京孔德学校小丛书

半农谈影
北京真光摄影社寄售，1927年10月初版
66P

西游补（小说集）
清董若雨著 刘半农校点
上海北新书局，1929年初版

比较语音学概要
法国保尔巴西著 刘复译
上海商务印书馆，1930年2月初版
中华教育文化基金董事会编委会主编
大学丛书之一
赵元任序
目录

引言
本书之趣旨
语言之构成
语言中的节落
长短
音素之研究
子音
母音
声音的结合
法语
英语
德语 283P

宋元以来俗字谱 刘复、李家瑞合编
国立中央研究院历史语言研究所单刊之三，1930年2月出版
目录
自序
检目 检目8P 正文137P 勘误2P

从五音六律说到三百六十律 刘 复
1930年5月印行（编者按：未署出版单位） 53P

声调之推断及“声调推断尺”之制造与用法 刘 复
国立中央研究院历史语言研究所集刊抽印本，1930年6月 34P

印度寓言 刘北茂原译 刘半农校改
1930年 初版

朝鲜民间故事
刘育厚原译 刘半农校改
1932年 初版

北京大学校史略
北京大学出版部出版

中国俗曲总目稿 上下册
刘复、共李家瑞等编
国立中央研究院历史语言研究
1932年5月初版
上册 640P
下册 641-1276P

天坛所藏编钟编磬音律之鉴定 刘 复
国立北京大学《国学季刊》抽印本，1932年6月初版
2P 附表2

中国文法讲话 上册 刘 复
上海北新书局，1932年11月初版
自序
目录
第一分 总说
第二分 名词及代词
176P

十二等律的发明者朱载堉 刘 复
国立中央研究院历史语言研究所集刊外编《蔡元培先生六十五岁庆祝论文集》，抽印本，1932年出版

326P

乙二声调推断尺　　刘　复
国立中央研究院历史语言研究所集刊抽印本，1934 年出版

半农杂文二集　　刘半农遗著
上海良友图书印刷公司，1935 年 7 月初版，
良友文库 8

434P

苏莱曼东游记　阿刺伯　　苏莱曼著

刘半农、刘小蕙合译

上海中华书局，1937年5月初版

书名题签蔡元培

124P

中国文法通论〔王力著〕元音の性质より中国の声调を论ず

声调论

刘复（著）

田中清一郎（訳）

东京　文求堂　　1941年　244P

支那文法讲话

刘复（著）

鱼道重雄·中野昭麿（訳）

东京　三省堂　1943

敦煌掇琐 上、中、下卷 刘复辑录

上卷，国立中央研究院 1925 年初版

中卷，国立中央研究院 1934 年初版

下卷，国立中央研究院 1945 年初版

国立中央研究院历史语言研究所专刊之二

序 蔡元培

序目 刘 复

研究资料目录

刘半农研究资料目录
（1912——1982）

开明社之新剧　遏　云
载1912年7月14日上海《时事新报》

朱旭东轶事　天　悲
载1915年上海《新剧丛报》第一期

新文学与今韵问题　玄　同
——致半农
载1918年《新青年》第4卷第1期

文学革命之反响　钱玄同
——王敬轩君来信
载1918年《新青年》第4卷第3期

新文学之运用　俞慧殊
——致半农
载1918年《新青年》第4卷第3期

讨论学理之自由权　崇拜王敬轩者
载1918年《新青年》第4卷第6期

新文学及中国旧戏　张厚载
——致记者
载1918年《新青年》第4卷第6期

驳王敬轩之反动　戴主一
载1918年《新青年》第5卷第1期

改革　周作人
载1918年《新青年》第5卷第2期

对于《新青年》的意见种种　Y·Z
——致记者
载1918年《新青年》第5卷第3期

"脸谱"——"打把子"　张厚载
载1918年《新青年》第5卷第4期

致半农　常　惠
载1918年11月22日《北大日刊》

致半农　罗家伦
载1918年11月25日《北大日刊》

对于《新青年》之批评　聊止斋稿
载1918年11月27日上海《时事新报·学灯》

致半农
载1919年2月27日《北大日刊》

中国民歌的价值　周作人
——刘半农编《江阴船歌》的序文
载1919年《学艺杂志》第2卷第1号

英文"SHE"字译法之商榷　钱玄同
——致启明
载1919年《新青年》第6卷第2期

答半农的D！——诗　独　秀
载1920年《新青年》第7卷第2期

"她"字的研究　孙祖基
——刘半农果真是错么？
载1920年4月18日上海《时事新报·学灯》

驳"她字的研究"　寒　冰
——刘半侬不错是谁错？
载1920年4月20日上海《时事新报·学灯》

非"驳她字的研究"　孙祖基
载1920年4月24日上海《时事新报·学灯》

"驳她字的研究"的讨论　邹政坚
载1920年4月24日上海《时事新报·学灯》

驳"她"字的研究　梦　沈
——难道是刘半农错么？
载1920年4月26日上海《时事新报·学灯》

关于她字问题的申论　寒　冰
载1920年4月27日上海《时事新报·学灯》

再驳她字的研究　寒　冰
载1920年4月27日上海《时事新报·学灯》

续论"她字问题"　寒　冰
载1920年8月12日上海《时事新报·学灯》

这是刘半农的错　寒　冰
载190年上海《新人》杂志第1卷第1号

"她"字问题的辩论（引言）　无　为
载1920年上海《新人》杂志第1卷第2号

"她"字的疑问　　壮　甫
载1920年上海《新人》杂志第1卷第2号

"第三身代名词"的研究　　大　同
载1920年上海《新人》杂志第1卷第2号

答刘复书——五更调研究　　吴立模
载1924年《文学周报》第110期

《四声实验录》序　　吴敬恒
1924年版《四声实验录》

《四声实验录》序　　傅斯年
1924年版《四声实验录》

写在半农给启明的信底后面　　钱玄同
载1925年《语丝》第20期

再谈林琴南　　开　明
载1925年《语丝》第20期

《吴歌甲集》自序　　顾颉刚
载1925年《歌谣周刊》第97号

刘复博士订正中国现代文学史冤狱图表　　爱管闲事
载1926年《语丝》第63期

写在刘复博士文章及"爱管闲事"图表的后面　　林语堂
载1926年《语丝》第63期

致半农　　陈　源
载1926年1月30日北京《晨报副刊》

致半农　　陈　源
载1926年1月30日北京《晨报副刊》

《扬鞭集》序　　周作人
载1926年《语丝》第82期

《何典》题记　　鲁　迅
1926年版《何典》

为半农题记《何典》后，作　　鲁　迅
1926年版《何典》

《何典》序　　林守庄
1926年版《何典》

从《何典》想到《平鬼传》　　止　水
载1926年《语丝》第87期

读《何典》　　大　白
载1926年6月26日上海《民国日报·黎明》

再和“吾家”刘复博士开回顽笑　大白
载1926年7月31日，8月8日上海《民国日报·黎明》

两个圈儿和一百一十个框儿　大白
载1926年8月8日上海《民国日报·黎明》

关于刘校《何典》的几个靠得住的正误　守庄
载1926年《语丝》第91期

《敦煌掇琐》序　蔡元培
载1926年《语丝》第92期

介绍“吾家”博士的几种巧妙法门　大白
载1926年9月5日、12日上海《民国日报·黎明》

关于《茶花女》译本的校勘　徐玚本
——致半农
载1926年《语丝》第99期

洋翰林刘复“复古”　裴华女士
载1926年《幻洲》第1卷第1期

钉梢“洋翰林刘复复古”　潘汉年
载1926年《幻洲》第1卷第2期

新出的《狂飙》周刊　潘汉年
载1926年《幻洲》第1卷第3期

读《瓦釜集》以后捧半农先生　渠门
载1926年《北新》第9期

《扬鞭集》上卷　赵景深
载1926年《北新》第15期

读《扬鞭集》后的感想　李荐侬
载1926年《北新》第17期

从《语丝》讲到江绍原与刘博士　潘汉年
载1926年《幻洲》第1卷第6期

读《帝与天》　魏建功
载1926年《北京大学研究所国学门月刊》第1卷第3号

《香奁集》序　沈尹默
1926年版《香奁集》

刘半侬之流可以休矣！　迪可
载1927年《幻洲》第1卷第9期

我也来说几句　汉年
载1927年《幻洲》第1卷第9期

博士的胜利　泼皮男士
——纪念我家博士而作

载1927年《幻洲》第1卷第9期

骂半侬劝北新　山风大郎
载1927年《幻洲》第1卷第9期

《海外民歌选》序　岂明
载1927年《语丝》第126期

致章廷谦　鲁迅
1927年7月17日，载《鲁迅全集》第11卷

致李霁野　鲁迅
1927年9月25日，载《鲁迅全集》第11卷

致台静农　鲁迅
1927年9月25日，载《鲁迅全集》第11卷

观光社照片展览会后　沈哲民
载1927年10月16日北京《世界日报·绿艾》

岂有此理的刘复　佚名
载1927年《幻洲》第2卷第4期

致李霁野　鲁迅
1927年2月22日，载《鲁迅全集》第11卷

致章廷谦　鲁迅
1928年3月21日，载《鲁迅全集》第11卷

致章廷谦　鲁迅
1928年3月27日，载《鲁迅全集》第11卷

林叶更正　洛卿
载1928年《语丝》第4卷第14期

致章廷谦　鲁迅
1928年9月19日，载《鲁迅全集》第11卷

刘半农译品的一斑　全农
载1928年《文学周报》第342期

关于美国蒙古探险队之发掘品之扣留（社论）
载1928年9月2日北平《顺天时报》

致刘半农　国立中央研究院
1929年1月12日，载《国立中央研究院1928年度总报告》

徐炳昶、斯文赫定、刘复等昨晚举行盛大之公开讲演会（报道）
载1929年1月22日北平《世界日报》

纪西北科学考察团　　记　者
载1929年《国闻周报》第6卷第6期

昨日北大学院盛会，刘复等演说（报道）
载1929年2月26日北平《世界日报》

中国近代文学之变迁　　陈子展
二、诗界革命运动，九、十年以来的文学革命运动
1929年4月上海中华书局版

刘半农的《扬鞭集》（上、中）　　草川未雨
1929年5月北平海音书局版《中国新诗坛的昨日今日和明日》，第三章《进步时代》（二）“诗集分评”

致西北科学考察团理事会理事长刘半农　　国立中央研究院
1929年6月5日，载《国立中央研究院1928年度总报告》

语音乐律实验室陈列品目录
载1929年12月19日《北大日刊》

我和《语丝》的始终　　鲁　迅
载1930年《萌芽月刊》第1卷第2期

致章廷谦　　鲁　迅
1930年2月22日，载《鲁迅全集》第12卷

《比较语音学概要》序　　赵元任
1930年版《比较语音学概要》

刘复对记者谈女子学院计划（报道）
载1930年5月5日北平《世界日报》

读了刘复《宋元以来俗字谱》的几句话　　C·T
载1930年5月26日北平《新晨报副刊》

女附中教职员驳《刘复自证录》
载1930年7月3日北平《新晨报》

《徐旭生西行日记·叙言》
1930年9月西北科学考察团印行《徐旭生西行日记》

《西游补》　　蠢
载1930年《戏剧与文艺》第1卷第8、9合期

北大校长问题，刘复昨日之谈话（报道）
载1930年10月20日北平《世界日报》

北大32周年纪念会，胡适，刘复等讲话（报道）
载1930年12月17日《北平晨报》

贺胡适四十生日诗
载1930年12月18日《北平晨报》

论刘半农的《扬鞭集》　沈从文
载1931年《文艺月刊》第2卷第2期

改称姑娘　蜜斯叫得怪难听
载1931年3月25日《北平晨报·教育界》

谈谈蜜斯改姑娘　梅　子
载1931年3月27日北平《世界日报·明珠》

"蜜斯"和"姑娘"　老太婆
——摩登女郎的称呼问题
载1931年3月29日《北平晨报·家庭乐园》

继运而起的蜜斯特改称姑爷　登　尾
载1931年3月31日北平《世界日报·明珠》

读《谈谈蜜斯改姑娘》后　蔓
载1931年3月31日北平《世界日报·明珠》

蜜斯和姑娘——质刘复先生 筱华女士
载1931年4月1日天津《大公报·读者论坛》

大哉蜜斯！　老太婆
——由蜜斯问题到蜜斯特问题
载1931年4月2日《北平晨报·家庭乐园》

"蜜斯"和"姑娘"专号
——本乐园大征文·老太婆备特奖
载1931年4月5日《北平晨报·家庭乐园》

谈谈蜜斯和姑娘——答筱华女士
贾坚白
载1931年4月7日天津《大公报·读者论坛》

蜜斯总投票　妇女选举大竞争　老太婆备有奖品
载1931年4月9日《北平晨报·家庭乐园》

华洋称呼问题　老太婆
载1931年4月10日《北平晨报·家庭乐园》
"蜜斯和姑娘专号"

为"蜜斯"与"姑娘"寄刘复一封信
陈岑梅
载1931年4月10日《北平晨报·家庭乐园》"蜜斯和姑娘专号"

"蜜斯"和"姑娘"　周万明
载1931年4月10日《北平晨报·家庭乐园》"蜜斯和姑娘专号"

关于“蜜斯与姑娘”的称呼　杨琚飞
载 1931 年 4 月 10 日《北平晨报·家庭乐园》
“蜜斯和姑娘专号”

“蜜斯”与“姑娘”之解述及派别　戴蔼纯
载 1931 年 4 月 10 日《北平晨报·家庭乐园》
“蜜斯和姑娘专号”

“蜜斯”与“正名”　景杨
载 1931 年 4 月 14 日天津《大公报·小公园》

大哉称呼，难哉称呼　老太婆
载 1931 年 4 月 19 日《北平晨报·家庭乐园》

我对于“姑娘”与“蜜斯”的管见　景程
载 1931 年 4 月 19 日《北平晨报·家庭乐园》

蜜斯的笑话　梓强
载 1931 年 4 月 19 日《北平晨报·家庭乐园》

说说“蜜斯”和“姑娘”　万德芬女士
载 1931 年 4 月 19 日《北平晨报·家庭乐园》

对于讨论“Miss 与姑娘”的贡献
载 1931 年 4 月 19 日《北平晨报·家庭乐园》

谈谈“蜜斯”改“姑娘”　鼎云
载 1931 年 4 月 19 日《北平晨报·家庭乐园》

密斯改姑娘　微霞
载 1931 年 4 月 23 日《北平晨报·家庭乐园》

我也来凑凑趣　莹
——谈谈蜜斯姑娘和小姐的问题
载 1931 年 4 月 26 日《北平晨报·家庭乐园》

“国选”与“蜜斯选”　老太婆
——蜜斯以八票战胜姑娘
载 1931 年 4 月 30 日《北平晨报·家庭乐园》

姑娘考　老太婆
载 1931 年 5 月 3 日《北平晨报·家庭乐园》

发蜜斯奖
载 1931 年 5 月 3 日《北平晨报·家庭乐园》

夫人两举金莲足　　赢得方冠博士归
载1931年6月15日《文艺新闻》

刘复　　樊荫南编
1931年上海良友图书印刷公司版《当代中国名人录》

致台静农　　鲁　迅
1932年6月18夜，载《鲁迅全集》第12卷

讨论“女性”问题特刊弁言　　编　者
载1932年8月7日北平《世界日报·妇女界》

与半农先生讨论“女性”　　宫　畅
载1932年8月7日北平《世界日报·妇女界》

谈谈“女性”代“女人”的根本不通
——答刘半农君　　晓　霞
载1932年8月7日北平《世界日报·妇女界》

读了“女性代女人根本不通”之后　云
载1932年8月7日北平《世界日报·妇女界》

关于引用舶来字的话　　雷　敢
载1932年8月8日北平《世界日报·妇女界》

谈“女性”　　宜　楼
载1932年8月9日北平《世界日报·妇女界》

对于“女性”问题的一点意见　梅焕藻
——赞同刘半农先生的主张
载1932年8月10日北平《世界日报·妇女界》

再出一次讨论“女性”的特刊　编　者
载1932年8月11日北平《世界日报·妇女界》

“女性”真不能代“女人”吗?
——请教刘半农先生
载1932年8月11日北平《世界日报·妇女界》

谈“女性”与“女人”　　龚白雪
载1932年8月11日北平《世界日报·妇女界》

用字应依从习惯　　施　彦
载1932年8月11日北平《世界日报·妇女界》

我也谈一谈女性代女人　　邵式焜
载1932年8月12日北平《世界日报·妇女界》

关于“女性”问题的一个结论 白 木
载 1932 年 8 月 13 日北平《世界日报·妇女界》

再出两天讨论“女性”的特刊 编 者
载 1932 年 8 月 14 日北平《世界日报·妇女界》

抱一抱刘复的粗腿 宣永光
载 1932 年 8 月 14 日—16 日北平《世界日报·妇女界》

论语文通否的标准 周径溪
载 1932 年 8 月 14 日北平《世界日报·妇女界》

对于几篇讨论“女性”文字的商榷 环 猷
载 1932 年 8 月 16 日北平《世界日报·妇女界》

关于女性代女人根本不通的最后的检讨 铭
载 1932 年 8 月 16 日北平《世界日报·妇女界》

结束关于“女性”的讨论 编 者
载 1932 年 8 月 17 日北平《世界日报·妇女界》

“女性”问题的尾声 邵式焜
——致秉英
载 1932 年 8 月 18 日北平《世界日报·妇女界》

北平教育界之高见
载 1932 年《论语》第 4 期

《茶花女》落伍没有 柏 森
载 1932 年 11 月 10 日《北平晨报·剧刊》

刘复 顾凤城编
载 1932 年上海乐华图书公司版《中外文学家辞典》

《茶花女》与撒拉裴娜 包乾元
载 1932 年 11 月 13 日《北平晨报·剧刊》

陈胡钱刘 林语堂
载 1932 年《论语》第 5 期

致许广平 鲁 迅
1932 年 11 月 20 日，载《鲁迅全集》第 12 卷

评《茶花女》 许君远
载 1932 年 11 月 22 日《北平晨报·学园》

写在“茶花女”特刊前面　君　珊
载1932年11月16日北平《世界日报·蔷薇》

编者的前话　钟辛茹
载1932年11月16日北平《世界日报·蔷薇》

论翻译剧的演出　赵狂云
——为《茶花女》公演而作
载1932年11月16日北平《世界日报·蔷薇》

茶花女剧中应注意的几个要点　包乾元
载1932年11月17日北平《世界日报·蔷薇》

茶花女的性格　赵冲匀
载1932年11月17日北平《世界日报·蔷薇》

献给“茶花女”　林含英
载1932年11月17日北平《世界日报·蔷薇》

茶花女的死　顾曼侠
载1932年11月17日北平《世界日报·蔷薇》

茶花女的演员　林雪江
载1932年11月17日天津《北洋画报》，北平小剧院公演茶花女专页

为什么公演《茶花女》　钟辛茹
载1932年11月17日天津《北洋画报》，北平小剧院公演茶花女专页

刘半农太守时间　恨　水
载1932年11月20日天津《益世报·语林》

《茶花女》不易上演　许君远
载1932年11月22日《北平晨报》

前言　马彦祥
载1932年11月23日天津《益世报·戏剧与电影》，“关于《茶花女》公演之特刊”

导演者的愉快　上　沅
载1932年11月23日天津《益世报·戏剧与电影》，“关于《茶花女》公演之特刊”

《茶花女》的时代　彦　祥
载1932年11月23日天津《益世报·戏剧与电影》，“关于《茶花女》公演之特刊”

马格里脱不死怎样？　伊　凉
载1932年11月23日天津《益世报·戏剧与电影》，“关于《茶花女》

公演之特刊”

从幕前到幕后　　彦　祥
——关于《茶花女》的几点商榷
载1932年11月23日天津《益世报·戏剧与电影》，“关于《茶花女》公演之特刊”

一个观客的话　　婴　君
载1932年11月23日天津《益世报·戏剧与电影》，“关于《茶花女》公演之特刊”

《茶花女》演出后　　司徒古
载1932年11月23日天津《益世报·别墅》

《茶花女》轶事　　芒　芒
载1932年11月24日天津《北洋画报》

《茶花女》的幕后　　余上沅
——答谢观众及批评者
载1932年11月30日天津《益世报·戏剧与电影》

看了《茶花女》公演以后　　顾一樵
载1932年11月30日天津《益世报·戏剧与电影》

茶花片片　　江莉玲
载1932年12月1日天津《北洋画报》，北平小剧院公演茶花女专页（二）

从讽刺到幽默　　何家干（鲁迅）
载1933年3月7日《申报·自由谈》

从幽默到正经　　何家干（鲁迅）
载1933年3月8日《申报·自由谈》

初期白话诗稿　　语　堂
载1933年《论语》第16期

为李大钊公葬募捐书
载1933年4月11日北平《世界日报，教育界》

论比较文法名称书　　黎锦熙
载1933年5月27日北平《世界日报·国语周刊》

在博士所说的而外　　阮无名（阿英）
1933年上海南强书局版《中国新文坛秘录》

幸福的连索　　阮无名（阿英）
1933年上海南强书局版《中国新文坛秘录》

刘复等在巩县发掘魏时乐队造象(报道)
载 1933 年 7 月 10 日北平《世界日报·教育界》

北大研究教授工作报告
载 1933 年 7 月 19 日北平《世界日报》

"感旧"以后(下)　　丰之馀(鲁迅)
载 1933 年 10 月 16 日《申报·自由谈》

"滑稽"例解　　苇索(鲁迅)
载 1933 年 10 月 26 日《申报·自由谈》

读刘君半农的《中国文法讲话》　　杨亮夫
载 1933 年清华大学《古书词例讲义·附录》

历史语言研究所 1933 年度工作报告
《国立中央研究院 1933 年度总报告》(八)

诗与语音　　吴世昌
载 1934 年《文学季刊》创刊号

西行杂碎　　赵云起
载 1934 年《论语》第 34 期

"京派"与"海派"　　栾廷石(鲁迅)
载 1934 年 2 月 3 日《申报·自由谈》

国立北京大学研究教授工作报告第一次
载 1934 年《北京大学周刊》第 89 号

戴传贤反对考古　请禁科学家发掘古墓的通电
载 1934 年 4 月 13 日北平《世界日报》

小品文的生机　　崇巽(鲁迅)
载 1934 年 4 月 30 日《申报·自由谈》

一思而行　　曼雪(鲁迅)
载 1934 年 5 月 17 日《申报·自由谈》

为半农题攢跤图　　岂　明
载 1934 年《人间世》第 5 期

辅仁大学的过去现在与将来　　图　沫
载 1934 年辅仁大学《磐石杂志》第 2 卷第 7 期

刘半农在绥远揭开中国新文化运动的一幕:
当年驳斥的王敬轩原是钱玄同先生故意冒名　　杨令德
载 1934 年 7 月 2 日天津《庸报·另外一页》

刷浆糊和拍马屁　　王志之
载 1934 年 7 月 5 日—7 日天津《庸报》

百灵庙之行（绥远通信） 杨令德
载1934年7月9、11日—15日天津《大公报》

吊刘复先生 陈子展
载1934年7月17日《申报·自由谈》

悼半农 寿 同
载1934年7月17日《申报·自由谈》

刘半农先生的死因和生平 白涤洲
1934年7月15日《大公报》北平通讯，载《论语》46期

学术界又弱一健将 刘半农竟病逝世（报道）
载1934年7月15日北平《每日评论》

哀刘半农先生（特载） 恨 水
载1934年7月16日南京《民生报》

胡适之等召开善后会议 赛金花传待人续竟成功（报道）
载1934年7月16日北平《每日评论》

悼刘半农先生（短论） 西 冷
载1934年7月20日南京《读书顾问》第1卷第2期

刘半农先生的合作精神 黎锦熙
载1934年7月21日北平《世界日报·国语周刊》

十年来半农先生的学术生活 魏建功
载1934年7月21日北平《世界日报·国语周刊》

亡友刘半农先生 钱玄同
载1934年7月21日北平《世界日报·国语周刊》

回忆刘半农先生的几句说话 沙 鸥
载1934年7月21日北平《世界日报·妇女界》

悼诗人刘半农
载1934年7月21日《人言》第1卷第23期

悼刘半农先生 白涤洲
载1934年7月22日《独立评论》第110号

悼刘半农先生 郝瑞恒
载1934年7月24日《北平晨报·学园》

玩笑只当它玩笑（上·下）
康伯度（鲁迅）
载1934年7月25、26日《申报·自由谈》

谈刘复　　佩　英
载1934年7月26日上海《新闻报》

我对于刘半农先生的回忆　　魏建功
载1934年7月29日《独立评论》第111号

致李小峰　　鲁　迅
1934年7月31晚，载《鲁迅全集》第12卷

纪念刘半农先生　　亢　德
载1934年《论语》第46期

刘复（半农）　　迫迁（李长之）
载1934年《人间世》第9期

法代办函慰刘半农夫人　请北京大学代为转送（报道）
载1934年8月8日北平《教育日报》

致李小峰　　鲁　迅
1934年8月12日，载《鲁迅全集》第12卷

记刘半农先生之病因　　白涤洲
载1934年8月13日北平《世界日报·国语周刊》

趋时和复古　　康伯度（鲁迅）
载1934年8月15日《申报·自由谈》

哀刘半农先生　　蔡元培
载1934年《人间世》第1卷第10期

失了一部最珍贵的大字典　　敬　恒
——只是失了一个刘先生
载1934年《人间世》第1卷第10期

纪念刘半农先生　　李长之
载1934年《人间世》第1卷第10期

刘复的诗歌三种　　赵景深
——《扬鞭集》中卷《瓦釜集》《国外民歌译》
载1934年《人间世》第1卷第10期

刘半农论　　汪铭竹
载1934年南京《创作与批评》第1卷第3期

刘半农先生挽辞（钱玄同、黎锦熙、赵元任、陈懋冶、魏建功、白涤洲、胡适、马裕藻、周作人）
载1934年10月13日北平《世界日报·国语周刊》

刘半农先生不死　　蔡元培
载1934年《青年界》第6卷第3期

忆刘半农君　　鲁　迅
载1934年《青年界》第6卷第3期

刘复博士　全增嘏
载1934年《青年界》第6卷第3期

刘复的《中国文法讲话》　赵景深
载1934年《青年界》第6卷第3期

悼刘半农先生并介绍《四声实检录》　姜亮夫
载1934年《青年界》第6卷第3期

半农先生和我　徐霞村
载1934年《青年界》第6卷第3期

刘半农与五四文学革命　汪馥泉
载1934年《世界文学》第1卷第1期

《诗与语音篇》的声明和讨论　吴世昌
载1934年10月19日《北平晨报·学园》

挽刘半农（风入松）　汪　怡
载1934年10月27日北平《世界日报·国语周刊》

《朱湘自传》第二节　朱　湘
1934年上海旭光社版《新文学家传记》，贺炳铨编

刘半农先生　赵元任
载《国立中央研究院历史语言研究所集刊》第4本第4分册

挽刘半农先生联　陆旭抄
载1934年《论语》第52期

“停柩灵堂”和“殉葬”之谶　杨令德
载1934年11月17日北平《世界日报·国语周刊》

《赛金花本事》序　商鸿逵
1934年北平星云堂书店版《赛金花本事》

刘半农先生传略　默
载1934年辅仁大学《磐石杂志》第2卷第12期

刘半农先生追悼会概述（报道）
载1934年辅仁大学《磐石杂志》第2卷第12期

课堂里的刘半农先生　徐　芳
载1934年天津《国闻周报》第11卷第48号

长兄半农的死和我的回忆　刘北茂
载1934年《人间世》第17期

父亲的死　刘小蕙　刘育伦　刘育敦
载1934年《人间世》第17期

谈半农的摄影　陈万里
载1934年《人间世》第17期

回忆刘半农先生　　商鸿逵
载1934年《人间世》第17期

刘半农先生和陶元庆氏　　许钦文
载1934年《人间世》第17期

《扬鞭集》读后感　　苏雪林
载1934年《人间世》第17期

半农纪念　　知　堂
载1934年《人间世》第18期

故国立北京大学教授　　魏建功
法国国家文学博士刘先生行状
载1935年北京大学《国学季刊》第4卷第4期

本校研究教授工作报告
载1935年1月5日《北大周刊》第131号

非有复译不可　　庚（鲁迅）
载1935年《文学》月刊第4卷第4号

"五·四"时代的一面影　　胡　风
载1935年《文学》月刊第4卷第4号

刘半农先生　　陈康白
载1935年《文章》月刊创刊号

《半农杂文》第二册序　　商鸿逵
载1935年《人间世》第27期

刘半农先生与辅仁大学　　D
载1935年《辅仁广东同学会半年刊》第2卷第2期

五四以来文学上的论争　　郑振铎
1935年上海良友图书印刷公司版《中国新文学大系·文学论争集》

《中国新文学大系·诗集》　　朱自清
1935年上海良友图书印刷公司版
导言　诗话

现代戏剧导论　　洪　深
1935年上海良友图书印刷公司版《中国新文学大系·戏剧集》

忆二十年前的半农先生　　凡　鱼
载1936年《宇宙风》第8期

故国立北京大学教授刘君碑铭
绍兴蔡元培撰文　余杭章炳麟篆额
吴兴钱玄同书丹
载1936年北京大学《国学季刊》第6卷第1号

刘复　　袁涌进编
1936年北平中华图书馆协会印行《现代中国作家笔名录》

五四到现在的中国诗坛鸟瞰　蒲　风
第一期（A）尝试期
1936 年上海仿古书店版《现代诗歌论文选》，洪球编

吊刘复先生　章衣萍
1936 年版《章衣萍创作选》

《标准国音中小字典》序　蔡元培
1937 年上海北新书局版《标准国音中小字典》

《标准国音中小字典》序　黎锦熙
1937 年上海北新书局版《标准国音中小字典》

刘译《乾隆英使觐见记》之考证　陶在东
载 1941 年《宇宙风》乙刊第 42—44、46 期

刘半农评传　王森然
载 1941 年《中国公论》第 5 卷第 1—3 期

记刘半农　萧颂恩
1944 年上海中华日报社版《文坛史料》，杨之华编

刘半农　赵景深
1946 年上海北新书局版《文人印象》

新诗话　任　钧
1948 年国际文化服务社二版
上编　二、四　下编　九

刘半农的《瓦釜集》　宛　延
载 1950 年 6 月 4 日《光明日报》

中国新文学史稿　王　瑶
1951 年开明书店版
第一编第一章　从文学革命到革命文学

文坛五十年　曹聚仁
1956 年香港新文化出版社版
二十　真假王敬轩
二二　新诗　二四　小品散文

中国新文学史初稿　刘绶松
1956 年人民文学出版社版

中国现代文学（第一卷）　公兰谷
1957 年河北天津师范学院函授部版
第一编第一章　五四新文学运动的发生与扩展
第二编第三章第二节　其他五四诗人的诗歌

中国现代文学史　孙中田等
1957 年吉林人民出版社版
第一章第一节“五四”和第一次国内革命战争时期的文学

顽童刘半农　徐半梅
1957年中国戏剧出版社版《话剧创始期回忆录》

纪念长兄半农先生　刘北茂
1958年人民文学出版社版《刘半农诗选》

刘半农　启明
载1958年5月17日《羊城晚报》

谈刘半农的诗　李岳南
载1959年《诗刊》第3期

"五四"，新诗伟大的起点　臧克家
载1959年《诗刊》第4期

谈刘半农的《相隔一层纸》　李乡浏
载1959年《热风》第5期

女神再生的时代　谢冕等
——"新诗发展概况"之一
载1959年《诗刊》第6期

"五四"新诗的历史评价　孙腾芳等
载1959年11月《厦门大学学报》第2期

真有王敬轩其人吗？　郑志堂
——"奉答王敬轩先生"
载1959年《读书》第12期

刘半农与屠竟山　南湖
载1962年5月11日台湾《中央日报》

书话　晦庵（唐弢）
1962年北京出版社版，1980年生活、读书、新知三联书店版《晦庵书话》
半农杂文　线装诗集　谈封面画　周作人绍兴话序歌

刘复幽默遣忌　鲁迅仗义护友　沈鹏年
——鲁迅与《新青年》同人关系探索之五
载1962年9月25日《文汇报》

鲁迅与刘半农之间的"游戏"文字　沈鹏年
——鲁迅与《新青年》同人关系探索之六
载1962年9月27日《文汇报》

刘复　山东师范学院中文系编
1962年版《中国现代作家著作目录》

文学家刘半农和民族音乐家刘天华　钱石麟等
载1963年全国政协江阴委员会江阴县地方志编委会《地方史资料选辑》第2辑

记刘半农先生　方师铎
载1963年台湾《传记文学》第3卷第3期

刘复——《文苑风云五十年》第三章之六 陈敬之
载1964年台湾《畅流》第30卷第4期

刘半农与陈西滢 刘凤翰
载1964年台湾《传记文学》第5卷第5期

江阴二刘（半农、天华）侧记 方骥龄
载1966年4月12日台湾《中央日报》

刘半农的一首游戏诗 成仲恩
载1967年台湾《艺文志》第32期

刘半农之一生 刘心皇
载1968年6月28日—30日台湾《自立晚报》

刘半农先生和国语学术 王天昌
载1970年10月3日台湾《国语日报·书和人》

中国新诗（20——30年代） 苏联A·E·切尔卡斯基
1972年苏联莫斯科版

早春的播种者刘半农 痖弦
载1974年12月14日香港《快报·快趣》

中国新文学史 司马长风
1975年香港昭明出版社版
第三章 发难期的理论和主张
第七章 “后放脚”的新诗
第九章 蓬勃的文学批评

记刘半农 郭洁贤
载1925年12月20日香港《快报·快趣》

刘半农 赵聪
1975年香港中国笔会版《现代中国作家列传》

学习鲁迅 永葆革命青春 周建人
——从章太炎、刘半农谈起
载1976年2月26日《光明日报》

中国新文学史 周锦
1977年台湾长歌出版社再版
第三章第五节 新文学初期的诗歌讨论
第六节 新文学初期的诗歌创作

刘复 李立明编著
1978年香港波文书局版《中国现代六百作家小传资料索引》

语文教改史上一份珍贵的记录 顾黄初 张源潜
——读刘半农著《应用文之教授》
载1979年山西师范学院《语文教学通讯》第3期

飞射在漆黑大地上的火花　　蔡良骥
——刘半农的诗
载1979年《东海》第4期

五四运动的先驱者之一——
李大钊　贾　芝
载1979年5月《新文学史料》第3辑

"文白之争"温故录　　舒　芜
载1979年5月《新文学史料》第3辑

中国现代文学史（一）　唐弢主编
1979年人民文学出版社版
第一章　"五四"文学革命及其发展
第五章第二节　语丝等社团流派和闻一多等人的创作

中国现代文学史（上册）林志浩主编
1979年中国人民大学出版社修订再版
第一章　文化、文学运动的伟大转折

刘半农
1979年上海中华书局版《辞海》

刘半农　　林　非
1980年百花文艺出版社版《现代六十家散文札记》

刘半农与刘天华　　王瑾希
载1980年6月1日《北京晚报》

知堂回想录　　周作人
1980年香港九龙三育图书有限公司版
一二一——二五、一二七、一二九、一五五、一六二节

刘半农——一个新诗的拓荒者　鲍　晶
载1980年陕西人民出版社版《现代文艺论丛》第1辑

怎样评价人物？　　臧克家
——学习鲁迅的科学态度
载1981年1月21日《光明日报》

不应忘掉刘半农　　吴其敏
载1981年4月19日香港《大公报》

周氏兄弟所见不同　　吴其敏
载1981年4月20日香港《大公报》

中国现代散文史稿　　林　非
1981年中国社会科学出版社版
第二章　　第六章　结语

一出"双簧"戏　　沈斯亨
载1981年5月3日《中国青年报》

艺文轶话　　吴泰昌
1981年安徽人民出版社版
《扬鞭集》《答半农的D！一诗）

教我如何不想她
——访美籍语言学家、音乐家赵元任
载1981年6月17日《北京晚报》

半夏忆半农　杨令德
载1981年6月23日《内蒙古日报》

中国现代文学史　十四院校编写组编著
1981年云南人民出版社版
第五章　其他作家作品和工农革命歌谣

刘半农　娄献阁
1981年中华书局出版《民国人物传》第三卷

“鸳鸯蝴蝶派”命名的故事　谷　丰
载1981年《随笔》第18期

鲁迅与刘半农　姚　似
载1981年11月20日《羊城晚报》

刘复　施光亨
1981年河北人民出版社版《中国现代语言学家》第一分册

《半农谈影》的短长　姜德明
1982年浙江人民出版社版《书边草》

现代诗人及流派琐谈
钱光培　向　远
1982年人民文学出版社版
第一章《新青年》之群

关于刘半农的片断回忆　王锦第
载1982年《人物》第3期

父亲刘半农的摄影活动　刘小蕙
载1982年《大众摄影》第3期

新文学革命的先驱——刘半农
姚春树　任伟光
载1982年《中国现代文学研究丛刊》第2期

赵元任与《教我如何不想她》　叶纯之
载1982年《文汇月刊》第8期

刘半农和《半农谈影》　吴　群
载1982年《摄影丛刊》第9辑

刘半农演过戏
载1982年《江苏戏剧》第10期

刘半农的一首诗　陈开鸣
——《相隔一层纸》
载1982年11月9日《贵阳晚报》

编 后 记

供人翻检的研究资料，理应做到完备和准确，但是，要达到这样的要求，却不是一件容易的事。书海无涯，个人的视野有限；几十年里，资料散失，已知的也难以查找；一些资料中，还存在着舛误和歧异：若想在短时间内编好一部资料书，其难度是可以想见的。因此，当这部资料书行将付印时，我的心里只有不安和惭愧。挂一漏万和谬误之处在所不免，衷心期望读者赐教。

关于传略，限于字数，并尽力避免与生平年表重复，只是将半农的主要经历以及在语言文学方面的活动做了概述。半农的生平，有些事迹还不清楚，如他在常州中学没有毕业，因故退学；辛亥革命时期，是否加入过青年团；在国外留学时的一些情况；1928年的日本之行，等等，或缺少文字记载，或说法不一；半农的生前友好和家属，或是耄耋之年的老人，对烟云似的往事难以追忆，或是当时年少，不甚了了，因而还有待钩沉稽考。还有一些资料与事实相悖，和缺少精确的系年，如半农在1931年自写履历中有"民国元年任中华新报特约编译员"，不少文章也准此说。但是，《中华新报》是1915年10月创刊，半农初到上海时，是在一家小报担任自编自校的工作。当时，他曾住在《演说报》馆，并在《演说报》上发表文章，但是否是该报编辑，尚无佐证，一时难以确定。因此，关于他任《中华新报》特约编译员的事，编撰年表时，就没有根据他自写履历系年。又如，半农在上海时，确实在两所中学任教，可是年份不详，就只好在传略中提及。类似情况，不再枚举。

著作自述的选文着眼于体现半农的全人，因而除选收他在上海卖文时期的有关序跋、《禁止女生入公共跳舞场布告》、《双凤凰砖斋小品文》等外，还酌量选收了他在语音乐律研究方面的文章。

研究论文选编部分，分为解放前后两个时期。首先是关于半农生平的研究资料，选收了与半农兼有师友之谊的魏建功撰写的半农行状。王森然的《刘半农先生评传》，篇幅较长，但资料翔实。徐半梅的《顽童刘半农》，是少见的关于半农在上海时期的资料。此外，还选了半农三弟刘北茂《纪念长兄半农先生》一文，供读者参考；其次是关于半农文学活动的研究论文，以及对半农的一生或阶段性评价的文章，选收时注意到不同方面和不同观点的文章。解放后的部分，选收时顾及到不同的年代。细心的读者，可以从选文中看出某些观点的承接和衍化，以及相互龃龉之处。这一部分，限于篇幅，使不少好的文章，以及半农在语音乐律、摄影等方面的研究文章，都未能收入。港台研究半农的文章，也只选收一篇。最后，选录苏联、日本辞书中有关半农的条目，可使读者略见半农在国外的影响。

关于著作年表，要提及的是半农的笔名问题。半农自称，只是在发表新诗时，用过笔名寒星。国外有关半农的文章，常将阿英用寒星的笔名发表的《流离》，说成是半农的日记。这是他们没有看到原书或不谙半农生平所致。20 世纪 30 年代，袁涌进编的《中国作家笔名录》，说半农还有笔名“含星”和“海”，不少人也准此说。由于未见有力的佐证，只有存疑待考。因此，如刊在《小说月报》上含星的文章，就未收入著作年表。此外，半农曾在《演说报》《小说名画大观》《新生活》等报刊上发表文章，但这些报刊寻觅不到，也只有付之阙如了。

关于著作目录，系年编排，插入港台出版的以及国外的译本。半农的书籍早已绝版，虽然几经求索，他在 20 世纪 20 年代校点的《香奁集》和法华对照的《猫的天堂》等书仍未见到。半农的一些学术论文，多有抽印本，目录中列出一些，料想还不完备。此外，关于半农编的《敦煌掇琐》上中下辑的出版年月历来说法不一，今从解放后重印本之说。

研究资料目录部分，收得宽了一些，如目录提供的关于半农译本《茶花女》的演出，只是演出的反映，也可说是半农译作产生的社会影响，并不是对半农译文的评价。有些已知有关半农研究的资料，如 20 世纪 20 年代《每日评论》上批评他的文章，由于见不到原刊，也就无从反映了。

编者在工作中，得到了半农家属和生前友好，以及北京、天津、上海、南京、苏州等地图书馆的热情帮助，这里，谨向他们表示诚挚的感谢。

编　者

1983 年 9 月于津门小海地

《中国文学史资料全编·现代卷》总目

28	林纾研究资料	薛绥之　张俊才　编
29	赵树理研究资料	黄修己　编
30	叶紫研究资料	叶雪芬　编
31	冯文炳研究资料	陈振国　编
32	叶圣陶研究资料	刘增人　冯光廉　编
33	臧克家研究资料	冯光廉　刘增人　编
34	李广田研究资料	李岫　编
35	钱钟书　杨绛研究资料集	田蕙兰　马光裕　陈珂玉　编
36	郭沫若研究资料	王训诏　等编
37	俞平伯研究资料	孙玉蓉　编
38	六十年来鲁迅研究论文选	李宗英　张梦阳　编
39	茅盾研究资料	孙中田　查国华　编
40	王礼锡研究资料	潘颂德　编
41	周立波研究资料	李华盛　胡光凡　编
42	胡适研究资料	陈金淦　编
43	张天翼研究资料	沈承宽　黄侯兴　吴福辉　编
44	巴金研究资料	李存光　编
45	阳翰笙研究资料	潘光武　编
46	“两个口号”论争资料选编	中国社会科学院文学研究所现代文学研究室　编
47	“革命文学”论争资料选编	中国社会科学院文学研究所现代文学研究室　编
48	创造社资料	饶鸿兢　等编
49	文学研究会资料	苏兴良　等编
50	鸳鸯蝴蝶派文学资料	芮和师　等编
51	左联回忆录	中国社会科学院文学研究所《左联回忆录》编辑组编
52	中国现代文学总书目·散文卷	俞元桂　等编
53	中国现代文学总书目·诗歌卷	刘福春　徐丽松　编
54	中国现代文学总书目·小说卷	甘振虎　等编
55	中国现代文学总书目·戏剧卷	萧凌　邵华　编

56 中国现代文学总书目·翻译文学卷 贾植芳 等编
57 中国现代文学期刊目录汇编 唐沅 等编
58 抗日战争时期延安及各抗日民主根据地文学运动资料 刘增杰 等编
59 老舍研究资料 曾广灿 吴怀斌 编
60 文学的“民族形式”讨论资料 徐迺翔 编
61 刘半农研究资料 鲍晶 编
62 丁玲研究资料 袁良骏 编
63 成仿吾研究资料 史若平 编
64 沈从文研究资料（上） 邵华强 编
65 沈从文研究资料（下） 邵华强 编
66 徐志摩研究资料 邵华强 编
* 陈大悲研究资料 韩日新 编
* 曹禺研究资料 田本相 胡叔和 编
* 戴平万研究 饶芃子 黄仲文 编
* 冯乃超研究资料 李伟江 编
* 柯仲平研究资料 刘锦满 王琳 编
* 李辉英研究资料 马蹄疾 编
* 梁山丁研究资料 陈隄 等编
* 马烽 西戎研究资料 高捷 等编
* 邵子南研究资料 陈厚诚 编
* 司马文森研究资料 杨益群 司马小莘 陈乃刚 编
* 闻一多研究资料 许毓峰 等编
* 萧乾研究资料 鲍霁 等编
* 袁水拍研究资料 韩丽梅 编
* 周瘦鹃研究资料 王智毅 编
* 苏区文艺运动资料 汪木兰 邓家琪 编
* 文艺大众化问题讨论资料 文振庭 编

* 本书即将出版，敬请关注。